Tim LaHaye und Jerry B. Jenkins
FINALE II

Tim LaHaye und Jerry B. Jenkins

Finale

Die letzten Tage der Erde

Band 2

Projektion J Buch- und Musikverlag GmbH
Wiesbaden

Titel der Originalausgabe:
Tribulation Force

ISBN 3-89490-214-0

Übersetzung: Eva Weyandt
Umschlaggestaltung: Petra Louis
Satz: Projektion J Buch- und Musikverlag GmbH
Druck: Schönbach-Druck GmbH, Industriestraße 6-8, 64390 Erzhausen

1 2 3 4 00 99 98 97

Den Lesern von Finale *gewidmet,*
die uns geschrieben haben,
welchen Eindruck dieses Buch
auf sie gemacht hat.

Prolog: Was bisher geschah …

In einem einzigen Augenblick verschwinden mitten in der Nacht auf der ganzen Welt Millionen von Menschen. Sie sind einfach fort und lassen alles Materielle zurück: Kleidungsstücke, Brillen, Kontaktlinsen, Haarteile, Hörgeräte, Schmuck, Schuhe, sogar Herzschrittmacher und Operationsklemmen.

Millionen von Menschen verschwinden. Doch viele Millionen bleiben zurück – Erwachsene, aber keine Kinder und nur wenige Jugendliche. Alle Kleinkinder, sogar ungeborene Babys sind fort – zum Teil während der Geburt verschwunden.

Weltweites Chaos ist die Folge: Flugzeuge stürzen ab, Züge, Busse und Autos rasen ineinander, Häuser brennen ab, und trauernde Überlebende begehen Selbstmord. Das Chaos im Nah- und Fernverkehr, ausgelöst durch das Verschwinden eines großen Teils des Personals, ist nur mit größtem Engagement der verbliebenen Mitarbeiter so in den Griff zu bekommen, daß ein Minimum an improvisierter Ordnung entsteht.

Die Meinungen über die Gründe für dieses mysteriöse Verschwinden gehen weit auseinander. Einige behaupten, Außerirdische seien auf die Erde gekommen. Andere sind der Meinung, das Massenverschwinden sei auf den Angriff eines feindlichen Landes zurückzuführen. Andererseits aber ist jedes Land der Erde von diesem Unglück betroffen.

Flugkapitän Rayford Steele und seine zwanzigjährige Tochter Chloe gehören zu denen, die zurückgelassen wurden. Rayfords Frau und der zwölfjährige Sohn sind fort. Rayford, der gerade eine Boeing 747 über den Atlantik nach London steuerte, behauptet gegenüber seiner Chefstewardeß Hattie Durham, er könne sich die Vorgänge nicht erklären. Die schreckliche Wahrheit jedoch ist, daß er sehr genau weiß, was passiert ist. Seine Frau hat ihn immer wieder vor diesem Ereignis gewarnt: Christus ist wiedergekommen, um die Gläubigen zu sich zu holen. Die übrigen, darunter auch Rayford und Chloe, mußten zurückbleiben.

Rayford macht sich auf die Suche nach der Wahrheit. Er will dafür sorgen, daß er und Chloe eine eventuelle zweite Chance nicht verpassen. Darüber hinaus fühlt er sich für die Skepsis seiner Tochter – für ihre Einstellung, nur das zu glauben, was sie sieht – verantwortlich.

Seine Suche führt Rayford zu der Gemeinde seiner Frau. Eine Handvoll Leute, sogar einige Angestellte der Gemeinde, wurden ebenfalls zurückgelassen. Selbst Pastor Bruce Barnes hat seine Frau und seine Kinder verloren. Ihm ist sofort bewußt, daß sein Glaube nicht echt war und er nicht wirklich mit Christus gelebt hat. Und so wird er zu einem eifrigen Evangelisten, der zu keinen Kompromissen mehr bereit ist.

Mit der Hilfe von Bruce und unterstützt von einer Videocassette, die der Pastor der Gemeinde für die Zeit nach der Entrückung aufgenommen hatte, finden zuerst Rayford, dann auch Chloe zum Glauben an Christus. Gemeinsam mit ihrem neuen Pastor schließen sie sich zu einer Tribulation Force *zusammen, einer Kerngruppe innerhalb der neuentstandenen Gemeinde, die entschlossen ist, der Macht des Bösen in der von der Bibel vorausgesagten »Zeit der Bedrängnis« entgegenzutreten.*

Auch der Reporter Cameron »Buck« Williams befindet sich auf der Suche nach einer Antwort. Als Reporter der renommierten Zeitung Global Weekly *erhält er den Auftrag, über die Hintergründe des großen Massenverschwindens zu berichten. Durch seine Arbeit lernt er den geheimnisvollen und charismatischen rumänischen Staatsmann Nicolae Carpathia kennen. Bereits zwei Wochen nach dem Massenverschwinden steht dieser an der Spitze der Vereinten Nationen und verspricht, die sich im Chaos befindende Welt im Frieden zu vereinen.*

Buck befand sich zur Zeit der Entrückung in der von Steele gesteuerten Boeing, wo er die Stewardeß Hattie Durham kennengelernt hat. Diese macht er einige Tage später mit Carpathia bekannt, der sie zu seiner persönlichen Assistentin macht. Nachdem Buck unter dem Einfluß von Rayford, Chloe und Bruce zum Glauben findet, fühlt er sich für Hattie verantwortlich und versucht sie wieder aus dem Einflußbereich von Carpathia zu lösen.

Als Buck angeblich bei einem wichtigen Auftrag versagt, wird er von New York nach Chicago strafversetzt. Dort schließt er sich der Tribulation Force *an, einer Gruppe von Menschen, die entschlossen sind, gegen das Böse anzukämpfen. Die vier Mitglieder stehen für die*

Millionen, die die erste Chance verpaßt haben, von Christus in den Himmel geholt zu werden, doch sie sind fest entschlossen, an ihrem neugefundenen Glauben festzuhalten, was immer ihnen die Zukunft bringen wird.

Buck Williams wird Zeuge der dunklen Macht Nicolae Carpathias, doch nur Bruce Barnes weiß aufgrund seines Bibelstudiums, wieviel Schlimmes der Welt noch bevorsteht. Und bald schon muß die Gruppe erkennen: Nur eines der vier Mitglieder der Tribulation Force wird die kommenden sieben Jahre überleben.

1

Es war Zeit für eine Pause. Rayford Steele zog sich den Kopfhörer ab und suchte in seiner Tasche nach der Bibel seiner Frau. Es war erstaunlich, wie sehr sich sein Leben in den vergangenen Tagen verändert hatte. Wie viele Stunden hatte er in Augenblicken wie diesen damit vergeudet, Zeitungen und Zeitschriften zu lesen, die doch eigentlich nicht wirklich etwas zu sagen hatten. Nach allem, was passiert war, gab es nur noch ein Buch, das ihn interessierte.

Die Boeing 747 wurde vom Autopiloten gesteuert. Es war Freitagnachmittag, und sie sollten gegen vier Uhr in Chicago landen. Rayfords neuer Erster Offizier starrte angestrengt aus dem Fenster. Er will nicht mehr mit mir sprechen, dachte Rayford. Er weiß, was kommt, und will mich zum Schweigen bringen, bevor ich überhaupt den Mund geöffnet habe.

»Macht es Ihnen etwas aus, wenn ich ein wenig lese?« fragte Rayford.

Der jüngere Mann drehte sich zu ihm hin und nahm den linken Kopfhörer von seinem Ohr. »Wie bitte?«

Rayford wiederholte seine Frage und deutete auf die Bibel. »Solange Sie nicht von mir erwarten, daß ich Ihnen zuhöre.«

»Das habe ich mittlerweile verstanden, Nick. Sie wissen doch, daß mir egal ist, was Sie von mir denken.«

»Wie bitte?«

Rayford beugte sich vor und sprach lauter. »Was Sie von mir halten, ist mir noch vor wenigen Wochen sehr wichtig gewesen«, sagte er. »Aber …«

»Ja, ich weiß, okay? Ich habe es verstanden, Steele. Sie und viele andere Menschen denken, Jesus sei die Ursache für das Ganze gewesen. Aber das kaufe ich Ihnen nicht ab. Sie können sich selbst etwas vormachen, aber lassen Sie mich bitte da raus.«

Rayford zog die Augenbrauen in die Höhe und zuckte die Achseln. »Sie würden mich nicht respektieren, wenn ich es nicht versucht hätte.«

»Seien Sie da nicht so sicher.«

Als sich Rayford wieder seiner Bibel zuwendete, fiel sein Blick auf die *Chicago Tribune*, die aus seiner Tasche herausragte.

Wie alle anderen Tageszeitungen hatte auch die *Tribune* nur eine Schlagzeile: Kurz vor Nicolae Carpathias Pressekonferenz hatte sich noch während einer UN-Sitzung ein schrecklicher Mord/Selbstmord ereignet. Der neue Generalsekretär Nicolae Carpathia hatte gerade die zehn neuen Mitglieder des erweiterten Sicherheitsrates vereidigt und irrtümlich zwei Männer zu Botschaftern Großbritanniens ernannt.

Nach Zeugenaussagen überwältigte der Milliardär Stonagal, Carpathias Freund und Gönner, plötzlich einen Wachmann, riß dessen Waffe an sich und schoß sich in den Kopf. Von derselben Kugel wurde auch einer der neuen Botschafter Großbritanniens getroffen.

Die Vereinten Nationen waren geschlossen worden, und Carpathia trauerte um den Verlust zweier guter Freunde und geschätzter Ratgeber.

So seltsam das auch scheinen mochte, Rayford Steele gehörte zu den vier Menschen auf der ganzen Welt, die die Wahrheit über Nicolae Carpathia wußten: daß dieser ein Lügner und der Antichrist höchstpersönlich war, der es verstand, den Leuten seine Sicht der Dinge einzureden. Andere vermuteten vielleicht, daß mehr hinter Carpathia steckte, als er zeigte, doch nur Rayford, seine Tochter, der Pastor und sein neuer Freund Buck Williams wußten es ganz sicher.

Buck hatte selbst an der Sitzung vor der Pressekonferenz teilgenommen. Aber er hatte etwas ganz anderes gesehen: keinen Mord oder Selbstmord, sondern einen Doppelmord. Wie Buck berichtete, hatte Carpathia sich selbst die Pistole des Wachmannes ausgeliehen, seinen alten Freund Jonathan Stonagal gezwungen, vor ihm niederzuknien, und dann Stonagal und den britischen Botschafter mit einem Schuß getötet.

Carpathia hatte die Morde inszeniert und den vor Schreck gelähmten Zeugen eingeredet, was sie gesehen haben sollten – dieselbe Geschichte, die nun in allen Zeitungen zu lesen waren. Mit einer Ausnahme hatten alle Anwesenden diese Geschichte übernommen. Und, was noch schlimmer war, sie glaubten sie. Sogar Steve Plank, Bucks ehemaliger Chef und nun Carpathias Pressechef. Sogar Hattie Durham, Rayfords ehemalige Flugbegleiterin, die zu Carpathias persönlicher Assistentin ernannt worden war. Alle außer Buck Williams.

Rayford hatte Zweifel gehabt, als Buck ihm vor zwei Tagen in Bruce Barnes Arbeitszimmer seine Version erzählt hatte. »Sie sind der einzige im Raum, der die Angelegenheit so gesehen hat?«, hatte er den Reporter herausfordernd gefragt.

»Captain Steele«, hatte Buck geantwortet, »wir alle haben dasselbe gesehen. Doch dann beschrieb Carpathia in aller Ruhe, was wir gesehen haben sollten, und alle außer mir akzeptierten sofort seine Version der Geschichte. Ich möchte wissen, wie er erklärt, daß er den Nachfolger des britischen Botschafters bereits vereidigt hatte, bevor der Mord passierte. Und nun gibt es keinerlei Hinweise darauf, daß ich überhaupt anwesend war. Es ist, als hätte Carpathia mich einfach aus dem Gedächtnis der anderen gelöscht. Menschen, die ich kenne, schwören, ich sei nicht dagewesen, und sie meinen es todernst.«

Chloe und Bruce Barnes hatten sich angesehen und ihren Blick wieder auf Buck gerichtet. Dieser hatte, bevor er an jener Sitzung im Gebäude der Vereinten Nationen teilgenommen hatte, zum Glauben an Christus gefunden. »Ich bin absolut davon überzeugt, daß ich, wenn ich diesen Raum ohne Gott betreten hätte, auch in Carpathias Bann gezogen worden wäre«, erklärte Buck.

»Aber wenn Sie der Welt jetzt die Wahrheit erzählen würden ...«

»Sir, ich bin nach Chicago versetzt worden, weil mein Chef der Meinung ist, ich hätte an dieser Sitzung nicht teilgenommen. Steve Plank hat mich gefragt, warum ich seiner Einladung nicht Folge geleistet hätte. Mit Hattie habe ich noch nicht gesprochen, aber Sie wissen, daß auch sie sich nicht daran erinnern wird, daß ich dort war.«

»Das größte Problem ist jetzt«, sagte Bruce Barnes, »ob Carpathia weiß, daß er in Ihrem Kopf die Wahrheit nicht ausgelöscht hat. Wenn er ahnt, daß Sie alles wissen, befinden Sie sich in großer Gefahr.«

Rayford blickte von der Zeitung auf und bemerkte, daß Nick von Autopilot auf manuelle Steuerung umschaltete. »Landeanflug«, sagte der Erste Offizier. »Wollen Sie den Vogel runterbringen?«

»Natürlich«, erwiderte Rayford. Nick hätte die Landung durchaus vornehmen können, aber Rayford fühlte sich verantwortlich. Er war der Flugkapitän, und er würde für diese Menschen Rechenschaft ablegen müssen. Und obwohl das Flugzeug beinahe von selbst flog, hatte das Fliegen für ihn noch nichts von seiner Faszination verloren. Nur weniges erinnerte ihn an das Leben, wie es noch vor einigen Tagen gewesen war, und die Landung einer *747* gehörte dazu.

Buck Williams hatte den Tag damit verbracht, sich einen Wagen zu kaufen – in Manhattan hatte er keinen gebraucht – und eine Wohnung zu suchen. Er fand ein sehr hübsches Appartement, das etwa in der Mitte zwischen dem Chicagoer Büro des *Global Weekly* und der *New Hope Village Church* in Mount Prospect lag. Er versuchte sich einzureden, es sei die Gemeinde, die ihn in den Westen der Stadt ziehe, und nicht Rayford Steeles Tochter Chloe. Sie war zehn Jahre jünger als er, und was immer er auch für sie empfand, er war sicher, daß sie in ihm nur einen guten Freund sah.

Buck wollte sich davor drücken, ins Büro zu gehen. Man erwartete ihn sowieso erst am kommenden Montag. Auch sah er der Begegnung mit Verna Zee mit gemischten Gefühlen entgegen. Als er einen Ersatz für Lucinda Washington, die ebenfalls verschwundene Chefredakteurin des Chicagoer Büros, suchen mußte, hatte er der vorwitzigen Verna sagen müssen, ihr Umzug in Lucindas Büro sei ein wenig voreilig gewesen. Und nun war Buck strafversetzt worden, und Verna hatte die Position doch bekommen. Jetzt war sie seine Vorgesetzte.

Auf der anderen Seite wollte er sich mit der Furcht vor dieser Begegnung nicht das Wochenende verderben – aber er wollte sich auch nicht allzu eifrig zeigen, Chloe Steele wiederzusehen. Aus diesem Grund fuhr er kurz vor Büroschluß doch zum *Global Weekly*. Würde Verna ihn nun seinen bisherigen Erfolg büßen lassen? Oder schlimmer noch, würde sie ihn mit ihrer falschen Freundlichkeit erdrücken?

Buck spürte die Blicke und das verlegene Grinsen der Leute, als er durch das Büro ging. Mittlerweile wußten natürlich alle, was passiert war. Er tat ihnen leid, und sie waren verblüfft über sein mangelndes Urteilsvermögen. Wie konnte Buck Williams eine Konferenz verpassen, die auch ohne den zweifachen Todesfall einzigartig in der Geschichte war? Doch alle hatten auch Respekt vor Bucks Leistung. Für viele würde eine Zusammenarbeit mit ihm zweifellos nach wie vor eine große Ehre sein.

Wie zu erwarten, war Verna bereits in Lucindas Büro eingezogen. Buck zwinkerte Alice, Vernas junger Sekretärin, zu und spähte zur Tür hinein. Verna hatte sich eingerichtet, als bewohne sie schon seit Jahren dieses Büro. Ihre Bilder hingen an den Wänden, und sie hatte auch die Möbel umgestellt. Ganz offensichtlich fühlte sie sich sehr wohl in ihrer neuen Position.

Auf ihrem Schreibtisch türmte sich ein Stapel Papiere, und ihr Computer lief, doch Verna blickte nachdenklich aus dem Fenster. Buck räusperte sich. In ihrem Gesicht zuckte es, doch sie hatte sich im nächsten Augenblick wieder im Griff. »Cameron«, sagte sie beiläufig und blieb sitzen. »Ich hatte Sie erst am Montag erwartet.«

»Ich wollte nur mal hereinschauen«, antwortete er und grinste. Ihre Weigerung, ihn »Buck« zu nennen, um Intimität zu vermeiden und ihre Position hervorzuheben, amüsierte ihn.

»Sind Sie angemeldet?«

»Wie bitte?«

»Haben Sie einen Termin?«

»Einen Termin?«

»Ja, mit mir! Mein Terminkalender ist voll, müssen Sie wissen.«

»Und Sie haben keine Zeit für mich?«

»Dann wünschen Sie also eine Unterredung?«

»Wenn es nicht zu viele Umstände macht. Ich würde gern wissen, wo ich bleibe, welche Aufgaben Sie für mich vorgesehen haben ... Dinge dieser Art ...«

»Das können wir ja heute noch schnell besprechen.« Verna drückte auf die Taste der Gegensprechanlage, die auf ihrem Schreibtisch stand. »Alice! Sehen Sie bitte nach, ob ich in zwanzig Minuten ein wenig Zeit habe.«

»Sie haben Zeit«, rief Alice. »Und ich würde Mr. Williams gern in der Zwischenzeit sein Zimmerchen zeigen, wenn Sie ...«

»Das mache ich lieber selbst, Alice. Danke. Und würden Sie bitte meine Tür schließen?«

Alice blickte Buck entschuldigend an, als sie sich erhob und die Tür schloß. Er hatte den Eindruck, daß sie sogar die Augen verdreht hatte. Sie deutete auf einen Stuhl neben ihrem Schreibtisch.

»Ich muß hier warten, als wäre ich zum Direktor gerufen worden?«

Sie nickte. »Es hat schon jemand für Sie angerufen, die Frau hat aber ihren Namen nicht genannt. Ich habe ihr gesagt, daß Sie erst am Montag erwartet werden.«

»Keine Nachricht?«

»Es tut mir leid.«

»Wo ist denn nun mein Zimmerchen?«

Alice warf einen Blick auf die geschlossene Tür, so als fürchte sie, Verna könnte sie sehen. Sie stand auf und deutete über mehrere Trennwände hinweg auf eine fensterlose Ecke an der hintersten Wand.

»Da hat doch das letzte Mal, als ich hier war, die Kaffeemaschine gestanden«, meinte Buck.

»Sie steht immer noch da«, erwiderte Alice kichernd. Ihre Gegensprechanlage summte. »Ja, Miss Zee?«

»Würden Sie beide sich bitte leiser unterhalten? Ich arbeite gerade.«

»Es tut mir leid!« Dieses Mal verdrehte Alice die Augen.

»Ich werde mir das mal ansehen«, flüsterte Buck und erhob sich.

»Bitte nicht«, flehte sie. »Ich werde Schwierigkeiten mit Sie–wissen-schon-wem bekommen.«

Buck schüttelte den Kopf und setzte sich wieder. Er dachte daran, wo er schon überall gewesen war, wen er kennengelernt hatte, welchen Gefahren er in seiner Laufbahn ausgesetzt gewesen war. Und nun flüsterte er mit der Sekretärin einer Möchtegernredakteurin, die noch nie einen anständigen Artikel zu Papier gebracht hatte.

Buck seufzte. Wenigstens war er in Chicago zusammen mit den einzigen Menschen, denen er etwas bedeutete.

Trotz seines neuen Glaubens durchlebte Rayford Steele große Stimmungsschwankungen. Als er in *O'Hare* schweigend an Nick vorüberging, empfand er auf einmal eine tiefe Traurigkeit. Wie sehr vermißte er Irene und Raymie! Er wußte zwar, daß sie im Himmel waren und daß er ihnen wahrscheinlich leid tat, doch die Welt hatte sich seit dem großen Verschwinden so dramatisch verändert, daß kaum einer seiner Bekannten das innere Gleichgewicht wiedergefunden hatte. Er war sehr dankbar, daß er Bruce hatte, der ihm im Glauben weiterhalf, und Chloe und jetzt auch noch Buck, die hinter ihm standen, doch manchmal wurde er von seiner Furcht vor der Zukunft überwältigt.

Aus diesem Grund freute er sich sehr, als er Chloes lächelndes Gesicht am Ende des Flurs entdeckte. In den zwei Jahrzehnten als Flugkapitän hatte er sich an den Anblick von Passagieren gewöhnt, die am Terminal abgeholt wurden. Die meisten Piloten fuhren allein nach Hause.

Chloe und Rayford verstanden sich besser als je zuvor. Sie waren Freunde geworden, Vertraute. Auch wenn sie nicht in allem einer Meinung waren, ihre Trauer und ihr Verlust hatten sie zusammengeschweißt. Sie waren verbunden in ihrem neuen Glauben und Partner in der *Tribulation Force*.

Rayford nahm seine Tochter in den Arm. »Ist alles in Ordnung?«

»Ja, aber Bruce hat versucht, dich zu erreichen. Er hat für heute abend eine Krisensitzung einberufen. Ich weiß nicht, was ansteht, doch er möchte, daß wir versuchen, Buck zu erreichen.«

»Wie bist du hergekommen?«

»Mit dem Taxi. Ich wußte ja, daß dein Wagen am Flughafen steht.«

»Wo steckt Buck? Hast du ihn schon erreicht?«

»Er wollte sich einen Wagen kaufen und eine Wohnung suchen. Er kann überall stecken.«

»Hast du im Büro des Weekly angerufen?«

»Ich habe heute nachmittag mit Alice, der Sekretärin, gesprochen. Er wird erst am Montag erwartet, doch wir können es ja vom Wagen aus noch einmal probieren. Ich meine, du kannst. Du solltest ihn anrufen, meinst du nicht?«

Rayford unterdrückte ein Lächeln.

Alice saß mit vorgestrecktem Kopf an ihrem Schreibtisch, blickte Buck an und versuchte, nicht laut loszulachen, während er flüsternd mit ihr flachste. Während der ganzen Zeit fragte er sich, wie viele seiner Sachen aus dem geräumigen Büro in Manhattan er wohl in dieser Zelle unterbringen konnte, die er mit der Gemeinschaftskaffeemaschine würde teilen müssen.

Das Telefon läutete. Über die Gegensprechanlage konnte Buck die Unterhaltung mitanhören. Die Stimme der Empfangsdame ertönte. »Alice, ist Buck Williams noch da?«

»Ja.«

»Hier ist ein Anruf für ihn.«

Es war Rayford Steele. »Um halb acht heute abend?« fragte Buck. »Sicher, ich komme. Was ist los? Hm? Grüßen Sie sie von mir. Ja. Wir sehen uns heute abend in der Gemeinde.«

Er legte gerade den Hörer auf, als Verna an die Tür kam. Sie runzelte mißbilligend die Stirn. »Gibt es ein Problem?« fragte er.

»Sie werden bald Ihr eigenes Telefon haben«, erwiderte sie. »Kommen Sie herein.«

Sobald er Platz genommen hatte, informierte Verna ihn mit einem boshaften Lächeln darüber, daß er nicht mehr der Leitartikel schreibende Weltenbummler des *Global Weekly* sei. »Wir hier in Chicago spielen eine wichtige, wenn auch untergeordnete Rolle in der Zeitung«, erklärte sie ihm. »Wir interpretieren nationale und internationale Nachrichten vom regionalen Standpunkt aus und liefern unsere Artikel nach New York.«

Buck setzte sich auf. »Dann werde ich also die Aufgabe haben, über den Chicagoer Viehmarkt zu berichten?«

»Ich finde das gar nicht lustig, Cameron. Aber ich habe Sie noch nie besonders witzig gefunden. Sie werden schreiben, was Ihnen aufgetragen wird. Ihre Arbeit wird von einem Redakteur und von mir durchgesehen werden, und ich werde entscheiden, ob sie wichtig genug ist, um nach New York weitergegeben zu werden.«

Buck seufzte. »Ich hatte noch keine Gelegenheit, den großen Boß zu fragen, was aus meiner angefangenen Arbeit werden soll. Vermutlich wissen Sie das auch nicht?«

»Ihr Kontakt zu Stanton Bailey wird von nun an auch nur noch über mich laufen. Ist das klar?«

»Bedeutet Ihre Frage, ob ich das verstanden habe oder ob ich einverstanden bin?«

»Keins von beidem«, gab sie wütend zurück. »Ich fragte nur, ob Sie sich dem fügen werden.«

»Das ist unwahrscheinlich«, erwiderte Buck, der spürte, wie ihm das Blut zu Kopf stieg. Er hatte nicht vor, sich auf eine Auseinandersetzung mit Verna einzulassen. Aber er würde sich auch nicht von jemandem unterbuttern lassen, der keine Ahnung vom Journalismus hatte und schon gar nicht auf Lucinda Washingtons Stuhl gehörte.

»Ich werde diese Angelegenheit mit Mr. Bailey besprechen«, sagte Verna. »Wie Sie sich vorstellen können, stehen mir Mittel und Wege zur Verfügung, aufsässige Angestellte zur Vernunft zu bringen.«

»Das kann ich mir vorstellen. Warum rufen Sie ihn nicht sofort an?«

»Wozu?«

»Um herauszufinden, was ich tun soll. Ich habe meine Degradierung und die Strafversetzung akzeptiert. Aber Sie wissen genausogut wie ich, daß es eine Vergeudung meiner Kontakte und meiner Erfahrung wäre, wenn ich mich nur noch mit Provinzangelegenheiten beschäftigen würde.«

»Und Ihres Talents, wollen Sie vermutlich sagen?«

»Denken Sie, was Sie wollen. Aber bevor Sie mich hier verheizen: Ich habe Dutzende von Stunden in meinen Leitartikel über die Theorien zu dem großen Verschwinden investiert ... Ach, wieso spreche ich überhaupt mit Ihnen darüber?«

»Weil ich Ihre Vorgesetzte bin und weil es unwahrscheinlich ist, daß ein Reporter des Chicagoer Büros einen Leitartikel schreibt.«

»Nicht einmal ein Reporter, der bereits mehrere geschrieben hat? Rufen Sie doch Bailey an. Als ich das letzte Mal mit ihm über meinen Artikel gesprochen habe, sagte er, er sei sicher, daß er auf die Titelseite kommen würde.«

»Ach ja? Als ich das letzte Mal mit ihm gesprochen habe, hat er mir von Ihrem letzten Gespräch berichtet.«

»Das war ein Mißverständnis.«

»Es war eine Lüge! Sie sagten, Sie seien an einem bestimmten Ort gewesen, und alle Anwesenden behaupten, sie hätten Sie nicht gesehen. Ich hätte Sie gefeuert!«

»Wenn Sie die Macht hätten, mich zu entlassen, wäre ich schon längst freiwillig gegangen.«

»Sie möchten gehen?«

»Ich sage Ihnen, was ich möchte, Verna. Ich möchte ...«

»Ich erwarte von meinen Untergebenen, daß Sie mich Miss Zee nennen.«

»In diesem Büro haben Sie keine Untergebenen«, entgegnete Buck. »Und haben Sie keine Angst ...«

»Treiben Sie es nicht zu weit, Cameron.«

»Haben Sie keine Angst, daß Miss Zee zu sehr nach Missy klingt?«

Sie stand auf. »Folgen Sie mir.« Sie eilte an ihm vorbei und marschierte aus ihrem Büro, den Flur entlang.

Buck blieb an Alices Schreibtisch stehen. »Danke für alles, Alice«, sagte er schnell. »Ich erwarte einen Haufen Zeug aus New York, und ich möchte Sie bitten, alles in meine neue Wohnung weiterzuleiten.«

Alice nickte, doch ihr Lächeln gefror, als Vernas Stimme ertönte. »Kommen Sie, Cameron!«

Buck drehte sich zu ihr um. »Ich komme noch einmal zu Ihnen, Alice.« Buck ging bewußt langsam und trieb Verna damit zum Wahnsinn. Die Leute bemühten sich, so zu tun, als würden sie das Geschehen nicht aufmerksam verfolgen, hatten jedoch Mühe, ein Grinsen zu unterdrücken.

Verna marschierte zu der Ecke, die als Kaffeeraum gedacht war, und deutete auf einen kleinen Schreibtisch mit einem Telefon und einem Aktenschrank. Buck schnaubte innerlich vor Wut.

»In etwa einer Woche werden Sie einen Computer bekommen«, erklärte Verna.

»Lassen Sie ihn in meine Wohnung bringen.«

»Ich fürchte, das kommt nicht in Frage.«

»Nein, Verna, außer Frage steht, daß Sie versuchen, Ihren Frust an mir auszulassen. Sie wissen genauso gut wie ich, daß niemand mit auch nur einer Unze Selbstachtung das hinnehmen würde. Wenn ich schon von Chicago aus arbeiten soll, dann werde ich zu Hause arbeiten, mit einem Computer, einem Modem und einem Faxgerät. Und wenn Sie mich aus irgendeinem Grund in diesem Büro wiedersehen wollen, werden Sie jetzt sofort mit Stanton Bailey sprechen müssen.«

Buck eilte wütend zu Vernas Büro zurück. Er ging an Alice vorbei, die sehr bekümmert aussah, und wartete an Vernas Schreibtisch, bis diese ihn einholte. »Wollen Sie wählen, oder soll ich?« fragte er barsch.

Rayford und Chloe beschlossen auf dem Heimweg, in einem Restaurant zu Abend zu essen. Als sie schließlich nach Hause kamen, befand sich eine dringende Nachricht von Rayfords Chefpilot auf dem Anrufbeantworter, der Ray bat, ihn anzurufen, sobald er nach Hause kommen würde.

Rayford nahm sich nicht erst die Zeit, seinen Mantel auszuziehen, sondern wählte sofort die Nummer. »Was ist los, Earl?«

»Danke, daß du mich sofort zurückrufst, Ray. Du weißt, wir beide haben gemeinsam einen langen Weg zurückgelegt.«

»Der Weg war lang genug, daß du gleich zur Sache kommen kannst, Earl. Was habe ich jetzt wieder angestellt?«

»Dies ist kein offizieller Anruf, in Ordnung? Kein Vorwurf, keine Warnung oder so etwas. Nur ein Rat von Freund zu Freund.«

»Also, von Freund zu Freund, Earl, muß ich mich hinsetzen?«

»Nein, aber laß mich dir eines sagen, Kollege: Du mußt aufhören, die Leute bekehren zu wollen.«

»Womit?«

»Während der Arbeit über Gott zu sprechen, Mann.«

»Earl, ich ziehe mich doch zurück, wenn jemand etwas sagt, und du weißt, daß mich das in meiner Arbeit nicht behindert. Aber was steckt denn deiner Meinung nach hinter dem Massenverschwinden?«

»Darüber haben wir doch bereits gesprochen, Ray. Ich sage dir nur, daß Nicky Edward einen Bericht über dich schreiben wird, und ich möchte sagen können, daß wir das Thema bereits angegangen sind und du damit aufhören wirst.«

»Er will einen Bericht schreiben? Habe ich denn eine Regel gebrochen, gegen eine Anweisung gehandelt, ein Verbrechen begangen?«

»Ich weiß nicht, wie er das nennen will, aber du bist gewarnt, in Ordnung?«

»Ich dachte, du hättest gesagt, dies sei nicht offiziell?«

»Das ist es auch nicht, Ray. Möchtest du es gern offiziell werden lassen? Muß ich dich morgen wieder anrufen und dich herzitieren und außerdem noch einen Vermerk für deine Akte anfertigen und all das, oder kann ich die Wogen glätten und allen sagen, es sei nur ein Mißverständnis, du hättest dich jetzt abgekühlt, und es würde nicht wieder passieren?«

Rayford antwortete nicht sofort.

»Komm schon, Ray, das ist doch nicht viel verlangt! Mir gefällt nicht, daß du zuerst darüber nachdenken mußt.«

»Nun, ich werde aber darüber nachdenken, Earl. Ich danke dir für deine Vorwarnung, doch ich bin noch nicht bereit, jetzt schon nachzugeben.«

»Tu mir das nicht an, Ray.«

»Ich tue dir das nicht an, Earl. Ich tue es mir selbst an.«

»Ja, und ich bin derjenige, der dann einen Ersatzpiloten für die 47 und 57 finden muß.«

»So ernst ist es also.«

»Das kannst du glauben.«

»Ich muß trotzdem noch mal darüber nachdenken.«

»Dann beeile dich, Ray. Hör zu, falls du zu Verstand kommst und wir das aus der Welt schaffen können, mußt du bald deine Zusatzprüfung für die 57 machen. In ungefähr einem Monat bekommt die Fluggesellschaft etwa ein halbes Dutzend neue Maschinen, die von hier aus starten werden. Du willst doch auf der Pilotenliste stehen. Mehr Geld, du weißt schon.«

»Geld bedeutet mir nicht mehr viel, Earl.«

»Ich weiß.«

»Aber die Vorstellung, die 757 zu fliegen, reizt mich schon. Ich melde mich wieder.«

»Laß mich nicht zu lange warten, Ray.«

»Ich werde versuchen, Mr. Bailey zu erreichen«, sagte Verna. »Aber sicher ist Ihnen klar, daß es in New York schon sehr spät und er sicherlich nicht mehr zu erreichen ist.«

»Er ist immer da, das wissen Sie genau. Versuchen Sie es über seine Direktdurchwahl.«

»Diese Nummer habe ich nicht.«

»Ich schreibe sie Ihnen auf. Vermutlich spricht er gerade mit meinem Ersatzmann.«

»Ich werde ihn anrufen, Cameron, und sogar Sie zu Wort kommen lassen. Aber zuerst werde ich sprechen, und ich nehme für mich das Recht in Anspruch, ihm zu erzählen, wie aufsässig und respektlos Sie gewesen sind. Bitte warten Sie draußen.«

Alice suchte gerade ihre Sachen zusammen und machte sich bereit zu gehen, als Buck mit einem schelmischen Blick auftauchte. Andere verließen bereits das Bürogebäude und strömten zu ihren Wagen oder zum Zug. »Haben Sie alles gehört?« fragte Buck flüsternd.

»Ich höre alles«, erklärte sie leise. »Sie kennen doch diese neuen Gegensprechanlagen, die, bei denen man nicht warten muß, bis der andere fertig geredet hat?«

Er nickte.

»Nun, man merkt nicht, wenn jemand zuhört. Man drückt einfach den Übertragungsknopf, so, und schon kann man alles hören, ohne selbst gehört zu werden. Toll, nicht?«

Aus der Gegensprechanlage auf ihrem Schreibtisch hörte man das Telefon in New York läuten.

»Stanton. Wer spricht?« meldete sich dann eine ärgerliche Stimme.

»Äh, Sir, es tut mir leid, daß ich Sie so spät noch stören muß ...«

»Sie haben die Nummer, dann muß es sich um etwas Wichtiges handeln. Also, wer spricht?«

»Verna Zee aus Chicago.«

»Ja, Verna, was ist los?«

»Ich habe Schwierigkeiten hier, Sir. Mit Cameron Williams.«

»Ach ja, ich wollte Ihnen noch sagen, daß Sie ihm einfach aus dem Weg gehen. Er arbeitet an einigen großen Sachen für mich. Sie haben sicher ein hübsches Büro, in dem er arbeiten kann, vielleicht sollten wir ihn aber auch von seiner Wohnung aus arbeiten lassen?«

»Wir haben ein Büro für ihn, Sir, aber er war unhöflich und aufsässig zu mir, und ...«

»Hören Sie, Verna. Sie brauchen sich um Williams keine Gedanken zu machen. Aus irgendeinem für mich noch unvorstellbaren Grund ist er erst mal aus dem Weg geräumt worden, doch wir wollen uns den Tatsachen stellen: Er ist immer noch unser Star hier, und er wird seine Arbeit fortsetzen wie bisher. Er bekommt weniger Geld, hat einen weniger klangvollen Titel und wird auch nicht mehr von New York aus arbeiten, doch er wird seine Aufgaben von hier bekommen. Sie brauchen sich nicht um ihn zu kümmern, klar? Wenn ich es so recht bedenke, ist es vermutlich besser, wenn er nicht im Büro arbeitet.«

»Aber, Sir ...«

»Sonst noch etwas, Verna?«

»Nun, ich wünschte, Sie hätten mich vorher darüber in Kenntnis gesetzt. Sie müssen mir den Rücken stärken. Er hat sich mir gegenüber unangemessen verhalten, und ...«

»Was meinen Sie? Ist er mit Ihnen aneinandergeraten oder zudringlich geworden oder was?«

Buck und Alice preßten sich die Hände auf den Mund, um nicht laut loszulachen. »Nein, Sir, doch er hat klargestellt, daß er sich mir nicht unterordnen wird.«

»Das tut mir leid, Verna, aber es war doch damit zu rechnen, daß er das nicht tun wird. Ich werde Cameron Williams' Talent nicht an irgendwelche Provinznachrichten vergeuden – nicht, daß wir nicht alles zu schätzen wüßten, was aus Ihrem Büro kommt, verstehen Sie mich nicht falsch.«

»Aber, Sir ...«

»Es tut mir leid, Verna. Gibt es sonst noch etwas? Drücke ich mich nicht klar aus, oder wo liegt das Problem? Sagen Sie ihm, er soll seine Ausrüstung bestellen und sie dem Chicagoer Büro in Rechnung stellen. Aber er arbeitet für uns hier in New York, ist das klar?«

»Aber sollte er sich nicht entschuld...«

»Verna, erwarten Sie wirklich von mir, daß ich aus tausend Kilometern Entfernung in einem persönlichen Konflikt vermittle? Wenn Sie damit nicht fertigwerden ...«

»Ich kann, Sir, und ich werde. Vielen Dank, Sir. Es tut mir leid, daß ich Sie gestört habe.«

Die Gegensprechanlage summte. »Alice, schicken Sie ihn herein.«

»Ja, Miss Zee, und darf ich dann ...«

»Ja, Sie können gehen.«

Alice nahm ihre Sachen, doch Buck spürte, daß sie in Hörweite stehenblieb. Er marschierte in das Büro, als erwarte er, mit Stanton Bailey zu sprechen.

»Er will nicht mit Ihnen sprechen. Und er hat deutlich gemacht, daß von mir nicht erwartet wird, Ihre Launen hinzunehmen. Sie werden von Ihrer Wohnung aus arbeiten. Haben Sie mich verstanden?«

Buck wollte ihr sagen, daß er auf die Arbeit verzichten würde, die sie ihm zugedacht hatte, doch er verspürte bereits Gewissensbisse, weil er ihr Gespräch belauscht hatte. Das war etwas Neues. Schuldgefühle.

»Ich werde versuchen, Ihnen aus dem Weg zu gehen«, stimmte er ihr zu.

»Das würde ich zu schätzen wissen.«

Als er den Parkplatz erreichte, wartete Alice bereits auf ihn. »Das war großartig«, sagte sie.

»Sie sollten sich schämen.« Er grinste breit.

»Sie haben auch gelauscht.«

»Allerdings. Bis dann.«

»Ich werde meinen Zug verpassen«, meinte sie. »Aber das war es wert.«

»Kann ich Sie irgendwo absetzen? Sagen Sie mir einfach, wo.«

Alice wartete darauf, daß er den Wagen aufschloß. »Schöner Wagen.«

»Brandneu«, antwortete er. Und genauso fühlte auch er sich.

Rayford und Chloe trafen frühzeitig in der *New Hope Village Church* ein. Bruce war bereits dort und aß gerade ein Sandwich. Er war in den letzten Wochen gealtert und sah nicht aus, als wäre er gerade erst dreißig. Nachdem er sie begrüßt hatte, nahm Bruce seine Brille ab und lehnte sich auf seinem Stuhl zurück. »Habt ihr Buck erreicht?« fragte er.

»Er sagte, er würde kommen«, erwiderte Rayford. »Was ist los?«

»Habt ihr heute schon Nachrichten gehört?«

»Eigentlich nicht. Gibt es etwas Wichtiges?«

»Ich glaube schon. Aber es ist wahrscheinlich besser, wenn wir noch auf Buck warten.«

»Dann will ich Ihnen in der Zwischenzeit erzählen, welchen Ärger ich heute hatte«, sagte Rayford.

Als er seinen Bericht beendet hatte, lächelte Bruce. »Ich wette, so etwas hat noch nie in Ihrer Personalakte gestanden.«

Rayford schüttelte traurig den Kopf und wechselte das Thema. »Es erscheint mir seltsam, daß Buck dem inneren Kreis angehört, vor allem, wo ihm das alles noch so neu ist.«

»Uns allen ist das doch neu, oder?« warf Chloe ein.

Bruce blickte auf und lächelte. Rayford und Chloe drehten sich um. Buck stand im Türrahmen.

2

Buck wußte nicht, wie er reagieren sollte, als Rayford Steele ihn herzlich begrüßte. Er schätzte die Herzlichkeit und Offenheit seiner drei neuen Freunde, doch irgend etwas hielt ihn zurück. Diese Art von Zuneigung war ihm immer noch fremd. Und warum dieses Treffen heute abend? Die *Tribulation Force* hatte sich auf einen bestimmten Turnus geeinigt, also mußte dieses außergewöhnliche Treffen eine besondere Bedeutung haben.

Chloe blickte ihn erwartungsvoll an, als sie ihn begrüßte, doch im Gegensatz zu ihrem Vater und Bruce Barnes umarmte sie ihn nicht. Ihre Zurückhaltung war natürlich seine Schuld. Buck machte sich Vorwürfe. In einer Nachricht hatte er ihr geschrieben, daß er sich zu ihr hingezogen fühle. Doch er mußte vorsichtig sein. Beide waren Neulinge im Glauben, und sie erfuhren gerade erst, was die Zukunft ihnen bringen würde. Nur ein Narr würde in einer solchen Zeit eine Beziehung eingehen.

Und doch, war er nicht gerade das – ein Narr? Wie konnte es sonst sein, daß er so lange gebraucht hatte, etwas über Christus zu erfahren, wo er doch die Sterne studierte und ein internationaler Journalist war, ein sogenannter Intellektueller?

Was war mit ihm passiert? Er fühlte sich schuldig, weil er ein Telefongespräch belauscht hatte, in dem über ihn gesprochen worden war. Nie hatte er sich früher Gedanken gemacht, wenn er gelauscht hatte. Die Tricks, Intrigen und Lügen, die früher zur Jagd nach einer Story gehört hatten, könnten ein ganzes Buch füllen. Würde er nun, da Gott in seinem Leben einen wichtigen Platz einnahm und er selbst wegen Kleinigkeiten Gewissensbisse bekam, noch ein ebenso guter Journalist sein?

Rayford spürte Bucks Unbehagen und Chloes Zögern. Doch vor allem bemerkte er die Veränderung in Bruces Verhalten. Als Rayford ihm von den Schwierigkeiten im Beruf erzählt hatte, hatte er gelächelt, und auch Buck hatte er mit einem Lächeln begrüßt. Doch nun hatte sich sein Gesichtsausdruck verfinstert. Sein Lächeln war verschwunden, und es fiel ihm schwer, Haltung zu bewahren.

Rayford kannte diese Art von Sensibilität nicht. Vor dem Verschwinden seiner Frau und seines Sohnes hatte er Jahre nicht geweint. Gefühle zu zeigen war in seinen Augen unmännlich und ein Zeichen von Schwäche. Doch seit dem weltweiten Verschwinden hatte er viele Männer weinen sehen.

Für die Zurückgelassenen war die Entrückung eine Katastrophe. Selbst für ihn und Chloe, die dadurch zum Glauben gefunden hatten. Der Schmerz, den anderen Teil der Familie verloren zu haben, war schrecklich. Es gab Tage, an denen Rayford so in seine Trauer um seine Frau und seinen Sohn versunken war, daß er sich fragte, ob er weiterleben konnte. Wie hatte er nur so blind sein können? Er hatte als Ehemann und als Vater versagt!

Doch Bruce war ein weiser Ratgeber gewesen. Auch er hatte Frau und Kinder verloren und hätte doch als Pastor auf jeden Fall auf die Wiederkunft Christi vorbereitet sein müssen. Mit der Hilfe von Bruce und den anderen beiden Menschen im Raum konnte Rayford weiterleben, das wußte er. Doch Rayford ging es nicht nur um das reine Überleben. Er war zu der Überzeugung gelangt, daß er – und sie alle – würden handeln müssen, vielleicht sogar unter Einsatz ihres Lebens.

Wenn es auch nur den geringsten Zweifel daran gegeben hätte, so wäre er verschwunden, als Bruce Barnes endlich zu sprechen begann. Der junge Pastor preßte die Lippen aufeinander, damit sie nicht zitterten. Seine Augen füllten sich mit Tränen.

»Ich, äh, muß mit euch allen sprechen«, begann er. Er hielt inne, um die Fassung zurückzugewinnen. »Im Augenblick kommen so viele Nachrichten aus New York, daß ich mich entschlossen habe, den Fernsehsender CNN ununterbrochen laufenzulassen. Rayford, Sie sagten, Sie hätten die neuesten Nachrichten noch nicht gehört. Chloe?« Diese schüttelte den Kopf. »Buck, ich nehme an, daß Sie Zugang zu jedem Kommentar Carpathias haben?«

»Heute nicht«, erwiderte Buck. »Ich bin erst heute abend ins Büro gegangen und habe nichts gehört.«

Bruces Gesicht verfinsterte sich wieder, dann lächelte er entschuldigend. »Nicht, daß die Nachricht so niederschmetternd wäre«, sagte er dann. »Es ist nur, ich empfinde eine so große Verantwortung für euch alle. Ihr wißt, daß ich versuche, diese Gemeinde zu leiten. Doch viel wichtiger erscheint mir das Studium des prophetischen Wortes. Ich verbringe die meiste Zeit damit, Bibel und Kommentare durchzuarbeiten, und ich spüre die Last, die Gott mir auferlegt hat.«

»Eine Last?« wiederholte Rayford. Doch Bruce brach in Tränen aus. Chloe legte ihre Hand auf seine. Auch Rayford und Buck versuchten, ihn zu trösten.

»Es ist so schwierig«, sagte Bruce, der um Fassung rang, damit er sich verständlich machen konnte. »Und ich weiß, daß ich nicht allein dastehe. Auch ihr seid betroffen und alle, die zu dieser Gemeinde kommen. Wir alle leiden, wir alle haben liebe Menschen verloren, wir alle haben die Wahrheit übersehen.«

»Aber nun haben wir sie gefunden«, fügte Chloe hinzu, »und Gott hat durch Sie gesprochen, um sie uns zu verkünden.«

»Ich weiß. Ich bin nur so durcheinander, daß ich mich frage, was als nächstes kommt«, meinte Bruce. »Mein Haus ist so groß, so kalt und einsam ohne meine Familie, daß ich abends manchmal gar nicht nach Hause gehe. Oft lese ich so lange, bis ich einschlafe, und morgens gehe ich nur nach Hause, um zu duschen, mich umzuziehen und wieder herzukommen.«

Rayford fühlte sich unbehaglich und wendete den Blick ab. Wenn er derjenige gewesen wäre, der seine Freunde zusammengerufen hätte, hätte er gewollt, daß jemand das Thema wechselt, daß er auf den Grund des Treffens angesprochen würde. Doch Bruce war anders. Er hatte sich immer auf seine ihm eigene Weise mitgeteilt, wenn er es für richtig hielt.

Bruce griff nach einem Taschentuch, und die anderen drei lehnten sich in ihren Stühlen zurück. Als Bruce wieder das Wort ergriff, war seine Stimme immer noch belegt. »Ich empfinde einen enormen Druck«, sagte er. »Früher ist es mir immer schwer gefallen, regelmäßig in der Bibel zu lesen. Ich gab vor, Christ zu sein, im sogenannten vollzeitlichen Dienst, doch die Bibel war mir egal. Und nun kann ich nicht genug davon bekommen.«

Buck verstand ihn. Auch er wollte alles wissen, was Gott ihm seit Jahren klarzumachen versucht hatte. Das war, abgesehen von Chloe, ein Grund, warum es ihm nichts ausmachte, nach Chicago versetzt worden zu sein. Er wollte in diese Gemeinde kommen und hören, was Bruce zu sagen hatte, wann immer es möglich war. Als Mitglied dieser kleinen Kerngruppe wollte er sich intensiv mit den Einsichten des Pastors und seinen Lehren beschäftigen.

Sein Job war ihm wichtig, doch Gott kennenzulernen und auf ihn zu hören, war ihm jetzt wichtiger. Das andere war nur ein Mittel zum Zweck.

Bruce blickte auf. »Jetzt verstehe ich, was die Leute gemeint haben, wenn sie sagten, sie erfreuten sich an dem Wort Gottes. Manchmal sitze ich stundenlang und nehme es in mich auf, verliere jegliches Zeitgefühl, vergesse, zu essen, zu weinen und zu beten. Manchmal kann ich nur vor meinem Stuhl auf die Knie fallen und Gott anflehen, mir sein Wort zu erschließen. Doch am meisten erschreckt es mich, daß er meine Bitten erhört.«

Buck sah, wie Rayford und Chloe nickten. Er war noch nicht so lange dabei wie sie, doch er empfand denselben Hunger und Durst nach dem Wort Gottes. Aber worauf wollte Bruce hinaus? Wollte er sagen, daß Gott ihm etwas offenbart hatte?

Bruce atmete tief durch und erhob sich. Er setzte sich auf die Kante seines Schreibtisches. »Ich brauche eure Gebete«, sagte er. »Gott zeigt mir Dinge, teilt mir Wahrheiten mit, die ich kaum erfassen kann. Und wenn ich sie in der Öffentlichkeit sagen würde, würde man über mich lachen, und vermutlich geriete ich sogar in Gefahr.«

»Natürlich werden wir beten«, erklärte Rayford. »Aber was hat das mit den heutigen Nachrichten zu tun?«

»Alles, Rayford.« Bruce schüttelte den Kopf. »Versteht ihr denn nicht? Wir wissen, daß Nicolae Carpathia der Antichrist ist. Das müssen wir gar nicht allein an Bucks Geschichte von Carpathias übernatürlicher hypnotischer Kraft und der Ermordung der beiden Männer festmachen. Auch ohne das gibt es genügend Hinweise, daß Carpathia der prophetischen Beschreibung entspricht. Er ist ein Betrüger. Er ist ein Verführer, der die Menschen betört. Die Massen stehen hinter ihm. Anscheinend widerstrebend hat er das ihm angebotene Amt des Generalsekretärs der Vereinten Nationen angenommen. Er strebt eine Weltregierung an, eine einheitliche Weltwährung, einen Vertrag mit Israel und die Verlegung der UNO nach Babylon. Das allein ist der Beweis. Wie kann es sein, daß ein Mensch all diese Dinge anstrebt und nicht der Antichrist ist?«

»Wir wußten, daß das kommen würde«, warf Buck ein. »Aber ist er denn mit all dem an die Öffentlichkeit gegangen?«

»Ja. Heute.«

Buck pfiff leise vor sich hin. »Was hat Carpathia gesagt?«

»Er hat es durch seinen Pressesprecher ankündigen lassen, Ihren ehemaligen Chef. Wie heißt er noch gleich?«

»Plank.«

»Richtig, Steve Plank. Es gab eine Pressekonferenz, in der er die Medien darüber informierte, daß Carpathia einige Tage lang nicht erreichbar sei, weil er Gespräche mit hochrangigen Persönlichkeiten führen würde.«

»Hat er auch gesagt, worum es in diesen Gesprächen gehen wird?«

»Er sagte, daß Carpathia die Führung zwar nicht anstrebe, sich jedoch verpflichtet fühle, die Welt zu vereinen, um Frieden zu schaffen. Er hat bestimmte Gremien eingesetzt, um die Abrüstung der einzelnen Völker zu überwachen. Zehn Prozent der Waffen jeder Nation sollen ihm zur Verfügung gestellt und nach Babylon gebracht werden, dem er den Namen Neu-Babylon gegeben hat. Die internationale Finanzgemeinschaft, deren Repräsentanten sich bereits zu Gesprächen in New York aufhalten, ist mit der Einführung einer einheitlichen Weltwährung beauftragt worden.«

»Ich hätte es nicht für möglich gehalten.« Buck runzelte die Stirn. »Vor einiger Zeit hat mir ein Freund das alles erzählt.«

»Aber das ist noch nicht alles«, fuhr Bruce fort. »Meint ihr, es sei Zufall, daß sich in der vergangenen Woche, als Carpathia in New York eintraf, gerade die Führer aller großen Religionsgemeinschaften dort aufhielten? Was könnte es anderes sein als die Erfüllung einer Prophezeiung? Carpathia drängt sie, sich zusammenzusetzen. Sie sollen Toleranz üben und ihre gemeinsamen Glaubensüberzeugungen respektieren.«

»Ihre gemeinsamen Glaubensüberzeugungen?« fragte Chloe. »Einige dieser Religionen sind so grundverschieden, daß sie niemals eine Einigung erreichen werden.«

»In der Bibel wird geweissagt, daß sie es schaffen werden«, hielt Bruce dagegen. »Offensichtlich handelt Carpathia Kompromisse aus. Ich weiß nicht, was er ihnen anbietet, doch gegen Ende der Woche wird von den religiösen Führern eine Erklärung erwartet. Ich schätze, daß es auf eine Weltreligion hinausläuft.«

»Das werden die Menschen niemals akzeptieren!«
»In der Bibel steht, daß viele sich darauf einlassen werden.«

Rayfords Gedanken überschlugen sich. Seit dem Massenverschwinden war es ihm schwergefallen, sich auf irgend etwas zu konzentrieren. Manchmal fragte er sich, ob das nicht alles nur ein verrückter Alptraum war, aus dem er bald aufwachen würde. Ging es ihm vielleicht wie Scrooge, der Figur von Charles Dickens, der durch einen Alptraum erkannte, wieviel Unrecht er in seinem Leben getan hatte? Oder war es wie bei George Bailey aus dem Film »Ist das Leben nicht wunderbar?«, dem man seinen sehnlichsten Wunsch erfüllte und der sich dann wünschte, er hätte diesen Wunsch nie gehabt?

Rayford kannte zwei Menschen – Buck und Hattie –, die den Antichristen persönlich kennengelernt hatten! Das war alles zu seltsam. Wenn er sich gestattete, darüber nachzudenken, erschauderte er vor Furcht. Die kosmische Schlacht zwischen Gott und Satan war in sein Leben eingebrochen, und in einem Augenblick hatte er sich von einem skeptischen Zyniker, einem treulosen Vater und Ehemann in einen fanatischen Anhänger Christi verwandelt.

»Warum hat Sie diese Nachricht so erschüttert, Bruce?« fragte Rayford. »Ich glaube nicht, daß einer von uns Zweifel hatte an Bucks Geschichte oder an der Tatsache, daß Carpathia der Antichrist ist.«

»Ich weiß es nicht, Rayford.« Bruce setzte sich wieder auf seinen Stuhl. »Ich weiß nur, daß die Last auf meinen Schultern um so schwerer wird, je besser ich das Wort Gottes kennenlerne, je tiefer ich in die Bibel eindringe. Die Welt muß erfahren, daß sie getäuscht wird. Ich spüre den Drang, überall Christus zu verkünden, nicht nur hier. Die Kirche ist voll von verängstigten Menschen, und sie hungern nach dem Wort Gottes. Wir versuchen diesem Bedürfnis zu entsprechen, doch es wird noch mehr auf uns zukommen.

Was mich heute wirklich getroffen hat, ist die Nachricht, daß Carpathia sich um eine, wie er es ausdrückte, ›Übereinkunft‹ zwischen der Weltgemeinschaft und Israel bemühen wird, sowie um ein ›besonderes Abkommen‹ zwischen den Vereinten Nationen und den Vereinigten Staaten.«

Buck fuhr hoch. »Was soll das heißen?«

»Ich weiß nicht. So sehr ich auch die Bibel studiere, ich kann nicht erkennen, daß die Vereinigten Staaten in dieser Phase der Geschichte irgendeine Rolle spielen. Aber wir wissen ja alle, was diese ›Übereinkunft‹ mit Israel zu bedeuten hat. Ich weiß nicht, wie sie im einzelnen aussehen oder was es dem Heiligen Land konkret bringen soll, aber ganz eindeutig ist damit der Siebenjahresvertrag gemeint.«

Chloe sah erschrocken auf. »Und der ist der Anfang der siebenjährigen ›Zeit der Bedrängnis‹.«

»Genau.« Bruce blickte in die Runde. »Wenn in dieser Erklärung irgend etwas über ein Versprechen Carpathias gesagt wird, daß Israel in den kommenden sieben Jahren beschützt werden soll, dann beginnt offiziell die Zeit der Bedrängnis.«

Buck machte sich Notizen. »Diese sieben Jahre haben also nicht mit der Entrückung begonnen?«

»Nein«, erwiderte Bruce. »Einerseits hoffte ich, daß der Vertrag mit Israel durch irgend etwas verzögert werden würde. In der Bibel steht nichts davon, daß es sofort geschehen muß. Doch wenn er erst einmal geschlossen ist, beginnt die Uhr zu ticken.«

»Aber das bedeutet doch auch, daß danach der Zeitpunkt kommt, an dem Christus sein Reich hier auf der Erde aufrichtet, oder?« fragte Buck. Rayford war beeindruckt, daß Buck in so kurzer Zeit so viel gelernt hatte.

Bruce nickte. »Das stimmt. Und das ist auch der Grund für dieses Treffen. Ich muß euch allen etwas sagen. Ich werde an jedem Wochentag von acht bis zehn Uhr eine zweistündige Bibelstunde halten. Nur für uns.«

»Ich werde viel unterwegs sein«, warf Buck ein.

»Ich auch«, fügte Rayford hinzu.

Bruce hob die Hand. »Ich kann euch natürlich nicht dazu zwingen, doch ich bitte euch zu kommen, wann immer ihr in der Stadt seid. Ich werde an euch weitergeben, was Gott mir offenbart. Einiges davon habt ihr bereits gehört. Doch wenn der Vertrag mit Israel tatsächlich in den kommenden Tagen zustande kommt, bleibt uns nicht mehr viel Zeit. Ich spüre, daß ich mich noch stärker einsetzen muß. Wir müssen neue Gemeinden gründen, neue Kerngruppen von Gläubigen bilden. Ich möchte nach Israel fahren und mir anhören, was die beiden Zeugen an der Klagemauer zu sagen haben. Sicherlich werden bald die einhundertvierundvierzigtausend Juden, von denen die Bibel spricht, in der Welt herumreisen. Es werden viele Menschen zum Glauben kommen.«

»Das klingt phantastisch«, sagte Chloe. »Wir sollten uns darüber freuen.«

»Ich freue mich auch darüber«, entgegnete Bruce. »Aber wir werden wenig Zeit haben, uns zu freuen oder auszuruhen. Erinnert ihr euch an die sieben Gerichte, von denen die Offenbarung berichtet?« Sie nickte. »Wenn ich recht habe, werden sie bald beginnen. Es wird eine Phase des Friedens geben, die achtzehn Monate andauern wird, doch in den darauffolgenden drei Monaten wird die Erde von den restlichen Gerichten der sieben Siegel getroffen werden. Ein Viertel der Weltbevölkerung wird ausgelöscht werden. Ich möchte kein Schwarzseher sein, aber seht euch einmal in diesem Raum um und sagt mir, was das bedeutet?«

Rayford brauchte sich nicht umzusehen. Er saß mit den drei Menschen im Raum, die ihm am nächsten standen. Konnte es sein, daß er in weniger als zwei Jahren noch mehr geliebte Menschen verlieren würde?

Buck schloß sein Notizbuch. Er würde nicht aufschreiben, daß jemand in diesem Raum vielleicht bald tot sein würde. Er erinnerte sich an seinen ersten Tag im College, als sein Professor ihn aufgefordert hatte, nach rechts und nach links zu sehen, und gesagt hatte: »Einer von euch dreien wird in einem Jahr nicht mehr hier sein.« Doch im Vergleich zu der Voraussage von Bruce war das beinahe lustig.

»Aber wir wollen ja nicht einfach nur überleben«, sagte Buck. »Wir wollen handeln.«

»Ich weiß.« Bruce nickte. »Ich schätze, ich trauere nur schon im voraus. Es wird ein langer, schwerer Weg werden. Wir werden alle sehr beschäftigt und überarbeitet sein, und vor allem müssen wir jetzt durchdacht planen und handeln.«

»Ich habe überlegt, ins College zurückzukehren«, warf Chloe ein. »Natürlich nicht nach Stanford, aber hier irgendwo in der Nähe. Doch nun frage ich mich, ob sich das überhaupt noch lohnt?«

»Sie können hier ins College gehen«, sagte Bruce. »Jeden Abend um acht Uhr. Und noch etwas.«

»Das dachte ich mir schon«, warf Buck ein.

»Ich denke, wir brauchen ein Versteck.«

»Ein Versteck?« fragte Chloe überrascht.

»Eine unterirdische Zuflucht«, erklärte Bruce. »In der Zeit des Friedens können wir das Versteck bauen, ohne Verdacht zu erregen. Denn wenn die Gerichte beginnen, ist es dafür zu spät.«

»Worüber sprechen Sie eigentlich?«

»Ich spreche davon, einen Bagger zu bestellen und ein Loch graben zu lassen, in dem wir Zuflucht finden können. Es wird Krieg geben – Hungersnot, Seuchen und Tod.«

Rayford hob die Hand. »Aber ich dachte, wir würden nicht davonlaufen.«

»Das werden wir auch nicht«, erwiderte Bruce. »Doch wenn wir nicht vorausplanen, wenn wir keinen Ort haben, an den wir uns zurückziehen und neu gruppieren, an dem wir Strahlung und Krankheit entgehen können – dann werden wir bei dem Versuch sterben, der Welt zu zeigen, wie tapfer wir sind.«

Buck war von Bruces Umsicht beeindruckt. Er hatte einen Plan, einen wirklichen Plan. Bruce wollte einen riesigen Wassertank bestellen. Er würde ihn einige Wochen am Rand des Parkplatzes stehenlassen, und die Leute würden dann annehmen, es sei eine Art Vorratstank. Dann würde er ein großes Loch ausheben lassen, in dem der Tank Platz hätte. In der Zwischenzeit würden sie die Wände auskleiden, Wasser- und Elektrizitätsleitungen legen und es als Unterschlupf ausstatten. Irgendwann würde Bruce den Wassertank dann wieder abholen lassen. Die Leute würden dann annehmen, es sei die falsche Größe oder fehlerhaftes Material gewesen. Die anderen würden denken, er sei im Boden versenkt worden.

Von dem unterirdischen Versteck aus würde die *Tribulation Force* einen Gang zur Gemeinde graben, den sie aber erst benutzen würden, wenn es unerläßlich war. Alle ihre Treffen würden im Arbeitszimmer von Bruce stattfinden.

Der Abend wurde mit Gebet beschlossen. Die drei Neulinge im Glauben beteten eindringlich für Bruce und baten Gott, ihm die Kraft zu geben, die Last seiner Führungsverantwortung tragen zu können.

Buck drängte Bruce, nach Hause zu gehen und sich einmal richtig auszuschlafen. Auf dem Weg nach draußen wendete sich Buck an Chloe: »Ich wollte dir eigentlich meinen neuen Wagen zeigen, aber das scheint jetzt so unwichtig zu sein.«

»Ich weiß, was du meinst.« Sie lächelte. »Er sieht trotzdem gut aus. Möchtest du nicht zum Abendessen mit zu uns kommen?«

»Ich habe eigentlich keinen Hunger. Im übrigen muß ich langsam anfangen, mich in meiner neuen Wohnung einzurichten.«

»Hast du denn schon Möbel?« fragte sie. »Du könntest bei uns bleiben, bis du dir welche besorgt hast. Wir haben jede Menge Platz.«

Er dachte über die Ironie nach. »Danke«, sagte er. »Sie ist bereits möbliert.«

Rayford schloß sich ihnen an. »Wo sind Sie übrigens gelandet, Buck?«

Buck beschrieb die Wohnung, die auf halbem Weg zwischen der Gemeinde und dem *Weekly* lag.

»Das ist ja gar nicht weit.«

»Nein«, erwiderte Buck. »Ich lade euch alle ein, wenn ich mich eingerichtet habe.«

Rayford hatte seine Wagentür geöffnet, und Chloe wartete an der Beifahrertür. Schweigend standen die drei im trüben Licht der Straßenlaterne. »Na dann«, sagte Buck. »Ich mache mich jetzt besser auf den Weg.« Während Rayford in den Wagen stieg, blieb Chloe weiterhin stehen. »Bis dann.«

Sie zögerte einen Moment, dann stieg auch sie ein. Buck drehte sich um. Er fühlte sich wie ein Idiot. Was sollte er nur machen? Er wußte, daß sie auf ein Zeichen von ihm wartete und hoffte, daß er noch an ihr interessiert war. Und das war er ja auch. Es fiel ihm nur so schwer, das zu zeigen. Er wußte nicht, ob ihr Vater der Grund dafür war oder weil im Augenblick so vieles in seinem Leben passierte.

Buck dachte an Chloes Bemerkung, es habe nicht viel Sinn, das College zu besuchen. Das traf auch auf die Liebe zu. Natürlich war auch er einsam. Natürlich hatten sie viele Gemeinsamkeiten. Natürlich fühlte er sich zu ihr hingezogen, und es war klar, daß sie dasselbe für ihn empfand. Doch war sein Interesse für eine Frau im Augenblick nicht ein wenig trivial angesichts all dessen, worüber Bruce gesprochen hatte?

Buck hatte bereits seine Liebe zu Gott entdeckt. Dies mußte seine Leidenschaft bleiben, bis Christus wiederkam. Würde es richtig sein – oder weise –, sich gleichzeitig auf Chloe Steele zu konzentrieren? Er versuchte, sie aus seinen Gedanken zu verbannen.

»Du magst ihn, nicht wahr?« sagte Rayford, als er den Wagen aus der Parklücke lenkte.

»Er ist in Ordnung.«

»Ich spreche über Buck.«

»Ich weiß, über wen du sprichst. Er ist in Ordnung, aber er nimmt mich kaum noch zur Kenntnis.«

»Ihn beschäftigt so vieles.«

»Bruce schenkt mir mehr Aufmerksamkeit, und ihn beschäftigen im Moment mehr Dinge als irgendeinen von uns.«

»Laß Buck erst einmal Zeit, sich einzurichten, dann wird er sich schon um dich bemühen.«

»Er wird sich um mich ›bemühen‹?« meinte Chloe. »Du klingst wie der Vater aus ›Unsere kleine Farm‹.«

»Das tut mir leid.«

»Wie auch immer, ich glaube, daß Buck Williams sich nicht mehr um mich bemühen wird.«

Ohne seine eigenen Sachen wirkte Bucks neue Wohnung sehr steril. Er zog sich die Schuhe aus und hörte seinen Anrufbeantworter in New York ab. Er wollte eine Nachricht für Marge Potter, seine ehemalige Sekretärin, hinterlassen und sie fragen, wann er seine Sachen aus dem Büro erwarten konnte, doch sie kam ihm zuvor. Die erste der drei Nachrichten war von Marge. »Ich wußte nicht, wohin ich Ihre Sachen bringen lassen sollte, darum habe ich das Chicagoer Büro als Adresse angegeben. Sie sollten am Montag morgen dort eintreffen.«

Die zweite Nachricht war von seinem Chef, Stanton Bailey. »Rufen Sie mich am Montag an, Cameron. Ich möchte Ihren Artikel Ende nächster Woche haben, und wir müssen miteinander reden.«

Die dritte war von seinem ehemaligen Redakteur Steve Plank, dem jetzigen Pressechef von Nicolae Carpathia. »Buck, ruf mich an, sobald du kannst. Carpathia möchte mit dir reden.«

Buck schnaubte und löschte die Nachrichten. Er übermittelte ein Dankeschön an Marge und an Bailey die Nachricht, daß er anrufen würde. Steves Telefonnummer schrieb er sich auf. Mit diesem Anruf wollte er sich Zeit lassen. *Carpathia will mit dir sprechen.* Eine sehr unverfängliche Art zu sagen, daß der Feind Gottes hinter dir her ist. Buck fragte sich, ob Carpathia wußte, daß die Gehirnwäsche bei ihm nicht funktioniert hatte. Was würde der Mann tun oder zu tun versuchen, wenn er wüßte, daß Buck sich noch sehr gut an die Vorgänge erinnerte? Wenn ihm klar würde, daß Buck ihn durchschaut hatte und wußte, daß er ein Mörder, ein Lügner, ein Ungeheuer war?

Rayford saß vor dem Fernsehgerät und sah sich die Nachrichten an. Die Kommentatoren ließen sich über die Erklärungen aus, die von den Vereinten Nationen abgegeben worden waren. Die meisten begrüßten eine Verlegung der UNO nach Babylon, südlich von Bagdad. Einer der Reporter sagte: »Wenn Carpathia es mit der Abrüstung ernst meint und die restlichen zehn Prozent der Waffen einlagern will, ist es tatsächlich besser, sie werden im Mittleren Osten, im Schatten Teherans, gelagert und nicht auf einer Insel in der Nähe von New York City. Außerdem können wir das bald verlassene UNO-Gebäude als Museum einrichten und somit die scheußlichste Architektur bewundern, die dieses Land jemals hervorgebracht hat.«

Die Experten sagten Enttäuschung und Scheitern bei den Gesprächen zwischen den religiösen Führern, aber auch bei dem der Finanzgrößen voraus. »Es wird keine Weltreligion geben, so attraktiv sie auch erscheinen mag, und auch keine Weltwährung. Dies wird Carpathias erster Rückschlag sein, und vielleicht werden die Massen dann endlich ein wenig zur Vernunft kommen. Die Hochzeitsreise wird bald vorüber sein«, erkärte einer von den Kommentatoren.

»Möchtest du Tee, Dad?« rief Chloe aus der Küche. Er lehnte ab, und sie gesellte sich mit ihrer Tasse zu ihm. Sie setzte sich zu ihm auf die Couch, zog die Pantoffeln aus und steckte die Füße unter ihren Morgenrock. Ihr frischgewaschenes Haar war in ein Handtuch gewickelt.

»Hast du an diesem Wochenende eine Verabredung?« fragte Rayford, als die Nachrichten von Werbung unterbrochen wurden.

»Das ist gar nicht lustig«, meinte sie.

»Das sollte auch nicht lustig sein. Wäre es denn so abwegig, wenn jemand mit dir ausgehen wollte?«

»Der einzige, mit dem ich gern ausgehen würde, hat ganz offensichtlich seine Meinung über mich geändert.«

»Unsinn«, entgegnete Rayford. »Buck hat im Augenblick viel um die Ohren.«

»Ich dachte, ich würde ihn beschäftigen, Dad. Und jetzt sitze ich hier wie ein Schulmädchen und hoffe und warte. Das ist alles so blöd. Warum macht mir das überhaupt etwas aus? Ich habe ihn gerade erst kennengelernt. Ich kenne ihn kaum. Ich bewundere ihn nur, das ist alles.«

»Du bewunderst ihn?«

»Sicher! Wer würde das nicht tun? Er ist klug, redegewandt und hat schon die ganze Welt gesehen.«

»Berühmt.«

»Ja, ein wenig. Aber ich werde mich ihm nicht an den Hals werfen. Ich dachte nur, er sei interessiert, das ist alles. Auf seinem Zettel stand, daß er sich zu mir hingezogen fühlt.«

»Wie hast du darauf reagiert?«

»Ihm gegenüber, meinst du?«

Rayford nickte.

»Gar nicht. Was hätte ich denn tun sollen? Auch ich fühle mich zu ihm hingezogen, aber ich wollte ihn ja nicht abschrecken.«

»Vielleicht denkt er, er hätte dich abgeschreckt. Vielleicht ist er der Meinung, daß er zu forsch gewesen ist. Was denkst du darüber?«

»Zuerst war ich wirklich ein bißchen erschrocken, doch im Grunde genommen war es richtig. Ich dachte, es würde ausreichen, ihm offen und freundlich zu begegnen.«

Rayford zuckte die Achseln. »Vielleicht braucht er mehr Ermutigung?«

»Von mir wird er sie nicht bekommen. Nicht mein Stil. Das weißt du genau.«

»Ich weiß, Liebes«, erwiderte Rayford, »aber in letzter Zeit hast du dich sehr verändert.«

»Ja, aber mein Stil hat sich nicht verändert.« Bei diesem Satz mußte selbst sie lachen. »Daddy, was soll ich nur tun? Ich will ihn nicht aufgeben. Aber vielleicht hätte er die Sache anders anfangen sollen. Er hätte mich zum Essen einladen können, doch er hat nicht einmal unsere Einladung angenommen.«

»Unsere Einladung? Ich war daran beteiligt?«

»Na ja, ich hätte ihn ja schlecht in ein Restaurant einladen können.«

»Ich weiß. Aber vielleicht wollte er mich nicht dabeihaben.«

»Wenn er für mich so empfunden hätte, wie ich dachte, dann hätte es ihm nichts ausgemacht. Dann hätte er mich eingeladen und dich draußen gelassen. Ich meine … du weißt, was ich meine.«

»Ich weiß, was du gemeint hast. Ich denke, du läßt den Mut ein wenig zu früh sinken. Gib ihm doch einen Tag Zeit. Du wirst sehen, ein guter Schlaf wirkt Wunder.«

Die Nachrichten wurden fortgesetzt, und Chloe trank genüßlich ihren Tee. Rayford freute sich darüber, daß sie neuerdings mit ihm über ihre Herzensangelegenheiten sprach. Er konnte sich nicht daran erinnern, daß sie je mit Irene über ihre Bekanntschaften gesprochen hatte. Natürlich war ihm klar, daß er ihre einzige Zuflucht in einem Sturm war, doch er freute sich trotzdem über ihr Vertrauen. »Ich muß mir das nicht ansehen, wenn du gern noch ein wenig reden möchtest.« Er wies auf den Fernseher. »Was die hier bringen, hat Bruce uns schon alles erzählt.«

»Nein«, sagte sie und stand auf. »Offen gestanden, ich habe mich selbst satt. Hier zu sitzen und über mein Liebesleben oder mangelndes Liebesleben zu reden, erscheint mir an diesem Punkt in der Geschichte ziemlich kindisch, meinst du nicht? Es ist ja nicht so, als hätte ich nichts zu tun, wenn ich auch nicht mehr an die Uni zurückgehe. Ich möchte Ezechiel, Daniel und die Offenbarung auswendig lernen.«

Rayford lachte. »Du machst Witze!«

»Natürlich! Aber weißt du was, Dad? Ich hätte nie gedacht, daß die Bibel mich interessieren würde, doch nun lese ich in ihr, als gäbe es kein Morgen.«

Rayford schwieg, und er spürte, daß Chloe von ihrer unbeabsichtigten Ironie betroffen war. »Ich auch«, sagte er nach einer Weile. »Ich weiß bereits mehr über die endzeitliche Prophetie, als ich je gedacht hatte, daß existieren würde. Wir leben darin, jetzt und hier. Es wird nicht mehr viele Morgen geben.«

»Bestimmt nicht so viele, daß ich es mir leisten könnte, meine Gedanken an irgendeinen Mann zu vergeuden.«

»Er ist ein sehr beeindruckender Mann, Chlo'.«

»Du bist mir wirklich eine große Hilfe. Sprechen wir nicht mehr über ihn, ja?«

Rayford lächelte. »Glaubst du wirklich, daß du ihn vergessen wirst, nur weil ich nicht von ihm spreche? Vielleicht sollten wir ihn aus der Tribulation Force ausschließen?«

Chloe schüttelte den Kopf. »Wie lange ist es eigentlich her, seit du mich Chlo' genannt hast?«

»Früher hat dir das gefallen.«

»Ja. Als ich neun war. Nacht, Dad.«

»Nacht, mein Schatz. Ich liebe dich.«

Chloe ging in Richtung Küche, drehte sich dann aber um und eilte zurück. Sie schlang die Arme um ihn, wobei sie darauf achtete, daß sie ihren Tee nicht verschüttete. »Ich liebe dich auch, Dad. Mehr als je zuvor und von ganzem Herzen.«

Buck Williams lag auf seinem neuen Bett. Es war seltsam. Seine Wohnung war sehr schön und befand sich in einem vornehmen Gebäude, doch ein Chicagoer Vorort war eben nicht New York. Es war zu still. Er hatte sich auf dem Heimweg frisches Obst gekauft, ohne wirklich Appetit zu haben. Nachdem er sich die Nachrichten angesehen hatte, stellte er leise Musik an und beschloß, im Neuen Testament zu lesen, bis er einschlief.

Buck hatte gierig in sich aufgenommen, was Bruce Barnes über die ihnen bevorstehende Zeit erzählt hatte, doch nun schlug er die Evangelien auf und nicht das Alte Testament oder die Offenbarung. Jesus war wirklich ein Revolutionär gewesen. Buck war fasziniert von seinem Wesen, seiner Persönlichkeit, seiner Mission. Der Jesus, den er gekannt oder zu kennen geglaubt hatte, war ein Betrüger gewesen. Der Jesus der Bibel war ein Radikaler, ein Mann der Widersprüche.

Buck legte die Bibel auf seinen Nachttisch, drehte sich auf den Rücken und schirmte seine Augen gegen das Licht ab. Wenn du reich sein willst, gib dein Geld den Armen, sagte er sich. Das ist die Kernaussage. Wenn du erhöht werden willst, mußt du dich erniedrigen. Rache klingt logisch, aber sie ist falsch. Liebe deine Feinde, bete für die, die dich erniedrigen. Seltsam.

Seine Gedanken wanderten zu Chloe. Was sollte er tun? Sie war nicht blind. Sie war jung, aber bestimmt nicht dumm. Er konnte ihr nicht erst den Hof machen und dann seine Meinung ändern. Aber hatte er denn seine Meinung geändert? Wollte er sie wirklich vergessen? Natürlich nicht. Sie war ein wunderbarer Mensch, er unterhielt sich gerne mit ihr. Auch sie glaubte an Gott und setzte sich für seine Sache ein. Sie würde ein guter Freund sein.

Darauf sollte es also hinauslaufen? Er wollte ihr seine Freundschaft anbieten? War es denn das, was er wollte?

Gott, was soll ich tun? betete er still. Um ehrlich zu sein, es gefällt mir, verliebt zu sein. Ich würde gern eine Beziehung mit Chloe eingehen. Aber ist sie nicht zu jung? Ist es nicht der falsche Zeitpunkt, auch nur an so etwas zu denken? Ich weiß, daß du viel für uns zu tun hast. Aber wenn wir uns nun wirklich verliebt haben? Sollten wir heiraten? Was ist mit Kindern, wenn du in sieben Jahren wiederkommst? Wenn es je richtig war, sich Gedanken darüber zu machen, ob man noch Kinder in die Welt setzen kann, dann jetzt.

Buck nahm die Hand von den Augen und blinzelte ins Licht. Und was nun? Sollte Gott ihm laut antworten? Er wußte es besser. Er setzte sich auf und stützte den Kopf in die Hände.

Was war nur in ihn gefahren? Er wollte doch nur wissen, ob er weiter um Chloe werben sollte. Er hatte damit begonnen, dafür zu beten, und auf einmal dachte er an Heirat und Kinder. Verrückt. Vielleicht ist das Gottes Art zu wirken, dachte er. Er führt dich zu logischen oder unlogischen Schlußfolgerungen.

Es war besser, Chloe nicht mehr zu ermutigen. Sie war interessiert, das spürte er. Wenn er dasselbe Interesse zeigte, würde es auf eines hinauslaufen. In der neuen chaotischen Welt, in der sie lebten, würden sie sich aneinander klammern. Sollte er das zulassen?

Es machte keinen Sinn. Wie konnte er zulassen, daß er sich von seiner Hingabe an Gott ablenken ließ? Und doch konnte er Chloe nicht einfach ignorieren, sie nicht wie eine Schwester behandeln. Nein, er würde das Richtige tun. Er würde mit ihr darüber sprechen. Das war er ihr einfach schuldig. Er würde sich mit ihr verabreden und sich mit ihr darüber unterhalten. Er würde ihr ganz offen sagen, daß er, wenn es nach ihm ginge, sie gern besser kennenlernen würde. Das würde ihr guttun, oder? Aber würde er auch den Mut haben, ihr zu sagen, was er wirklich dachte – daß sie unter den gegebenen Umständen keine Liebesbeziehung eingehen sollten?

Er wußte es nicht. Aber eines war sicher: Wenn er es nicht sofort anpackte, würde er es vermutlich nie tun. Er sah auf seine Uhr. Kurz nach halb elf. Ob sie noch auf war? Er wählte die Nummer der Steeles.

Das Telefon läutete, als Rayford gerade nach oben gehen wollte. Er hörte, daß Chloe sich bewegte, doch in ihrem Zimmer war es dunkel. »Ich gehe schon, Liebes«, rief er. Er eilte zu seinem Nachttisch und meldete sich.

»Mr. Steele, ich bin es, Buck.«

»Hallo Buck, Sie müssen aufhören, mich Mister zu nennen. Dabei fühle ich mich so alt. Was kann ich für Sie tun?«

»Ich habe mich gefragt, ob Chloe noch auf ist.«

»Sie ist nicht mehr auf, aber ich kann nachsehen, ob sie noch wach ist.«

»Nein, das ist schon in Ordnung«, erwiderte Buck. »Sagen Sie ihr nur, sie möge mich anrufen, wenn es ihr paßt, ja?« Er gab Rayford seine neue Telefonnummer.

»Dad!« entgegnete Chloe entrüstet, als er ihr Zimmer betrat und von Bucks Anruf erzählte. »Du wußtest doch, daß ich noch wach bin!«

»Du hast nicht reagiert, als ich sagte, ich würde das Telefon abnehmen«, verteidigte er sich. »Ich war nicht sicher. Meinst du nicht, es ist besser so? Laß ihn ruhig bis morgen schmoren.«

»Oh Dad!« sagte sie. »Ich weiß nicht. Was hat er deiner Meinung nach wohl gewollt?«

»Keine Ahnung.«

»Ach, ich hasse das.«

»Das glaube ich.«

3

Am Samstag morgen fuhr Buck zur *New Hope Village Church*. Er hoffte, Bruce Barnes in seinem Büro anzutreffen. Die Sekretärin erklärte ihm jedoch, Bruce sei gerade dabei, seine Sonntagspredigt vorzubereiten. Aber für Buck hätte er sicher Zeit. »Sie gehören doch zur Kerngruppe, nicht wahr?« fragte sie.

Buck nickte. So war es wohl. War das eine Ehre? Es war alles so neu, er fühlte sich wie ein neugeborenes Baby. Wer hätte das je gedacht? Aber andererseits, wer hätte gedacht, daß die Entrückung wirklich stattfinden würde? Er schüttelte den Kopf. Nur die Millionen, die bereit waren, dachte er.

Als Bruce hörte, daß Buck auf ihn wartete, kam er sofort aus seinem Büro und umarmte ihn. Auch das war neu für Buck, dieses Umarmen, sogar unter Männern. Bruce wirkte mitgenommen. »Wieder einmal eine lange Nacht gehabt?« fragte Buck.

Bruce nickte. »Aber auch ein weiteres langes Fest mit dem Wort Gottes. Ich hole die verlorene Zeit auf, müssen Sie wissen. Jahrelang hatte ich die Hilfsmittel zur Hand und habe keinen Gebrauch davon gemacht. Ich überlege, wie ich der Gemeinde möglichst schnell begreiflich machen kann, daß ich reisen muß. Die Menschen hier werden sich überwinden und die Gemeinde selbst führen müssen.«

»Haben Sie Angst, daß sie sich im Stich gelassen fühlen?«

»Ja. Aber ich lasse die Gemeinde ja nicht im Stich. Ich werde, so oft ich kann, hier sein. Wie ich Ihnen und den Steeles gestern gesagt habe, hat Gott mir eine Aufgabe übertragen. Es ist auch eine Freude – ich lerne so viel. Doch es macht mir auch angst, und ich weiß, daß ich sie nicht bewältigen kann, wenn Gott mir nicht die Kraft gibt. Ich denke, das ist der Preis, den ich dafür bezahlen muß, daß ich die Wahrheit beim ersten Mal übersehen habe. Doch Sie sind sicher nicht gekommen, um sich meine Klagen anzuhören.«

»Ich habe zwei Dinge auf dem Herzen, über die wir schnell sprechen können, und dann werde ich Sie wieder Ihren Studien überlassen.

Zuerst einmal, in den vergangenen Tagen habe ich versucht, den Gedanken zu verdrängen, doch ich fühle mich schuldig wegen Hattie Durham. Sie erinnern sich an sie? Rayfords Flugbegleiterin …«

»Die Frau, die Sie Carpathia vorgestellt haben? Sicher. Sie ist doch diejenige, mit der Rayford beinahe ein Verhältnis angefangen hätte.«

»Ja, ich nehme an, auch er macht sich Gedanken um sie.«

»Für ihn kann ich nicht sprechen, Buck, doch so weit ich mich erinnere, haben Sie versucht, sie vor Carpathia zu warnen.«

»Ich habe ihr gesagt, daß er vielleicht mit ihr spielen könnte, ja, aber damals hatte ich noch keine Ahnung, wer er wirklich war.«

»Es war doch ihre eigene Entscheidung, nach New York zu gehen.«

»Aber Bruce, wenn ich sie ihm nicht vorgestellt hätte, hätte er sie nicht um ein weiteres Treffen gebeten«

Bruce lehnte sich in seinem Schreibtischstuhl zurück und verschränkte die Arme vor der Brust. »Sie wollen sie vor Carpathia retten, habe ich recht?«

»Natürlich.«

»Ich sehe keine Möglichkeit, dies zu tun, ohne sich in große Gefahr zu begeben. Zweifellos ist sie bereits von ihrem neuen Leben begeistert. Sie ist von einer Flugbegleiterin zur persönlichen Assistentin des mächtigsten Mannes der Welt aufgestiegen.«

»Persönliche Assistentin und wer weiß, was sonst noch.«

Bruce nickte. »Vermutlich. Ich glaube kaum, daß er sie aufgrund ihrer großen Intelligenz ausgewählt hat. Trotzdem, was könnten Sie tun? Sie anrufen und ihr sagen, ihr neuer Chef sei der Antichrist, und sie solle sich von ihm abwenden?«

Buck blickte ihn hilflos an. »Darum bin ich ja hier. Ich weiß nicht, was ich tun soll.«

»Und Sie meinen, ich wüßte es?«

»Ja, das habe ich gehofft.«

Bruce lächelte müde. »Jetzt weiß ich, was unser ehemaliger Pastor Vern Billings gemeint hat, als er sagte, die Leute würden glauben, ihr Pastor müßte alles wissen.«

»Dann können Sie mir also auch nicht sagen, was ich tun soll?«

»Es klingt vielleicht trivial, Buck, aber Sie sollten tun, was Sie tun müssen.«

»Und das heißt?«

»Das heißt, wenn Sie gebetet haben und der Meinung sind, Gott möchte, daß Sie mit Hattie sprechen, dann tun Sie es. Aber Sie kennen die Konsequenzen. Carpathia wird vermutlich sofort davon erfahren. Und sehen Sie nur, was er Ihnen bereits angetan hat.«

»Genau das ist der Punkt«, entgegnete Buck. »Irgendwie muß ich herausfinden, wieviel Carpathia weiß. Glaubt er, er hätte es geschafft, meine Erinnerung an die Sitzung auszulöschen, so wie es ihm bei allen anderen gelungen ist? Oder weiß er, daß ich die Wahrheit kenne, und hat mich deshalb nach Chicago strafversetzen lassen?«

»Und Sie fragen sich, warum ich erschöpft bin?« fragte Bruce. »Meinem Gefühl nach würde Carpathia Sie, wenn er wüßte, daß Sie jetzt an Gott glauben und vor seiner Gehirnwäsche beschützt wurden, töten lassen. Wenn er denkt, er hätte immer noch Macht über Sie wie über die Menschen, die nicht an Gott glauben, wird er versuchen, Sie zu benutzen.«

Buck lehnte sich zurück und starrte an die Decke. »Interessant, daß Sie das sagen«, meinte er. »Das führt mich zu der zweiten Sache, über die ich mit Ihnen sprechen wollte.«

Rayford verbrachte den Vormittag damit, telefonisch die Zulassungsprüfung für die *Boeing 757* zu arrangieren. Am Montag morgen sollte er als Passagier von *O'Hare* nach Dallas fliegen, wo er auf einem Militärflughafen einige Meilen von Dallas entfernt Starts und Landungen üben sollte.

»Es tut mir leid, Chloe«, sagte er, als er endlich den Telefonhörer auflegte. »Ich habe vergessen, daß du Buck heute morgen anrufen wolltest.«

»Korrektur«, entgegnete sie. »Ich wollte ihn gestern abend zurückrufen. Eigentlich wollte ich mit ihm sprechen, als er angerufen hat.«

Rayford hob ergeben die Hand. »Meine Schuld«, entschuldigte er sich. »Das Telefon gehört dir.«

»Nein danke.«

Rayford zog die Augenbrauen in die Höhe. »Wie bitte? Jetzt willst du wegen mir Buck bestrafen? Ruf ihn an!«

»Nein, ich denke, das ist schon in Ordnung so. Gestern abend wollte ich mit ihm sprechen, aber vermutlich hast du recht. Ich hätte zu eifrig gewirkt, zu offen. Und er sagte, ich solle ihn zurückrufen, wenn es mir paßt. Nun, sofort frühmorgens wäre nicht passend gewesen. Außerdem sehe ich ihn ja morgen im Gottesdienst, richtig?«

Rayford schüttelte den Kopf. »Und jetzt spielst du deine Spielchen mit ihm? Du hattest Angst, dich übereifrig wie ein Schulmädchen zu geben, aber jetzt verhältst du dich genau so.«

Chloe wirkte verletzt. »Oh, danke, Dad. Erinnere dich bitte daran, daß es deine Idee war, ihn zappeln zu lassen.«

»Ich meinte doch nur über Nacht. Zieh mich bitte nicht in das Ganze hinein.«

»Nun, Buck, das ist doch Ihre Chance, sich um Hattie zu kümmern«, sagte Bruce Barnes, als Buck ihm von Steve Planks Anruf erzählt hatte. »Was will Carpathia Ihrer Meinung nach von Ihnen?«

Buck schüttelte den Kopf. »Keine Ahnung.«

»Vertrauen Sie diesem Plank?«

»Ja, ich vertraue ihm. Ich habe jahrelang für Steve gearbeitet. Was mir angst macht, ist die Tatsache, daß er mich bei der Sitzung vor der Pressekonferenz Carpathias begrüßt und mir gesagt hat, wo ich mich hinsetzen soll. Dann hat er mir noch erzählt, welche Leute an dieser Sitzung teilnehmen. Und später fragte er mich, warum ich nicht gekommen sei. Er hat mir gesagt, Carpathia sei ein wenig beleidigt, daß ich nicht erschienen sei.«

»Und Sie kennen ihn gut genug, um zu wissen, ob er Ihnen gegenüber offen ist?«

»Ehrlich gesagt, Bruce, er ist der Hauptgrund dafür, daß ich Carpathia für den Antichristen halte. Steve ist ein Journalist der alten Schule. Daß er sich überreden ließ, das Nachrichtengeschäft zu verlassen, um Pressechef eines Weltpolitikers zu werden, spricht für Carpathias Überredungskunst. Selbst ich habe diesen Job abgelehnt. Aber sich dieses Gemetzel anzusehen und dann einfach zu vergessen, daß ich überhaupt da war, das ist …«

»Übernatürlich.«

»Genau. Und wissen Sie was? Irgendwie hätte ich Carpathia nur zu gern geglaubt, als er erklärte, was passiert war. Vor meinem geistigen Auge sah ich Bilder, wie Stonagal die Waffe auf sich richtete und Todd-Cothran dabei auch tötete.«

Bruce schüttelte den Kopf. »Ich muß gestehen, als Sie uns die Geschichte erzählt haben, dachte ich, Sie seien verrückt geworden.«

»Ich hätte Ihnen zugestimmt, wenn es da nicht einen Widerspruch gäbe.«

»Und der wäre?«

»Alle diese anderen Leute haben gesehen, wie es passiert ist, und berichteten die offizielle Version. Aber ich erinnerte mich an etwas ganz anderes. Hätte Steve mir gesagt, ich hätte mich über die Geschehnisse getäuscht, dann hätte ich vielleicht gedacht, ich wäre verrückt geworden, und hätte mich gefügt. Doch statt dessen sagte er mir, ich sei nicht einmal dagewesen! Bruce, niemand erinnert sich daran, daß ich da war! Das ist doch irrsinnig! Ich war in meinem Büro und habe die Geschichte in allen Einzelheiten in meinen Computer eingegeben, als die Medien Carpathias Version brachten! Wenn ich nicht dagewesen wäre, wie hätte ich wissen können, daß Stonagal und Todd-Cothran in Kleidersäcken abtransportiert wurden?«

»Mich brauchen Sie nicht zu überzeugen, Buck«, sagte Bruce. »Ich bin auf Ihrer Seite. Die Frage ist, was will Carpathia? Denken Sie, er würde Ihnen sein wahres Gesicht zeigen, wenn Sie sich mit ihm treffen würden? Oder Sie bedrohen? Oder Ihnen klarmachen, daß er die Wahrheit über Sie weiß?«

»Zu welchem Zweck?«

»Um Sie einzuschüchtern. Um Sie zu benutzen.«

»Vielleicht. Vielleicht will er aber nur herausfinden, ob seine Gehirnwäsche funktioniert hat.«

»Das ist eine ziemlich gefährliche Angelegenheit, mehr kann ich dazu nicht sagen.«

»Ich hoffe, das ist nicht alles, was Sie zu sagen haben, Bruce. Ich hoffte auf ein paar Ratschläge.«

»Ich werde darüber beten«, sagte Bruce. »Aber im Augenblick weiß ich nicht, was ich Ihnen sagen könnte.«

»Ich muß Steve wenigstens zurückrufen. Ich weiß nicht, ob Carpathia persönlich oder am Telefon mit mir sprechen möchte.«

»Können Sie bis Montag warten?«

»Sicher. Ich kann ihm sagen, ich hätte angenommen, ich sollte während der Geschäftsstunden zurückrufen, aber ich kann nicht dafür garantieren, daß er sich in der Zwischenzeit nicht noch einmal meldet.«

»Hat er Ihre neue Nummer?«

»Nein. Steve ruft immer meinen Anrufbeantworter in New York an.«

»Dann hören Sie den einfach bis Montag nicht ab.«
Buck zuckte die Achseln und nickte. »Wenn Sie meinen.«
»Seit wann bin ich Ihr Ratgeber?«
»Seit Sie mein Pastor geworden sind.«

Als Rayford an diesem Morgen von einigen Besorgungen nach Hause kam, bemerkte er an Chloes Körpersprache und ihren knappen Kommentaren, daß er sie verletzt hatte. »Laß uns reden«, sagte er.

»Worüber?«

»Über das, was vorgefallen ist. Ich war nie ein guter Vater, und jetzt habe ich anscheinend Schwierigkeiten, dich wie eine Erwachsene zu behandeln. Es tut mir leid, daß ich dich ein Schulmädchen genannt habe. Du behandelst Buck einfach, wie du es für richtig hältst, und ignorierst meine Kommentare, in Ordnung?«

Chloe lächelte. »Das habe ich bereits getan. Dazu brauche ich deine Erlaubnis nicht.«

»Dann verzeihst du mir?«

»Keine Angst, Dad. Ich kann sowieso nicht mehr lange sauer auf dich sein. Es sieht so aus, als brauchten wir einander. Übrigens habe ich Buck angerufen.«

»Wirklich?«

Sie nickte. »Er hat sich nicht gemeldet. Schätze, er hat nicht neben dem Telefon gewartet.«

»Hast du eine Nachricht hinterlassen?«

»Er hat noch keinen Anrufbeantworter. Ich sehe ihn ja morgen im Gottesdienst.«

»Wirst du ihm sagen, daß du angerufen hast?«

Chloe lächelte schelmisch. »Vermutlich nicht.«

Buck verbrachte den Rest des Tages damit, seinen Leitartikel über die Theorien in bezug auf das Massenverschwinden zu überarbeiten. Er hatte ein gutes Gefühl. Vermutlich war es der beste Artikel, den er je verfaßt hatte. Er hatte alles angesprochen, von der Theorie eines Angriffs von Hitlers Geist, die der Sensationspresse würdig war, über UFOs und Außerirdische bis hin zu der These, dies sei eine Art kosmisch-evolutionäre Reinigung, die nur die stärksten und besten Menschen überlebt hatten.

In dem Artikel hatte Buck aber auch – sehr sachlich – seine eigene Überzeugung angesprochen. Keiner außer seinen neuen Freunden würde erkennen, daß er mit der Meinung des Flugkapitäns, des Pastors und mehrerer anderer, die er interviewt hatte, übereinstimmte – daß nämlich das Massenverschwinden die Entrückung der Gemeinde Jesu gewesen war.

Überaus interessant fand Buck die Theorie einiger Kirchenvertreter. Viele Katholiken waren verwirrt, denn obwohl einige von ihnen verschwunden waren, waren viele andere noch da. Der neue Papst, der nur wenige Monate zuvor eingesetzt worden war, hatte seit seinem Amtsantritt Unfrieden geschaffen. Seine neue Doktrin schien mehr mit der »Häresie« Martin Luthers übereinzustimmen als mit der jahrhundertealten orthodoxen Lehre der Kirche. Der Papst war auch verschwunden, und einige katholische Gelehrte schlossen daraus, daß dies tatsächlich eine Tat Gottes war. »Diejenigen, die der orthodoxen Lehre von Mutter Kirche widersprachen, sind von uns genommen worden«, hatte Peter Mathews, der Kardinal von Cincinnati, in einem Gespräch mit Buck erklärt. »In der Bibel heißt es, daß es in den letzten Tagen so sein wird wie in den Tagen Noahs, die guten Menschen sind geblieben, und die Bösen wurden fortgenommen.«

»Dann«, folgerte Buck, »bedeutet also die Tatsache, daß wir noch hier sind, daß wir die Guten sind?«

»So kraß würde ich es zwar nicht ausdrücken«, hatte der Kardinal erwidert, »aber, ja, das ist meine Meinung.«

»Und was ist mit den ganzen wundervollen Menschen, die verschwunden sind?«

»Vielleicht sind sie doch nicht so wundervoll gewesen.«

»Und die Kinder und Babys?«

Der Kardinal rutschte unbehaglich auf seinem Stuhl hin und her. »Das zu beurteilen überlasse ich Gott«, antwortete er. »Ich denke, er wollte die Unschuldigen schützen.«

»Wovor?«

»Ich weiß nicht genau. Ich nehme die Offenbarung zwar nicht wörtlich, aber dort stehen schreckliche Vorhersagen darüber, was der Welt noch bevorsteht.«

»Dann zählen Sie das Verschwinden von jungen Menschen nicht zu dem Aussortieren der Bösen?«

»Nein. Viele der Kleinen, die verschwunden sind, habe ich selbst getauft. Ich weiß also genau, daß sie in Christus sind.«

»Und doch sind sie verschwunden.«

»Ja, sie sind fort.«

»Und wir sind noch hier.«

»Das sollte uns ein großer Trost sein.«

»Das ist nur wenigen Menschen ein Trost, Exzellenz.«

»Das verstehe ich. Es ist eine sehr schwierige Zeit. Ich selbst betrauere den Verlust einer Schwester und einer Tante. Doch sie sind aus der Kirche ausgetreten.«

»Tatsächlich?«

»Sie glaubten nicht mehr an die Lehre der katholischen Kirche. Wundervolle Frauen, sehr liebevoll. Sie meinten es ernst, muß ich hinzufügen. Doch ich fürchte, sie sind als Spreu vom Weizen getrennt worden. Wir Zurückgelassenen haben mehr denn je die Gewißheit, daß unser Glaube der richtige ist.«

Buck war mutig genug gewesen, den Kardinal nach bestimmten Bibelstellen zu fragen, zum Beispiel nach Epheser, Kapitel 2, Vers 8 und 9: »Denn aus Gnade seid ihr durch den Glauben gerettet, nicht aus eigener Kraft – Gott hat es geschenkt –, nicht aufgrund eurer Werke, damit keiner sich rühmen kann.«

»Sehen Sie«, hatte der Kardinal geantwortet, »genau das meine ich. Seit Jahrhunderten reißen die Menschen Verse wie diese aus dem Zusammenhang und bauen ihre Lehre darauf auf.«

»Aber es gibt noch mehr Bibelstellen wie diese«, entgegnete Buck.

»Das weiß ich, aber, hören Sie, Sie sind nicht katholisch, oder?«

»Nein, Exzellenz.«

»Na ja, dann können Sie die Entwicklung der Kirchengeschichte auch gar nicht verstehen.«

»Entschuldigen Sie, aber wie erklären Sie sich, daß so viele Nichtkatholiken immer noch da sind, wenn Ihre Hypothese stimmt?«

»Das weiß Gott allein«, hatte der Kardinal geantwortet. »Er kennt das Herz des Menschen. Er weiß mehr als wir.«

»Das stimmt«, hatte Buck darauf erwidert.

Natürlich enthielt der Artikel keinerlei persönliche Kommentare oder Anmerkungen, doch er hatte die Bibelstelle zitiert und den Versuch des Kardinals kommentiert, die Lehre der Gnade zu leugnen. Buck plante, den fertigen Artikel am Montag an das Büro des *Global Weekly* in New York zu schicken.

Während er arbeitete, hörte er mit einem Ohr auf das Telefon. Nur wenige Leute hatten seine neue Nummer, die Steeles, Bruce und Alice, die Sekretärin von Verna Zee. Am Montag würden sein Anrufbeantworter, sein Computer, sein Faxgerät und seine übrige Büroausstattung im Chicagoer Büro ankommen. Dann würde er sich endlich in dem zweiten Schlafzimmer seiner Wohnung etwas heimischer fühlen.

Buck hatte eigentlich erwartet, daß Chloe ihn anrufen würde. Er hatte Rayford gesagt, sie möge sich melden, wenn es ihr paßte. Vielleicht war sie der Typ, der Männer nicht anrief. Auf der anderen Seite war sie noch keine einundzwanzig, und er mußte gestehen, daß er keine Ahnung von den Sitten und Gebräuchen ihrer Generation hatte. Vielleicht sah sie in ihm einen großen Bruder oder eine Vaterfigur, und die Vorstellung, er könnte Interesse an ihr haben, stieß sie ab. Aber das paßte nicht zu ihrem Blick und ihrer Körpersprache am vergangenen Abend. Auf der anderen Seite hatte er sie auch nicht gerade ermutigt.

Er wollte einfach nur mit ihr sprechen und klarstellen, daß der Zeitpunkt für sie schlecht sei und daß sie nur Freunde und Gefährten in der gemeinsamen Sache sein könnten. Aber irgendwie kam er sich töricht vor. Wenn sie nun nicht mehr als das sein wollte? Und er würde versuchen, ihr etwas auszureden, das gar nicht da war?

Aber vielleicht hatte sie ja angerufen, während er bei Bruce gewesen war. Er würde sie einfach noch einmal anrufen, sie einladen, sich seine neue Wohnung anzusehen, wenn sie Zeit hatte, und dann würden sie miteinander reden können. Er würde versuchen herauszufinden, welche Erwartungen sie hatte, und dann entscheiden, was er tun würde.

Rayford war am Telefon. »Chloe!« rief er. »Buck Williams!«

Er hörte ihre Stimme im Hintergrund. »Sag ihm bitte, daß ich zurückrufe. Aber wir sehen uns ja sowieso morgen im Gottesdienst.«

»Ich habe es gehört«, sagte Buck. »Ist in Ordnung. Bis dann.«

Offensichtlich vergeudet sie keine Zeit damit, sich über uns Gedanken zu machen, dachte Buck. Er wählte die Nummer seines Anrufbeantworters in New York. Es war nur eine Nachricht darauf, von Steve Plank:

»Hast du die Mitteilung nicht erhalten, daß Carpathia dich sprechen will? Er ist es nicht gewohnt, daß die Leute ihn warten lassen, mein

Freund. Ich vertröste ihn, erzähle ihm, daß du gerade umziehst und all das. Aber er hatte gehofft, dich an diesem Wochenende sprechen zu können. Ich weiß wirklich nicht, was er will, außer daß er immer noch eine hohe Meinung von dir hat. Keinesfalls grollt er dir, daß du seine Einladung zu dieser Sitzung ignoriert hast, falls du dir darüber Gedanken machst.
Um ehrlich zu sein, Buck, der Nachrichtenmann in dir hätte dort sein müssen und bestimmt auch dort sein wollen. Aber du wärst davon genauso schockiert gewesen wie ich. Wenn vor deinen Augen ein Selbstmord begangen wird, das vergißt man nicht so schnell.
Hör zu, ruf mich an, damit wir eine Verabredung treffen können. Bailey hat mir gesagt, daß du gerade deinen Artikel über die verschiedenen Theorien fertigstellst. Wenn du bald mit Carpathia zusammentriffst, kannst du seine Ideen noch mit einfügen. Er hat kein Geheimnis daraus gemacht, doch ein Exklusivzitat kann auch nicht schaden, oder? Du weißt, wo du mich Tag und Nacht erreichen kannst.«

Buck sicherte die Nachricht. Was sollte er tun? Das hörte sich so an, als wolle Carpathia ein Gespräch unter vier Augen. Noch vor wenigen Tagen hätte Buck, ohne zu zögern, die Gelegenheit ergriffen. Ein Interview mit der wichtigsten Persönlichkeit der Welt am Abend vor der Abgabe eines Leitartikels? Aber nun war Buck Christ, und er war davon überzeugt, daß Carpathia der Antichrist war. Er hatte die Macht des Mannes erlebt. Da er noch ein Neuling im Glauben war, wußte er nicht viel über den Antichristen. War der Mann allwissend wie Gott? Konnte er Bucks Gedanken lesen?

Offensichtlich konnte Carpathia die Menschen manipulieren. Aber bedeutete das auch, daß er wußte, was sie dachten? Konnte Buck ihm widerstehen, weil der Geist Gottes in ihm war? Er wünschte, in der Bibel wäre die Macht des Antichristen ausführlicher beschrieben. Dann würde er wissen, was ihn erwartete.

Zumindest war Carpathia neugierig. Er mußte sich gefragt haben, wann Buck aus dem Konferenzraum geschlüpft war, in dem die Morde begangen worden waren, und ob seine Gedankenmanipulation auch bei ihm gewirkt hatte. Aber warum hatte er die anderen dann nicht nur die Morde vergessen lassen und ihnen eingeredet, es sei ein unglücklicher Selbstmord gewesen, sondern auch die Erinnerung daran, daß Buck überhaupt dort gewesen war?

Ganz eindeutig hatte Nicolae versucht, sich selbst dadurch zu schützen. Falls dieser Schachzug dazu bestimmt war, Buck an seinem Verstand zweifeln zu lassen, so war er fehlgeschlagen. Gott hatte Buck an diesem Tag beschützt. Er wußte, was er gesehen hatte, auch wenn andere das Gegenteil behaupteten. Eines war jedoch klar, er würde Carpathia nicht sagen, was er wußte. Wenn Carpathia merkte, daß Buck sich nicht hatte täuschen lassen, würde ihm kein anderer Ausweg bleiben, als ihn zu eliminieren. Wenn es Buck jedoch gelang, Carpathia in dem Glauben zu lassen, seine Manipulation sei gelungen, würde er einen kleinen Vorteil in seinem Kampf gegen die Mächte des Bösen gewinnen. Wie Buck oder die *Tribulation Force* diesen Vorteil nutzen würden, wußte er noch nicht.

Eines jedoch war ihm klar: Er würde erst am Montag auf Steve Planks Anruf reagieren.

Rayford war froh, daß er und Chloe beschlossen hatten, sich früh auf den Weg zur *New Hope Village Church* zu machen. Wie jede Woche war der Gemeindesaal brechend voll. Rayford lächelte seine Tochter an. Chloe sah atemberaubend aus. Den Wunsch, sie zu necken, sie zu fragen, ob sie sich für Buck Williams oder für Gott so herausgeputzt habe, unterdrückte er.

Er konnte gerade noch einen Parkplatz ergattern. Viele Autos fuhren auf der Suche nach einem Parkplatz um den ganzen Block. Die Menschen trauerten. Sie hatten Angst. Sie suchten nach Hoffnung, nach Antworten, nach Gott. Sie fanden ihn hier und in vielen anderen Gemeinden im Umkreis, und das sprach sich herum.

Nur wenige Menschen, die die ernsthafte und sehr emotionale Bibelauslegung von Bruce Barnes hörten, konnten daran zweifeln, daß das Massenverschwinden tatsächlich das Werk Gottes war. Die Gemeinde war entrückt worden, und sie alle waren zurückgelassen worden. Die Botschaft des Pastors war, daß Jesus wiederkommen würde in der, wie die Bibel es nannte, »herrlichen Wiederkunft«, sieben Jahre nach Beginn der großen Trübsal. Dann, so sagte er, würden drei Viertel der verbleibenden Weltbevölkerung ausgelöscht sein und vermutlich ein noch größerer Prozentsatz der Gläubigen. Die Predigt war kein Ruf an die Ängstlichen. Es war eine Herausforderung an die Überzeugten, an jene, die sich von Gottes dramatischstem Eingreifen in das Leben der Menschen seit der Menschwerdung Christi hatten überzeugen lassen.

Bruce hatte den Steeles und Buck bereits gesagt, daß ein Viertel der Weltbevölkerung in dem zweiten, dritten und vierten Gericht der Rolle mit den sieben Siegeln sterben würde. Er las den achten Vers aus dem sechsten Kapitel der Offenbarung vor: »Da sah ich ein fahles Pferd; und der, der auf ihm saß, heißt ›der Tod‹; und die Unterwelt zog hinter ihm her. Und ihnen wurde die Macht gegeben über ein Viertel der Erde, Macht, zu töten durch Schwert, Hunger und Tod und durch die Tiere der Erde.« Doch was danach kommen sollte, war noch schlimmer.

Kurz nachdem sie einen Platz gefunden hatten, spürte Rayford, wie ihm jemand die Hand auf die Schulter legte. Er und Chloe drehten sich um. Buck Williams saß direkt hinter ihnen. »Hallo, Fremde«, sagte er. Rayford stand auf und umarmte Buck. Das allein zeigte ihm, wie sehr er sich in den vergangenen Wochen verändert hatte. Chloe schüttelte Bucks Hand und grüßte ihn herzlich.

Nachdem sie wieder Platz genommen hatten, beugte sich Buck vor und flüsterte: »Chloe, ich habe angerufen, weil ich mich gefragt habe, ob ...«

Die Musik setzte ein.

Buck stand auf, um in den Gesang der anderen einzustimmen. Viele schienen die Lieder und den Text der Lieder zu kennen. Er jedoch mußte die Worte ablesen, die von einem Projektor an die Wand geworfen wurden, und versuchen, die Melodie aufzunehmen. Die Refrains waren einfach und eingängig, doch für ihn waren sie alle neu. Viele dieser Menschen mußten oft in der Kirche gewesen sein – häufiger als er. Wie kam es, daß *sie* die Wahrheit nicht erkannt hatten?

Nach mehreren Strophen eilte Bruce Barnes zur Kanzel – nicht zu der großen auf dem Podium, sondern zu einem kleineren Stehpult, das davor stand. In der Hand hielt er seine Bibel, zwei große Bücher und einen ganzen Stapel Blätter. Er hatte Mühe, alles in der Hand zu behalten, und lächelte verlegen.

»Guten Morgen«, begann er. »Ich denke, ein Wort der Erklärung ist angebracht. Normalerweise singen wir mehr, doch heute haben wir keine Zeit dazu. Normalerweise sitzt meine Krawatte besser, steckt mein Hemd in der Hose, ist meine Anzugjacke zugeknöpft. Das alles scheint mir heute morgen unwichtig zu sein. Normalerweise sammeln wir ein Opfer ein. Seid versichert, daß wir das Geld immer noch brauchen, aber bitte tut es erst in die Opferkörbe, wenn ihr heute mittag den Saal verlaßt – falls ich euch so früh entlasse.

Weil ich die Dringlichkeit heute stärker empfinde als in den vergangenen Wochen, möchte ich mir heute morgen etwas mehr Zeit nehmen als sonst. Ihr braucht euch um mich keine Gedanken zu machen. Ich bin nicht verrückt geworden, habe mich keiner Sekte angeschlossen oder etwas in dieser Art, weil ich die Entrückung verpaßt habe.

Meinen engsten Ratgebern habe ich gesagt, daß Gott mir in dieser Woche eine Last aufgelegt hat, und sie beten mit mir, daß ich weise sein kann und nicht irgendeine neue und abwegige Lehre aufstelle. Ich habe in dieser Woche noch mehr gelesen, gebetet und studiert als sonst, und ich kann es kaum erwarten, euch mitzuteilen, was Gott mir klargemacht hat.

Spricht Gott hörbar zu mir? Nein. Ich wünschte, er täte es. Ich wünschte, er hätte es in der Vergangenheit getan. Dann wäre ich wahrscheinlich heute nicht hier. Doch er wollte, daß ich ihn im Glauben annehme; er wollte sich mir nicht noch auf andere Art beweisen, denn er hat seinen Sohn in diese Welt geschickt, und er ist für mich gestorben. Er hat uns sein Wort gegeben, und darin finden wir alles, was wir wissen müssen.«

Buck spürte, wie sich seine Kehle zusammenschnürte, als er sah, daß sein neuer Freund seine Zuhörer anflehte, zu hören, zu verstehen und bereit zu sein für die Unterweisung, die Gott für sie bereithielt. Noch einmal erzählte Bruce seine eigene Geschichte. Er berichtete, wie heuchlerisch er gelebt und schließlich Gottes Ruf überhört hatte und ohne Frau und Kinder zurückgelassen worden war. Buck hatte die Geschichte schon mehrmals gehört, doch sie rührte ihn immer wieder an. Jemand schluchzte laut. Diejenigen, die sie noch nicht kannten, bekamen nur die Kurzfassung zu hören.

»Ich möchte nie aufhören zu erzählen, was Christus für mich getan hat«, erklärte Bruce. »Erzählt eure Geschichten. Die Menschen können sich mit eurem Kummer, eurem Verlust und eurer Einsamkeit identifizieren. Nie wieder werde ich mich des Evangeliums Christi schämen. Die Bibel sagt, daß das Kreuz Anstoß erregt. Wenn ihr Anstoß daran nehmt: Ich erfülle nur meine Aufgabe. Wenn ihr euch zu Christus hingezogen fühlt, dann wirkt der Heilige Geist.

Wir haben die Entrückung bereits verpaßt, und nun leben wir in der vermutlich gefährlichsten Zeit der Weltgeschichte. Früher, vor der Katastrophe, haben die Evangelisten ihre Zuhörer gewarnt, daß sie bei einem Unfall oder in einem Feuer ums Leben kommen könnten und darum ihre Entscheidung, Christus anzunehmen, nicht aufschieben sollten. Ich sage euch, es könnte euch nichts Besseres passieren, als bei einem Unfall oder in einem Feuer umzukommen. Wenigstens ist dies ein gnädiger Tod. Seid bereit! Seid diesmal bereit! Ich werde euch mit Gottes Hilfe sagen, wie ihr bereit sein könnt!

Meine heutige Predigt trägt die Überschrift: ›Die vier apokalyptischen Reiter‹, und ich möchte mich auf den ersten Reiter, den Reiter des weißen Pferdes, konzentrieren.«

Noch nie hatte Buck den Pastor so ernst gesehen, so inspiriert. In seiner Predigt bezog dieser sich auf seine Notizen, auf seine Sekundärliteratur und auf die Bibel. Er begann zu schwitzen und wischte sich mit seinem Taschentuch häufig den Schweiß von der Stirn, was sich, wie er zugab, nicht gehörte. Die Zuhörer lachten mit ihm zusammen als Ermutigung, weiterzumachen. Die meisten machten sich Notizen. Fast alle verfolgten den Text in der Bibel, entweder ihrer eigenen oder in denen, die vor dem Gottesdienst in den Bankreihen ausgelegt worden waren.

Bruce erklärte, daß das Buch der Offenbarung, der Bericht des Johannes über das, was Gott ihm über die letzte Zeit gezeigt hatte, von dem berichtete, was nach der Entrückung der Gemeinde geschehen würde. »Hat irgend jemand hier im Saal noch Zweifel daran, daß wir wirklich in der letzten Zeit leben?« fragte er. »Millionen sind verschwunden, und was dann? Was dann?«

Bruce sprach davon, daß in der Bibel ein Siebenjahresvertrag zwischen einem Weltführer und Israel vorhergesagt worden war. »Einige sind der Meinung, die siebenjährige Trübsalszeit habe bereits mit der Entrückung begonnen. Wir alle haben den Eindruck, daß durch das Verschwinden der unzähligen Menschen, wozu auch unsere Freunde und Familienmitglieder gehören, die Zeit unserer Bedrängnis bereits angebrochen ist, oder? Doch das ist nichts im Vergleich zu dem, was uns noch bevorsteht!

In diesen sieben Jahren wird Gott drei aufeinanderfolgende Gattungen von Gerichten schicken: die sieben Siegel einer Buchrolle, die wir die sieben Siegelgerichte nennen, die sieben Trompeten und die sieben

Zornesschalen. Diese Gerichte, denke ich, dienen dazu, die Menschen aufzurütteln, ihnen jeglichen Halt zu nehmen. Wenn die Entrückung dies noch nicht vermocht hat, werden die Gerichte es ganz bestimmt erreichen. Und wenn es die Gerichte nicht schaffen, dann werden die Menschen fern von Gott sterben. So schrecklich diese Gerichte auch sind, ich bitte euch, seht sie als eine letzte Warnung eines liebenden Gottes, der nicht will, daß ein Mensch umkommt.

Wenn die Buchrolle genommen wird und die Siegel aufgebrochen werden, ist das der Beginn der Gerichte. Die ersten vier sind durch Reiter dargestellt – die vier apokalyptischen Reiter. Wenn euch eine solch bildhafte Sprache fremd ist, habt ihr das vielleicht symbolisch gesehen, wie ich. Gibt es jemanden im Raum, der die prophetische Lehre der Bibel für reinen Symbolismus hält?«

Bruce legte eine dramatische Pause ein und wartete auf die Reaktion seiner Zuhörer. Eine ganze Reihe von erhobenen Händen waren zu sehen. »Das dachte ich mir. Hört genau zu. Die Siegelgerichte beginnen mit der Unterzeichnung des Vertrages mit Israel und werden einundzwanzig Monate dauern. In den kommenden Wochen werde ich über die vierzehn verbleibenden Gerichte sprechen, die uns zum Ende der siebenjährigen Trübsalszeit bringen, doch im Augenblick wollen wir uns auf die ersten vier der sieben Siegel konzentrieren.«

Während Bruce weitersprach, mußte Buck daran denken, daß er außer Nicolae Carpathia kaum einen Redner gehört hatte, der seine Zuhörer so zu fesseln verstand wie Bruce. Doch Carpathias Wirkung war einstudiert, vorausgeplant. Bruce hingegen versuchte nicht, die Leute mit irgend etwas anderem als der Wahrheit von Gottes Wort zu beeindrucken. Würde er der Gemeinde erzählen, daß er zu wissen glaubte, wer der Antichrist war? In gewisser Weise hoffte Buck, er würde es tun. Doch es könnte ihm als Verleumdung ausgelegt werden, wenn er öffentlich einen Menschen als den Erzfeind Gottes bezeichnen würde.

Oder würde Bruce einfach nur weitergeben, was die Bibel darüber sagte, und es den Leuten überlassen, ihre eigenen Schlußfolgerungen zu ziehen? In den Nachrichten wurde immer wieder über ein bevorstehendes Abkommen zwischen Carpathia – oder zumindest der von Carpathia geführten UNO – und Israel spekuliert. Wenn Bruce vorhersagte, daß in den kommenden Tagen ein solches Abkommen zustande kommen würde, wer könnte noch an der wahren Identität Carpathias zweifeln?

Auch Rayford war fasziniert. In vielerlei Hinsicht konnte Bruce seine Gedanken lesen. Vor nicht allzu langer Zeit hätte er sich verächtlich über eine solche Predigt geäußert, darüber, daß eine eindeutig poetisch und bildlich gemeinte Stelle wörtlich ausgelegt wurde. Doch was Bruce sagte, ergab in der gegenwärtigen Zeit einen Sinn. Der junge Mann predigte erst seit wenigen Wochen. Es war nicht seine Berufung gewesen, dazu war er auch nicht ausgebildet worden. Doch dies war keine reine Predigt, es war Lehre, und man spürte, daß Bruce mit Leib und Seele dabeiwar.

»Ich habe keine Zeit, heute morgen noch auf den zweiten, dritten und vierten Reiter einzugehen«, sagte Bruce. »Ich will nur noch darauf hinweisen, daß das rote Pferd für einen Krieg steht, das schwarze Pferd für eine Hungersnot und das fahle Pferd für den Tod. Nur soviel, damit wir uns darauf freuen können«, fügte er trocken hinzu, und einige Zuhörer lachten nervös. »Aber ich habe euch gewarnt, dies ist nichts für Feiglinge.«

Er kam zum Ende seiner Predigt und las aus Offenbarung, Kapitel 6 die Verse 1 und 2: »Dann sah ich: Das Lamm öffnete das erste der sieben Siegel; und ich hörte das erste der vier Lebewesen wie mit Donnerstimme rufen: Komm! Da sah ich ein weißes Pferd; und der, der auf ihm saß, hatte einen Bogen. Ein Kranz wurde ihm gegeben, und als Sieger zog er aus, um zu siegen.«

Bruce trat einen Schritt zurück und ordnete seine Papiere. »Keine Angst«, sagte er, »ich bin noch nicht fertig.« Sehr zu Rayfords Erstaunen begannen die Leute zu applaudieren. Bruce fuhr fort: »Klatscht ihr, weil ich aufhören soll oder weil ich den ganzen Nachmittag weitermachen soll?«

Die Leute klatschten um so lauter. Rayford fragte sich, was hier geschah. Auch er applaudierte, Chloe und Buck ebenfalls. Sie nahmen die Worte hungrig in sich auf und konnten nicht genug bekommen. Bruce ließ sich von Gott zeigen, was er sagen sollte. Immer wieder betonte er, dies sei keine neue Wahrheit, die Kommentare, auf die er sich stützte, seien schon Jahrzehnte alt und die Endzeitlehre noch viel älter. Doch diejenigen, die diese Art der Lehre den Bibeltreuen, den Fundamentalisten und engstirnigen Evangelisten überlassen hatten, waren zurückgelassen worden. Und in der Zeit nach der großen Katastrophe verstanden die Menschen plötzlich die Wahrheit dieser Worte! Wenn sie sonst nichts hatte überzeugen können – der Verlust geliebter Menschen bei der Entrückung hatte es endlich geschafft.

Bruce stand vor dem Rednerpult und hielt nun nur noch seine Bibel in der Hand. »Ich möchte euch sagen, was die Bibel von dem Reiter des weißen Pferdes, dem ersten Reiter der Apokalypse, sagt. Ich gebe euch hier nicht meine eigene Meinung wider, und ich werde auch keine Schlußfolgerungen ziehen. Ich werde es einfach Gott überlassen, euch zu helfen, die Schlußfolgerungen zu ziehen, die gezogen werden müssen. Ich werde euch nur das eine sagen: Dieser jahrtausendealte Bericht liest sich für mich wie die Zeitung von morgen!«

4

Buck blickte auf seine Uhr. Mehr als eine Stunde war vergangen, seit er das letzte Mal nach der Uhrzeit gesehen hatte. Sein Magen sagte ihm, daß er Hunger hatte oder zumindest, daß er etwas zu essen vertragen könnte. Sein Verstand aber sagte ihm, daß er den ganzen Tag hier sitzen und zuhören könnte, wie Bruce Barnes anhand der Bibel erklärte, was heute passierte und morgen passieren würde. Sein Herz sagte ihm, daß er sich am Abgrund bewegte. Er wußte, was kommen würde. Er wußte, was dieses Bild aus der Offenbarung bedeutete. Er wußte nicht nur, wer der Reiter dieses weißen Pferdes war, er kannte ihn sogar persönlich. Er hatte die Macht des Antichristen erlebt.

Buck hatte genügend Zeit mit Bruce und den Steeles verbracht und über die Abschnitte der Offenbarung nachgedacht, um zweifelsfrei zu wissen, daß Nicolae Carpathia den Feind Gottes verkörperte. Und doch konnte er nicht aufspringen und Bruces Botschaft mit seinem eigenen Bericht untermauern. Auch konnte Bruce nicht sagen, daß er genau wußte, wer der Antichrist war oder daß jemand in dieser Gemeinde ihn persönlich kannte.

Jahrelang hatte sich Buck in den höchsten Kreisen bewegt, so daß er immer wieder sagen konnte: »Habe ihn kennengelernt.«, »Habe sie interviewt.«, »Kenne ihn.«, »War mit ihr in Paris.« oder »War bei ihnen zu Hause zu Besuch.«.

Doch diese Ichbezogenheit war durch das Massenverschwinden und seine Erfahrungen mit übernatürlichen Ereignissen wie weggewischt. Der alte Buck Williams hätte sich nur zu gerne damit gebrüstet, nicht nur eine in der Welt führende Persönlichkeit zu kennen, sondern den in der Bibel vorausgesagten Antichristen höchstpersönlich. Und nun saß er einfach hier und konzentrierte sich auf die Predigt seines Freundes.

»Eines möchte ich klarstellen«, sagte Bruce gerade. »Ich denke nicht, daß Gott mit dieser bildhaften Darstellung auf irgendwelche Persönlichkeiten anspielt, sondern eher die Situation in der Welt deutlich machen will. Sie beziehen sich nicht alle auf bestimmte Leute, weil der vierte Reiter zum Beispiel der Tod genannt wird.

Aber der erste Reiter! Achtet darauf, daß es das Lamm ist, das das erste Siegel öffnet und diesen Reiter offenbart. Das Lamm ist Jesus Christus, der Sohn Gottes, der für unsere Sünden gestorben und danach auferstanden ist und vor kurzem seine Gemeinde zu sich geholt hat.

In der Bibel ist der erste einer Reihe immer besonders wichtig – der Erstgeborene, der erste Tag der Woche, das erste Gebot. Der erste Reiter der ersten vier Pferde der ersten sieben Gerichte ist sehr wichtig! Er gibt den Ton an. Er ist der Schlüssel zum Verständnis der nachfolgenden Reiter, der nachfolgenden Siegelgerichte und sogar aller nachfolgenden Gerichte.

Wer ist dieser erste Reiter? Ganz eindeutig steht er für den Antichristen und sein Reich. Sein Ziel ist es, ›Sieger zu sein und zu siegen‹. Er hält einen Bogen in der Hand, ein Symbol für einen aggressiven Krieg, aber von einem Pfeil ist nichts gesagt. Wie will er denn siegen? Andere Abschnitte sprechen davon, daß er ein ›eigensinniger König‹ ist und durch Diplomatie siegen wird. Er wird einen falschen Frieden ankündigen und Welteinheit versprechen. Wird er siegreich sein? Ja! Er hat eine Krone.«

In gewisser Weise war dies für Rayford alles neu, und er wußte, daß es auch für Chloe noch sehr verwirrend war. Doch seit sie zum Glauben an Gott gefunden hatten, hatten beide so intensiv mit Bruce die Bibel studiert, daß Rayford jedes Detail vorausahnte. Es hatte den Anschein, als sei er auf einen Schlag ein Experte geworden, und er konnte sich nicht daran erinnern, jemals ein Thema so schnell verinnerlicht zu haben. Er war immer ein guter Schüler gewesen, seine Stärke waren vor allem die naturwissenschaftlichen Fächer und Mathematik. Auch während seiner Ausbildung war er gut gewesen. Aber das hier war unglaublich. Das war das Leben. Das war die reale Welt. Es erklärte, was mit seiner Frau und seinem Sohn passiert war, sagte voraus, was er und seine Tochter würden erleiden müssen und was morgen und in den kommenden Jahren passieren würde.

Rayford bewunderte Bruce. Der junge Mann hatte sofort erkannt, daß sein heuchlerisches Christsein ihm nichts gebracht hatte. Bei dem wichtigsten Ereignis der Menschheitsgeschichte hatte es ihn im Stich gelassen. Er hatte sofort bereut und sich der Aufgabe gewidmet, so viele Menschen wie möglich zu retten. Bruce Barnes hatte sich der Sache verschrieben.

Unter anderen Umständen hätte sich Rayford vielleicht Sorgen um Bruce gemacht, Sorgen, daß er sich zu sehr aufopferte. Aber Bruce schien energiegeladen, erfüllt vom Geist Gottes. Sicher, er könnte ein wenig mehr Schlaf brauchen, aber im Augenblick war er übervoll mit der Wahrheit und konnte es kaum erwarten, sie den anderen mitzuteilen. Und wenn die Leute so empfanden wie Rayford, dann konnten sie sich nichts Schöneres vorstellen, als hier zu sitzen und Bruce zuzuhören.

»In der kommenden Woche werden wir uns weiter mit dem Text beschäftigen und über die übrigen drei apokalyptischen Reiter sprechen«, sagte Bruce gerade, »aber ich möchte euch noch eines mit auf den Weg geben. Der Reiter des weißen Pferdes ist der Antichrist, der als Betrüger kommt, Frieden verspricht und die Welt vereinen will. Im Alten Testament, im Propheten Daniel, Kapitel 9 in den Versen 24 bis 27 lesen wir, daß er einen Vertrag mit Israel unterzeichnen wird.

Er wird als Freund und Beschützer der Israeliten auftreten, doch am Ende wird er ihr Eroberer und Zerstörer sein. Für heute muß ich schließen, doch in der kommenden Woche werden wir uns eingehender mit den Gründen für dieses Ereignis beschäftigen und mit dem, was daraus entstehen wird. Laßt mich schließen, indem ich euch sage, warum ihr sicher sein könnt, daß nicht ich der Antichrist bin.«

Die Leute, und auch Rayford, horchten auf. Einzelne lachten verlegen.

»Ich will damit nicht sagen, daß ihr mich vielleicht verdächtigt«, fügte Bruce hinzu und erntete noch mehr Gelächter. »Aber wir kommen vielleicht an den Punkt, wo jeder Führer verdächtig ist. Denkt jedoch daran, daß euch von dieser Kanzel aus niemals Frieden versprochen werden wird. In der Bibel wird ganz klar darauf hingewiesen, daß die Welt während etwa eineinhalb Jahren nach dem Abkommen mit Israel Frieden erleben wird. Doch auf lange Sicht sage ich das Gegenteil von Frieden voraus. Die anderen drei Reiter kommen, und sie bringen Krieg, Hungersnot, Seuchen und den Tod. Das ist keine angenehme Botschaft, keine erbauliche Predigt, an die ihr euch in der kommenden Woche klammern könnt. Unsere einzige Hoffnung ist

Christus, und selbst wenn wir in ihm sind, werden wir sehr wahrscheinlich leiden müssen. Bis nächste Woche.«

Rayford spürte die Unruhe der Gottesdienstbesucher, während Bruce mit einem Gebet schloß. Anscheinend empfanden die anderen genauso wie er. Er wollte mehr hören, und er hatte tausend Fragen. Normalerweise begann der Organist gegen Ende von Bruces Gebet zu spielen, und nach dem Amen ging Bruce sonst immer direkt zum Ausgang, um die Leute persönlich zu verabschieden. Doch heute kam Bruce nicht bis zur Tür. Er wurde von den Leuten aufgehalten, die ihn umarmten, ihm dankten und Fragen stellten. Rayford und Chloe saßen in einer der vorderen Reihen, und obwohl Rayford merkte, daß Buck mit Chloe sprach, hörte er doch auch, welche Fragen die Leute Bruce stellten.

»Wollen Sie etwa sagen, Nicolae Carpathia sei der Antichrist?« fragte jemand.

»Haben Sie das von mir gehört?« erwiderte Bruce ruhig.

»Nein, aber das war ziemlich deutlich. In den Nachrichten wird bereits von seinen Plänen und einer Art Abkommen mit Israel gesprochen.«

»Lesen und studieren Sie weiter«, sagte Bruce.

»Aber es kann doch nicht Carpathia sein, oder? Sieht er etwa aus wie ein Lügner?«

»Wie kommt er Ihnen denn vor?« fragte Bruce.

»Wie ein Retter.«

»Beinahe wie ein Messias?« hakte Bruce nach.

»Ja!«

»Es gibt nur einen Retter, einen Messias.«

»Das weiß ich, ich meine politisch gesehen. Sagen Sie mir nicht, Carpathia sei nicht, was er zu sein scheint.«

»Ich sage Ihnen nur, was in der Bibel steht«, meinte Bruce, »und ich möchte Sie bitten, die Nachrichten sorgfältig zu verfolgen. Wir müssen klug wie Schlangen und sanft wie Tauben sein.«

»Genau so würde ich Carpathia beschreiben«, warf eine Frau ein.

»Seien Sie vorsichtig«, warnte Bruce, »jemandem, der mit Christus nichts zu tun haben will, christusähnliche Attribute zuzuschreiben.«

Am Ende des Gottesdienstes nahm Buck Chloe beim Arm, doch sie schien weniger offen zu sein, als er gehofft hatte. Langsam drehte sie sich zu ihm um, um zu sehen, was er wollte. Ihr Blick war längst nicht so erwartungsvoll wie noch am Freitag abend zuvor. Offensichtlich hatte er sie irgendwie verletzt. »Ich bin mir sicher, du hast dich gefragt, weshalb ich dich angerufen habe«, begann er.

»Ich dachte, das würdest du mir schon irgendwann sagen.«

»Vielleicht hast du Lust, dir meine neue Wohnung anzusehen?« Er nannte ihr seine Adresse. »Vielleicht könntest du morgen am Vormittag vorbeikommen und sie dir ansehen, dann könnten wir zusammen zu Mittag essen.«

»Ich weiß noch nicht«, erwiderte Chloe. »Ich glaube nicht, daß ich zum Mittagessen bleiben kann, aber wenn ich gerade in der Nähe bin, komme ich vielleicht vorbei.«

»In Ordnung.« Buck war ein wenig niedergeschlagen. Offensichtlich würde es gar nicht so schwer werden, ihr seine Gedankengänge klarzumachen. Und ganz sicher würde es ihr nicht das Herz brechen.

Als Chloe in der Menge verschwand, schüttelte Rayford Bucks Hand. »Und wie geht es Ihnen, mein Freund?«

»Eigentlich recht gut«, erwiderte Buck. »Ich richte mich allmählich ein.«

Eine Frage lag Rayford auf dem Herzen. Er blickte zur Decke und wieder zu Buck. Aus den Augenwinkeln sah er die Menschen, die alle gern ein Wort mit Bruce Barnes wechseln wollten. »Buck, ich möchte Sie etwas fragen. Bedauern Sie es eigentlich, Hattie Durham Carpathia vorgestellt zu haben?«

Buck preßte die Lippen aufeinander, schloß die Augen und fuhr sich mit der Hand über die Stirn. »Jeden Tag«, flüsterte er. »Ich habe erst gestern mit Bruce darüber gesprochen.«

Rayford nickte und kniete sich auf die Kirchenbank. Buck setzte sich. »Das dachte ich mir«, sagte Rayford. »Auch ich bedauere vieles. Wir waren Freunde, wie Sie vielleicht wissen. Arbeitskollegen, aber auch Freunde.«

»Das weiß ich«, meinte Buck.

»Wir hatten nie ein Verhältnis oder so etwas«, versicherte Rayford ihm. »Aber mir ist es nicht egal, was mit ihr passiert.«

»Ich habe gehört, daß sie sich für einen Monat von der Pan-Con hat beurlauben lassen.«

»Ja«, erwiderte Rayford, »aber das ist nur Fassade. Sie wissen, daß Carpathia sie in seiner Nähe haben will, und er hat das Geld, ihr mehr zu bezahlen, als sie bei uns bekommt.«

»Zweifellos.«

»Sie ist sehr angetan von ihrem Job, ganz zu schweigen von ihm. Und wer weiß, was aus dieser Beziehung wird?«

»Wie Bruce mir schon sagte: Ich glaube nicht, daß er sie wegen ihrer geistigen Fähigkeiten eingestellt hat«, sagte Buck.

Rayford nickte. Sie waren also einer Meinung. Hattie Durham würde eine von Carpathias Zerstreuungen sein. Falls es jemals Hoffnung für ihre Seele gegeben hatte, daran war im Augenblick nicht zu denken. Solange sie sich in seiner Nähe aufhielt, würde sie nicht offen sein für geistliche Dinge.

»Ich mache mir Sorgen um sie«, fuhr Rayford fort, »doch aufgrund unserer etwas komplizierten Beziehung habe ich nicht das Gefühl, daß ich sie warnen kann. Sie gehörte zu den ersten Menschen, denen ich von Christus erzählt habe. Doch sie war nicht offen. Früher hatte ich mehr Interesse an ihr gezeigt, als recht war, und darum ist sie mir gegenüber jetzt natürlich nicht gerade sehr positiv eingestellt.«

Buck beugte sich vor. »Vielleicht habe ich bald Gelegenheit, mit Hattie zu sprechen.«

»Was wollen Sie sagen?« fragte Rayford. »Vermutlich sind sie bereits intim miteinander. Sie wird ihm alles erzählen, was sie weiß. Und wenn Sie ihr sagen, daß Sie gläubig geworden sind und versuchen wollen, sie zu retten, wird er erkennen, daß er Sie nicht hat beeinflussen können wie all die anderen.«

Buck nickte. »Darüber habe ich auch schon nachgedacht. Aber ich fühle mich dafür verantwortlich, daß sie dort ist. Ich bin dafür verantwortlich. Wir können für sie beten, doch ich fühle mich ziemlich nutzlos, wenn ich nichts Konkretes tun kann, um sie dort herauszuholen. Wir müssen sie hierher zurückholen, wo sie die Wahrheit erkennen kann.«

»Ich frage mich, ob sie bereits nach New York umgezogen ist«, sagte Rayford. »Vielleicht kann Chloe sie in ihrer Wohnung in Des Plaines anrufen.«

Während Rayford die Kirche verließ, fragte er sich, ob er eine Beziehung zwischen Buck und Chloe überhaupt gutheißen sollte. Er mochte Buck, obwohl er ihn noch nicht sehr gut kannte; er glaubte ihm, vertraute ihm, betrachtete ihn als Bruder. Für einen so jungen Mann war er sehr klug, doch die Vorstellung, seine Tochter könnte mit einem Mann, der mit dem Antichristen auf gutem Fuß stand, ausgehen oder sich gar in ihn verlieben, gefiel ihm überhaupt nicht. Er würde offen mit ihnen sprechen müssen, wenn ihre Beziehung enger wurde.

Doch als er sich zu Chloe in den Wagen setzte, wurde ihm klar, daß er sich darum im Augenblick noch keine Gedanken zu machen brauchte.

»Sag mir bitte nicht, daß du Buck zum Mittagessen eingeladen hast«, brummte sie.

»Habe nicht einmal daran gedacht. Warum?«

»Er behandelt mich wie eine Schwester, und doch will er, daß ich morgen vorbeikomme und mir seine Wohnung ansehe.«

Rayford lag auf der Zunge zu sagen: »Und warum nicht?« und sie zu fragen, ob sie den Worten und dem Verhalten eines Mannes, den sie kaum kannte, nicht vielleicht ein wenig zuviel Gewicht beimaß. Es konnte durchaus sein, daß Buck schrecklich verliebt in sie war und nicht wußte, wie er es zeigen sollte. Doch Rayford schwieg.

»Du hast recht«, meinte sie. »Ich interpretiere zuviel hinein.«

»Ich habe kein Wort gesagt.«

»Ich kann deine Gedanken lesen«, entgegnete sie. »Außerdem bin ich auf mich selbst wütend. Gerade habe ich eine solche Predigt gehört, und ich kann nur an einen Burschen denken, den ich mir irgendwie habe entgehen lassen. Es ist nicht wichtig. Wen kümmert das schon?«

»Offensichtlich dich.«

»Aber es sollte nicht so sein. Altes ist vergangen, alles ist neu«, erwiderte Chloe. »Sich Gedanken um Männer zu machen, gehört ganz sicher zu den alten Dingen. Jetzt ist keine Zeit mehr für Trivialitäten.«

»Wenn du meinst.«

»Das nicht unbedingt. Wenn es nach mir ginge, würde ich Buck heute nachmittag besuchen und herausfinden, wo wir stehen.«

»Aber das wirst du nicht tun?«

Sie schüttelte den Kopf.

»Würdest du mir dann einen Gefallen tun? Würdest du versuchen, Hattie Durham für mich zu erreichen?«

»Warum?«

»Eigentlich bin ich nur neugierig, ob sie bereits nach New York gezogen ist.«

»Warum sollte sie nicht? Carpathia hat sie doch eingestellt, oder?«

»Ich weiß es nicht. Sie hat sich nur für einen Monat beurlauben lassen. Ruf sie einfach in ihrer Wohnung an. Wenn ihr Anrufbeantworter läuft, hat sie sich noch nicht entschlossen.«

»Warum rufst du sie nicht an?«

»Ich denke, ich bin bereits genug in ihr Leben eingedrungen.«

Buck holte sich auf dem Heimweg bei einem Chinesen etwas zu essen. Zu Hause angekommen, setzte er sich an den Tisch und starrte eine Weile aus dem Fenster. Dann stellte er den Fernseher an, achtete jedoch nicht darauf. Er befand sich in einem inneren Zwiespalt. Sein Artikel war fertig und konnte nach New York übermittelt werden, und nur zu gern würde er die Reaktion Stanton Baileys hören. Er freute sich auch darauf, seine Büroausrüstung und die Akten zu bekommen, die morgen früh hier in Chicago eintreffen würden. Dann war er endlich wieder gut ausgerüstet.

Die Predigt von Bruce ging ihm nicht aus dem Kopf. Nicht so sehr der Inhalt, sondern die Eindringlichkeit, mit der Bruce sie weitergegeben hatte. Er mußte den Pastor besser kennenlernen. Vielleicht würde das seine Einsamkeit vertreiben – und die von Bruce. Wenn Buck sich schon so einsam fühlte, wie mußte dann erst ein Mann empfinden, der Frau und Kinder verloren hatte. Buck war daran gewöhnt, allein zu leben, doch er hatte viele Freunde in New York. Hier klingelte das Telefon nicht, es sei denn, jemand aus dem Büro oder ein Mitglied der *Tribulation Force* rief ihn an.

Irgend etwas machte er falsch in der Beziehung zu Chloe. Seine Strafversetzung von New York nach Chicago hatte Buck eigentlich nur positiv aufgenommen, weil er sie dann häufiger sehen konnte, weil er eine gute Gemeinde besuchen konnte und wenigstens einen kleinen Freundeskreis hatte. Doch er hatte auch das Gefühl gehabt, auf dem richtigen Weg zu sein, als er sich ein wenig von ihr zurückgezogen hatte. Der Zeitpunkt war äußerst ungünstig. Wer würde schon am Ende der Welt eine Beziehung eingehen?

Buck wußte oder glaubte zumindest zu wissen, daß Chloe nicht mit ihm spielte. Sie würde sich nicht bemühen, sein Interesse an ihr wachzuhalten. Doch ob sie es bewußt tat oder nicht, es funktionierte, und er fühlte sich wie ein Narr, daß er darüber nachgrübelte.

Was immer auch passiert war und aus welchen Gründen heraus sie sich jetzt so verhielt, er war es ihr schuldig, daß er mit ihr darüber sprach. Vielleicht bedauerte er wirklich, daß er nicht mehr als nur eine Freundschaftsbeziehung wollte, doch er sah keine andere Möglichkeit. Er war es ihr und sich selbst schuldig, erst einmal Freundschaft zu suchen und dann zu sehen, was daraus wurde. Aber sie schien sowieso nicht an mehr interessiert zu sein.

Er griff nach dem Telefon, doch als er den Hörer ans Ohr hielt, empfing er einen seltsamen Pfeifton, danach eine Stimme: »Jemand hat eine Nachricht für Sie hinterlassen. Bitte drücken Sie die Zwei, um sie abzuhören.«

Eine Nachricht? Ich habe doch gar keinen Anrufbeantworter, dachte er. Er drückte den Knopf. Es war Steve Plank.

> »Buck, wo zum Teufel steckst du, Mann? Wenn du deinen Anrufbeantworter nicht abhörst, werde ich einfach keine Nachrichten mehr dort hinterlassen. Ich weiß, daß du nicht mehr hier wohnst, doch wenn du denkst, du könntest mit Nicolae Carpathia spielen, dann rate einmal, woher ich deine Nummer habe. Ich wünschte, ich hätte als Journalist diese Hilfsmittel zur Verfügung gehabt. Buck, von Freund zu Freund, ich weiß, daß du häufig deinen Anrufbeantworter abhörst, und du weißt genau, daß Carpathia mit dir sprechen möchte. Warum rufst du mich nicht an? Du bringst mich wirklich in Schwierigkeiten. Ich habe ihm gesagt, ich würde dich aufspüren und dafür sorgen, daß du herkommst und mit ihm sprichst. Ich sagte ihm, ich könnte nicht verstehen, warum du seine Einladung zu der Sitzung nicht angenommen hast, aber daß ich dich wie einen Bruder kenne und daß du ihn nicht noch einmal versetzen würdest. Und jetzt möchte er dich sprechen. Ich weiß nicht, worum es geht oder warum ich so dahinter her sein muß. Ich weiß nicht, ob es paßt, aber sicher kannst du ihn um eine Stellungnahme für deinen Artikel bitten. Komm einfach her. Dann kannst du deinen Artikel persönlich beim Weekly abliefern, deine alte Freundin Miss Durham begrüßen und herausfinden, was Nicolae von dir will. Am Flughafen liegt ein Erste-Klasse-Ticket unter dem Namen McGillicuddy für die Neun-Uhr-Maschine für dich bereit. Ein Wagen wird dich am Flughafen abholen, und du wirst mit Carpathia zu Mittag essen. Bitte komm, Buck. Vielleicht möchte er dir danken, daß du ihm Hattie vorgestellt hast. Sie scheinen sich sehr zu mögen.

Also, Buck, wenn ich nichts mehr von dir höre, gehe ich davon aus, daß du hier sein wirst. Enttäusche mich nicht.«

»Was ist?« fragte Rayford.

Chloe legte den Telefonhörer auf und imitierte die Stimme der automatischen Ansage. »›Ihr gewünschter Gesprächsteilnehmer ist unter dieser Nummer nicht mehr zu erreichen. Die neue Nummer lautet …‹«

»Wie lautet sie?«

Sie reichte ihm einen Zettel. Es war eine New Yorker Nummer. Rayford seufzte. »Hast du Bucks neue Nummer?«

»Sie hängt an der Wand neben dem Telefon.«

Buck rief Bruce Barnes an. »Ich frage Sie nur ungern, Bruce«, begann er zögernd. »Aber könnten wir uns heute abend treffen?«

»Ich wollte mich gerade schlafen legen«, erwiderte Bruce.

»Sie sollten durchschlafen. Wir können ein anderes Mal reden.«

»Nein, ich werde nicht durchschlafen. Möchten Sie, daß wir vier uns treffen oder nur wir beide?«

»Nur wir beide.«

»Soll ich dann zu Ihnen kommen? Ich habe das Büro und das leere Haus allmählich satt.«

Sie einigten sich auf sieben Uhr, und Buck beschloß, nach einem weiteren Telefonanruf den Hörer danebenzulegen. Er wollte nicht riskieren, mit Plank, oder schlimmer noch, mit Carpathia sprechen zu müssen, bis er seine Pläne mit Bruce durchdiskutiert und darüber gebetet hatte. Steve hatte gesagt, er würde davon ausgehen, daß Buck kommen würde, es sei denn, er würde absagen, doch es würde Steve ähnlich sehen, noch einmal nachzufragen. Und Carpathia war vollkommen unberechenbar.

Buck rief Alice an, die Sekretärin des Chicagoer Büros. »Ich möchte Sie um einen Gefallen bitten«, sagte er.

»Alles, was Sie wollen«, erwiderte sie.

Er erzählte ihr, daß er am Morgen vielleicht nach New York fliegen würde, er jedoch nicht wollte, daß Verna Zee davon erfuhr. »Aber ich möchte auch nicht mehr länger auf meine Sachen warten, darum würde ich Ihnen gerne, bevor ich zum Flughafen fahre, meinen Ersatzschlüssel für die Wohnung bringen und Sie bitten, die ganzen Sachen dort abzuladen.«

»Kein Problem. Ich werde sowieso erst später ins Büro gehen, weil ich meinen Verlobten am Flughafen abhole. Verna braucht nicht zu wissen, daß ich Ihnen auf dem Weg Ihre Sachen vorbeibringe.«

»Willst du morgen mit mir nach Dallas fliegen, Chloe?« fragte Rayford.

»Ich glaube nicht. Du wirst doch den ganzen Tag in der 757 stekken, richtig?«

Rayford nickte.

»Ich bleibe hier. Vielleicht nehme ich Bucks Angebot an und sehe mir seine Wohnung an.«

Ray schüttelte den Kopf. »Ich komme nicht mehr mit«, sagte er. »Jetzt willst du hingehen und den Burschen besuchen, der dich wie eine Schwester behandelt?«

»Ich will ihn ja nicht besuchen«, erwiderte sie. »Ich will mir nur seine Wohnung ansehen.«

»Aha«, meinte Rayford mit wissendem Blick. »Das habe ich falsch verstanden.«

»Sind Sie hungrig?« fragte Buck, nachdem er Bruce begrüßt hatte.

»Ja, ich könnte tatsächlich etwas vertragen«, erwiderte dieser.

»Dann lassen Sie uns essen gehen«, schlug Buck vor. »Sie können sich die Wohnung ansehen, wenn wir zurückkommen.«

Sie suchten sich eine dunkle Ecke in einer Pizzeria, und Buck erzählte Bruce das Neueste von Steve Plank. »Sie überlegen also, ob Sie fliegen sollen?« fragte Bruce.

»Ich weiß nicht, was ich denken soll, und wenn Sie mich besser kennen würden, wüßten Sie, daß das bei mir nicht oft vorkommt. Mein journalistischer Instinkt sagt natürlich ja, geh, keine Frage. Wer würde diese Gelegenheit nicht ergreifen? Aber ich weiß, wer dieser Bursche ist, und als ich ihn das letzte Mal gesehen habe, hat er mit einer Kugel zwei Männer erschossen.«

»Ich würde auch gern hören, was Rayford und Chloe dazu zu sagen haben.«

»Das dachte ich mir«, erwiderte Buck. »Doch ich möchte Sie bitten, diese Sache für sich zu behalten. Wenn ich fliege, dann wäre mir lieber, wenn sie nichts davon erfahren.«

»Buck, wenn Sie fliegen, dann möchten Sie sicher alle Gebetsunterstützung, die Sie bekommen können.«

»Sie können ihnen ja sagen, ich hätte eine wichtige Angelegenheit zu erledigen.«

»Wenn Sie meinen. Aber Sie sollten wissen, daß ich mir die Kerngruppe eigentlich nicht so vorstelle.«

»Ich weiß es, und da bin ich auch einer Meinung mit Ihnen. Aber beide würden das vielleicht ziemlich leichtsinnig finden, und vermutlich ist es das auch. Wenn ich fahre, möchte ich sie nicht enttäuschen, bis ich die Gelegenheit hatte, mit ihnen über die Reise zu sprechen und es ihnen zu erklären.«

»Warum nicht im voraus?«

Buck legte den Kopf zur Seite und zuckte die Achseln. »Weil ich mit mir selbst noch nicht im reinen bin.«

»Ich habe den Eindruck, daß Sie bereits fest entschlossen sind zu fliegen.«

»Ich glaube schon.«

»Und Sie erwarten von mir, daß ich Ihnen das ausrede?«

»Eigentlich nicht. Möchten Sie denn?«

»Ich weiß genausowenig wie Sie, was zu tun ist. Ich glaube nicht, daß etwas Positives dabei herauskommen könnte. Carpathia ist ein gefährlicher Mann und ein Mörder. Er könnte Sie verschwinden lassen und damit davonkommen. Er würde es sogar in einem Zimmer voller Zeugen tun. Auf der anderen Seite, wie lange können Sie ihn noch hinhalten? Zwei Tage, nachdem Sie in Ihre Wohnung eingezogen sind, bekommt er Zugang zu Ihrer noch nirgendwo aufgeführten Telefonnummer. Er kann Sie finden, und wenn Sie ihm aus dem Weg gehen, wird er sicherlich sehr wütend werden.«

»Ich weiß. Jetzt kann ich ihm noch erzählen, ich sei mit dem Umzug beschäftigt gewesen …«

»Was ja auch stimmt.«

»… und dann bin ich rechtzeitig mit seinem Ticket zur Stelle. Ich frage mich, was er von mir will.«

»Er wird versuchen, herauszufinden, was Sie denken und an was Sie sich erinnern.«

»Ich weiß nicht, was ich sagen werde. Ich wußte auch nicht, was ich bei der Sitzung tun würde. Ich spürte das Böse im Raum, doch ich spürte auch, daß Gott bei mir war. Ich wußte nicht, was ich sagen oder wie ich reagieren sollte, doch wenn ich zurückschaue, hat Gott mich geführt. Ich habe einfach geschwiegen und ließ Carpathia seine eigenen Schlüsse ziehen.«

»Auch dieses Mal können Sie sich auf Gott verlassen, Buck. Aber Sie sollten einen Plan haben und sich zurechtlegen, was Sie sagen und nicht sagen sollten.«

»Mit anderen Worten, anstatt heute nacht zu schlafen?«

Bruce lächelte. »Ich glaube nicht, daß große Aussicht darauf besteht.«

»Ich auch nicht.«

Nach dem Essen kehrten beide in Bucks neue Wohnung zurück. Dieser teilte Bruce schließlich mit, daß er sich entschlossen habe, nun doch am Morgen nach New York zu fliegen.

»Warum rufen Sie nicht einfach Ihren Freund …« Bruce stockte.

»Plank?«

»Ja, Plank. Rufen Sie ihn an, und sagen Sie ihm, daß Sie kommen. Dann brauchen Sie seinen Anruf nicht mehr zu fürchten und können Ihr Telefon für mich oder wer sonst mit Ihnen sprechen möchte, freihalten.«

Buck nickte. »Gute Idee.«

Doch nachdem er eine Nachricht für Steve hinterlassen hatte, bekam Buck keine weiteren Anrufe mehr. Er überlegte, ob er Chloe anrufen sollte, um ihr zu sagen, sie solle am Morgen nicht vorbeikommen, doch er wollte ihr keinen Grund nennen. Außerdem war er davon überzeugt, daß sie sowieso nicht kommen würde. Sie schien nicht sehr interessiert zu sein.

In der Nacht schlief Buck tief und fest. Am nächsten Morgen brachte er seinen Ersatzschlüssel zu Alice ins Büro, und als er gerade wieder losfuhr, bog Verna Zee auf den Parkplatz ein. Zum Glück sah sie ihn nicht.

Buck hatte keinen Ausweis auf den Namen McGillicuddy. Am Flughafen holte er einen auf diesen Namen hinterlegten Umschlag ab, und nicht einmal die Dame am Schalter hätte merken können, daß es sich hierbei um ein Ticket handelte.

Etwa eine halbe Stunde vor dem Boarding checkte er ein. »Mr. McGillicuddy«, sagte der Mann am Schalter, »Sie können jederzeit an Bord gehen.«

»Vielen Dank«, erwiderte Buck.

Er wußte, daß die Passagiere der ersten Klasse, die älteren Leute und junge Leute mit kleinen Kindern zuerst die Maschine bestiegen. Doch als Buck sich in den Warteraum setzen wollte, fragte ihn der Mann: »Möchten Sie nicht sofort an Bord gehen?«

»Wie bitte?« fragte Buck erstaunt. »Jetzt?«

»Jawohl, Sir.«

Buck sah sich um und fragte sich, ob er etwas verpaßt hatte. Nur wenige Leute waren schon da, und alle warteten auf ihren Aufruf.

»Sie haben das Vorrecht, an Bord gehen zu können, wann immer Sie möchten, aber Sie müssen natürlich nicht. Es bleibt Ihnen überlassen.«

Buck zuckte die Achseln. »Na gut, dann gehe ich jetzt an Bord.«

An Bord befand sich nur eine Flugbegleiterin. Die Maschine wurde noch gereinigt, trotzdem bot sie ihm Champagner, Saft oder Mineralwasser an. Auch konnte er bereits Frühstück bestellen.

Buck war nie ein großer Freund von Alkohol gewesen, darum lehnte er den Champagner dankend ab. Auch das Frühstück wies er zurück, da er zu verkrampft war, um etwas zu essen. »Sind Sie sicher, daß Sie keinen Champagner möchten?« fragte die Flugbegleiterin. »Für Sie ist eine ganze Flasche bereitgestellt worden.« Sie warf einen Blick auf ihre Unterlagen. »Mit herzlichen Grüßen von N. C.«

»Vielen Dank.« Buck schüttelte den Kopf. Gab es für Carpathia wirklich keine Grenzen?

»Sie wollen sie nicht mitnehmen?«

»Nein, vielen Dank. Möchten Sie sie haben?«

Die Flugbegleiterin sah ihn verblüfft an. »Machen Sie Witze? Das ist ein Dom Perignon!«

»Nehmen Sie sie ruhig.«

»Wirklich?«

»Sicher.«

»Aber würden Sie mir hier den Empfang bestätigen, damit ich keine Schwierigkeiten bekomme, daß ich sie angenommen habe?« Buck setzte seine Unterschrift darunter. Was würde als nächstes kommen?

»Verzeihung, Sir?« sagte die Flugbegleiterin. »Wie heißen Sie?«

»Es tut mir leid«, erwiderte Buck. »Ich war in Gedanken.« Er strich seinen Namen durch und unterzeichnete mit B. McGillicuddy.

Normalerweise wurden die Passagiere der ersten Klasse von denen der zweiten neugierig betrachtet, doch nun konnten sogar die Passagiere der ersten Klasse ihre Neugier Buck gegenüber kaum zügeln. Ganz offensichtlich wurde ihm eine besondere Behandlung zuteil. Er befand sich bereits an Bord, als sie einstiegen, und während des Fluges überschlugen sich die Flugbegleiterinnen, um ihm seine Wünsche zu erfüllen. Wen hatte Carpathia für diese Aufmerksamkeit bezahlt, und wieviel?

Am *Kennedy*-Flughafen brauchte Buck gar nicht erst nach jemandem Ausschau zu halten, der mit einem Schild, auf dem sein Name stand, herumlief. Ein Chauffeur in Uniform kam auf ihn zu, nahm seine Tasche und fragte, ob er Gepäck eingecheckt habe.

»Nein.«

»Sehr gut, Sir. Folgen Sie mir bitte zum Wagen.«

Buck war schon viel in der Welt herumgekommen, und im Laufe der Jahre war er sowohl wie ein König als auch wie ein Bettler behandelt worden. Doch das hier beunruhigte sogar ihn. Kleinlaut folgte er dem Chauffeur durch das Flughafengebäude zu einer schwarzen Limousine, die vor dem Eingang wartete. Der Fahrer öffnete die Tür, und Buck stieg ein.

Er hatte dem Fahrer seinen Namen nicht genannt und war auch nicht danach gefragt worden. Er ging davon aus, daß das alles zu Carpathias Gastfreundschaft gehörte. Aber wenn er nun mit einem anderen verwechselt worden war? Wenn das alles nur ein riesiger Irrtum war?

Nachdem sich seine Augen langsam an das dunkle Licht und die getönten Scheiben gewöhnt hatten, bemerkte Buck einen Mann in einem dunklen Anzug, der ihm gegenübersaß und ihn anstarrte. »Gehören Sie zur UNO«, fragte Buck, »oder arbeiten Sie direkt für Mr. Carpathia?«

Der Mann reagierte nicht. Er rührte sich auch nicht. Buck beugte sich vor. »Entschuldigen Sie!« sagte er. »Gehören ...«

Der Mann legte seinen Finger an die Lippen. Das ist nur fair, dachte Buck. Ich brauche es gar nicht zu wissen. Trotzdem war er neugierig, ob er Carpathia im Gebäude der Vereinten Nationen oder in einem Restaurant treffen würde. Und es wäre auch nett zu wissen, ob Steve Plank dabei sein würde.

»Haben Sie etwas dagegen, wenn ich mit dem Fahrer spreche?« fragte Buck. Der Angesprochene reagierte nicht. »Entschuldigen Sie, Fahrer?«

Doch zwischen dem Vordersitz und dem Fond befand sich eine Plexiglasscheibe. Der Mann, der aussah wie ein Bodyguard, rührte sich nicht und starrte ihn auch weiterhin an. Buck fragte sich, ob das vielleicht seine letzte Fahrt sein würde. Seltsamerweise empfand er nicht diese Furcht, die ihn beim letzten Mal beinahe überwältigt hatte. Er wußte nicht, ob die Ruhe von Gott kam oder ob er einfach nur naiv war. Es konnte durchaus sein, daß er sich auf dem Weg zu seiner eigenen Hinrichtung befand. Der einzige Hinweis darauf, daß er hierhergekommen war, war seine falsche Unterschrift, mit der er den Empfang des Champagners quittiert hatte.

Rayford Steele saß im Cockpit einer *Boeing 757* auf dem Militärflughafen in der Nähe von Dallas, Fort Worth. Der Prüfer, der auf dem Sitz des Copiloten saß, hatte bereits klargestellt, daß er nur da sei, um sich Notizen zu machen. Rayford sollte die Checkliste vor dem Start durchgehen, mit dem Tower sprechen, auf die offizielle Starterlaubnis warten, starten, den Anweisungen des Towers gemäß die richtige Flugbahn einschlagen, eine Warteschleife fliegen und dann wieder landen. Man sagte ihm nicht, wie oft er das Ganze vielleicht würde wiederholen müssen oder ob sonst noch etwas erwartet wurde.

»Denken Sie daran«, fügte der Prüfer hinzu, »ich bin nicht hier, um Ihnen irgend etwas beizubringen oder Ihnen zu helfen. Ich beantworte keine Fragen und berühre keine Schalter.«

Der Check vor dem Start verlief problemlos. Die *757* ließ sich völlig anders steuern als die behäbige *747,* doch Rayford kam gut zurecht. Als er die Starterlaubnis erhielt, rollte er an und bemerkte erstaunt, wie gut dieses aerodynamische Wunder reagierte. Das Flugzeug schoß die Startbahn entlang wie ein Rennpferd, das es kaum erwarten konnte loszulaufen. Rayford meinte, an den Prüfer gewandt: »Das ist wohl der Porsche unter den Flugzeugen, oder?«

Der Prüfer würdigte ihn keines Blickes und schwieg. »Eher der Jaguar?« fragte Rayford, und diese Bemerkung zauberte wenigstens ein kleines Lächeln auf das Gesicht des Mannes. Er nickte leicht.

Rayfords Landung verlief wie im Bilderbuch. Der Prüfer wartete, bis er das Flugzeug wieder in die Ausgangsposition gebracht und die

Motoren abgestellt hatte. Dann sagte er: »Machen Sie das noch zweimal.«

Die Limousine mit Buck Williams steckte bald im Verkehr fest. Buck wünschte, er hätte sich etwas zu lesen mitgebracht. Was ging hier vor? Er verstand nicht, warum er auf dem Flug so bevorzugt behandelt worden war. Nur ein einziges Mal hatte ihm jemand vorgeschlagen, einen falschen Namen zu benutzen, und zwar, als eine Konkurrenzzeitung ihm ein Angebot gemacht hatte, von dem sie hoffte, daß er es nicht ablehnen würde. Der *Global Weekly* sollte es aber nicht erfahren.

In der Ferne entdeckte Buck das Gebäude der Vereinten Nationen. Doch er wußte immer noch nicht, ob dies sein Ziel war. Erst als der Fahrer daran vorbeifuhr, wurde ihm klar, daß er nicht dort erwartet wurde. Er hoffte, daß Carpathia ein nettes Lokal ausgesucht hatte. Abgesehen von der Tatsache, daß er das Frühstück hatte ausfallen lassen, gefiel ihm die Aussicht, etwas zu essen, sehr viel besser als die Aussicht zu sterben.

Als Rayford zum Bus der *Pan-Con* gebracht wurde, um damit zum Fort-Worth-Flughafen in Dallas zu fahren, reichte ihm sein Prüfer einen verschlossenen Umschlag. »Dann habe ich also bestanden?« fragte Rayford leichthin.

»Das werden Sie erst in etwa einer Woche erfahren«, erwiderte der Mann.

Und was ist dann das? fragte sich Rayford, als er in den Bus stieg und den Umschlag öffnete. Darin befand sich ein Blatt Papier mit dem Emblem der Vereinten Nationen. Der aufgedruckte Name lautete: Hattie Durham, persönliche Assistentin des Generalsekretärs. Die handgeschriebene Nachricht lautete:

»Captain Steele,
ich nehme an, Sie wissen, daß die ganz neue Air Force One eine 757 ist.
Ihre Freundin Hattie Durham.«

5

Buck begann zu ahnen, daß er sich nicht in tödlicher Gefahr befand. Zu viele Menschen waren daran beteiligt, ihn von Chicago nach New York zu bringen. Auf der anderen Seite, falls Nicolae Carpathia mit einem Mord davonkam, den er vor einem Dutzend Zeugen begangen hatte, dann stellte es sicher kein Problem für ihn dar, einen einzigen Reporter zu beseitigen.

Die Limousine bog schließlich zu den Docks ab, wo sie vor dem exklusiven Manhattaner Yachtclub zum Stehen kam. Als der Türsteher an den Wagen herantrat, öffnete der Chauffeur das Fenster der Beifahrerseite und drohte ihm mit dem Finger, so als wollte er ihn warnen, an den Wagen heranzutreten. Der Bodyguard stieg aus und hielt Buck die Tür auf. Er trat in den Sonnenschein hinaus. »Folgen Sie mir bitte«, sagte der Mann.

Buck hätte sich in dem Yachtclub heimisch fühlen können, wenn er nicht diesem Mann im Anzug gefolgt wäre, der ihn an der langen Reihe von Kellnern vorbeiführte, die auf Gäste warteten. Der Wirt blickte auf und nickte dem Mann zu. Buck wurde in die hinterste Ecke des Restaurants geführt. Dort blieb der Mann stehen und flüsterte ihm zu: »Sie werden mit dem Herrn am Tisch dort am Fenster speisen.«

Buck sah sich um. Jemand winkte ihm fröhlich zu und zog die Aufmerksamkeit der anderen Gäste auf sich. Buck konnte nur die Silhouette des schmächtigen Mannes mit dem wilden Haarschopf erkennen, da die Sonne ihn blendete. »Ich werde Sie um Punkt halb zwei abholen«, fügte der Leibwächter hinzu. »Verlassen Sie das Restaurant nicht ohne mich.«

»Aber …«

Der Leibwächter drehte sich um und ging. Buck blickte den Oberkellner an, der ihn jedoch ignorierte. Ein wenig unsicher setzte sich Buck in Bewegung. An dem Tisch am Fenster wurde er überschwenglich von seinem alten Freund Chaim Rosenzweig begrüßt. Der Mann besaß zwar Anstand genug, in der Öffentlichkeit nicht laut zu reden, doch seine Begeisterung kannte keine Grenzen.

»Cameron!« rief der Israeli mit seinem starken Akzent. »Wie schön, Sie zu sehen! Setzen Sie sich doch, setzen Sie sich! Ein herrlicher Ort, nicht wahr? Für die Freunde des Generalsekretärs gibt es nur das beste.«

»Wird er auch dabeisein, Sir?«

Rosenzweig wirkte überrascht. »Nein, nein! Viel zu beschäftigt. Kann sich nur selten freimachen. Muß sich um Staatsoberhäupter und Botschafter kümmern. Alle wollen etwas von ihm. Ich selbst sehe ihn höchstens fünf Minuten am Tag.«

»Wie lange werden Sie noch in der Stadt sein?« fragte Buck, als er die Speisekarte entgegennahm und sich vom Kellner eine weiße Serviette auf den Schoß legen ließ.

»Nicht mehr sehr lange. Gegen Ende dieser Woche werden Nicolae und ich die Vorbereitungen für seinen Israelbesuch abgeschlossen haben. Welch ein glorreicher Tag wird das für uns sein!«

»Erzählen Sie mir davon, Doktor.«

»Das werde ich, das werde ich ganz bestimmt! Doch zuerst sollten wir uns mal unterhalten!« Der alte Mann wurde auf einmal ernst und sprach mit gedämpfter Stimme weiter. Er legte seine Hand auf Bucks Arm. »Cameron, ich bin Ihr Freund. Sie müssen offen zu mir sein. Wie konnten Sie eine so wichtige Sitzung verpassen? Ich bin Wissenschaftler, ja, aber ich betrachte mich selbst auch als Diplomat. Zusammen mit Nicolae und Ihrem Freund Mr. Plank habe ich viele Fäden gezogen, damit Sie überhaupt eingeladen wurden. Ich verstehe das nicht.«

»Ich verstehe es auch nicht«, erwiderte Buck. Was sonst konnte er sagen? Rosenzweig, der Erfinder der Formel, die die israelische Wüste zum Blühen gebracht hatte, war sein Freund, seit Buck ihn zum »Mann des Jahres« von *Global Weekly* gemacht hatte. Rosenzweig hatte als erster von Nicolae Carpathia gesprochen. Damals war Carpathia noch ein zweitrangiger Politiker aus Rumänien gewesen, der Rosenzweig um eine private Unterredung gebeten hatte, nachdem dieser die Formel erfunden hatte.

Staatsoberhäupter aus der ganzen Welt hatten um Israels Gunst gebuhlt, um an die Formel heranzukommen. Viele Länder schickten Diplomaten, die Rosenzweig persönlich schmeicheln sollten, falls sie beim Premierminister nichts erreichten. Seltsamerweise hatte sich Rosenzweig von Carpathia überaus beeindruckt gezeigt. Er hatte den Besuch selbst vereinbart und war ganz allein gekommen, obwohl er damals noch keine Vollmacht besessen hatte, Verträge zu schließen, selbst wenn Rosenzweig dafür offen gewesen wäre. Carpathia hatte sich nur Rosenzweigs Wohlwollen sichern wollen, was ihm auch gelungen war. Und nun zahlte sich das aus.

»Wo haben Sie gesteckt?« fragte Rosenzweig.

»Das möchten Sie wohl gerne wissen!«, erwiderte Buck. »Wo steckt die ganze Menschheit denn gerade?«

Rosenzweig blinzelte, und Buck kam sich wie ein Dummkopf vor. Er redete Blödsinn, doch er wußte nicht, was er sonst sagen sollte. Keinesfalls konnte er dem Mann sagen: Ich war da! Ich habe dasselbe gesehen wie Sie, aber Carpathia hat Sie manipuliert, denn er ist der Antichrist!

Rosenzweig war ein sehr kluger Mann und respektierte die Privatsphäre von anderen. »Sie wollen es mir also nicht sagen. In Ordnung. Daß Sie nicht da waren, ist Ihr Pech. Natürlich haben Sie die schreckliche Szene nicht miterleben müssen, aber es war trotzdem ein historisches Ereignis. Nehmen Sie den Lachs, er ist hervorragend.«

Buck hatte es sich zur Gewohnheit gemacht, Empfehlungen in Restaurants immer zu ignorieren. Wie verwirrt er war, erkannte er daran, daß er Rosenzweigs Empfehlung annahm und tatsächlich Lachs bestellte. Und er schmeckte ihm sogar.

»Jetzt möchte ich Sie etwas fragen, Dr. Rosenzweig.«

»Bitte! Bitte, Chaim.«

»Ich kann Sie nicht Chaim nennen, Sir. Immerhin sind Sie ein Nobelpreisgewinner.«

»Bitte, es wäre eine Ehre für mich. Bitte!«

»In Ordnung, Chaim«, sagte Buck, doch er brachte den Namen kaum über die Lippen. »Warum bin ich hier? Was soll das alles?«

Der alte Mann nahm seine Serviette vom Schoß, fuhr sich damit über den Mund, knüllte sie zusammen und warf sie auf seinen Teller. Dann schob er diesen beiseite, lehnte sich zurück und schlug die Beine übereinander. Buck hatte schon miterlebt, daß Leute sich darauf freuten, eine Neuigkeit weiterzugeben, aber nie war es so offensichtlich gewesen wie bei Chaim Rosenzweig.

»So, dann kommt also endlich der Journalist in Ihnen zum Vorschein, ja? Zuerst möchte ich Ihnen sagen, daß dies Ihr Glückstag ist. Nicolae hält etwas ganz Besonderes für Sie bereit. Es ist kaum zu fassen!«

»Aber Sie werden es mir sagen, nicht wahr, Sir?«

»Ich werde Ihnen sagen, was mir aufgetragen wurde, nichts weiter. Der Rest wird von Nicolae persönlich kommen.« Rosenzweig warf einen Blick auf seine Uhr, eine billige Uhr mit einem Plastikarmband, die eigentlich nicht zu seinem internationalen Status paßte. »Gut. Wir haben noch Zeit. Er hat sich extra dreißig Minuten Zeit genommen für Ihren Besuch, bitte bedenken Sie das. Ich weiß, Sie sind Freunde, und Sie wollen sich vielleicht entschuldigen, daß Sie diese Sitzung verpaßt haben, aber denken Sie daran, daß er Ihnen ein sehr bedeutendes Angebot machen will und seine Zeit knapp bemessen ist. Am Spätnachmittag fliegt er nach Washington, wo er mit dem Präsidenten zusammentreffen wird. Der Präsident hatte übrigens angeboten, nach New York zu kommen, stellen Sie sich das vor, aber natürlich hat Nicolae, bescheiden wie er ist, das rundweg abgelehnt.«

»Sie halten Carpathia für bescheiden?«

»Vermutlich bescheidener als jedes andere Staatsoberhaupt, das ich je kennengelernt habe, Cameron. Natürlich kenne ich viele Staatsbeamte und Privatleute, die bescheiden sind und das Recht dazu haben. Aber die meisten Politiker und Staatsoberhäupter sind sehr von sich eingenommen. Viele von ihnen können stolz sein auf ihre Leistungen, und in vielerlei Hinsicht ist es ihr Ego, das sie ihre Leistungen erbringen läßt. Doch einen Mann wie Nicolae habe ich noch nie kennengelernt.«

»Er ist sehr beeindruckend«, stimmte ihm Buck zu.

»Das ist ziemlich untertrieben«, beharrte Rosenzweig. »Bedenken Sie doch nur, Cameron. Er hat diese Ämter nicht angestrebt. Er ist von einer untergeordneten Position in der rumänischen Regierung aufgestiegen und Präsident dieser Nation geworden, obwohl nicht einmal Wahlen angesetzt waren. Er weigerte sich!«

Darauf wette ich, dachte Buck.

»Und als er vor knapp einem Monat eingeladen wurde, vor den Vereinten Nationen zu sprechen, war er so eingeschüchtert und fühlte sich so unwürdig, daß er beinahe abgelehnt hätte. Aber Sie waren ja da! Sie haben seine Rede gehört! Ich hätte ihn sofort zum Premierminister von Israel ernannt, wenn die Aussicht bestanden hätte, daß er dieses Amt annehmen würde! Fast gleichzeitig trat der Generalsekretär zurück und bestand darauf, daß Nicolae sein Nachfolger wurde. Und er wurde einstimmig gewählt, mit großer Begeisterung, und mittlerweile ist er von fast jedem Staatsoberhaupt der Welt anerkannt worden.

Cameron, er sprüht vor Ideen! Er ist Diplomat mit Leib und Seele. Er spricht so viele Sprachen, daß er nur selten einen Übersetzer benötigt, nicht einmal für die Häuptlinge der abgelegenen Stämme in Südamerika oder Afrika! Neulich sagte er ein paar Sätze, die nur ein australischer Aborigine verstehen konnte!«

»Entschuldigen Sie, wenn ich Sie kurz unterbreche, Chaim«, sagte Buck. »Aber Sie wissen natürlich, daß dem amtierenden Generalsekretär Mwangati Ngumo als Ausgleich für seinen Rücktritt Ihre Formel zur Verwendung in Botswana versprochen wurde. Es war also nicht ganz so selbstlos, wie es den Anschein hatte, und ...«

»Natürlich hat Nicolae mir alles erzählt. Aber es war nicht Teil einer Vereinbarung. Es war eine Geste seiner persönlichen Dankbarkeit für das, was Ngumo im Laufe der Jahre für die Vereinten Nationen getan hat.«

»Aber wie kann er persönliche Dankbarkeit zeigen, indem er Ihre Formel verschenkt, Sir? Niemand sonst hat Zugang zu ihr, und ...«

»Ich war mehr als glücklich, sie ihm anbieten zu können.«

»Tatsächlich?« Bucks Gedanken überschlugen sich. Gab es für Carpathias Überzeugungskraft keine Grenzen?

Der alte Mann stellte die Beine nebeneinander und beugte sich vor. »Cameron, das bindet alles zusammen. Dies ist ein Grund dafür, warum Sie hier sind. Die Vereinbarung mit dem ehemaligen Generalsekretär war ein Experiment, ein Modell.«

»Ich höre, Doktor.«

»Es ist natürlich noch zu früh, um etwas zu sagen, doch wenn die Formel dort genauso gut wirkt wie in Israel, wird Botswana sofort zu einem der fruchtbarsten Länder Afrikas werden, wenn nicht sogar der Welt. Das Ansehen Präsident Ngumos innerhalb seiner eigenen Nation ist bereits gestiegen. Alle sind sich darin einig, daß ihn seine Pflichten bei den Vereinten Nationen abgelenkt haben und daß die Welt mit der neuen Führung besser dran ist.«

Buck zuckte die Achseln, doch offensichtlich bemerkte Rosenzweig das nicht. »Und darum plant Carpathia, Ihre Formel noch häufiger für einen Gefallen zu verhökern?«

»Nein, nein! Sie mißverstehen mich. Es stimmt, ich habe die israelische Regierung überredet, die alleinige Verwendung der Formel dem Generalsekretär der Vereinten Nationen zur Verfügung zu stellen.«

»Oh Chaim! Wofür? Milliarden von Dollar, die Israel gar nicht mehr braucht? Das macht doch keinen Sinn! Die Formel hat euch zum reichsten Land der Erde gemacht und unzählige Probleme gelöst, doch nur durch die Tatsache, daß ihr allein sie hattet! Warum, meinen Sie, haben die Russen euch angegriffen? Sie brauchen euer Land nicht. Dort gibt es kein Öl! Sie wollten die Formel! Stellen Sie sich nur vor, was passieren würde, wenn die riesigen Weiten Rußlands auf einmal fruchtbar würden!«

Dr. Rosenzweig hob die Hand. »Das weiß ich, Cameron. Aber es geht nicht um Geld. Ich brauche kein Geld, und Israel auch nicht.«

»Was hat Carpathia Ihnen dann im Austausch für die Formel angeboten?«

»Wofür hat Israel seit dem Beginn seiner Existenz gebetet, Cameron? Und ich spreche nicht von seiner Wiedergeburt im Jahre 1948. Wofür haben wir als das erwählte Volk Gottes von Anfang an gebetet?«

Buck lief ein kalter Schauer den Rücken hinunter, und er konnte einfach nur dasitzen und resigniert nicken. Rosenzweig hatte seine Frage selbst beantwortet. »Shalom. Frieden. ›Betet für den Frieden in Israel.‹ Wir sind ein schwaches, verletzliches Land. Wir wissen, daß Gott, der Allmächtige, uns auf übernatürliche Weise vor dem Angriff der Russen bewahrt hat. Wissen Sie, daß es bei den Russen so viele Tote gegeben hat, daß ihre Leichen in einem Gemeinschaftsgrab begraben werden mußten, in einem Krater, den eine ihrer Bomben in unseren kostbaren Boden gerissen hatte? Viele Leichen mußten wir verbrennen. Und ihre unzähligen Waffen der Zerstörung haben wir als Rohstoff verwendet, aus dem wir Verkaufsgüter herstellen. Cameron«, meinte er bedeutungsvoll, »so viele ihrer Flugzeuge sind abgestürzt – nun, eigentlich alle. Ihren Brennstoff haben wir gesammelt, und es ist so viel, daß wir bestimmt die nächsten fünf bis acht Jahre damit auskommen. Verstehen Sie jetzt, warum der Friede für uns so attraktiv ist?«

»Chaim, Sie haben selbst gesagt, daß Gott, der Allmächtige, Sie beschützt hat. Es kann keine andere Erklärung für das geben, was an jenem Abend geschehen ist. Wenn Sie Gott auf Ihrer Seite haben, wozu brauchen Sie dann noch ein Abkommen mit Carpathia?«

»Cameron, Cameron«, meinte Rosenzweig müde. »Die Geschichte hat gezeigt, daß unser Gott in bezug auf unser Wohlergehen sehr launisch ist. Von der vierzigjährigen Wüstenwanderung der Kinder Israel über den Sechstagekrieg bis hin zu der Invasion der Russen in der heutigen Zeit … Wir verstehen ihn nicht. Er erweist uns seine Gunst, wenn es in seinen ewigen Plan paßt. Wir beten, wir suchen ihn, wir versuchen seine Gunst zu gewinnen. Doch in der Zwischenzeit glauben wir, daß Gott denen hilft, die sich selbst helfen. Sie wissen natürlich, daß auch Sie deshalb hier sind.«

»Tut mir leid, aber ich weiß nicht, wovon Sie sprechen«, meinte Buck.

»Das ist ein Grund für Ihre Anwesenheit hier. Sie wissen sicherlich, daß ein solches Abkommen viele Hausaufgaben erfordert …«

»Über welches Abkommen sprechen wir hier überhaupt?«

»Es tut mir leid, Cameron, ich dachte, Sie könnten mir folgen. Glauben Sie nicht, es sei leicht für mich gewesen, trotz meines Ansehens in meinem Land, die Regierung dazu zu bringen, die Rechte an der Formel an einen Mann wie Nicolae abzutreten.«

»Natürlich nicht.«

»Das war es auch nicht. Einige Sitzungen dauerten bis spät in die Nacht, und jedesmal, wenn ich das Gefühl hatte, einen Skeptiker überzeugt zu haben, kam ein neuer hinzu. Jedes neue Ohr mußte überzeugt werden. Wie oft hätte ich beinahe verzweifelt aufgegeben. Aber schließlich wurde ich doch ermächtigt, eine Vereinbarung mit den Vereinten Nationen auszuhandeln.«

»Mit Carpathia, meinen Sie.«

»Natürlich. Machen Sie keinen Fehler. Er ist jetzt die UNO.«

»Das sehen Sie richtig«, sagte Buck.

»Zu der Vereinbarung gehört, daß ich als Ratgeber seinem Stab angehören werde. Ich werde in dem Komitee sitzen, das zu entscheiden hat, wo die Formel eingesetzt werden soll.«

»Und Geld spielt dabei keine Rolle?«

»Nein.«

»Und Israel wird von der UNO Schutz vor seinen Nachbarn gewährt?«

»Oh, es ist sehr viel komplexer, Cameron. Sehen Sie, die Formel gehört nun ganz eng in Nicolaes Konzept einer weltweiten Abrüstung. Jede Nation, die auch nur in dem Verdacht steht, sich der Vernichtung von neunzig Prozent ihrer Waffen zu widersetzen und die restlichen zehn Prozent an Nicolae zu geben – oder sollte ich sagen, an die Vereinten Nationen –, wird diese Formel niemals erhalten. Nicolae hat versprochen, daß er – und ich werde natürlich dasein, um dafür zu sorgen – mehr als vorsichtig sein und die Formel unseren nächsten Nachbarn und gefährlichsten Feinden nicht ohne weiteres zur Verfügung stellen wird.«

»Da ist doch bestimmt noch mehr.«

»Oh, natürlich, aber das ist das Wesentliche, Cameron. Wenn die Welt erst einmal abgerüstet hat, braucht sich Israel keine Gedanken mehr darum machen, wie es seine Grenzen schützen kann.«

»Das ist naiv.«

»Nicht so naiv, wie es vielleicht scheint, denn keinesfalls ist Nicolae Carpathia naiv. Er wußte sehr gut, daß einige Nationen vielleicht Waffen horten, verstecken oder neu produzieren, und so ist das Abkommen zwischen dem unabhängigen Staat Israel und dem Sicherheitsrat der Vereinten Nationen – mit der persönlichen Unterschrift Nicolae Carpathias – ein heiliges Versprechen. Jede Nation, die Israel bedroht, wird mit dem gesamten Waffenarsenal der UNO sofort ausgelöscht werden. Wenn jedes Land zehn Prozent seiner Waffen der UNO zur Verfügung stellt, dann können Sie sich die Schlagkraft sicherlich vorstellen.«

»Was ich nicht verstehe, Chaim, ist, wie ein überzeugter Pazifist, der sich für eine weltweite Abrüstung einsetzt, damit drohen kann, ganze Länder dem Erdboden gleichzumachen.«

»Das sind doch nur Formulierungen, Cameron«, beruhigte ihn Rosenzweig. »Nicolae ist Pragmatiker und natürlich auch Idealist, doch er weiß, daß man den Frieden nur erhalten kann, wenn man die nötigen Mittel besitzt, ihn notfalls auch zu erzwingen.«

»Und für welche Zeitspanne ist dieses Abkommen vorgesehen?«

»Solange wir es wollen. Wir haben zehn Jahre angeboten, doch Nicolae sagte, er würde die Formel nicht so lange benötigen. Er sagte, nur sieben Jahre würden nötig sein, danach werden die Rechte an der Formel wieder an uns zurückgegeben. Sehr großzügig. Und wenn wir das Abkommen alle sieben Jahre erneuern wollen, können wir das natürlich tun.«

In sieben Jahren werdet ihr keinen Friedensvertrag mehr brauchen, dachte Buck. »Und was hat das alles nun mit mir zu tun?« fragte er.

»Das ist das beste«, sagte Rosenzweig. »Wenigstens für mich, weil es eine Ehre für Sie ist. Es ist kein Geheimnis, daß Nicolae Sie für einen der besten Journalisten der Welt hält. Und um zu beweisen, daß er Ihnen Ihre Abwesenheit bei der Sitzung nicht übelnimmt, wird er Sie bitten, ihn zur Unterzeichnung des Vertrages nach Israel zu begleiten.«

Buck schüttelte den Kopf.

»Ich weiß, es ist überwältigend«, bemerkte Rosenzweig.

Rayfords Flugzeug landete gegen ein Uhr Chicagoer Zeit. Er rief zu Hause an. Der Anrufbeantworter war eingeschaltet. »Hallo, Chloe«, sagte er, »ich bin früher zurück, als ich gedacht habe. Ich wollte dir nur sagen, daß ich in etwa einer Stunde zu Hause bin, und ...«

Chloe nahm den Hörer ab. Ihre Stimme klang seltsam. »Hallo, Dad«, murmelte sie.

»Bist du krank?«

»Nein, nur wütend. Dad, wußtest du, daß Buck Williams mit jemandem zusammenlebt?«

»Wie bitte?!«

»Wirklich. Und sie sind verlobt! Ich habe sie gesehen. Sie trug gerade Kisten in seine Wohnung. Ein dürres Mädchen mit Borstenhaaren und einem kurzen Röckchen.«

»Vielleicht warst du in der falschen Wohnung.«

»Es war die richtige Wohnung.«

»Du ziehst voreilige Schlüsse.«

»Dad, hör mir zu. Ich war so wütend, daß ich eine Weile einfach nur herumgefahren bin, dann habe ich mich auf einen Parkplatz gestellt und geweint. Gegen Mittag bin ich zum Büro des Global Weekly gefahren und wollte mit ihm sprechen – und da war sie und stieg gerade aus ihrem Wagen aus. Ich sprach sie an und habe mich erkundigt, ob sie dort arbeitet. Sie hat genickt, und daraufhin habe ich gesagt, daß ich sie heute schon einmal irgendwo gesehen habe. Und sie erzählt mir, daß sie mit ihrem Verlobten zusammen war. Da habe ich mich einfach umgedreht und bin gegangen, Dad.«

»Dann hast du also gar nicht mit Buck gesprochen?«

»Machst du Witze? Ich spreche nie wieder mit ihm.« Im Hintergrund hörte man die Türklingel. »Einen Augenblick, Dad. Es hat gerade geklingelt.«

Kurze Zeit später kam Chloe wieder ans Telefon. Ihre Stimme klang wutentbrannt. »Ich kann es nicht fassen. Wenn er denkt, damit könnte er alles wieder gutmachen ...«

»Womit?«

»Mit Blumen! Und natürlich anonym. Vermutlich hat er mich vorbeifahren sehen und weiß, wie mir zumute ist. Falls du den Blumenstrauß möchtest, findest du ihn im Abfalleimer, wenn du nach Hause kommst.«

Kurz nach zwei Uhr New Yorker Zeit wartete Buck zusammen mit Chaim Rosenzweig in dem verschwenderisch ausgestatteten Warteraum vor dem Büro des Generalsekretärs der Vereinten Nationen. Chaim plauderte vergnügt über irgend etwas, und Buck tat so, als würde er ihm zuhören. Er betete im stillen. Er war sich nicht sicher, ob seine böse Vorahnung von seiner Psyche ausging, weil er wußte, daß Nicolae Carpathia in der Nähe war, oder ob der Mann tatsächlich eine dämonische Aura um sich verbreitete, die nur die Menschen wahrnahmen, die an Gott glaubten. Buck tat es gut zu wissen, daß Bruce jetzt für ihn betete, und er machte sich nun Vorwürfe, daß er Rayford und Chloe nichts von seiner Reise erzählt hatte. Er war auf die Siebzehn-Uhr-Maschine nach Chicago gebucht, so daß er an dem ersten Bibelabend bei Bruce teilnehmen konnte, der um zwanzig Uhr beginnen sollte. Buck freute sich bereits darauf. Vielleicht würde er Chloe vor dem Treffen zum Abendessen einladen, nur sie beide. »Also, was halten Sie davon?« fragte ihn Rosenzweig.

»Es tut mir leid, Chaim«, erwiderte Buck. »Ich war gerade mit den Gedanken ganz woanders.«

»Cameron, Sie brauchen nicht so nervös zu sein. Nicolae war aufgebracht, das stimmt, aber er trägt Ihnen nichts nach.«

Buck zuckte die Achseln und nickte.

»Ich habe gerade erzählt, daß mein lieber Freund Rabbi Tsion Ben-Juda seine dreijährige Studie beendet hat, und es würde mich nicht wundern, wenn er dafür den Nobelpreis bekommen würde.«

»Seine dreijährige Studie?«

»Sie haben überhaupt nicht zugehört, lieber Freund, nicht?«

»Es tut mir leid.«

»Bei Nicolae müssen Sie aber aufmerksamer sein, das müssen Sie mir versprechen.«

»Das werde ich. Verzeihen Sie.«

»Ist schon in Ordnung. Aber hören Sie, Rabbi Ben-Juda ist von dem hebräischen Institut für Bibelforschung mit einer Dreijahresstudie beauftragt worden.«

»Und was für eine Studie ist das?«

»Irgend etwas über die Prophezeiungen in bezug auf den Messias, damit wir Juden ihn erkennen, wenn er kommt.«

Buck war verblüfft. Der Messias war gekommen, und die zurückgelassenen Juden hatten ihn nicht erkannt. Auch als er das erste Mal gekommen war, hatten ihn die meisten nicht anerkannt. Was sollte Buck seinem Freund sagen? Wenn er sich ihm gegenüber als einen »Heiligen der Trübsalszeit« zu erkennen gab, wie Bruce die neuen Gläubigen nach der Entrückung gerne nannte, welche Folgen würde das für ihn haben? Rosenzweig war ein Vertrauter Carpathias. Buck wollte ihm gern sagen, daß eine Beschäftigung mit den messianischen Prophezeiungen nur zu Jesus führen konnte. Doch statt dessen meinte er: »Welches sind denn die wichtigsten Prophezeiungen, die auf den Messias hindeuten?«

»Um ehrlich zu sein«, antwortete Rosenzweig, »ich weiß es nicht. Ich war kein religiöser Jude, bis Gott die russische Luftwaffe zerstörte, und ich kann nicht sagen, daß ich jetzt besonders gläubig wäre. Ich habe die messianischen Prophezeiungen immer so gesehen wie die Tora – symbolisch. Der Rabbi in der Synagoge, die ich gelegentlich in Tel Aviv besuche, sagte selbst, es sei nicht so wichtig, ob wir glaubten, daß Gott wirklich existiert oder nur ein Konzept ist. Das stimmt mit meiner humanistischen Einstellung überein. Religiöse Menschen, ob sie nun Juden waren oder von einer anderen Nationalität, haben mich selten mehr beeindruckt als die Atheisten mit einem guten Herzen.

Vor fünfundzwanzig Jahren hat Dr. Ben-Juda bei mir studiert. Er war immer ein sehr religiöser Jude, orthodox, aber keinesfalls ein Fundamentalist. Natürlich wurde er Rabbi, doch bestimmt nicht aufgrund dessen, was ich ihm beigebracht habe. Ich habe ihn immer gemocht. Neulich erzählte er mir, er habe die Studie beendet, und es sei die erfüllendste und interessanteste Arbeit gewesen, die er je geschrieben habe.« Rosenzweig hielt inne. »Ich nehme an, Sie fragen sich, warum ich Ihnen das alles erzähle.«

»Offen gestanden, ja.«

»Ich möchte Rabbi Ben-Juda in Nicolae Carpathias Stab holen.«

»Als was?«

»Geistlichen Berater.«

»Sucht Carpathia denn einen?«

»Er weiß es noch nicht!« erwiderte Rosenzweig und lachte laut los. »Aber bisher hat er meinem Urteilsvermögen vertraut. Darum sind Sie ja auch hier.«

Buck zog die Augenbrauen hoch. »Ich dachte, ich sei hier, weil Carpathia mich für den besten Journalisten der Welt hält.«

Dr. Rosenzweig beugte sich vor und flüsterte ihm verschwörerisch zu: »Und was meinen Sie, warum er das denkt?«

Rayford hatte Schwierigkeiten, Chloe von seinem Autotelefon aus zu erreichen, doch endlich gelang es ihm. »Ich habe mich gefragt, ob du Lust hast, heute abend mit deinem Alten auszugehen«, fragte er, weil er sie ein wenig aufheitern wollte.

»Ich weiß nicht«, antwortete sie ausweichend. »Das ist lieb, Dad, aber wir gehen doch heute abend um acht Uhr zu Bruce.«

»Ich würde gerne«, sagte Rayford.

»Dann laß uns hierbleiben. Mir geht's gut. Ich habe gerade mit Bruce telefoniert. Ich wollte ihn fragen, ob er weiß, ob Buck heute abend kommt.«

»Und?«

»Er war sich nicht sicher. Er hofft es. Aber ich hoffe, er kommt nicht.«

»Chloe!«

»Ich habe nur Angst vor dem, was ich sagen werde, Dad. Kein Wunder, daß er sich mir gegenüber so kühl verhalten hat, wo er schon in festen Händen ist. Aber die Blumen! Was soll das alles?«

»Du weißt doch nicht einmal, ob sie von ihm sind.«

»Oh Dad! Wenn sie nicht von dir sind, dann hat Buck sie geschickt.«

Rayford lachte. »Ich wünschte, ich hätte daran gedacht.«

»Ich auch.«

Hattie Durham kam freudestrahlend auf Buck und Chaim Rosenzweig zu, die sich beide aus ihren Sesseln erhoben. »Mr. Williams!« sagte sie und umarmte ihn. »Ich habe Sie nicht mehr gesehen, seit ich diese Stellung hier angenommen habe.«

Doch, das hast du, dachte Buck. Du kannst dich nur nicht mehr daran erinnern.

»Der Generalsekretär und Mr. Plank möchten Sie jetzt sprechen«, sagte sie zu Buck. Sie wendete sich Dr. Rosenzweig zu. »Herr Doktor, der Generalsekretär bittet Sie, sich in fünfundzwanzig Minuten bereitzuhalten.«

»Selbstverständlich«, erwiderte der alte Mann. Er zwinkerte Buck zu und schlug ihm ermutigend auf die Schulter.

Buck folgte Hattie einen mit Mahagoniholz verkleideten Flur entlang. Ihm fiel auf, daß er sie bisher nur in Uniform gesehen hatte. Heute trug sie ein maßgeschneidertes Kostüm, in dem sie eher wie eine reiche, weltgewandte Dame aussah. Ihre Aufmachung unterstrich ihre atemberaubende Schönheit. Sie schien sogar kultivierter zu sprechen. Ihr Zusammensein mit Nicolae Carpathia hatte ihrer äußeren Erscheinung anscheinend gutgetan.

Hattie klopfte an die Tür zu Carpathias Arbeitszimmer und steckte den Kopf hinein. »Herr Generalsekretär, Cameron Williams vom Global Weekly.« Hattie öffnete die Tür für Buck und verschwand, als Nicolae Carpathia herankam und Bucks Hand ergriff. Buck schien seltsam beruhigt durch die herzliche Begrüßung und das Lächeln des Mannes. »Buck! Kommen Sie! Setzen Sie sich! Sie und Steve kennen sich natürlich.«

Steves äußere Erscheinung erstaunte Buck mehr als die von Carpathia. Nicolae war immer sehr elegant gekleidet. Seine Anzugjacke war zugeknöpft und die Accessoires genau aufeinander abgestimmt. Doch Steve hatte sich trotz seiner Position als Chefredakteur einer der angesehensten Zeitungen der Welt nicht immer so gekleidet, wie man es von ihm hätte erwarten können. Zwar trug er immer die obligatorischen Hosenträger und ein Hemd mit langen Ärmeln, doch gewöhnlich hatte er die Ärmel aufgerollt und die Krawatte gelockert und wirkte eher wie ein Yuppie mittleren Alters.

Heute jedoch war Steve das genaue Ebenbild Carpathias. Er trug eine dünne, schwarze Ledermappe und sah aus, als sei er einem Modejournal entstiegen. Sogar seine Frisur war verändert, kurzgeschnitten, in Form gefönt und mit Gel gestylt. Er trug eine neue Brille, einen schwarzen Anzug, ein weißes Hemd und eine Krawatte, die vermutlich ein Vermögen gekostet hatte. Die weichen Lederschuhe schienen italienischer Herkunft zu sein, und wenn Buck sich nicht irrte, steckte ein neuer Brillantring an Steves rechter Hand.

Carpathia zog sich einen Stuhl von seinem Konferenztisch heran und stellte ihn zu den beiden vor seinem Schreibtisch. Er setzte sich neben Steve und Buck. Genau wie im Managerhandbuch beschrieben, dachte Buck. Durchbrich die Barriere zwischen Vorgesetztem und Untergebenem.

Doch trotz des Versuches, eine gleiche Ausgangsbasis zu schaffen, war die Absicht dieser Zusammenkunft ganz eindeutig, Buck zu beeindrucken. Und dieser war tatsächlich beeindruckt. Steve und Hattie hatten sich so sehr verändert, daß Buck sie kaum noch wiedererkannte. Und jedesmal wenn Buck Carpathias ausgeprägte Gesichtszüge und sein entwaffnendes Lächeln betrachtete, wünschte er sich von ganzem Herzen, der Mann würde der sein, der er zu sein schien, und nicht der, der er, wie Buck wußte, war.

Niemals verlor er aus den Augen, daß er sich in der Gegenwart des raffiniertesten, gerissensten Menschen der Geschichte befand.

Buck empfand Mitgefühl für Steve. Doch man hatte ihn nicht nach seiner Meinung gefragt, als Steve den *Global Weekly* verließ, um sich Carpathias Stab anzuschließen. Zu gern würde Buck ihm von seinem Glauben erzählen, doch er konnte ihm nicht mehr vertrauen. Buck hoffte und betete, daß Carpathia nicht die übernatürliche Fähigkeit hatte, alles zu wissen, denn dann würde er erkennen, daß Buck ein feindlicher Agent in seinem Lager war.

»Ich möchte mit einer humorvollen Redewendung beginnen«, sagte Carpathia, »und dann werden wir Steve entschuldigen und uns unter vier Augen unterhalten, ja?«

Buck nickte.

»Hier im Land habe ich eine Redewendung kennengelernt, die ich vorher noch nie gehört hatte: ›der Elefant im Raum‹. Haben Sie das schon mal gehört, Buck?«

»Vermutlich meinen Sie die Leute, die zusammenkommen, aber nicht über das Offensichtliche sprechen, wie zum Beispiel die Tatsache, daß bei einem von ihnen eine tödliche Krankheit diagnostiziert wurde.«

»Genau. Also wollen wir über den Elefanten im Raum sprechen und diese Angelegenheit dann ein für allemal abhaken. In Ordnung?«

Wieder nickte Buck. Sein Pulsschlag beschleunigte sich.

»Ich gestehe, ich war verwirrt und ein wenig verletzt, daß Sie an der Sitzung, in der ich die neuen Botschafter berufen habe, nicht teilgenommen haben. Wie sich jedoch herausstellte, wäre sie für Sie genauso traumatisch verlaufen wie für uns alle.«

Buck unterdrückte nur mit Mühe eine sarkastische Bemerkung. Auf keinen Fall würde er sich dafür entschuldigen. Wie konnte er sagen, es täte ihm leid, eine Sitzung verpaßt zu haben, an der er in Wirklichkeit teilgenommen hatte?

»Ich hatte eigentlich geplant, daran teilzunehmen, und hätte sie auch um nichts in der Welt verpaßt«, erwiderte Buck. Carpathia schien durch ihn hindurchzusehen und darauf zu warten, daß er weitersprach. »Offen gestanden«, fügte Buck hinzu, »liegt dieser ganze Tag für mich wie in einem Nebel.« Ein Nebel mit sehr lebendigen Einzelheiten, die er niemals vergessen würde.

Carpathia schien lockerer zu werden. Er beugte sich vor, stützte die Ellbogen auf die Knie und blickte von Steve zu Buck. Er wirkte ein wenig verärgert. »In Ordnung«, sagte er, »offensichtlich gibt es keine Entschuldigung, keine Erklärung.«

Buck blickte Steve an, der ihm mit seinen Augen und einem leichten Nicken zu sagen schien: Sag etwas, Buck! Entschuldige dich, erkläre!

»Was kann ich sagen?« begann Buck. »Es tut mir sehr leid, daß ich Sie enttäuscht habe.« Das kam dem, was sie von ihm erwarteten, recht nahe. Buck wußte, daß Steve unschuldig war. Steve glaubte wirklich, Buck wäre nicht da gewesen. Carpathia natürlich hatte die ganze Scharade erdacht und in Szene gesetzt. Sich ärgerlich zu zeigen, daß er keine Entschuldigung oder Erklärung bekam, war ein perfekter Schachzug, dachte Buck. Ganz offensichtlich suchte Carpathia nach Hinweisen darauf, was Buck wußte. Buck konnte nur Ausflüchte machen und beten, daß Gott Carpathia der Wahrheit gegenüber blind machen möge, der Wahrheit, daß Carpathia keine Macht über Buck hatte.

»In Ordnung«, sagte Carpathia und setzte sich auf. »Uns allen tut dieser Tag leid, nicht? Ich betrauere den Verlust von zwei Gefährten, von denen einer ein langjähriger Freund war.« Buck wurde es übel. »Und nun, Buck, möchte ich mich gern mit Ihnen in Ihrer Eigenschaft als Journalist unterhalten, und wir werden unseren gemeinsamen Freund Mr. Plank entschuldigen.«

Steve erhob sich und legte Buck die Hand auf die Schulter. Schweigend verließ er den Raum. Buck wurde schmerzlich bewußt, daß nun nur noch er und Gott Seite an Seite mit Nicolae Carpathia saßen.

Aber nicht lange Seite an Seite. Nicolae erhob sich plötzlich und ging wieder zu seinem Schreibtisch. Bevor er sich auf seinem Stuhl niederließ, drückte er die Gegensprechanlage, und Buck hörte, wie sich die Tür hinter ihm öffnete.

Hattie Durham murmelte eine Entschuldigung, nahm den Stuhl vor dem Schreibtisch fort und stellte ihn wieder an seinen Platz am Konferenztisch. Bevor sie ging, stellte sie auch noch den Stuhl, auf dem Steve gesessen hatte, wieder zurück. Genauso leise, wie sie gekommen war, verließ sie das Zimmer. Dieser anscheinend vorausgeplante Verlauf der Zusammenkunft – von der formellen Anmeldung seiner Ankunft über die Frage, wer daran teilnehmen würde, bis hin zur Sitzordnung – kam Buck sehr komisch vor. Da das Büro nun in seinem alten Zustand war und Carpathia wieder hinter dem massiven Schreibtisch saß, hatte es nun nicht mehr den Anschein, als sollten die Machtverhältnisse angeglichen werden.

Trotzdem bemühte sich Carpathia auch weiterhin um einen freundschaftlichen Ton. Er legte die Finger ineinander und starrte Buck lächelnd an. »Cameron Williams«, sagte er langsam. »Wie fühlt man sich, wenn man der bekannteste Journalist seiner Zeit ist?«

Was für eine Frage war das? Er war doch nur ein respektierter Journalist, weil er solche Fragen eben nicht stellte. »Im Augenblick bin ich nichts weiter als ein degradierter Schreiberling«, erwiderte er.

»Und bescheiden außerdem«, meinte Carpathia grinsend. »Ich werde gleich klarmachen, daß Ihr Ansehen beim Global Weekly vielleicht gesunken ist, jedoch nicht in den Augen der Welt und ganz bestimmt nicht in meinen Augen. Ich hätte ärgerlicher darüber sein sollen, daß Sie die Sitzung versäumt haben, als Ihr Verleger, aber ich denke, er hat ein wenig überreagiert. Wir können das hinter uns lassen und weitermachen. Ein Fehler macht nicht die Leistungen eines ganzen Lebens zunichte.«

Carpathia hielt inne, als erwarte er eine Reaktion von Buck. Doch Buck lernte immer mehr den Wert des Schweigens schätzen. Gegenüber Carpathia schien dies die richtige Taktik zu sein, und ganz sicher war das der Weg, den Gott ihn an jenem schrecklichen Tag geführt hatte, als Carpathia von allen eine Bestätigung seiner Darstellung der Ereignisse erwartet hatte. Buck war davon überzeugt, daß sein Schweigen ihm das Leben gerettet hatte.

»Übrigens«, fuhr Carpathia fort, als klar wurde, daß Buck nichts zu sagen hatte, »haben Sie Ihren Leitartikel über die Theorien zum Massenverschwinden dabei?«

Buck konnte sein Erstaunen nicht verbergen. »Das habe ich tatsächlich.«

Carpathia zuckte die Achseln. »Steve hat mir davon erzählt. Ich würde ihn gern sehen.«

»Ich fürchte, ich kann ihn vor der Veröffentlichung niemandem zeigen.«

»Aber die Zeitung hat doch sicher Ihren Arbeitsentwurf.«

»Natürlich.«

»Steve sagte, Sie würden vielleicht eine Stellungnahme von mir haben wollen.«

»Offen gestanden bin ich der Meinung, daß Ihre Ansichten bereits über das Fernsehen so weit verbreitet sind, daß sie unseren Lesern nichts Neues mehr bieten.«

Carpathia wirkte verletzt.

»Ich meine«, fuhr Buck fort, »Sie sind doch vermutlich immer noch der Meinung, die Ursache sei eine nukleare Reaktion der Naturgewalten gewesen? Daß der Blitz vielleicht eine spontane Interaktion zwischen den gelagerten Atomwaffen ausgelöst hat, und …«

»Sie wissen, daß auch Ihr Freund Dr. Rosenzweig diese Theorie vertritt.«

»Das weiß ich, Sir.«

»Aber sie wird in Ihrem Artikel nicht vorkommen?«

»Natürlich ist davon die Rede. Ich dachte, hier ginge es darum, ob ich eine neue Theorie von Ihnen brauche. Wenn sich Ihre Ansichten nicht geändert haben, brauche ich keine neue Stellungnahme.«

Carpathia warf einen Blick auf die Uhr. »Wie Sie wissen, ist meine Zeit knapp bemessen. Ihr Flug ist gut verlaufen? Ihre Unterkunft akzeptabel? Hatten Sie ein gutes Mittagessen? Und hat Dr. Rosenzweig Ihnen gesagt, worum es geht?«

Buck nickte zu jeder Frage.

»Da ich annehme, daß er Ihnen von dem Abkommen der Vereinten Nationen mit Israel berichtet hat und daß die Unterzeichnung heute in einer Woche in Jerusalem stattfinden soll, möchte ich Sie hiermit persönlich einladen, bei der Unterzeichnung zugegen zu sein.«

»Ich bezweifle, daß der Weekly einen einfachen Reporter aus Chicago zu einem internationalen Ereignis solcher Tragweite entsenden wird.«

»Ich bitte Sie nicht, sich dem Pressekorps aus der ganzen Welt anzuschließen, das sich um Zulassung bemühen wird, sobald die Sache bekannt wird. Ich lade Sie ein, Mitglied meiner Delegation zu sein, an einem Tisch mit mir zu sitzen. Das ist ein Privileg, das keinem anderen Pressemann aus der Welt zuteil werden wird.«

»Im Global Weekly herrscht das Prinzip, daß die dort angestellten Journalisten keine Vergünstigungen annehmen dürfen, die ...«

»Buck, Buck«, unterbrach ihn Carpathia. »Es tut mir leid, Sie zu unterbrechen, aber es würde mich sehr wundern, wenn Sie heute in einer Woche noch immer beim Global Weekly wären. Das würde mich sehr wundern.«

Buck zog die Augenbrauen in die Höhe und blickte Carpathia skeptisch an. »Wissen Sie etwas, das ich noch nicht weiß?« Sobald er diese Frage ausgesprochen hatte, war ihm klar, daß er unbeabsichtigt die Kernfrage dieses ganzen Zusammentreffens gestellt hatte.

Carpathia lachte. »Ich weiß von keinen Plänen, Sie zu entlassen. Ich denke, Sie haben Ihre Strafe dafür, daß Sie meine Sitzung verpaßt haben, bereits erhalten. Und obwohl Sie bereits früher schon mein Angebot, Mitglied meines Stabes zu werden, abgelehnt haben, denke ich, daß ich für Sie jetzt wirklich ein Angebot habe, das Sie umstimmen könnte.«

Darauf würde ich nicht wetten, dachte Buck. Aber laut sagte er: »Ich höre.«

6

Bevor ich dazu komme«, sagte Carpathia ausweichend – eine Eigenschaft, die Buck immer sehr verärgerte, »möchte ich noch etwas anderes ansprechen. Erinnern Sie sich, daß ich Ihnen einmal sagte, ich könnte ein Problem für Sie aus der Welt schaffen?«

Wie sollte er das jemals vergessen? Bis zum Tag der Morde war dies für Buck die erschreckendste Begegnung mit Nicolae Carpathia gewesen. Einer von Bucks Informanten, ein Studienkollege aus Wales, hatte den Tod gefunden, nachdem er zuviel über ein internationales Bankenkomplott in Erfahrung gebracht hatte, in das sein eigener Vorgesetzter, Joshua Todd-Cothran, der Direktor der Londoner Börse, verwickelt war.

Buck war nach England geflogen, um mit einem Freund von *Scotland Yard* den Fall zu untersuchen, und hätte dabei selbst beinahe den Tod gefunden. Sein Freund vom *Yard* starb durch eine Autobombe, und offiziell hatte man damals erklärt, daß auch Buck bei dem Mordanschlag ums Leben gekommen war, während es diesem jedoch mit Hilfe eines falschen Ausweises gelungen war, aus London zu fliehen. Als er nach New York zurückkam, hatte ihm kein anderer als Carpathia versprochen, er würde sich der Sache annehmen, falls Todd-Cothran tatsächlich in eine illegale Angelegenheit verwickelt sein sollte. Kurz darauf starb Todd-Cothran vor Bucks Augen durch Carpathias Hand.

»Ich erinnere mich«, sagte Buck leichthin. Das war wahrscheinlich die Untertreibung seines Lebens.

»Ich habe deutlich gemacht, daß ich Unaufrichtigkeit in der UNO-Verwaltung nicht dulde. Und die Todd-Cothran-Angelegenheit hat sich ja dann auch von selbst erledigt.«

Von selbst erledigt? fragte sich Buck im stillen.

»Glauben Sie an das Glück, Mr. Williams?«

»Nein.«

»Sie glauben nicht an das sogenannte ›Glück der Tüchtigen‹?«

»Nein.«

»Ich schon. Ich habe immer daran geglaubt. Oh, natürlich sind die Schwindler und sogar die Kriminellen manchmal glücklich. Aber in der Regel ist es doch so, daß ein Mensch um so zufriedener ist, je besser er seine Arbeit tut. Können Sie folgen?«

»Nein.«

»Lassen Sie es mich anders erklären. Sie waren in tödlicher Gefahr. Menschen um Sie herum starben. Ich habe Ihnen gesagt, ich würde mich darum kümmern, doch es war klar, daß ich mich persönlich nicht einmischen konnte. Ich gestehe, daß ich, als ich Ihnen so vorschnell versicherte, ich würde mich Ihrer Probleme annehmen, keine Ahnung hatte, wie ich dies tun sollte. Da ich kein religiöser Mensch bin, muß ich sagen, daß ich in diesem Fall ein gutes Karma hatte. Sind Sie mit mir einer Meinung?«

»Um ganz ehrlich zu sein, Sir, ich habe keine Ahnung, was Sie eigentlich sagen wollen.«

»Ich liebe Ihre Offenheit. Und Sie fragen sich, warum ich Sie so mag?« Carpathia lächelte. »Sie sind der Mann, den ich brauche! Was ich sagen will, ist folgendes: Sie und ich, wir hatten ein Problem. Sie standen auf der schwarzen Liste, und ich hatte zwei Menschen in meinem Umfeld, die in schwere Verbrechen verwickelt waren. Durch seinen Selbstmord, bei dem er gleichzeitig auch Todd-Cothran getötet hat, hat sich mein alter Freund Jonathan Stonagal unser beider Probleme angenommen. Das ist ein gutes Karma, wenn ich meine östlichen Freunde richtig verstehe.«

»Dann sind Sie also, obwohl Sie den Tod Ihrer Freunde betrauern, eigentlich froh, daß sie tot sind.«

Carpathia lehnte sich zurück und wirkte beeindruckt. »Genau. Ich betrauere den Verlust. Sie waren alte Freunde und Ratgeber, denen ich einst vertraut hatte, ja sie waren sogar meine Mentoren. Doch dann haben sie, wie soll ich es ausdrücken, den Pfad der Tugend verlassen, und ich mußte etwas dagegen unternehmen. Und, verstehen Sie mich nicht falsch, ich hätte auch etwas unternommen. Aber Jonathan hat mir das abgenommen.«

»Ein unglaublicher Zufall«, sagte Buck. Carpathias Blick bohrte sich in ihn hinein, und er schien seine Gedanken lesen zu wollen.

»Ich kann es immer noch nicht fassen«, fuhr Nicolae fort, »wie schnell sich die Dinge verändern.«

»Da kann ich nicht widersprechen.«

»Vor knapp einem Monat saß ich noch im rumänischen Senat. Im nächsten Augenblick war ich Präsident des Landes, und eine Stunde später wurde ich Generalsekretär der Vereinten Nationen.«

Buck lächelte über Carpathias Übertreibung, doch sein Aufstieg zur Macht schien wirklich so schnell verlaufen zu sein. Bucks Lächeln schwand jedoch, als Carpathia hinzufügte: »Das könnte einen Atheisten beinahe dazu bringen, an Gott zu glauben.«

»Aber Sie schreiben es dem guten Karma zu«, meinte Buck trocken.

»Offen gesagt«, erwiderte Carpathia, »es macht mich beinahe demütig. In vielerlei Hinsicht scheint dies mein Schicksal gewesen zu sein, aber nie hätte ich mir das träumen lassen, noch weniger hätte ich es planen können. Seit meiner Kandidatur für den rumänischen Senat habe ich kein Amt angestrebt, und doch ist mir das alles zugefallen. Ich kann nichts weiter tun, als mein Bestes zu geben und zu hoffen, daß ich mich des Vertrauens würdig erweise, das mir entgegengebracht wird.«

Noch vor einem Monat hätte Buck dem Mann seine Wut ins Gesicht geschrien. Er fragte sich, ob man ihm seine Gefühle wohl ansah. Offensichtlich nicht.

»Buck«, fuhr Carpathia fort, »ich brauche Sie. Und dieses Mal werde ich kein Nein akzeptieren.«

Rayford legte sein Autotelefon beiseite, nachdem er mit Bruce Barnes gesprochen hatte. Rayford hatte ihn gefragt, ob er an diesem Abend ein wenig früher kommen könnte, um Bruce etwas zu zeigen, sagte ihm jedoch nicht, worum es sich handelte. Er holte den Zettel von Hattie Durham aus seiner Brusttasche und legte ihn auf das Lenkrad. Was um alles in der Welt sollte das bedeuten, und woher wußte sie, beziehungsweise ihr Chef, wo er zu finden war?

Sein Autotelefon klingelte. Er drückte den Knopf und sprach über den Lautsprecher. »Ray Steele«, meldete er sich.

»Daddy, hast du telefoniert?«

»Ja, warum?«

»Earl hat versucht, dich zu erreichen.«

»Was ist los?«

»Ich weiß es nicht. Schien ernst zu sein. Ich sagte ihm, du seist auf dem Heimweg, und darüber war er sehr überrascht. Er sagte in etwa, niemand würde ihn informieren. Er dachte, du würdest später aus Dallas zurückkommen, und …«

»Das dachte ich auch.«

»Wie auch immer, er hatte gehofft, dich noch am Flughafen abzufangen, bevor du fährst.«

»Ich werde ihn gleich anrufen. Bis heute abend. Ich werde übrigens ein wenig früher fahren, weil ich noch mit Bruce sprechen möchte. Du kannst ja mitkommen und warten, oder wir nehmen zwei Wagen.«

»Ja, ich glaube, das wäre besser. Ich warte mit Sicherheit nicht im Vorraum auf dich, um dann Buck allein gegenübertreten zu müssen. Ganz bestimmt nicht. Du kannst vorausfahren, ich komme dann später nach.«

»Ach, Chloe …«

»Fang gar nicht erst an, Dad.«

Buck fühlte sich mutig. Neugierig, aber mutig. Natürlich wollte er hören, was Carpathia geplant hatte, doch der Mann schien am meisten beeindruckt zu sein, wenn Buck sagte, was er dachte. Buck jedoch war nicht bereit, ihm zu sagen, was er wußte und was er wirklich dachte, und vermutlich würde er das nie tun. Doch er hatte den Eindruck, er sei es sich selbst schuldig, jetzt zu sprechen.

»Vermutlich hätte ich nicht kommen sollen, ohne zu wissen, was Sie wollen«, meinte Buck. »Beinahe wäre ich auch nicht gekommen. Ich habe mir Zeit gelassen, bevor ich mich mit Steve in Verbindung gesetzt habe.«

»Ach, lassen Sie uns doch offen sprechen«, sagte Carpathia. »Ich bin Diplomat und meine es ernst. Mittlerweile müßten Sie mich doch gut genug kennen, um das zu wissen.« Er hielt inne, um auf eine Bestätigung von Buck zu warten. Sein Gesprächspartner nickte nicht einmal. »Na, hören Sie. Sie entschuldigen sich nicht und erklären auch nicht, warum Sie meine letzte Einladung ignoriert haben. Und doch grolle ich Ihnen deswegen nicht. Sie hätten es sich nicht leisten können, mich noch einmal vor den Kopf zu stoßen.«

»Nicht? Was wäre denn dann passiert?«

»Vielleicht wäre es Stanton Bailey wieder zu Ohren gekommen, und Sie wären noch weiter degradiert worden. Oder gefeuert. Auf jeden Fall aber in Ungnade gefallen. Mir können Sie sich nicht widersetzen. Nicht, daß ich mich selbst für etwas Besonderes halte, aber die

Welt und die Medien tun es. Wenn sich jemand mit mir anlegen will, dann auf eigene Gefahr.«

»Also sollte ich Angst vor Ihnen haben, oder warum sollte ich das Angebot, oder was immer Sie für mich haben, nun eher in Betracht ziehen?«

»Oh nein! Angst davor, mich vor den Kopf zu stoßen, ja, aber nur aus den Gründen, die ich Ihnen gerade aufgezeigt habe. Diese Angst sollte Sie jedoch motivieren zu kommen, wenn ich Sie darum bitte. Keinesfalls sollte sie die Basis sein, auf der Sie sich entschließen, für mich zu arbeiten. Nicht Angst ist nötig, um Sie zu überzeugen.« Buck lag die Frage auf der Zunge, womit er es denn schaffen wollte, doch es war klar, daß Carpathia eine solche Frage von ihm erwartete, darum schwieg er.

»Wie lautet dieser Satz aus dem Film, den ihr Amerikaner so liebt? ›Ein Angebot, das man nicht zurückweisen kann‹? Genau das habe ich für Sie.«

»Rayford, es tut mir leid, dir das anzutun, aber wir müssen miteinander reden, und zwar noch heute nachmittag.«

»Earl, ich bin fast zu Hause.«

»Es tut mir leid. Ich würde dich nicht darum bitten, wenn es nicht wichtig wäre.«

»Was ist los?«

»Wenn ich dir das am Telefon sagen könnte, würde ich dich nicht bitten herzukommen, oder?«

»Du willst, daß ich sofort umkehre?«

»Ja, und es tut mir wirklich leid.«

»Es gibt Gesetze, und es gibt Regeln«, sagte Carpathia gerade. »Den Gesetzen gehorche ich. Ich habe nichts gegen Regeln, wenn sie gerechtfertigt sind. In Ihrem Land ist es zum Beispiel nicht erlaubt, Essen in ein Stadion mitzubringen. Die Konzessionen für Imbißstände sind für das Management reserviert. In Ordnung. Ich kann verstehen, warum es eine solche Regelung gibt, und wenn ich der Eigentümer wäre, würde ich vermutlich versuchen, auf der Beachtung dieser Regel zu bestehen. Aber für mich wäre es keine kriminelle Handlung, wenn ich versuchte, mein Essen einzuschmuggeln. Können Sie mir folgen?«

»Ich denke schon.«

»Es gibt eine Regel, die für Staatsoberhäupter und Leiter offizieller Organe wie die Vereinten Nationen gilt und die besagt, daß nur in einer Diktatur dem Herrscher der Besitz oder die finanzielle Beteiligung an großen Medienkonzernen erlaubt ist.«

»Das ist richtig.«

»Aber ist es ein Gesetz?«

»In den Vereinigten Staaten schon.«

»Und international?«

»Nicht überall.«

»Da haben wir es.«

Ganz offensichtlich erwartete Carpathia von Buck die Frage, worauf er hinauswollte, doch Buck schwieg. »Sie lieben den Ausdruck, etwas auf den Punkt bringen«, fuhr Nicolae fort. »Ich habe gehört, wie Sie das häufiger gesagt haben. Der Punkt ist, daß ich große Medienkonzerne kaufen werde, und ich möchte, daß Sie dabei sind.«

»Wobei?«

»Sie sollen sich dem Managementteam anschließen. Ich werde alleiniger Eigentümer der größten Zeitungen, Fernsehanstalten und Nachrichtenagenturen der Welt werden. Sie können sich aussuchen, was Sie übernehmen wollen.«

»Der Generalsekretär der Vereinten Nationen will Besitzer von Medienkonzernen werden? Wie soll das vonstatten gehen?«

»Wenn Gesetze geändert werden müssen, dann werden sie eben geändert. Falls jemals der richtige Zeitpunkt war, positiven Einfluß auf die Medien zu nehmen, Buck, dann jetzt. Sind Sie nicht auch meiner Meinung?«

»Nein.«

»Millionen von Menschen sind verschwunden. Die Leute haben Angst. Sie wollen keine Kriege mehr, kein Blutvergießen, kein Chaos. Sie müssen erfahren, daß der Frieden in greifbare Nähe gerückt ist. Die Reaktion auf meinen Plan, eine weltweite Abrüstung durchzusetzen, war fast durchweg positiv.«

»Nicht von der amerikanischen militanten Bewegung.«

»Was kümmern mich die«, sagte Carpathia lächelnd. »Wenn wir erreichen, was ich vorgeschlagen habe, meinen Sie wirklich, dann könnte eine Gruppe Eiferer, die in den Wäldern herumläuft, Drillichanzüge trägt und mit Spielzeuggewehren herumballert, der Weltgemeinschaft noch gefährlich werden? Buck, ich erfülle doch nur den

Herzenswunsch der anständigen Menschen in der Welt. Natürlich wird es immer faule Äpfel geben, und nie würde ich den Medien verbieten, sie auch zu Wort kommen zu lassen, aber ich tue dies aus lauteren Motiven heraus. Ich brauche kein Geld. Davon habe ich genug.«

»Ist die UNO denn so flüssig?«

»Buck, ich möchte Ihnen etwas anvertrauen, von dem nur wenige wissen, und weil ich Ihnen vertraue, weiß ich, daß Sie diese Information vertraulich behandeln werden. Jonathan Stonagal hat mich zum alleinigen Erben seines Vermögens eingesetzt.«

Buck konnte sein Erstaunen nicht verbergen. Daß Carpathia im Testament des Mulitmilliardärs bedacht worden war, hätte niemanden überrascht, aber Alleinerbe? Das bedeutete, daß Carpathia nun Besitzer der größten Banken und Geldinstitute der Welt war.

»Aber, aber seine Familie ...«, brachte Buck mühsam heraus.

»Ich habe mich mit ihnen bereits gütlich geeinigt. Sie haben versprochen, stillzuhalten und das Testament nicht anzufechten. Dafür bekommt jeder einhundert Millionen Dollar.«

»Das würde selbst mich zum Schweigen bringen«, meinte Buck. »Aber wieviel haben sie geopfert?«

Carpathia lächelte. »Und Sie fragen sich, warum ich Sie bewundere? Sie wissen, daß Jonathan der reichste Mann in der Geschichte gewesen ist. Für ihn war Geld nur eine Ware. Er hatte nicht einmal eine Brieftasche. In seiner ihm eigenen bezaubernden Art war er sogar geizig. Es machte ihm nichts aus, einen Mann, der weniger Geld als er besaß, die Rechnung in einem Restaurant begleichen zu lassen und im nächsten Atemzug eine Firma für viele hundert Millionen zu kaufen. Für ihn waren das nur Zahlen.«

»Und was wird es für Sie sein?«

»Buck, ich sage dies aus tiefster Seele. Der unermeßliche Reichtum gibt mir die Möglichkeit, mir einen lebenslangen Traum zu erfüllen. Ich möchte Frieden. Ich möchte weltweite Abrüstung. Ich möchte, daß die Völker der Erde in Harmonie leben. Die Welt hätte sich als eine Gemeinschaft betrachten sollen, nachdem uns vor Jahrzehnten die Luftfahrt und die Satellitenkommunikation einander näher gebracht haben. Doch zuerst mußte es dieses Massenverschwinden geben – das vielleicht das beste war, was diesem Planeten je passieren konnte –, um uns endlich zusammenzubringen. Wenn ich eine Rede halte, kann ich beinahe in der ganzen Welt gesehen und gehört werden.

Persönlicher Reichtum interessiert mich nicht«, fuhr Nicolae fort. »Meine Lebensgeschichte zeigt das. Ich kenne den Wert des Geldes. Ich habe nichts dagegen, es als Überredungsmittel einzusetzen, wenn ein Mensch dadurch motiviert werden kann. Aber allein die Menschen liegen mir am Herzen.« Buck wurde es übel, und vor seinem inneren Auge überschlugen sich die Bilder. Carpathia hatte Stonagals »Selbstmord« in Szene gesetzt und die Zeugen manipuliert, ohne daß sich diese dessen bewußt waren. Und nun versuchte der Mann, ihn mit seinem Altruismus, seiner Großmut zu beeindrucken?

Bucks Gedanken wanderten nach Chicago, und auf einmal vermißte er Chloe. Was geschah hier gerade? Er sehnte sich plötzlich danach, einfach nur mit ihr zu sprechen. Ausgerechnet jetzt wurde ihm klar, daß er nicht nur ihr Freund sein wollte. Lag es allein an Carpathias schockierendem Eingeständnis, daß er sich nach etwas oder jemandem sehnte, nach einen Platz, an dem er sicher war? Chloe war erfrischend und unschuldig. Wie hatte er seine Gefühle für sie als reine Bewunderung abtun können?

Carpathia starrte ihn an. »Buck, Sie werden keinem Menschen erzählen, was ich Ihnen heute anvertraut habe. Niemand darf davon erfahren. Sie werden für mich arbeiten und Privilegien und Möglichkeiten bekommen, die Sie sich in Ihren kühnsten Träumen nicht hätten vorstellen können. Sie werden darüber nachdenken, aber schließlich werden Sie einverstanden sein.«

Buck kämpfte gegen seine Gedanken an Chloe an. Er bewunderte ihren Vater, und mit Bruce Barnes, einem Menschen, mit dem er vor seiner Bekehrung keine Gemeinsamkeiten gehabt hätte, verband ihn langsam eine tiefe Freundschaft. Doch Chloe hatte im Moment seine ungeteilte Aufmerksamkeit, und ihm wurde klar, daß Gott ihm diese Gedanken gegeben hatte, um ihm zu helfen, sich gegen die hypnotische und überzeugende Macht Nicolae Carpathias zu wehren.

Liebte er Chloe Steele? Er wußte es nicht. Er kannte sie ja kaum. Fühlte er sich zu ihr hingezogen? Natürlich. Wollte er mit ihr ausgehen, eine Beziehung mit ihr beginnen? Ohne jeden Zweifel.

»Buck, wenn Sie sich aussuchen könnten, wo Sie leben wollen, welchen Ort würden Sie wählen?«

Buck hörte die Frage und zögerte; er kräuselte die Lippen, so als würde er darüber nachdenken. Doch Chloe beherrschte seine Gedanken. Was würde sie denken, wenn sie von diesem Gespräch wüßte? Da bot ihm der gefragteste Mann der Welt einen Blankoscheck, und er konnte an nichts anderes denken als an eine zwanzigjährige Studentin aus Chicago.

»Wo, Buck?«

»Ich lebe bereits dort«, erwiderte Buck.

»Chicago?«

»Chicago.«

Eigentlich konnte er sich nur nicht vorstellen, von Chloe getrennt zu sein. Ihre Körpersprache und Reaktionen in den vergangenen Tagen sagten ihm, daß er sie irgendwie verletzt hatte, doch er glaubte, daß es noch nicht zu spät war, den Schaden wiedergutzumachen. Als er sein Interesse bekundet hatte, war sie darauf eingegangen. Als er ein undeutliches Signal gegeben hatte, hatte sie sich zurückgezogen. Er würde ihr sagen, daß er sich für sie interessierte, und das beste hoffen. Es gab immer noch ernste Fragen zu klären, doch im Augenblick wußte er nur, daß er sie schrecklich vermißte.

»Warum möchten Sie in Chicago leben?« Carpathia unterbrach seine Gedanken. »Ich weiß, daß der Flughafen sehr zentral liegt, aber was hat die Stadt sonst noch zu bieten? Ich bitte Sie, Ihren Horizont zu erweitern, Buck. Denken Sie an Washington, London, Paris, Rom, Neu-Babylon. Sie haben jahrelang hier in New York gelebt und wissen, daß dies die Hauptstadt der Welt ist – zumindest bis wir unser Hauptquartier von hier verlagern.«

»Sie haben mich gefragt, wo ich gerne leben würde, wenn ich es mir aussuchen könnte«, erwiderte Buck. »Offen gestanden, ich könnte tatsächlich überall leben. Mit Hilfe des Internet und eines Faxgerätes könnte ich meine Artikel selbst vom Nordpol übertragen. Ich habe mir Chicago nicht selbst ausgesucht, doch nun würde ich dort nicht mehr wegziehen wollen.«

»Und wenn ich Ihnen Millionen für einen Umzug bieten würde?«

Buck zuckte die Achseln und lachte. »Sie verfügen über ein riesiges Vermögen und behaupten, Geld wäre Ihnen nicht wichtig. Nun, ich habe nur wenig Geld, aber auch mir ist es nicht besonders wichtig.«

»Was ist Ihnen denn wichtig?«

Buck betete schnell und leise. Gott, Christus, die Erlösung, die *Tribulation Force*, Liebe, Freunde, verlorene Menschen, die Bibel, die Vorbereitung auf die herrliche Wiederkunft Christi, die *New Hope Village Church*, Chloe. Das waren die Dinge, die ihm wichtig waren, aber konnte er das sagen? Sollte er das sagen? Gott, bitte gib mir die richtigen Worte.

»Wahrheit und Gerechtigkeit sind mir wichtig«, meinte Buck leichthin.

»Aha, und die amerikanische Lebensart!« erwiderte Carpathia. »Genau wie Superman!«

»Eher wie Clark Kent«, entgegnete Buck. »Ich bin nur Reporter einer großen Wochenzeitung.«

»In Ordnung, Sie möchten in Chicago leben. Was würden Sie gern tun, wenn Sie es sich aussuchen könnten?«

Plötzlich fand Buck in die Realität zurück. Er wünschte, er könnte sich in seine Gedanken an Chloe zurückziehen, doch er spürte den Zeitdruck. Diese Reise, so seltsam sie gewesen war, hatte sich gelohnt, weil er erfahren hatte, daß Carpathia Stonagals Erbe war. Er wollte nicht mit Carpathia streiten, und er machte sich Sorgen um das Minenfeld, das mit dieser Frage ausgelegt worden war.

»Alles, was ich möchte? Vermutlich habe ich mich früher einmal in der Rolle des Verlegers gesehen, Sie wissen schon, wenn ich wieder einmal etwas zu lange auf der Jagd nach einer Story in der ganzen Welt unterwegs gewesen war. Ich war immer der Ansicht, daß es schön sein müßte, ein großes Team talentierter Reporter zu haben, ihnen Aufgaben zuzuweisen, sie zu trainieren und eine Veröffentlichung zusammenzustellen, die von ihren Fähigkeiten zeugt. Jedoch würde ich die Beinarbeit vermissen, die Nachforschungen, die Interviews und das Schreiben.«

»Und wenn Sie beides hätten? Die Autorität, den Stab und die Veröffentlichung, sich aber gleichzeitig die interessantesten Aufgaben heraussuchen könnten?«

»Ich denke, das wäre das Größte.«

»Buck, bevor ich Ihnen sage, daß ich es Ihnen ermöglichen kann, sagen Sie mir, warum Sie in der Vergangenheit von Ihren Träumen sprechen, so als hätten Sie sie nicht mehr.«

Buck war nicht auf der Hut gewesen. Als er sich auf Gott verlassen hatte, hatte er eine Antwort bekommen. Aber dann hatte er allein weitergemacht und war ausgeglitten. Er wußte, daß der Welt nur noch sieben Jahre blieben, wenn der Vertrag zwischen Carpathia und Israel erst einmal unterzeichnet war.

»Vermutlich habe ich mich gefragt, wie lange diese Erde noch bestehen wird«, rechtfertigte sich Buck. »Wir stecken immer noch in dem durch das große Massenverschwinden verursachten Chaos, und ...«

»Buck! Sie beleidigen mich! Wir sind dem Weltfrieden nun näher als je zuvor! Meine bescheidenen Vorschläge sind von allen Nationen bereitwillig aufgenommen worden, und ich bin der Meinung, daß wir tatsächlich einen großen Schritt auf eine Weltgemeinschaft zu gemacht haben! Vertrauen Sie mir! Bleiben Sie bei mir! Schließen Sie sich mir an! Sie können sich alle Ihre Träume erfüllen! Geld ist Ihnen nicht wichtig? Gut! Mir auch nicht. Ich möchte Ihnen Mittel anbieten, die es Ihnen ermöglichen, sich nie wieder Gedanken über Geld machen zu müssen.

Ich kann Ihnen eine Stellung anbieten, eine Zeitung, einen Mitarbeiterstab, ein Hauptquartier und sogar eine Zuflucht – Dinge, die Ihnen gestatten, alles zu tun, was Sie je tun wollten, und sogar in Chicago wohnen zu bleiben.«

Carpathia hielt inne und wartete darauf, daß Buck anbiß. Und Buck biß an.

»Darüber möchte ich mehr hören«, sagte er.

»Entschuldigen Sie mich einen Augenblick, Buck«, sagte Carpathia und drückte auf den Knopf der Gegensprechanlage. Offensichtlich hatte er ihr ein anderes Signal gegeben, denn Hattie antwortete nicht über die Gegensprechanlage, sondern erschien an der Tür. Er drehte sich zu ihr und lächelte sie an. Sie zwinkerte ihm zu.

»Miss Durham«, befahl ihr Carpathia, »würden Sie bitte Dr. Rosenzweig, Mr. Plank und Präsident Fitzhugh darüber informieren, daß es ein wenig später wird. Ich schätze, noch zehn Minuten hier, weitere zehn Minuten mit Chaim und Steve, dann werde ich gegen fünf Uhr in Washington sein.«

»In Ordnung, Sir.«

Rayford parkte seinen Wagen am Flughafen und eilte durch den Terminal zu dem unterirdischen Kontrollzentrum, in dem sich Earl Hallidays Büro befand. Earl war jahrelang sein Chefpilot gewesen, und Rayford hatte sich zu einem seiner besten Piloten entwickelt. Rayford war glücklich, daß er sich nun in einer Position befand, in der er und Earl die ganzen bürokratischen Umwege beiseite lassen und direkt zum Punkt kommen konnten.

Earl stand vor seinem Büro und blickte auf die Uhr, als Rayford kam. »Gut«, begrüßte er ihn. »Komm rein.«

»Nett, dich zu sehen«, sagte Rayford und klemmte sich seine Mütze unter den Arm.

Earl setzte sich hinter seinen Schreibtisch. »Wir haben ein Problem«, begann er.

»Danke, daß du direkt zur Sache kommst«, erwiderte Rayford. »Hat Edwards mich gemeldet, weil ich, wie hast du das noch gleich genannt, von Gott erzählt habe?«

»Das ist nur ein Teil des Problems. Wenn das nicht passiert wäre, würde ich jetzt hier sitzen und dir eine unglaubliche Mitteilung machen.«

»Und die wäre?«

»Zuerst einmal mußt du mir sagen, ob ich dich mißverstanden habe. Als ich dich gestern aufgefordert habe, während der Arbeit nicht von Gott zu erzählen, hast du mir geantwortet, du müßtest darüber nachdenken. Ich sagte, wenn du mir versichern würdest, daß du damit aufhörst, würde ich Edwards Beschwerde ignorieren, richtig?«

»Richtig.«

»Und als du heute bereit warst, nach Dallas zu fliegen, um deine Zusatzprüfung für die 757 abzulegen, hätte ich da nicht annehmen müssen, daß du mitspielst?«

»Nicht unbedingt. Und ich nehme an, du fragst dich, wie die Prüfung gelaufen ist.«

»Das weiß ich bereits, Ray!« gab Earl kurz zurück. »Und jetzt beantworte bitte meine Frage! Willst du etwa sagen, du bist nach Dallas geflogen, um deine Zulassung für die 757 zu bekommen, und hattest gar nicht die Absicht, mit deinem religiösen Gerede während der Arbeit aufzuhören?«

»Das habe ich nicht gesagt.«

»Was hast du dann gemeint, Ray? Du hast mir doch noch nie etwas vorgemacht, und jetzt bin ich zu alt für solche Spielchen. Du hast mir den ganzen Quatsch von der Gemeinde und der Entrückung erzählt, und ich war doch höflich, oder etwa nicht?«

»Ein wenig zu höflich.«

»Aber ich habe es als Freund aufgenommen, genauso wie du mir zuhörst, wenn ich mit meinen Kindern angebe.«

»Ich wollte nicht mit irgend etwas angeben.«

»Nein, du warst begeistert davon. Du hast etwas gefunden, das dir Trost gegeben und dir geholfen hat, den Verlust deiner Familie zu erklären, und das finde ich großartig. Du hast angefangen, mir in den Ohren zu liegen, ich solle in die Kirche gehen und die Bibel lesen und all das, und ich habe dir, wie ich hoffe, freundlich gesagt, daß dies eine persönliche Angelegenheit ist und daß ich es zu schätzen wüßte, wenn du mich damit in Ruhe lassen würdest.«

»Und das habe ich auch. Trotzdem bete ich noch für dich.«

»Vielen Dank. Ich habe dir auch gesagt, du solltest bei der Arbeit aufpassen, aber nein, dir war das alles noch zu neu, du warst noch zu begeistert, so als hättest du ein Rezept gefunden, wie man schnell reich werden kann. Und was tust du? Du suchst dir ausgerechnet Nick Edwards aus. Er wird Karriere machen, und die Leute ganz oben mögen ihn.«

»Ich mag ihn auch. Darum liegt mir ja auch am Herzen, was aus ihm wird.«

»Ja, in Ordnung, aber er hat doch deutlich gemacht, daß er davon nichts mehr hören möchte, genau wie ich. Du hast mich doch in Ruhe gelassen, warum konntest du nicht auch ihn in Ruhe lassen?«

»Ich dachte, das hätte ich.«

»Du dachtest, das hättest du.« Earl holte eine Akte aus seiner Schublade und schlug eine bestimmte Seite auf. »Und dann stößt du ihn vor den Kopf, indem du ihm sagst – ich zitiere: ›Mir ist es egal, was Sie von mir denken.‹«

»Das ist zwar ein wenig aus dem Kontext gerissen, aber ja, im Grunde genommen stimmt das ja auch. Was ich sagen wollte, ist ...«

»Ich weiß, was du sagen wolltest, Ray, in Ordnung, weil du es mir ja auch schon gesagt hast! Ich habe dir erklärt, daß ich nur ungern zusehe, wie du zu einem dieser überschwenglichen Fanatiker wirst, die glauben, sie seien besser als andere, und versuchen, die Menschen zu retten. Du sagtest, ich würde dir einfach nur am Herzen liegen, was ich zu schätzen weiß, aber ich antwortete dir, daß ich beinahe den Respekt vor dir verlieren würde.«

»Und darauf erwiderte ich, daß mir das egal wäre.«

»Aber siehst du denn nicht, wie beleidigend das ist?«

»Earl, wie kann ich dich beleidigen, wenn mir deine Seele so wichtig ist, daß ich dafür sogar unsere Freundschaft aufs Spiel setze? Ich habe Nick dasselbe gesagt wie dir, nämlich, daß es mir egal ist, was die

Leute von mir denken. Natürlich macht es mir immer noch ein wenig aus. Niemand wird gern für einen Narren gehalten. Aber wenn ich dir nichts von Christus erzählen würde, weil ich mir Gedanken mache um das, was du von mir denkst, was für ein Freund wäre ich denn dann?«

Earl schüttelte den Kopf und starrte wieder in die Akte. »Du behauptest also, daß Nick deine Äußerung aus dem Zusammenhang gerissen hat, aber alles andere, was du gesagt hast, steht hier in diesem Bericht.«

»Tatsächlich?«

»Tatsächlich.«

Rayford legte den Kopf zur Seite. »Was weißt du darüber? Nick hat mich gehört und verstanden, was ich meinte.«

»Anscheinend war er aber nicht einverstanden damit. Warum sonst das hier?« Earl klappte die Akte zu.

»Earl, noch am Abend vor dem großen Massenverschwinden war ich derselben Meinung wie du und Nick. Ich ...«

»Das hast du mir doch schon hundertmal erzählt«, unterbrach ihn Earl.

»Ich will doch nur sagen, daß ich euch verstehe. Ich hatte mich von meiner Frau entfremdet, weil ich dachte, sie sei eine Fanatikerin geworden.«

»Ja, ich weiß.«

»Aber sie war tatsächlich zu einer Fanatikerin geworden. Sie hatte recht! Ihr Glaube hat sich als richtig erwiesen!«

»Rayford, wenn du predigen möchtest, warum verläßt du diese Fluggesellschaft nicht und gehst in den vollzeitlichen Dienst?«

»Willst du mich entlassen?«

»Ich hoffe, daß das nicht nötig sein wird.«

»Du willst, daß ich mich bei Nick entschuldige, ihm sage, mir sei klar geworden, daß ich zu weit gegangen sei?«

»Ich wünschte, es wäre so leicht.«

»Hast du mir das nicht neulich angeboten?«

»Ja! Und ich habe meinen Teil der Vereinbarung eingehalten. Ich habe diesen Bericht nicht an das Personalbüro oder meine Vorgesetzten weitergegeben, und ich habe Nick gesagt, daß ich das auch nicht tun würde. Ich sagte, ich würde die Beschwerde behalten und meiner persönlichen Personalakte über dich als meinen Untergebenen hinzufügen ...«

»Was nichts bedeutet.«

»Natürlich wissen wir beide, daß Nick kein Dummkopf ist. Doch es schien ihn zufriedenzustellen. Ich nahm an, die Tatsache, daß du nach Dallas geflogen bist, um deine Prüfung zu machen, sei deine Art, mir klarzumachen, daß du akzeptierst, was ich gesagt habe.«

Rayford nickte. »Ich habe mir vorgenommen, etwas vorsichtiger zu sein, damit ich nicht mehr in Schwierigkeiten komme und mich für meine Handlungsweisen verteidigen muß.«

»Ich hätte dich eigentlich für klüger gehalten. Aber du drehst dich um und machst dasselbe heute morgen schon wieder. Was hast du dir nur dabei gedacht?«

Rayford zuckte zusammen und lehnte sich zurück. Er legte seine Kappe auf den Schreibtisch und hob abwehrend beide Hände. »Heute morgen? Wovon sprichst du? Ich dachte, es sei alles gut gelaufen, eigentlich sogar perfekt. Habe ich nicht bestanden?«

Earl beugte sich vor und runzelte die Stirn. »Du hast heute morgen mit deinem Prüfer nicht dasselbe gemacht wie mit Nick und allen anderen Copiloten, mit denen du in den vergangenen Wochen geflogen bist?«

»Du meinst, mit ihm über Gott gesprochen?«

»Ja!«

»Nein! Ich fühlte mich sogar schon ein wenig schuldig deswegen. Ich habe kaum mit ihm gesprochen. Er war ziemlich schweigsam, erzählte mir, wozu er da sei und was nicht seine Aufgabe sei.«

»Dann hast du ihn nicht angepredigt?«

Rayford schüttelte den Kopf und versuchte sich zu erinnern, ob er etwas getan oder gesagt hatte, was mißverständlich gewesen wäre. »Nein. Ich habe meine Bibel zwar nicht versteckt – gewöhnlich ist sie in meiner Fliegertasche –, doch ich hielt sie in der Hand, als er kam, weil ich im Bus darin gelesen hatte. Hey, bist du sicher, daß diese Beschwerde nicht von dem Fahrer des Busses kommt? Er sah mich in der Bibel lesen und fragte mich danach, und wir sprachen über die Ereignisse.«

»Wie gewöhnlich?«

Rayford nickte. »Aber er hat durchaus nicht negativ reagiert.«

»Ich auch nicht. Aber diese Beschwerde kommt von deinem Prüfer.«

»Das verstehe ich nicht«, sagte Rayford. »Du glaubst mir doch, Earl, oder?«

»Ich wünschte, ich könnte es«, erwiderte Earl. »Jetzt sieh mich nicht so an. Ich weiß, wir sind schon lange befreundet, und ich habe noch nie den Eindruck gehabt, daß du mich anlügst. Weißt du noch, wie du freiwillig am Boden geblieben bist, weil du ein paar Drinks genommen hattest, nachdem das Wetter so schlecht war, daß du glaubtest, man würde den Flug streichen?«

»Ich habe mich sogar erboten, einen Ersatzpiloten zu bezahlen.«

»Ich weiß. Aber was soll ich jetzt denken, Ray? Du sagst, du hättest diesen Burschen nicht bedrängt. Ich möchte dir so gern glauben. Aber du hast das bereits mit mir, Nick und anderen gemacht. Ich muß glauben, daß du es auch heute morgen getan hast.«

»Nun, ich werde mit diesem Burschen reden«, sagte Rayford.

»Nein, das wirst du nicht.«

»Was soll das? Darf ich nicht einmal zu den Beschuldigungen Stellung nehmen? Earl, ich habe nicht ein einziges Wort über Gott zu dem Mann gesagt. Ich wünschte, ich hätte es getan, vor allem, wenn ich jetzt trotzdem darunter zu leiden habe. Ich möchte wissen, warum er das behauptet hat. Es muß sich hier um ein Mißverständnis handeln, vielleicht geht es um eine Beschwerde von dem Fahrer des Busses, aber wie ich schon sagte, er hat das durchaus nicht negativ aufgenommen. Vielleicht hat er trotzdem dem Prüfer gegenüber etwas erwähnt. Woher sonst sollte der Prüfer wissen, daß ich so etwas schon vorher getan habe, es sei denn, die Bibel hat ihn darauf gebracht?«

»Ich kann mir nicht vorstellen, daß der Fahrer des Busses Kontakt zu dem Prüfer hatte. Warum sollte er, Ray?«

»Ich habe keine Ahnung, Earl. Ich bin nicht sicher, ob ich mich entschuldigen würde, wenn ich berechtigtermaßen deswegen in Schwierigkeiten kommen würde, aber ganz sicher kann ich mich nicht für etwas entschuldigen, das ich nicht getan habe.«

Buck erinnerte sich daran, daß Rosenzweig ihm erzählt hatte, der Präsident habe angeboten, nach New York zu kommen, um sich hier mit Carpathia zu treffen, doch aus reiner Bescheidenheit hätte Nicolae darauf bestanden, nach Washington zu fliegen. Und nun ließ Carpathia durch seine Assistentin ausrichten, daß er zu spät kommen würde. Hatte er das geplant? Zeigte er systematisch allen, wer das Sagen hatte?

Kurze Zeit später klopfte Hattie und trat ein.

»Herr Generalsekretär«, sagte sie, »Präsident Fitzhugh schickt die Air Force One für Sie.«

»Oh, sagen Sie ihm, das wird nicht nötig sein«, erwiderte Carpathia.

»Sir, er sagte, sie befinde sich bereits in der Luft und Sie sollten kommen, wann es Ihnen paßt. Der Pilot wird das Weiße Haus benachrichtigen, wenn Sie unterwegs sind.«

»Vielen Dank, Miss Durham«, sagte Carpathia. Und an Buck gewandt fuhr er fort: »Was für ein netter Mensch! Kennen Sie ihn?«

Buck nickte. »Ja, ich habe einmal ein Interview mit ihm gemacht.«

»War es beim ersten oder zweiten Mal, als er zum ›Mann des Jahres‹ gekürt wurde?«

»Beim zweiten Mal.« Buck staunte erneut über das enzyklopädische Gedächtnis des Mannes. Gab es einen Zweifel daran, wer der ›Mann dieses Jahres‹ werden würde? Um diesen Artikel würde Buck sich nicht reißen.

Earl rutschte nervös auf seinem Stuhl hin und her. »Nun, ich will dir sagen, daß dies zu einem sehr ungünstigen Zeitpunkt kommt. Die neue Air Force One, die nächste Woche in Dienst gehen soll, ist eine 757.«

Rayford war verblüfft. Die Nachricht von Hattie Durham, die dasselbe besagte, befand sich noch in seiner Tasche.

7

Rayford rutschte unruhig auf seinem Stuhl herum und beobachtete das Gesicht des Chefpiloten. »Das habe ich gehört, ja«, meinte er vorsichtig. »Es gibt wahrscheinlich keinen Menschen in Amerika, der noch nichts von dem neuen Flugzeug gehört hat. Ich hätte nichts dagegen, es mir einmal anzusehen. Man sagt, es habe eine Komplettausstattung.«

»Es ist mit Sicherheit ein hervorragendes Flugzeug«, bestätigte Earl. »Neueste Technologie-, Kommunikations-, Sicherheits- und Komfortausstattung.«

»Du bist heute schon der zweite, der mich auf dieses Flugzeug anspricht. Was ist los?«

»Das Weiße Haus hat sich mit unserer Fluggesellschaft in Verbindung gesetzt, das ist los. Es sieht so aus, als seien sie der Meinung, ihr bisheriger Pilot habe sich seinen Ruhestand verdient. Sie wollen, daß wir ihnen einen neuen empfehlen. Die Leute in Dallas haben die Liste auf ein halbes Dutzend Piloten zusammengestrichen, und sie ist bei mir gelandet, weil dein Name darauf steht.«

»Kein Interesse.«

»Nicht so schnell! Wie kannst du das sagen? Wer würde nicht eines der fortschrittlichsten Flugzeuge der Welt fliegen wollen, und zwar für den mächtigsten Mann der Erde? Vermutlich sollte ich sagen, den zweitmächtigsten Mann, nun, da wir diesen Carpathia in der UNO haben.«

»Ganz einfach. Ich würde nach Washington ziehen müssen.«

»Was hält dich denn hier? Geht Chloe wieder zur Schule?«

»Nein.«

»Dann ist sie doch auch mobil. Oder hat sie einen Job?«

»Sie sucht gerade etwas.«

»Dann laß sie doch in Washington suchen. Du bekommst doppelt soviel Geld wie jetzt, und das, wo du bereits an der Spitze der Pan-Con liegst.«

»Geld bedeutet mir nicht mehr viel«, erwiderte Rayford.

»Ach hör doch damit auf!« gab Earl verärgert zurück. »Wer ruft mich denn immer an, wenn neue Zahlen in der Luft hängen?«

»Das stimmt einfach nicht mehr, Earl. Und du kennst auch den Grund dafür.«

»Ja, erspare mir deine Predigt. Aber Ray, die finanzielle Freiheit, dir ein größeres, schöneres Haus zu kaufen, in anderen Kreisen zu verkehren …«

»Der Kreis, in dem ich verkehre, hält mich hier in Chicago. Meine Gemeinde.«

»Ray, der Lohn …«

»Das Geld ist mir egal. Nur noch Chloe und ich sind übrig, weißt du noch?«

»Es tut mir leid.«

»Wenn wir uns überhaupt verändern wollten, dann würden wir ein kleineres Haus nehmen. Wir haben viel mehr Platz, als wir brauchen, und ganz bestimmt habe ich mehr Geld, als ich ausgeben kann.«

»Denk doch mal an die Herausforderung! Keine reguläre Route, ein Stab von Ersten Offizieren und Navigatoren. Du wirst durch die ganze Welt fliegen, immer wieder woandershin. Welcher Pilot träumt nicht davon?«

»Du sagst, es ständen noch fünf andere Namen auf der Liste.«

»Das stimmt, und es sind alles gute Männer. Aber wenn ich mich für dich einsetze, bekommst du den Job. Das Problem ist, ich kann mich nicht für dich einsetzen, da jetzt diese Beschwerde von Nick Edwards in deiner Akte ist.«

»Du sagtest, sie sei nur in deiner Akte.«

»Das ist sie auch, aber nach der Sache von heute morgen kann ich nicht riskieren, das zurückzuhalten. Wenn ich dir nun den Job beim Weißen Haus verschaffe und dieser Prüfer redet? Sobald das herauskommt, wird Edwards die Geschichte ausplaudern. Du bekommst den Job nicht, und ich stehe als Dummkopf da, weil ich die Beschwerde zurückgehalten und mich für dich eingesetzt habe. Ende der Geschichte.«

»Die Geschichte ist sowieso zu Ende.« Rayford schüttelte nachdenklich den Kopf. »Ich kann nicht umziehen.«

Earl erhob sich. »Rayford«, sagte er langsam, »jetzt beruhige dich erst einmal, und hör mich an. Lehne das Angebot doch nicht von vornherein ab. Laß mich dir sagen, was ich zu sagen habe, und dann gib mir die Chance, dich zu überreden.«

Rayford wollte protestieren, doch Earl brachte ihn mit einer Handbewegung zum Schweigen.

»Bitte! Natürlich kann ich die Entscheidung nicht für dich treffen, und das werde ich auch gar nicht versuchen. Aber du mußt mich zu Ende anhören. Auch wenn ich mit dir in bezug auf das Massenverschwinden nicht übereinstimme, freue ich mich für dich, daß du Trost in der Religion gefunden hast.«

»Es ist nicht ...«

»Ray, ich weiß, ich weiß. Ich habe dir zugehört. Für dich ist es nicht die Religion, sondern Jesus Christus. Habe ich gut zugehört? Ich bewundere es, daß du dich dieser Sache verschrieben hast. Du bist mit ganzem Herzen dabei. Ich zweifle nicht an dir. Aber du solltest keinen Job ausschlagen, den tausend andere Piloten mit Freuden annehmen würden. Offen gesagt, ich weiß nicht einmal genau, ob du überhaupt umziehen müßtest. Wie oft hast du gesehen, daß der Präsident der Vereinigten Staaten an einem Sonntag reist? Sicherlich nicht häufiger als du jetzt.«

»Aufgrund meines Alters brauche ich nur selten sonntags zu fliegen.«

»Du kannst doch jemand anderen bestimmen, der sonntags für dich fliegt. Du wirst der Captain sein, der Ältere, der Verantwortliche, der Chef. Du wirst mir keine Rechenschaft mehr ablegen müssen.«

»Dann werde ich den Job annehmen!« sagte Rayford lächelnd.

Earl wollte sich gerade beruhigt zurücklehnen, als Rayford weitersprach. »Nein, nein, ich mache nur Spaß.«

»Natürlich wäre es leichter für dich, wenn du in Washington wohnen würdest, aber ich wette, wenn deine einzige Bedingung wäre, daß du in Chicago bleiben könntest, würden sie es akzeptieren.«

»Keine Chance.«

»Warum nicht?«

»Weil nicht nur am Sonntag Gottesdienst ist. Wir treffen uns sehr oft. Ich stehe auch dem Pastor sehr nahe. Wir treffen uns beinahe jeden Tag.«

»Und ohne das kannst du nicht leben?«

»Nein.«

»Ray, was ist, wenn das nur eine Phase ist? Wenn dein Eifer irgendwann nachläßt? Ich will ja nicht sagen, daß du ein Heuchler bist oder dich von dem abwenden wirst, was du gefunden hast. Ich sage nur, daß der anfängliche Eifer vielleicht nachläßt und du in der Lage bist, die Woche über woanders zu arbeiten und nur am Wochenende nach Chicago zu kommen.«

»Warum ist dir das so wichtig, Earl?«

»Weißt du das nicht?«

»Nein.«

»Weil ich mein Leben lang davon geträumt habe«, erklärte Earl. »Die ganzen Jahre über habe ich dafür gesorgt, daß meine Zulassungen in Ordnung waren, und wann immer es einen Präsidentenwechsel gab, habe ich mich um die Position des Piloten beworben.«

»Das wußte ich nicht.«

»Natürlich wußtest du das nicht. Wer würde das schon zugeben und damit die ganze Welt wissen lassen, wie weh es ihm tat, alle vier oder acht Jahre zusehen zu müssen, wie andere Piloten den Job bekamen. Wenn du ihn kriegen würdest, wäre das das Zweitbeste. Ich könnte mich darüber freuen.«

»Allein aus diesem Grund wünschte ich, ich könnte ihn annehmen.«

Earl setzte sich wieder hinter seinen Schreibtisch. »Danke für den Brotkrumen.«

»So habe ich das nicht gemeint, Earl. Ehrlich.«

»Ich weiß. Die Wahrheit ist, ich kenne ein paar der anderen auf der Liste, und ihnen würde ich nicht einmal meinen Wagen anvertrauen.«

»Ich dachte, du hättest gesagt, es seien gute Männer.«

»Ich will dir nur klarmachen, daß jemand anders die Stelle bekommen wird, wenn du sie ablehnst.«

»Earl, ich glaube wirklich nicht …«

Earl hob die Hand. »Ray, tu mir einen Gefallen, ja? Du mußt dich ja nicht sofort entscheiden. Natürlich weiß ich, daß du schon ziemlich entschlossen bist, den Job abzulehnen. Aber bitte warte damit, bis du darüber geschlafen hast.«

»Ich werde darüber beten«, räumte Ray ein.

»Das dachte ich mir.«

»Und du verbietest mir, diesen Prüfer anzurufen?«

»Absolut. Wenn du etwas unternehmen möchtest, dann mach es bitte schriftlich, auf den vorgeschriebenen Wegen über die richtigen Kanäle.«

»Bist du sicher, daß du für diesen Job einen Mann empfehlen möchtest, dem du nicht glaubst?«

»Wenn du mir sagst, daß du den Burschen nicht bedrängt hast, dann glaube ich dir.«

»Ich habe das Thema nicht einmal angeschnitten, Earl.«

»Das ist verrückt.« Earl schüttelte den Kopf.

»An wen war die Beschwerde gerichtet?«

»An meine Sekretärin.«

»Von wem?«

»Von seiner Sekretärin, schätze ich.«

»Kann ich sie sehen?«

»Das geht nicht.«

»Laß mich sie sehen, Earl. Hast du Angst, daß ich dich hintergehe?«

Earl meldete sich über die Gegensprechanlage bei seiner Sekretärin. »Francine, bringen Sie mir doch bitte Ihre Notiz bezüglich der Beschwerde, die Sie heute morgen aus Dallas bekommen haben.« Sie brachte ihm ein Blatt Papier. Earl las es durch und gab es Rayford.

> »Nahm gegen elf Uhr siebenunddreißig einen Anruf von einer Frau entgegen, die sich Jean Garfield nannte, Sekretärin von Jim Long, Prüfer der Pan-Con aus Dallas. Sie fragte, wie sie eine Beschwerde gegen Rayford Steele wegen religiöser Belästigung während der Prüfung weitergeben könne. Ich sagte ihr, ich würde mich bei ihr melden. Sie hinterließ aber keine Nummer, sondern sagte, sie würde später noch einmal anrufen.«

Rayford hielt das Blatt hoch. »Earl, du bist doch sonst nicht so leichtgläubig.«

»Was meinst du?«

»Die Sache stinkt.«

»Du meinst, es ist getürkt?«

»Zunächst einmal: Mein Prüfer hatte einen zweisilbigen Nachnamen. Und seit wann haben Prüfer eine Sekretärin?«

Earl verzog das Gesicht. »Das stimmt.«

»Übrigens«, fügte Rayford hinzu, »mich würde interessieren, woher dieser Anruf kam. Ist es schwer, das herauszufinden?«

»Nicht allzu schwer. Francine! Rufen Sie bitte die Sicherheitsleute für mich an.«

»Hättest du etwas dagegen, wenn deine Sekretärin noch etwas anderes überprüft?« fragte Rayford. »Bitte sie, im Personalbüro nachzufragen, ob ein Jim Long oder eine Jean Garfield für die Pan-Con arbeiten.«

»Wenn Sie nichts dagegen haben«, sagte Carpathia, »würde ich Ihre Freunde jetzt gern bitten, zu uns zu kommen.«

Jetzt schon? fragte sich Buck. Gerade rechtzeitig für die große Neuigkeit, nicht?

»Das ist Ihre Show«, erwiderte Buck und war erstaunt über Carpathias schmerzverzerrten Gesichtsausdruck. »Ihr Treffen, meine ich. Sicher, holen Sie sie nur herein.«

Buck wußte nicht, ob seine Phantasie ihm nur einen Streich spielte, aber er hatte den Eindruck, daß sowohl Steve Plank als auch Chaim Rosenzweig ihm amüsierte, wissende Blicke zuwarfen, als sie von Hattie begleitet eintraten. Diese stellte einen Stuhl vom Konferenztisch neben Buck, und die beiden setzten sich. Dann verließ sie den Raum wieder.

»Mr. Williams stellt eine Vorbedingung«, verkündete Carpathia. »Er möchte von Chicago aus arbeiten.«

»Das hilft, den Kreis zu verkleinern, nicht?« meinte Dr. Rosenzweig.

»In der Tat«, bestätigte Carpathia. Buck blickte Plank an, der wissend nickte. Der Generalsekretär wendete sich an Buck. »Und das ist mein Angebot: Sie werden Präsident und Herausgeber der Chicago Tribune, die ich innerhalb der kommenden zwei Monate von den Wrigleys erwerben werde. Ich werde sie ›The Midwest Tribune‹ nennen und sie unter der Schutzherrschaft der Global Community Enterprises herausbringen. Der Sitz der Zeitung wird auch weiterhin der Tribune Tower in Chicago sein. Zusammen mit dem Job bekommen Sie einen Wagen mit Chauffeur, einen Diener und an Personal, was Sie benötigen, ein Haus mit Personal an der Nordküste und ein Landhaus am Lake Geneva in Süd-Wisconsin. Abgesehen von der Namensgebung der Zeitung und des Verlages werde ich mich in keine Ihrer

Entscheidungen einmischen. Sie haben die Freiheit, die Zeitung so zu führen, wie Sie es für richtig halten.« Sein Tonfall wurde sarkastisch. »Und natürlich wird jedes Wort auf ›Wahrheit‹ und ›Gerechtigkeit‹ gestützt sein – zwei Werte, auf die Sie ja nicht verzichten möchten.«

Buck wollte laut loslachen. Es überraschte ihn nicht, daß Carpathia sich einen solchen Kauf leisten konnte, doch es war unmöglich, daß sich ein so bekannter Mann hinter einem Verlag verstecken und alle Regeln der journalistischen Ethik brechen konnte, indem er als Generalsekretär der Vereinten Nationen eine große Zeitung besaß.

»Das werden Sie niemals schaffen«, sagte Buck. Er verschwieg jedoch, was er wirklich dachte: daß Carpathia niemandem in seinem Gefolge vollkommen freie Hand lassen würde, es sei denn, er war davon überzeugt, daß er seine Gedanken vollkommen kontrollierte.

»Lassen Sie das nur mein Problem sein«, hielt Carpathia dagegen.

»Aber wenn ich vollkommene Freiheit hätte«, meinte Buck, »dann wäre auch ich Ihr Problem. Ich habe mich nämlich dem Grundsatz verschrieben, daß die Öffentlichkeit ein Recht auf Information hat. Der erste Artikel, den ich also vergeben oder sogar selbst schreiben würde, wäre über den Besitzer der Zeitung.«

»Mir könnte die Publicity nur recht sein«, erwiderte Carpathia ruhig. »Was wäre so falsch daran, wenn die UNO eine Zeitung besitzt, die die Nachrichten der Weltgemeinschaft weitergibt?«

»Sie würden sie nicht persönlich besitzen?«

»Das ist doch Wortklauberei. Wenn es angemessener wäre, daß die UNO sie besitzt, dann würde ich das Geld spenden oder die Zeitung selbst kaufen und sie der UNO schenken.«

»Aber dann wäre die Tribune ein Hausorgan, das die Interessen der UNO vertritt.«

»Was durchaus legal ist.«

»Was uns aber als unabhängiges Nachrichtenmedium machtlos macht.«

»Das wird Ihnen überlassen bleiben.«

»Meinen Sie das ernst? Sie würden zulassen, daß Ihre eigene Zeitung Sie kritisiert? Sich gegen die Vereinten Nationen stellt?«

»Ich befürworte die Rechenschaftspflicht. Meine Motive sind lauter, meine Ziele dienen dem Frieden, und meine Leser sind die Bürger der Weltgemeinschaft.«

Buck wendete sich frustriert an Steve Plank, obwohl er wußte, daß dieser sich bereits für Carpathias Macht empfänglich gezeigt hatte.

»Steve, du bist sein Pressechef und Medienberater! Sag ihm, daß ein solches Unterfangen jeder Glaubwürdigkeit entbehrt. Es würde nicht ernst genommen!«

»Zuerst würde die Zeitung von den anderen vielleicht nicht ernst genommen«, gab Steve zu. »Aber es würde nicht lange dauern, bis die Global Community Publishing auch diese Mediendienste besitzen würde.«

»Und durch die Monopolisierung der Medienindustrie wird der Wettbewerb ausgeschaltet, und die Öffentlichkeit erkennt den Unterschied nicht?«

Carpathia nickte. »So kann man es auch ausdrücken. Und wenn meine Motive nicht vollkommen lauter wären, hätte ich auch Probleme damit. Aber was ist falsch daran, die Weltnachrichten zu kontrollieren, wenn wir alle Frieden, Harmonie und Einheit anstreben?«

»Und wo bleibt die Freiheit, eigenständig zu denken?« fragte Buck. »Wo ist das Forum für unterschiedliche Ideen? Was passiert mit der öffentlichen Meinung?«

»Die öffentliche Meinung«, entgegnete Steve, »ruft nach dem, was der Generalsekretär anzubieten hat.«

Buck war geschlagen, und er wußte es. Er konnte nicht erwarten, daß Chaim Rosenzweig für die Ethik des Journalismus eintrat, doch wenn schon ein Veteran im Nachrichtengeschäft wie Steve Plank einen solchen Plan unterstützte, welche Hoffnung gab es dann noch?

»Ich kann mir nicht vorstellen, daß ich mich auf ein solches Unternehmen einlasse«, sagte Buck.

»Ich liebe diesen Mann!« rief Carpathia begeistert, und Plank und Rosenzweig lächelten und nickten. »Denken Sie darüber nach. Lassen Sie es sich durch den Kopf gehen. Ich werde dafür sorgen, daß es legal ist und Sie es akzeptieren können, und dann werde ich kein Nein als Antwort hinnehmen. Ich will die Zeitung, und ich werde sie bekommen. Ich möchte, daß Sie sie führen, und ich werde Sie bekommen. Freiheit, Buck Williams. Vollkommene Freiheit. An dem Tag, an dem Sie der Meinung sind, ich würde mich einmischen, können Sie gehen, und das bei voller Bezahlung.«

Nachdem Rayford Earl Halliday für sein Vertrauen gedankt und erklärt hatte, er würde seine Entscheidung überdenken – obwohl er sich nicht vorstellen konnte, den Job anzunehmen –, stand er im Terminal vor einer Reihe freier Telefonzellen. Francine, Earls Sekretärin, hatte bestätigt, daß es keine Jean Garfield bei der *Pan-Con* gab. Und obwohl insgesamt sechs James Longs für die Fluggesellschaft arbeiteten, waren vier davon in der Gepäckbetreuung beschäftigt und zwei im Büro auf der mittleren Ebene. Keiner von ihnen arbeitete in Dallas, keiner war Prüfer, und keiner hatte eine Sekretärin.

»Wer will dir schaden?« hatte Earl gefragt.

»Keine Ahnung.«

Francine berichtete, der Anruf, den sie am Morgen entgegengenommen habe, sei bis nach New York zurückverfolgt worden. »Es wird eine Weile dauern, bis sie die genaue Telefonnummer herausgefunden haben«, erklärte sie, aber Rayford wußte auf einmal, wer es gewesen war. Zwar war ihm schleierhaft, warum sie es getan hatte, aber nur Hattie Durham würde auf eine solche Idee kommen. Nur sie hatte Zugang zu den *Pan-Con*-Leuten, die wußten, wo er war und was er an diesem Morgen tat. Und was sollte ihre Nachricht über die *Air Force One* bedeuten?

Er rief die Auskunft an und ließ sich die Nummer der Vereinten Nationen geben. Nachdem er die Zentrale erreicht hatte und sich in die Verwaltung weiterverbinden ließ, hatte er endlich Hattie Durham am Apparat.

»Rayford Steele«, meldete er sich.

»Oh, hallo, Captain Steele!« Die Fröhlichkeit ihrer Stimme ließ ihn zusammenzucken.

»Ich gebe auf«, sagte Rayford. »Was immer Sie vorhaben, ich gebe mich geschlagen.«

»Ich kann Ihnen nicht folgen.«

»Ach, kommen Sie, Hattie, spielen Sie nicht die Unwissende.«

»Ach so, meine Nachricht! Ich fand das lustig. Neulich sprach ich mit einer Freundin bei der Pan-Con, und sie erwähnte, daß mein alter Freund an diesem Morgen die Prüfung für die 757 in Dallas ablege. War es nicht lustig, daß eine Nachricht auf Sie gewartet hat? War das nicht schrecklich lustig?«

»Ja, sehr. Was soll das bedeuten?«

»Die Nachricht? Ach, nichts. Sicher wußten Sie das schon, richtig? Alle wissen, daß die neue Air Force One eine 757 ist.«

»Ja, warum wollten Sie mich also daran erinnern?«

»Es war nur ein Witz, Rayford. Ich wollte Sie necken, weil Sie die Zulassung für die 757 machen, so als würden Sie der neue Pilot des Präsidenten werden wollen. Verstehen Sie das nicht?«

War es möglich? Konnte sie so naiv und unschuldig sein? Konnte sie so etwas Idiotisches tun und nur zufälligerweise richtig gelegen haben? Er wollte sie fragen, woher sie wußte, daß man ihm den Job angeboten hatte, doch falls sie es nicht wußte, wollte er es ihr ganz bestimmt nicht erzählen.

»Ich verstehe. Wirklich sehr lustig. Und was war mit dieser Beschwerde?«

»Welche Beschwerde?«

»Vergeuden Sie nicht meine Zeit, Hattie. Sie sind die einzige, die wußte, wo ich war und was ich tat, und als ich zurückkomme, liegt eine fingierte Beschwerde wegen religiöser Belästigung vor.«

»Ach das!« lachte sie. »Das war nur geraten. Sie hatten doch einen Prüfer, nicht?«

»Ja, aber ich habe nicht …«

»Und Sie haben auf ihn eingeredet, nicht?«

»Nein.«

»Kommen Sie schon, Rayford. Sie haben das mit mir gemacht, mit Ihrer eigenen Tochter, mit Cameron Williams, Earl Halliday, mit jedem, mit dem Sie seither zusammengearbeitet haben. Haben Sie den Prüfer wirklich nicht angepredigt?«

»Nein, tatsächlich nicht.«

»Nun, dann habe ich eben falsch geraten. Aber es ist trotzdem lustig, meinen Sie nicht? Und der Vorteil lag auf meiner Seite. Was hätten Sie denn gemacht, wenn Sie ihn angepredigt und dann diese Beschwerde bekommen hätten? Sie hätten sich bei ihm entschuldigt, und er hätte dumm geguckt. Ich liebe diese Scherze! Kommen Sie, sagen Sie, daß es gut war.«

»Hattie, wenn Sie versuchen, sich an mir für mein Verhalten Ihnen gegenüber zu rächen, dann habe ich es vermutlich verdient.«

»Nein, Rayford, das ist es nicht! Darüber bin ich längst hinweg. Wenn wir eine Beziehung angefangen hätten, wäre ich jetzt nicht da, wo ich bin, und glauben Sie mir, ich möchte nirgendwo anders sein. Aber das war keine Rache. Es sollte nur ein Scherz sein. Wenn Sie das nicht lustig fanden, tut es mir leid.«

»Dieser ›Scherz‹ hat mich ganz schön in Schwierigkeiten gebracht.«

»Ach, kommen Sie! Wie lange haben Sie gebraucht, um eine solche Geschichte zu überprüfen?«

»In Ordnung, Sie haben gewonnen. Haben Sie noch mehr Überraschungen für mich bereit?«

»Ich glaube nicht, aber seien Sie auf der Hut.«

Rayford glaubte ihr nicht ein einziges Wort. Carpathia wußte sicher von dem Angebot des Weißen Hauses. Hatties Nachricht, dieses Angebot und was ihr kleiner Scherz beinahe angerichtet hätte, das waren ein wenig zu viele Zufälle für Rayfords Geschmack. Nicht gerade in der besten Stimmung machte er sich auf den Weg zur Tiefgarage. Er hoffte nur, daß Chloe nicht mehr aufgebracht war. Wenn das doch der Fall war, dann mußten sie beide versuchen, sich noch vor dem Treffen heute abend abzukühlen.

Chaim Rosenzweig legte Buck die Hand aufs Knie. »Ich bitte Sie, diese hervorragende Position anzunehmen. Wenn Sie sie nicht nehmen, wird ein anderer sie bekommen, und die Zeitung wird dann nicht so gut werden.«

Buck wollte sich nicht mit Chaim auseinandersetzen. »Danke«, erwiderte er. »Ich muß über vieles nachdenken.« Aber auf keinen Fall würde er darüber nachdenken, die Zeitung zu übernehmen. Wie sehnte er sich danach, über das alles zu sprechen, zuerst mit Chloe, dann mit Bruce und Rayford.

Hattie Durham kam herein, entschuldigte sich für die Störung und ging zum Schreibtisch, um sich flüsternd mit Carpathia zu unterhalten. Steve flüsterte Buck etwas zu. Doch Buck besaß die Fähigkeit zu unterscheiden, was es wert war, aufgenommen zu werden, und was nicht. Im Augenblick entschied er sich, daß es ihm mehr bringen würde, wenn er Hattie und Nicolae belauschte. Er beugte sich zu Steve und tat so, als würde er zuhören.

Buck wußte, daß Steve versuchen würde, ihm den Job schmackhaft zu machen. Er selbst habe sich für ihn eingesetzt, und zugegeben, für einen Journalisten klinge das zuerst verrückt, doch dies sei eine neue Welt, und so weiter und so fort. Und Buck nickte und behielt den Blickkontakt, doch er lauschte auf das, was Hattie Durham und Carpathia miteinander flüsterten.

»Ich habe gerade einen Anruf vom Ziel bekommen«, sagte sie.
»Ja? Und?«
»Er hat nicht lange gebraucht, um es herauszufinden.«
»Und die Air Force One?«
»Ich glaube nicht, daß er eine Ahnung hat.«
»Gute Arbeit. Und das andere?«
»Noch keine Reaktion.«
»Vielen Dank, meine Liebe.«

Das Ziel. Das klang gar nicht gut. Das andere hatte vermutlich mit Carpathias Flug im Flugzeug des Präsidenten zu tun.

Carpathia wendete seine Aufmerksamkeit wieder seinen Gästen zu. »Besprechen Sie das mit den Leuten, die Sie lieben, Buck. Und wenn Sie noch konkretere Träume haben, die Sie verwirklichen würden, wenn Sie die Mittel dazu hätten, dann bedenken Sie, daß Sie jetzt auf dem Fahrersitz sitzen. Sie sind am Drücker. Ich bin der Käufer, und ich möchte den Mann haben, den ich mir ausgesucht habe.«

»Ich bin versucht, Ihr Angebot abzulehnen, nur um Ihnen zu zeigen, daß ich nicht käuflich bin.«

»Und wie ich schon oft gesagt habe, genau das ist der Grund, warum Sie der richtige Mann für den Job sind. Machen Sie nicht den Fehler, die Chance Ihres Lebens zu verpassen, nur um sich etwas zu beweisen.«

Buck fühlte sich gefangen. Rechts neben ihm saß ein Mann, mit dem er jahrelang zusammengearbeitet hatte und den er bewunderte. Zu seiner Linken saß ein Mann, den er wie einen Vater liebte, ein brillanter Wissenschaftler, der in vieler Hinsicht naiv genug war, das perfekte Werkzeug in den Händen dieses Mannes zu sein. Vor der Tür saß eine Bekannte, die er in einem Flugzeug kennengelernt hatte, als Gott die Welt heimgesucht hatte. Er hatte sie Nicolae Carpathia vorgestellt, um vor ihr anzugeben, und wo waren sie nun hingekommen?

Unmittelbar vor ihm saß Carpathia höchstpersönlich und lächelte entwaffnend. Von den vier Leuten, mit denen er an diesem Nachmittag zu tun gehabt hatte, verstand er Carpathia noch am ehesten. Er wußte auch, daß Carpathia derjenige war, auf den er den wenigsten Einfluß hatte. War es zu spät, mit Steve zu reden, ihn vor dem zu warnen, auf das er sich eingelassen hatte? Zu spät, Hattie vor ihrer Dummheit zu bewahren? War Chaim zu beeindruckt und gefangen von den geopolitischen Möglichkeiten, um auf Vernunft und Wahrheit zu hören?

Und wenn er einem von ihnen vertraute, würde er dann die Hoffnung begraben, die Wahrheit vor Carpathia geheimzuhalten – daß allein die Macht Gottes Buck beschützte?

Buck konnte es kaum erwarten, nach Chicago zurückzukehren. Seine Wohnung war noch zu neu und ihm noch nicht vertraut. Auch seine Freunde waren neu, doch es gab keine Menschen auf der Welt, denen er mehr vertraut hätte. Bruce würde zuhören, studieren, beten und ihm seinen Rat anbieten. Rayford mit seinem analytischen und pragmatischen Verstand würde Vorschläge machen, ihm aber niemals seine Meinung aufdrängen.

Aber Chloe vermißte er am meisten. Kam das von Gott? Hatte Gott gewirkt, daß Buck in diesem gefährlichen Augenblick an sie denken mußte? Buck kannte die Frau kaum. Frau? Sie war ja fast noch ein Mädchen, doch sie schien ... was? Reif? Mehr als reif. Magnetisch. Wenn sie ihm zuhörte, schienen ihre Augen ihn einzufangen. Sie verstand, fühlte mit. Wortlos konnte sie Bestätigung und Trost geben.

Er fühlte sich von ihr getröstet, sicher. Er hatte sie erst zweimal berührt. Einmal, um ihr einen Schokoladenkrümel vom Mund zu wischen, und am gestrigen Tag im Gottesdienst, um ihre Aufmerksamkeit auf sich zu lenken. Und doch empfand er jetzt, zwei Flugstunden von ihr entfernt, das überwältigende Bedürfnis, sie zu umarmen.

Das ging natürlich nicht. Er kannte sie kaum und wollte sie nicht erschrecken. Und doch freute er sich auf den Tag, an dem sie so weit waren, daß sie sich an den Händen halten oder sich umarmen konnten. Er stellte sich vor, wie sie irgendwo saßen, sich einfach nur an der Gesellschaft des anderen freuten, ihr Kopf an seiner Brust, sein Arm um sie gelegt.

Und er erkannte, wie schrecklich einsam er geworden war.

Als Rayford nach Hause kam, fand er Chloe in miserabler Stimmung vor. Er hatte beschlossen, ihr noch nichts von dem zu erzählen, was er an diesem Tag erlebt hatte. Es war seltsam, anscheinend hatte auch sie einen sehr schlechten Tag gehabt. Er hielt sie in den Armen, und sie weinte. Rayford bemerkte einen riesigen Blumenstrauß, der aus einem Abfalleimer ragte.

»Das hat alles nur noch schlimmer gemacht, Dad. Wenigstens hat mir meine Reaktion etwas klargemacht – wieviel ich für Buck empfinde.«

»Das klingt ziemlich analytisch für dich«, erwiderte Rayford und bedauerte seine Worte in dem Augenblick, als er sie aussprach.

»Ich kann nicht analytisch sein, weil ich eine Frau bin, meinst du das?«

»Es tut mir leid, ich hätte das nicht sagen sollen.«

»Ich sitze hier, weine und reagiere schrecklich emotional, richtig? Vergiß nicht, Dad, fünf Semester in den Vorlesungen des Dekans. Das ist nicht emotional; das ist analytisch. Ich komme eher nach dir als nach Mom, hast du das vergessen?«

»Natürlich habe ich das nicht vergessen. Und wir sind leider immer noch hier, weil wir so sind.«

»Ich bin auf jeden Fall froh, daß wir uns beide haben. Wenigstens war ich das, bevor du mir vorgeworfen hast, eine typische Frau zu sein.«

»Das habe ich nie gesagt.«

»Das hast du aber gedacht.«

»Und jetzt kannst du also auch Gedanken lesen?«

»Ja, ich bin eine emotionale Hellseherin.«

»Ich gebe auf«, lachte Rayford.

»Ach, komm schon, Dad. Gib nicht so schnell auf. Keiner mag es, wenn jemand so schnell die Waffen streckt.«

Im Flugzeug hatte Buck Mühe, nicht laut loszulachen. Herausgeber der *Tribune*! In zwanzig Jahren vielleicht, wenn sie dann nicht Carpathia gehörte und Christus nicht zuerst wiederkam. Buck hatte das Gefühl, als hätte er den Hauptgewinn in einer Lotterie gewonnen, aber in einer Gesellschaft, in der Geld nutzlos war.

Nach dem Abendessen lehnte er sich zurück und betrachtete die untergehende Sonne. Es war sehr lange her, seit er sich wegen eines Menschen so sehr zu einer Stadt hingezogen gefühlt hatte. Würde er rechtzeitig zurück sein, um sich noch vor der Bibelstunde am Abend mit ihr zu unterhalten? Wenn der Verkehr nicht zu dicht war, hatte er vielleicht noch genügend Zeit, um mit ihr zu sprechen – wenn er das wirklich wollte.

Buck wollte Chloe nicht abschrecken, indem er zu offen zu ihr war, doch er wollte sich bei ihr dafür entschuldigen, daß er sich in den vergangenen Tagen so von ihr zurückgezogen hatte. Er wollte nichts überstürzen. Wer konnte schon beurteilen? Vielleicht hatte sie ja gar kein

Interesse. Er wollte nur sichergehen, daß nicht er derjenige war, der eine Tür zuschlug. Vielleicht konnte er sie vom Flugzeug aus anrufen.

»Bruce hat mir heute eine Stellung angeboten«, sagte Chloe.

»Du machst Witze«, erwiderte Rayford. »Was denn?«

»Studium, Forschung, Vorbereitung, Lehren. Käme mir sehr entgegen.«

»Wo?«

»In der Gemeinde. Er möchte die Arbeit vergrößern.«

»Eine bezahlte Stellung?«

»Ja. Ganztags. Ich könnte zu Hause arbeiten oder in der Gemeinde. Er würde mir Aufgaben stellen, mir dabei helfen, den Lehrplan aufzustellen, all das. Mit dem Lehren soll ich es natürlich langsam angehen lassen, weil ich erst seit kurzem Christ bin. Viele der Leute, die ich unterrichten würde, sind schon ihr Leben lang in der Gemeinde.«

»Was würdest du denn lehren?«

»Dasselbe wie er. Meine Studien würden auch ihm bei der Vorbereitung helfen. Ich würde dann mit Sonntagsschulklassen und kleineren Gruppen arbeiten. Er wird auch dich und Buck fragen, aber natürlich weiß er noch nicht, daß Buck eine kleine Verlobte hat.«

»Und du warst hoffentlich klug genug, ihm nicht davon zu erzählen.«

»Für den Augenblick«, erwiderte Chloe. »Falls Buck nicht erkennt, daß es falsch ist – und das tut er vielleicht –, muß es ihm jemand sagen.«

»Und du meldest dich freiwillig für diese Aufgabe?«

»Das werde ich, falls sich sonst niemand findet. Ich bin im Augenblick ja die einzige, die aus erster Hand davon weiß.«

»Aber glaubst du nicht, daß du gerade in einem kleinen Interessenkonflikt steckst?«

»Dad, ich habe keine Ahnung, wieviel ich mir von Buck erhofft habe. Aber nun würde ich ihn nicht wollen, selbst wenn er sich mir an den Hals werfen würde.«

Das Telefon läutete. Rayford meldete sich, dann legte er die Hand auf den Hörer. »Hier ist deine Chance, das zu beweisen«, sagte er. »Buck ruft aus einem Flugzeug an.«

Chloe zuckte zusammen und schien zu überlegen, ob sie für ihn zu sprechen sei. »Gib mir den Hörer.«

Buck war sicher, daß Rayford seiner Tochter gesagt hatte, wer am Telefon war. Doch ihr Hallo klang so beiläufig, und sie begrüßte ihn auch nicht mit seinem Namen, so daß er sich gezwungen fühlte, sich mit Namen zu melden.

»Chloe, hier spricht Buck! Wie geht es dir?«

»Es war schon mal besser.«

»Was ist los? Bist du krank?«

»Mir geht es gut. Wolltest du etwas?«

»Eh, ja, ich würde dich heute abend gerne sehen.«

»Wir sehen uns ja in der Bibelstunde um acht, richtig?« meinte sie.

»Ja, doch ich würde dich gerne vorher noch sprechen.«

»Ich weiß nicht. Was willst du denn?«

»Einfach nur mit dir reden.«

»Ich höre.«

»Chloe, stimmt etwas nicht? Habe ich irgend etwas verpaßt? Du scheinst ärgerlich zu sein.«

»Die Blumen sind im Mülleimer, falls dir das etwas sagt«, erwiderte sie.

»Die Blumen sind im Mülleimer«, wiederholte er leise für sich. Das sagte ihm nichts. Wahrscheinlich eine neue Ausdrucksweise ihrer Generation. Er war vielleicht ein bekannter Reporter, aber das hatte er tatsächlich noch nicht gehört.

»Wie bitte?« fragte er nach.

»Dafür ist es ein wenig zu spät«, entgegnete sie.

»Ich meine, es tut mir leid, ich habe nicht verstanden, was du gesagt hast.«

»Du hast mich nicht verstanden?«

»Akustisch habe ich dich verstanden, aber ich habe den Sinn nicht begriffen.«

»Was ist an dem Satz: ›Die Blumen sind im Mülleimer‹ so unverständlich?«

Sicher, Buck war am Freitag abend ein wenig zurückhaltend gewesen, aber was war jetzt das? Na gut, sie war es wert, daß man sich ein wenig anstrengte. »Beginnen wir mit den Blumen«, sagte er.

»Ja, fangen wir an«, erwiderte sie.

»Über welche Blumen sprechen wir?«

Rayford bedeutete Chloe mit beiden Händen, sich zu beruhigen. Er befürchtete, sie könne einen Wutanfall bekommen, und was immer da vor sich vorging, sie kam Buck sicherlich nicht einen Zentimeter entgegen. Wenn es wirklich stimmte, was Chloe ihm erzählt hatte, würde sie Buck ein Geständnis so nicht erleichtern. Vielleicht hatte dieser wirklich sein altes Leben noch nicht ganz hinter sich gelassen. Vielleicht gab es noch einige Bereiche, denen er sich offen stellen mußte. Aber traf das nicht auf alle vier Mitglieder der *Tribulation Force* zu?

»Wir sehen uns heute abend, in Ordnung?« beschloß Chloe das Gespräch. »Nein, nicht vor dem Treffen. Ich weiß nicht, ob ich später Zeit habe. Das hängt davon ab, wie lange es dauern wird. Ja, er sagte, von acht bis zehn, aber Buck, begreifst du nicht, daß ich im Augenblick wirklich nicht mit dir sprechen möchte? Und ich weiß nicht, ob ich mich danach mit dir unterhalten möchte. Bis dann.«

Sie legte auf. »Puh, dieser Mann ist wirklich beharrlich! Ich erkenne eine Seite an ihm, die mir ganz neu ist.«

»Möchtest du immer noch, daß sich etwas zwischen euch entwickelt?«

Sie schüttelte den Kopf. »Was immer da war, ist jetzt ausgelöscht.«

»Aber es tut immer noch weh.«

»Natürlich. Mir ist gar nicht klar gewesen, wie groß meine Hoffnungen wirklich waren.«

»Es tut mir leid, mein Liebes.«

Sie ließ sich auf die Couch sinken und barg ihr Gesicht in den Händen. »Dad, ich weiß, wir sind uns nichts schuldig, aber meinst du nicht, er hätte mir ruhig sagen können, daß es jemanden in seinem Leben gibt?«

»Ich denke schon.«

»Habe ich ihn denn vollkommen mißverstanden? Hält er es etwa für richtig, mir zu sagen, daß er sich zu mir hingezogen fühlt, mir im Gegenzug aber zu verschweigen, daß er eigentlich gar nicht zu haben ist?«

»Das kann ich mir nicht vorstellen.«

Rayford wußte nicht, was er sonst sagen sollte. Wenn wirklich stimmte, was Chloe sagte, dann verlor auch er allmählich den Respekt vor Buck. Er schien in Ordnung zu sein. Rayford hoffte nur, daß sie ihm helfen konnten.

Buck war verletzt. Er sehnte sich immer noch danach, Chloe zu sehen, doch er war ein wenig ernüchtert. Er hatte etwas getan oder nicht getan, und anscheinend war mehr als eine Entschuldigung nötig, um das aus der Welt zu räumen.

Die Blumen sind im Mülleimer, dachte er. Was mochte das nur bedeuten?

8

Als Buck seine Wohnung betrat, stand ein ganzer Stapel Kisten in seinem Flur. Er würde sich bei Alice bedanken müssen. Er wünschte nur, er hätte Zeit, sein Arbeitszimmer einzurichten, doch er mußte sich beeilen, wenn er Chloe noch vor dem Treffen abpassen wollte.

Er kam etwa eine halbe Stunde zu früh am Gemeindehaus an und entdeckte Rayfords Wagen neben dem von Bruce. Gut, dachte er, alle sind da. Er warf einen Blick auf seine Uhr. Hatte er den Zeitunterschied vergessen? War er etwa zu spät? Er eilte in das Gebäude, klopfte an die Tür zu Bruces Büro und trat ein. Bruce und Rayford sahen ihn ein wenig verlegen an. Sie waren allein.

»Es tut mir leid, ich schätze, ich bin ein wenig zu früh.«

»Ja, Buck«, sagte Bruce, »wir haben noch etwas zu besprechen. Sie kommen dann um acht dazu, in Ordnung?«

»Sicher. Ich werde mich solange mit Chloe unterhalten. Ist sie da?«

»Sie kommt etwas später nach«, erklärte Rayford.

»In Ordnung, ich warte draußen auf sie.«

»Nun, zuerst einmal herzlichen Glückwunsch«, sagte Bruce zu Rayford. »Wie immer Sie sich letztendlich entscheiden, es ist eine phantastische Gelegenheit und eine große Ehre. Ich kann mir nicht vorstellen, daß ein Pilot ein solches Angebot ablehnt.«

Rayford lehnte sich zurück. »Um ehrlich zu sein, so habe ich das noch gar nicht betrachtet. Vermutlich sollte ich wirklich dankbar sein.«

Bruce nickte. »Das sollten Sie. Wollten Sie einen Rat oder einfach nur einen Zuhörer? Natürlich bete ich gern mit Ihnen.«

»Ich bin für jeden Ratschlag offen.«

»Ich fühle mich so unzulänglich, Rayford. Ich weiß es zu schätzen, daß Sie hier in Chicago bleiben wollen, aber Sie müssen auch in Betracht ziehen, daß diese Gelegenheit vielleicht von Gott geschickt wurde. Ich möchte auch gerne hierbleiben, doch ich habe das Gefühl, daß Gott mich woandershin führt, daß ich reisen, noch weitere Kernzellen gründen, Israel besuchen soll. Ich weiß, daß Sie nur wegen mir hierbleiben, aber …«

»Das ist einer der Gründe, Bruce.«

»Und ich weiß das auch zu schätzen, doch wer weiß schon, wie lange ich noch hier sein werde?«

»Wir brauchen Sie, Bruce. Ich denke, daß Sie aus einem ganz bestimmten Grund hier sind.«

»Ich nehme an, Chloe hat Ihnen gesagt, daß ich nach weiteren Lehrern suche?«

»Ja. Und sie ist ganz aufgeregt. Auch ich bin bereit zu lernen.«

»Normalerweise würde eine Gemeinde keine Neulinge im christlichen Glauben direkt in Führungs- oder Lehrpositionen stellen, aber im Augenblick gibt es keine Alternative. Eigentlich bin ja selbst ich ganz neu im Glauben. Ich weiß, daß Sie ein guter Lehrer sein würden, Rayford. Das Problem ist, ich kann den Gedanken nicht abschütteln, daß diese Gelegenheit, Pilot des Präsidenten zu werden, einzigartig ist. Sie sollten das Angebot ernstlich in Betracht ziehen. Stellen Sie sich nur vor, welchen Einfluß Sie auf den Präsidenten der Vereinigten Staaten ausüben könnten.«

»Oh, ich glaube nicht, daß sich der Präsident sehr häufig mit seinem Piloten unterhält, falls überhaupt.«

»Sie meinen, er wird seinen neuen Piloten nicht kennenlernen wollen?«

»Das bezweifle ich.«

»Sie meinen, er würde nicht den Mann kennenlernen wollen, dem er sein Leben anvertraut?«

»Ich bin sicher, er vertraut den Leuten, die diese Entscheidung zu treffen haben.«

»Aber sicher wird es Gelegenheiten geben, mit ihm zu sprechen.«

Rayford zuckte die Achseln. »Vermutlich.«

»Präsident Fitzhugh, so stark und unabhängig er auch ist, muß persönlich genauso verängstigt und suchend sein wie alle anderen Menschen. Denken Sie doch nur, welches Privileg es wäre, wenn Sie dem Führer der freien Welt von Christus erzählen könnten.«

»Und dabei meinen Job verliere«, meinte Rayford sarkastisch.

»Natürlich müßten Sie eine günstige Gelegenheit abwarten. Doch auch der Präsident hat einige Angehörige bei der Entrückung verloren. Was hat er noch gesagt, als er nach einer Erklärung für die Ereignisse gefragt wurde? Er sagte in etwa, er sei sicher, es sei nicht Gottes Werk gewesen, weil er immer an Gott geglaubt hätte.«

»Sie sprechen davon, als wäre es bereits sicher, daß ich den Job annehme.«

»Rayford, natürlich kann ich für Sie keine Entscheidungen treffen, aber Sie müssen eines bedenken: Ihre Loyalität gilt nicht dieser Gemeinde, der Tribulation Force oder mir. Sie sind allein Christus verpflichtet. Wenn Sie beschließen, diese Gelegenheit nicht wahrzunehmen, dann müssen Sie ganz sicher sein, daß es Gottes Wille ist.«

Es sah Bruce ähnlich, dachte Rayford, dieser Angelegenheit eine ganz neue Perspektive zu geben. »Meinen Sie, ich sollte mit Chloe und Buck darüber sprechen?«

»Wir sitzen alle in einem Boot«, erwiderte Bruce.

»Ich möchte Sie auch noch etwas anderes fragen«, sagte Rayford. »Was denken Sie über Liebe in dieser schwierigen Zeit?«

Bruce wirkte auf einmal verlegen. »Gute Frage«, antwortete er. »Offen gesagt, ich weiß, warum Sie das fragen.« Rayford bezweifelte das. »Ich kenne die Einsamkeit, die Sie empfinden. Sie wenigstens haben noch Chloe, doch sicher empfinden Sie dieselbe schmerzende Leere wie ich, nachdem ich meine Frau verloren habe. Ich habe darüber nachgedacht, ob ich die kommenden sieben Jahre allein werde durchstehen müssen. Diese Aussicht gefällt mir gar nicht, doch ich weiß, daß ich sehr beschäftigt sein werde. Um ganz offen zu sein, vermutlich habe ich die Hoffnung, daß Gott mir jemanden in den Weg führt. Im Augenblick ist das natürlich noch zu früh. Ich werde meine Frau noch lange Zeit betrauern, so als wäre sie gestorben. Ich weiß, daß sie im Himmel ist, doch für mich ist sie tot. Es gibt Tage, an denen ich mich so einsam fühle, daß ich kaum atmen kann.«

Dies war eine sehr persönliche Antwort von Bruce, und Rayford war sehr erstaunt, daß er derjenige war, mit dem Bruce so offen sprach. Er hatte nur um Chloes willen gefragt. Sie hatte sich zu Buck hingezogen gefühlt. Sollte sie offen sein für eine neue Beziehung, oder war es unangemessen angesichts der wenigen Jahre, die sie noch haben würden, bis Christus wiederkam?

»Mich interessiert die Logistik«, erklärte Rayford. »Wenn zwei Menschen sich verlieben, was sollen sie tun? Spricht die Bibel von Heirat während dieser Zeit?«

»Nicht ausdrücklich«, erwiderte Bruce, »soweit ich jedenfalls weiß. Aber sie verbietet sie auch nicht.«

»Und Kinder? Ist es klug für ein Ehepaar, noch Kinder in die Welt zu setzen?«

»Darüber habe ich noch nicht nachgedacht«, meinte Bruce. »Würden Sie in Ihrem Alter denn noch ein Kind haben wollen?«

»Bruce! Ich habe nicht vor, noch einmal zu heiraten. Ich denke an Chloe. Ich will nicht sagen, daß sie Aussichten hat, aber falls das so wäre ...«

Bruce lehnte sich zurück. »Stellen Sie sich vor, jetzt ein Kind zu bekommen. Chloe würde nicht über die Schule nachdenken müssen, schon gar nicht über Gymnasium oder Universität. Sie würde das Kind großziehen und es auf die Wiederkunft Christi in wenigen Jahren vorbereiten.«

»Aber das Kind würde in einer Zeit der Furcht und Gefahr aufwachsen und mit fünfundsiebzigprozentiger Sicherheit während der Gerichte sterben.«

Bruce stützte den Kopf mit der Hand ab. »Ich würde zur Vorsicht raten. Eine solche Entscheidung braucht viel Gebet und Überlegung.«

Das Warten war Buck schon immer schwergefallen. Er stöberte in den Regalen im Vorzimmer des Pastors. Anscheinend hatte der ehemalige Pastor hier seine selten benutzten Nachschlagewerke deponiert. Es gab eine Fülle von Büchern zu unterschiedlichen alttestamentlichen Themen. Buck blätterte einige davon durch, fand sie jedoch langweilig.

Dann stieß er auf ein Verzeichnis der Gemeindemitglieder. Unter B fand er ein Foto von Bruce Barnes. Darauf war dieser ein wenig voller im Gesicht, hatte noch längere Haare und trug ein aufgesetztes Lächeln. Seine Frau und seine Kinder standen um ihn herum. Welch einen Schatz hatte Bruce verloren! Seine Frau sah nett aus, lächelte ein wenig müde, aber aufrichtig.

Auf der folgenden Seite fand er ein Bild von Dr. Vernon Billings, dem früheren Pastor. Dieser war mindestens schon Mitte sechzig. Neben ihm standen seine Frau und seine drei Kinder mit ihren Ehegatten. Bruce hatte bereits gesagt, daß die ganze Familie entrückt worden war. Pastor Billings hatte ein wenig Ähnlichkeit mit Henry Ford, mit einem tiefen Grübchen am Kinn und einem freundlichen Lächeln. Er wirkte sehr sympathisch, und Buck wünschte sich, er hätte ihn kennengelernt.

Buck blätterte die anderen Seiten durch und fand auch ein Bild der Steeles. Rayford in seiner Pilotenuniform sah genauso aus wie heute, wenn seine Haare damals auch noch nicht so grau gewesen waren. Und Irene. Dies war das erste Bild von ihr, das er zu Gesicht bekam. Sie wirkte sehr fröhlich, und wenn man ein wenig psychologisches Verständnis hatte, würde man sagen, daß sie mehr an ihrem Mann hing als er an ihr. Sie hatte sich an ihn gelehnt, er saß aufrecht und sehr gerade.

Da war auch Rayford junior. Unter seinem Bild stand: »Raymie, 10.« Hinter seinem und dem Namen seiner Mutter befand sich ein Sternchen, hinter Rayfords nicht. Auch Chloes Name war nicht mit Sternchen gekennzeichnet. Über sie war zu lesen: »Chloe, 18, Stanford Universität, Palo Alto, Kalifornien (ohne Foto).«

Buck las die Erklärungen durch und erfuhr, daß die Namen der Gemeindemitglieder mit einem Sternchen gekennzeichnet waren. Die anderen, so nahm er an, waren Gottesdienstbesucher.

Buck warf einen Blick auf seine Uhr. Zehn vor acht. Buck sah zum Fenster hinaus. Neben Rayfords Wagen stand nun auch der Zweitwagen der Steeles, und Buck konnte Chloe hinter dem Steuerrad erkennen. Zehn Minuten waren nicht viel Zeit, doch er konnte sie wenigstens begrüßen und hineinbegleiten.

Sobald Buck aus der Tür trat, stieg Chloe aus dem Wagen aus und eilte zum Gemeindehaus. »Hallo!« sagte er.

»Hallo, Buck«, erwiderte sie lahm.

»Sind die Blumen immer noch im Mülleimer?« fragte er in der Hoffnung, einen Hinweis darauf zu erhalten, was sie damit meinte.

»Wenn Sie es genau wissen wollen, ja«, gab sie kurz zurück und eilte an ihm vorbei. Er folgte ihr die Stufen hinauf, durch das Foyer und zu den Büros.

»Ich glaube nicht, daß sie schon fertig sind«, warnte er sie, als sie sofort zu Bruces Tür ging und anklopfte.

Offensichtlich sagte Bruce ihr dasselbe, denn sie zog sich mit einer Entschuldigung zurück. Es war offensichtlich, daß sich Chloe im Augenblick in Bucks Gegenwart nicht wohl fühlte. Sie hatte geweint, und ihr Gesicht war rot und geschwollen. Wie gerne hätte er mit ihr gesprochen. Doch er spürte, daß sie jetzt nicht in der richtigen Stimmung war. Dies war eine Seite an ihr, an die er sich würde gewöhnen müssen. Irgend etwas stimmte nicht, und Buck war sicher, daß es etwas mit ihm zu tun hatte. Nichts hätte er lieber getan, als sofort mit ihr darüber zu sprechen, doch das würde warten müssen.

Chloe saß mit übereinandergeschlagenen Beinen und verschränkten Armen da.

»Sehen Sie, was ich gefunden habe«, sagte Buck und hielt ihr das alte Gemeindeverzeichnis unter die Nase. Sie griff nicht einmal danach.

»Schön«, murmelte sie.

Buck öffnete es bei B und zeigte ihr die Familien von Bruce und Dr. Billings. Plötzlich wurde ihr Gesichtsausdruck weicher, und sie betrachtete das Foto. »Die Frau von Bruce«, entgegnete sie leise. »Und sehen Sie sich nur die Kinder an!«

»Ihre Familie ist auch drin«, meinte Buck.

Chloe nahm sich Zeit und blätterte alle Seiten durch, so als suche sie nach jemandem, den sie kannte. »Mit ihm bin ich zur High School gegangen«, erklärte sie ihm ruhig. »Mit ihr war ich in der vierten Klasse zusammen. Mrs. Schultz war meine Grundschullehrerin.«

Als sie schließlich das Bild ihrer Familie vor sich hatte, verlor sie die Fassung. Ihr Gesicht verzerrte sich, und sie starrte es mit Tränen in den Augen an. »Raymie, als er zehn war«, brachte sie mühsam heraus. Buck legte ihr instinktiv die Hand auf die Schulter, doch sie versteifte sich. »Bitte nicht.«

»Es tut mir leid«, sagte er. In diesem Augenblick öffnete sich die Bürotür.

»Wir sind fertig«, verkündete Rayford. Er bemerkte, daß Buck sehr verlegen und Chloe schrecklich aussah. Er hoffte, daß sie ihm nicht bereits zugesetzt hatte.

»Daddy, sieh nur«, sagte sie und reichte ihm das Fotoverzeichnis.

Rayfords Kehle schnürte sich zu, und er atmete tief durch, als er das Foto erblickte. Er seufzte schmerzlich. Es war fast zuviel für ihn.

Er schloß das Fotoverzeichnis und reichte es Buck, doch in dem Augenblick hörte er, wie Bruce sich erhob. »Was habt ihr denn da?«

»Nichts Besonderes«, entgegnete Buck und zeigte ihm das Buch, während er gleichzeitig versuchte, es wieder auf seinen Platz im Regal zu stellen. Aber Bruce griff danach. »Das ist schon einige Jahre alt«, meinte Buck.

»Es wurde etwa einen Monat, nachdem wir anfingen, diese Gemeinde zu besuchen, erstellt.«

Bruce schlug direkt die Seite mit seinem Familienfoto auf. Er betrachtete es eine Weile, dann fragte er: »Sind Sie auch hier drin, Rayford?«

»Ja«, antwortete Rayford ruhig, und Buck bemerkte, wie er versuchte, Chloe in das Büro zu lotsen.

Bruce schlug das Foto der Steeles auf und nickte lächelnd. Er nahm das Fotoverzeichnis mit in sein Büro, legte es unter seine Bibel und sein Notizbuch und begann diese Bibelstunde mit einem Gebet.

Bruce hatte ein wenig die Fassung verloren, doch es dauerte nicht lange, bis er sich ganz in seinem Thema verlor. Er sprang von der Offenbarung zu Ezechiel und Daniel und wieder zurück zur Offenbarung und verglich die prophetischen Passagen mit dem, was in New York und auf der Welt passierte.

»Hat jemand von euch heute schon die Nachrichten über die zwei Zeugen in Jerusalem gehört?«

Buck schüttelte den Kopf, Rayford auch. Chloe reagierte nicht. Sie machte sich keine Notizen und stellte auch keine Fragen. »Ein Reporter berichtete, eine Gruppe von Rowdys hätte versucht, die beiden herauszufordern, doch sie seien alle verbrannt worden.«

»Verbrannt?« fragte Buck.

»Niemand kann sich erklären, woher das Feuer kam«, berichtete Bruce weiter. »Aber wir wissen es, nicht wahr?«

»Wirklich?«

»Sehen wir uns Offenbarung, Kapitel 11 an. Dort heißt es: ›Und ich will meinen zwei Zeugen auftragen, im Bußgewand aufzutreten und prophetisch zu reden, zwölfhundertsechzig Tage lang. Sie sind die zwei Ölbäume und die zwei Leuchter, die vor dem Herrn der Erde stehen. Wenn ihnen jemand Schaden zufügen will, schlägt Feuer aus ihrem Mund und verzehrt ihre Feinde; so muß jeder sterben, der ihnen schaden will.‹«

»Sie haben Feuer gespuckt wie die Drachen?«

»Hier steht es«, erwiderte Bruce.

»Das würde ich gern auf CNN sehen«, meinte Buck.

»Haltet die Augen offen«, riet ihnen Bruce. »Wir werden noch mehr erleben.«

Rayford fragte sich, ob er sich jemals an die Dinge gewöhnen würde, die Gott ihm offenbarte. Es war ihm unerklärlich, wie weit er bereits gekommen war und wieviel er in weniger als einem Monat angenommen hatte. Der dramatische Eingriff Gottes in das Leben der Menschen, und vor allem in sein Leben, hatte seine Denkweise verändert. Früher hatte er nur geglaubt, was er mit eigenen Augen gesehen hatte, und auf einmal stellte er fest, daß er fraglos die seltsamsten Nachrichten akzeptierte, solange sie durch biblische Aussagen gestützt wurden. Und ebenso glaubte er alles, was in der Bibel stand, jedoch bereits in der Vergangenheit oder noch nicht eingetreten war.

Bruce wendete sich an Buck. »Wie war Ihr Tag, Buck?« Rayford schien dies eine seltsame Frage zu sein.

»Es gibt mehr zu erzählen, als wir jetzt Zeit zur Verfügung haben«, erwiderte Buck.

»Tatsächlich«, schnappte Chloe. Es war das erste, das sie an diesem Abend sagte.

Buck blickte sie ernst an und fügte hinzu: »Ich werde es Ihnen morgen erzählen, Bruce, dann können wir morgen abend in diesem Kreis darüber sprechen.«

»Ach, wollen wir nicht lieber jetzt darüber sprechen?« fragte Chloe. »Wir sind doch Freunde.«

Rayford wünschte, er könnte seine Tochter zum Schweigen bringen, doch sie war erwachsen. Wenn sie das Thema unbedingt anschneiden wollte, war das ihre Sache.

»Sie wissen ja nicht einmal, wo ich heute war«, gab Buck ein wenig verwirrt zurück.«

»Aber ich weiß, mit wem Sie zusammen waren.«

Rayford bemerkte den Blick, den Buck Bruce zuwarf, aber er verstand ihn nicht. Offensichtlich hatten die beiden ein Geheimnis miteinander.

Buck fragte sich, ob Bruce Chloe vielleicht von seinem Zusammentreffen mit Carpathia erzählt hatte.

»Haben Sie –?« Bruce schüttelte den Kopf.

»Ich glaube nicht, daß Sie es wissen, Chloe«, sagte Buck. »Ich werde das morgen mit Bruce besprechen und morgen abend der Gruppe davon berichten.«

»Ja, sicher«, meinte Chloe. »Aber ich habe noch eine Frage und ein Gebetsanliegen für heute abend.«

Bruce warf einen Blick auf seine Uhr. »In Ordnung. Schießen Sie los.«

»Ich frage mich, was Sie von Freundschaften in dieser Zeit halten.«

»Sie sind schon die zweite Person, die mich das heute fragt«, erwiderte Bruce. »Wir müssen wirklich einsame Menschen sein.« Chloe schnaubte und blickte Buck finster an.

Vermutlich glaubt sie, es sei Buck gewesen, der Bruce diese Frage gestellt hat, dachte Rayford.

»Wir wollen dies zum Thema einer unserer nächsten Sitzungen machen«, erklärte Bruce.

»Wie wäre es mit morgen?« drängte Chloe.

»In Ordnung, wir können morgen abend darüber sprechen.«

»Und können wir auch gleichzeitig über die Moralvorschriften für die neuen Gläubigen sprechen?« meinte Chloe.

»Wie bitte?«

»Wir sollten darüber sprechen, wie wir leben sollen, nun da wir uns Jünger Jesu nennen. Sie wissen schon, Moral, Sex und all das.«

Buck zuckte zusammen. Chloe benahm sich so seltsam.

»In Ordnung«, erwiderte Bruce. »Das können wir mit hineinnehmen. Aber ich glaube nicht, daß es für Sie alle etwas Neues sein wird, da dieselben Regeln wie vor der Entrückung auch jetzt noch gelten. Ich meine, das wird eine kurze Stunde. Wir sollen rein leben, und ich bin sicher, das erstaunt Sie nicht ...«

»Vielleicht ist nicht allen von uns das so klar«, beharrte Chloe.

»Gut, damit werden wir uns morgen beschäftigen«, schloß Bruce. »Noch irgend etwas für heute?«

Doch noch bevor einer der Männer etwas hinzufügen oder ein Gebetsanliegen vorbringen konnte, erkärte Chloe: »Nein. Bis morgen dann.« Und mit diesen Worten verließ sie hastig das Zimmer.

Die drei Männer beteten, und der Abend endete etwas unbehaglich, weil keiner von ihnen über den, wie es Nicolae Carpathia ausgedrückt hatte, »Elefanten im Raum« sprechen wollte.

Frustriert kam Buck zu Hause an. Er war es nicht gewohnt, etwas nicht in Ordnung bringen zu können, und was am schlimmsten war, er wußte nicht einmal, was geschehen war. Er zog sich um und rief die Steeles an. Rayford meldete sich, legte den Hörer nieder, um seine Tochter zu holen. Er kam jedoch nach einem Augenblick zurück und erklärte, Chloe sei nicht zu sprechen. Buck hatte den Eindruck, daß Rayford genauso frustriert und ärgerlich auf sie war wie er.

»Rayford, steht sie neben Ihnen?«

»Das ist korrekt.«

»Haben Sie eine Ahnung, was ihr Problem ist?«

»Nicht genau.«

»Ich möchte es gern herausfinden.«

»Da bin ich Ihrer Meinung.«

»Ich meine heute abend.«

»Ja. Absolut. Sie können es morgen wieder versuchen.«

»Rayford, wollen Sie mir sagen, daß es in Ordnung ist, wenn ich jetzt herüberkomme?«

»Ja, Sie haben recht. Ich kann nicht versprechen, daß sie hier ist, aber versuchen Sie es morgen.«

»Sie würden es also nicht übelnehmen, wenn ich jetzt komme?«

»Überhaupt nicht. Wir erwarten Ihren Anruf morgen.«

»Ich mache mich sofort auf den Weg.«

»In Ordnung, Buck. Bis dann.«

Rayford gefiel es überhaupt nicht, Chloe zu täuschen. Es war fast so wie lügen. Aber ihm hatte die verschlüsselte Unterhaltung mit Buck Spaß gemacht. Er erinnerte sich an einen Streit mit Irene, als sie noch nicht verheiratet waren. Sie war wegen irgend etwas sehr wütend auf ihn und erklärte ihm, er solle sie nicht mehr anrufen, bis er von ihr höre.

Er hatte nicht gewußt, was er tun sollte, doch seine Mutter hatte ihm einen Rat gegeben. »Geh zu ihr, und konfrontiere sie mit der Angelegenheit. Sie kann dir fortlaufen, aber wenn sie dich fortschickt, obwohl du zu ihr gekommen bist und gezeigt hast, daß du bereit bist zu reden, dann weißt du, daß sie es wirklich ernst meint. Vielleicht weiß sie selbst nicht so genau, was sie will, aber tief in ihrem Innern, denke ich, ist es ihr lieber, daß du ihr nachläufst und der Sache auf den Grund gehst.«

Und so hatte er in gewisser Weise Buck ermutigt, dasselbe mit Chloe zu tun. Er wußte, daß sie Probleme hatten und sie sich unbedingt aussprechen mußten. Er hatte keine Ahnung, was es mit dieser anderen Frau in Bucks Leben auf sich hatte, aber er war sicher, daß Chloe ihn damit konfrontieren und es herausfinden würde. Wenn Buck tatsächlich mit jemandem zusammenlebte, dann war das nicht nur Chloes Problem, sondern auch Rayfords und Bruces. Aber Chloes Beweise standen auf wackeligen Füßen.

»Dann will er also morgen wieder anrufen?« fragte Chloe.

»Das habe ich ihm gesagt.«

»Wie hat er reagiert?«

»Er hat nur noch einmal nachgefragt.«

»Das war doch eigentlich eindeutig.«

»Ich habe versucht, es ihm klarzumachen.«

»Ich gehe zu Bett«, erklärte sie.

»Wollen wir uns nicht noch ein wenig unterhalten?«

»Ich bin müde, Dad. Und ich möchte nicht mehr reden.« Sie ging zur Treppe.

Rayford versuchte sie aufzuhalten. »Und du meinst, morgen wirst du seinen Anruf entgegennehmen?«

»Das bezweifle ich. Ich möchte sehen, wie er morgen abend auf das reagiert, was Bruce zu sagen hat.«

»Und wie wird er deiner Meinung nach reagieren?«

»Dad, woher soll ich das wissen? Ich weiß nur, was ich heute morgen gesehen habe. Und jetzt laß mich bitte zu Bett gehen.«

»Ich wollte dich nur anhören, Liebes. Sprich dich doch aus.«

»Wir werden morgen darüber reden.«

»Würdest du denn noch aufbleiben und mir zuhören, wenn ich dir von der Situation im Flughafen erzähle, anstatt über dich und Buck zu sprechen?«

»Nenne Buck und mich nicht im selben Satz, Dad. Und nein, es sei denn, du wärst entlassen worden oder wolltest die Stelle wechseln, sonst würde ich es lieber ein anderes Mal tun.«

Rayford hätte ihr natürlich erzählen können, was ihm an diesem Tag passiert war, von Hatties Nachricht über die fingierten Vorwürfe der religiösen Belästigung bis hin zu dem Gespräch mit Earl Halliday. Aber er spürte, daß sie nicht in der Stimmung war, darüber zu sprechen. »Hilfst du mir noch, die Küche aufzuräumen?«

»Daddy, die Küche ist tipptopp. Und alles, was noch zu tun ist, werde ich morgen erledigen, okay?«

»Hast du die Uhr für die Kaffeemaschine für morgen eingestellt?«

»Die ist doch programmiert, seit ich denken kann. Was ist los, Dad?«

»Ich fühle mich nur ein wenig einsam und möchte noch nicht ins Bett gehen.«

»Wenn du willst, daß ich noch ein wenig aufbleibe, dann tue ich das natürlich, Dad. Aber du könntest doch ein wenig fernsehen und dich entspannen.«

Rayford erkannte, daß er sie nicht mehr länger aufhalten konnte. »Das werde ich«, meinte er. »Ich setze mich ins Wohnzimmer und sehe fern, in Ordnung?«

Sie blickte ihn seltsam an und ahmte seinen Tonfall nach. »Und ich werde oben in meinem Zimmer sein und das Licht ausgeschaltet haben, in Ordnung?«

Er nickte.

Sie schüttelte den Kopf. »Und nun, da wir uns beide gesagt haben, wo wir sein und was wir tun werden, bin ich entschuldigt?«

»Natürlich.«

Rayford wartete, bis Chloe nach oben gegangen war, dann schaltete er die Außenbeleuchtung an. Buck hatte zwar die Adresse und kannte die Gegend, in der sie wohnten, doch er war noch nie bei ihnen gewesen.

Die Nachrichten waren zu Ende, und es wurden nur noch Talkshows gesendet, doch das war Rayford egal. Er suchte nur nach ein wenig Ablenkung. Immer wieder sah er nach draußen.

»Dad?« rief Chloe von oben. »Könntest du den Ton nicht ein wenig leiser stellen oder in deinem Zimmer fernsehen?«

»Ich werde den Apparat leiser stellen«, sagte er. In diesem Augenblick bemerkte er den Wagen, der in ihre Einfahrt einbog. Bevor er den Ton regulierte, eilte er zur Tür und fing Buck ab. »Ich gehe nach oben zu Bett«, flüsterte er. »Geben Sie mir eine Minute und klingeln Sie dann. Ich werde unter der Dusche stehen, und sie wird öffnen müsssen.«

Rayford schloß die Tür und verriegelte sie. Er stellte den Fernseher ab und ging nach oben.

Als er an Chloes Tür vorbeikam, rief diese: »Daddy, du hättest ihn nicht abzustellen brauchen, nur ein wenig leiser.«

»Das ist schon in Ordnung«, sagte er. »Ich werde duschen und dann zu Bett gehen.«

»Nacht, Dad.«

»Nacht, Chlo'.«

Rayford stand in der Dusche. Das Wasser hatte er noch nicht angedreht, aber die Badezimmertür offen gelassen. Sobald er die Klingel hörte, stellte er das Wasser an. Er hörte Chloe rufen: »Dad! Da ist jemand an der Tür!«

»Ich stehe unter der Dusche!«

»Oh Dad!«

Das war eine großartige Idee! dachte Buck. Er war beeindruckt von dem Vertrauen, das Rayford Steele ihm entgegenbrachte.

Er wartete einen Augenblick und läutete noch einmal. Aus dem Haus hörte er: »Einen Augenblick, ich komme!«

Chloes Gesicht erschien in dem kleinen Fenster in der Haustür. Sie verdrehte die Augen. »Buck!« rief sie durch die geschlossene Tür. »Ruf mich morgen an, ja? Ich war schon im Bett!«

»Ich muß mit dir sprechen!« sagte Buck.

»Nicht heute abend.«

»Doch, heute abend noch«, beharrte er. »Ich werde nicht gehen, bis du mit mir gesprochen hast.«

»Ach nein?« fragte sie.

»Nein.«

Chloe hielt das für einen Bluff. Die Außenbeleuchtung ging aus, und er hörte, wie sie die Treppe hinaufstieg. Er konnte es nicht glauben. Sie war wirklich zäher, als er gedacht hatte. Aber er hatte gesagt, er würde nicht gehen, und daran würde er sich halten. Buck hielt immer Wort. Eigensinn traf vielleicht eher zu. Aber das hatte ihn zu einem erfolgreichen Journalisten gemacht.

Er hatte die Sehnsucht, die er in New York nach Chloe gehabt hatte, noch immer nicht abgeschüttelt. Er würde warten, beschloß er. Wenn es sein mußte, bis zum nächsten Morgen.

Buck setzte sich auf die Treppe und lehnte sich gegen eine der Säulen, wo sie ihn bemerken mußte, wenn sie zurückkam, um zu sehen, ob er gegangen war. Vermutlich würde sie darauf warten, daß er den Motor anließ, doch da konnte sie lange warten.

»Daddy!« rief Chloe von der Schlafzimmertür aus. »Bist du bald fertig?«

»Noch nicht! Was ist denn los?«

»Buck Williams steht vor der Tür, und er will nicht gehen!«

»Und was soll ich dagegen unternehmen?«

»Ihn loswerden.«

»Mach das selbst! Er ist dein Problem!«

»Du bist mein Dad! Es ist deine Pflicht!«

»Hat er dir etwas getan? Hat er dich bedroht?«

»Nein! Aber Dad!«

»Ich möchte nicht, daß er geht, Chloe! Wenn du es willst, dann schick du ihn fort!«

»Ich gehe ins Bett!«

»Ich auch!«

Rayford stellte das Wasser ab und hörte, wie Chloe zuerst seine Schlafzimmertür zuschlug und dann ihre. Würde sie wirklich zu Bett gehen und Buck vor der Tür stehenlassen? Würde Buck bleiben? Rayford schlich auf Zehenspitzen zu seiner Tür und öffnete sie gerade so weit, daß er mitbekam, was Chloe tat. Ihre Tür war noch immer geschlossen. Rayford schlüpfte ins Bett und rührte sich nicht. Er lauschte. Es fiel ihm schwer, nicht laut loszulachen. Er war in die engere Auswahl für den Posten des Chefpiloten des Weißen Hauses gekommen, und da lag er nun und belauschte seine eigene Tochter. Das war das Lustigste, das er seit Wochen erlebt hatte.

Buck hatte gar nicht gewußt, wie kühl es abends bereits war; dies bemerkte er erst, als er eine Zeitlang auf der kalten Treppe gesessen hatte. Seine Lederjacke knarrte, als er sich bewegte, und er stellte den pelzbesetzten Kragen hoch. Der Geruch erinnerte ihn an die vielen Orte der Welt, an denen er diese alte Bomberjacke getragen hatte. Mehr als einmal hatte er in Krisensituationen gedacht, er würde nicht überleben.

Buck streckte die Beine aus und schlug die Füße übereinander. Plötzlich spürte er seine Müdigkeit. Wenn er auf dieser Treppe schlafen mußte, dann würde er das tun.

In die Stille hinein hörte er auf einmal das leise Knarren der Treppe im Innern des Hauses. Chloe schlich hinunter, um zu sehen, ob er immer noch da war. Bei Rayford wäre das Knarren sicherlich lauter gewesen. Rayford hätte ihm vermutlich gesagt, er solle aufgeben, nach Hause fahren und versuchen, das Problem später zu klären. Chloe war nun an der Tür angekommen. Um der Wirkung willen setzte sich Buck zurecht, legte den Kopf an die Säule und tat so, als wolle er schlafen.

Wieder hörte er Schritte auf der Treppe, die jetzt nicht mehr so leise. Was nun?

Rayford hatte gehört, daß Chloe die Tür öffnete und die Treppe hinunterschlich. Jetzt kam sie wieder herauf. Sie stieß ihre Tür auf und schaltete das Licht an. Rayford beugte sich vor, so daß er sie sehen konnte, wenn sie kam. Kurze Zeit später tauchte sie auf. Sie hatte ihr Haar aufgesteckt und ihren Morgenrock angezogen. Sie knipste das Flurlicht an und ging die Treppe hinunter. Das sah nicht so aus, als wollte sie den Mann abweisen.

Buck sah seinen Schatten auf dem Rasen und wußte, daß im Haus Licht angeschaltet worden war, doch er wollte nicht übereifrig erscheinen und auch nicht allzu zuversichtlich. Er blieb, wo er war, und tat so, als sei er bereits eingeschlafen. Die Tür wurde aufgeschlossen und geöffnet, doch er hörte nichts. Vorsichtig drehte er sich um. Das war offensichtlich ihre Einladung, hereinzukommen. Jetzt habe ich sie schon so weit, dachte Buck. Aber das genügt noch nicht. Er nahm seine Stellung wieder ein, der Tür den Rücken zugewandt.

Eine halbe Minute später hörte er, wie Chloe wieder zur Tür stapfte. Sie riß sie auf und sagte kurz angebunden: »Was willst du, eine gedruckte Einladung?«

»Wie bitte …?« Buck tat so, als müsse er sich zuerst orientieren und drehte sich um. »Ist es schon Morgen?«

»Sehr lustig. Komm rein. Du hast zehn Minuten.«

Er stand auf und folgte Chloe, die bereits im Wohnzimmer verschwunden war und auf der Couch saß. »Das ist in Ordnung«, sagte er, »ich behalte die Jacke an.«

»Dieser Besuch war deine Idee, nicht meine«, erklärte sie ihm. »Verzeih mir, wenn ich dich nicht so behandle, als wenn du eingeladen wärst.«

Chloe saß mit verschränkten Armen auf dem Sofa und wirkte sehr verstimmt. Buck legte seine Jacke auf einen Sessel und zog sich einen Stuhl heran. Er starrte sie an, als überlege er, wo er anfangen solle.

»Ich bin nicht für Besuch angezogen«, sagte sie entschuldigend.

»Du siehst immer großartig aus, egal, was du anhast.«

»Verschone mich damit«, erwiderte sie wütend. »Was willst du?«

»Eigentlich wollte ich Blumen mitbringen«, sagte er, »nachdem ich erfahren habe, daß deine im Mülleimer sind.«

»Hast du gedacht, ich würde Witze machen?« fragte sie und deutete auf den Mülleimer. Tatsächlich, ein großer Blumenstrauß ragte heraus.

»Ich habe das nicht für einen Witz gehalten«, erwiderte Buck. »Ich dachte nur, du würdest das sinnbildlich meinen, und ich hatte den Ausdruck noch nicht gehört.«

»Wovon sprichst du?«

»Als du mir gesagt hast, die Blumen seien im Mülleimer, dachte ich, es sei ein neuer Ausdruck, den ich noch nicht gehört habe, wie zum Beispiel: ›Die Katze aus dem Sack lassen‹ oder so.«

»Ich sagte, die Blumen seien im Mülleimer, und genau das habe ich auch gemeint. Ich meine, was ich sage, Buck.«

Buck wußte nicht mehr weiter. Sie schienen aneinander vorbeizureden, und er war nicht einmal sicher, daß sie dasselbe Manuskript besaßen. »Äh, könntest du mir bitte sagen, warum die Blumen im Mülleimer sind? Vielleicht würde das einiges erklären.«

»Weil ich sie nicht wollte.«

»Ach, ich Dummkopf. Das macht Sinn. Und du wolltest sie nicht, weil …« Er brach ab und schüttelte den Kopf.

»Sie beleidigen mich, weil sie herkommen, wo sie herkommen.«

»Und woher kommen sie?«

»In Ordnung, dann von wem sie kommen.«

»Und von wem sind sie?«

»Oh Buck, wirklich! Für so etwas habe ich keine Zeit, und ich bin auch nicht in der Stimmung dazu.«

Chloe wollte sich erheben, und auf einmal war Buck wütend. »Chloe, warte doch einen Augenblick.« Sie setzte sich wieder. »Du schuldest mir eine Erklärung.«

»Nein, du schuldest mir eine Erklärung.«

Buck seufzte. »Ich werde dir alles erklären, was du willst, Chloe, aber keine Spielchen mehr. Es war klar, daß wir uns zueinander hingezogen fühlten, und ich weiß, ich habe mich am Freitagabend ein wenig seltsam verhalten, aber heute ist mir klar geworden …«

»Heute morgen«, unterbrach sie ihn, offensichtlich mit Tränen kämpfend, »habe ich entdeckt, warum du so plötzlich das Interesse verloren hast. Du fühlst dich schuldig, weil du mir nicht alles gesagt hast, und wenn du denkst, diese Blumen könnten alles wieder in Ordnung bringen ...«

»Chloe! Laß uns doch über wirkliche Probleme sprechen! Ich habe mit diesen Blumen nichts zu tun.«

Und zum ersten Mal schwieg Chloe.

9

Chloe blickte Buck skeptisch an. »Nicht?« brachte sie schließlich heraus. Er schüttelte den Kopf. »Offensichtlich hast du noch einen anderen Bewunderer.«

»Ja, richtig«, meinte sie verwirrt. »Noch einen? Dann sind es also zwei?«

Buck hob ergeben die Hände. »Chloe, offensichtlich besteht hier ein Kommunikationsmangel.«

»Ganz offensichtlich.«

»Nenn mich anmaßend, aber ich hatte den Eindruck, daß wir uns auf Anhieb sympathisch waren.« Er hielt inne und wartete auf eine Reaktion.

Sie nickte. »Nichts Ernstes«, sagte sie dann. »Aber, ja, ich dachte, wir würden einander mögen.«

»Und ich war mit dir im Flugzeug, als du mit deinem Dad gebetet hast«, fuhr er fort.

Sie nickte leicht.

»Das war ein ganz besonderer Augenblick.«

»Ja«, stimmte sie ihm zu.

»Und dann erlebte ich mein Waterloo und konnte es nicht erwarten, hierher zurückzukommen und euch allen davon zu erzählen.«

Chloes Mundwinkel zitterten. »Das war die unglaublichste Geschichte, die ich je gehört habe, Buck, und ich habe nicht einen Augenblick daran gezweifelt. Ich wußte, daß du viel durchmachtest, aber ich dachte, zwischen uns gäbe es etwas ganz Besonderes.«

»Ich weiß nicht, wie ich das nennen soll«, meinte Buck, »aber wie ich dir in meiner Nachricht vom Sonntag geschrieben habe, fühle ich mich zu dir hingezogen.«

»Offensichtlich nicht nur zu mir.«

Buck war sprachlos. »Nicht nur zu dir?« wiederholte er fassungslos.

»Fahr nur mit deiner Rede fort.«

Rede? Sie denkt, dies sei eine Rede? Und sie denkt, es gebe noch eine andere? Seit Jahren hat es keine mehr gegeben! Buck hatte allen Mut verloren und überlegte, ob er aufgeben sollte, doch er entschied sich dagegen. Es war den Versuch wert.

»Zwischen Freitag- und Sonntagabend habe ich viel über uns nachgedacht.«

»Aha, jetzt kommt es«, unterbrach sie ihn wieder. Was meinte sie? Daß er bereit war, vor ihrer Haustür zu schlafen, nur um sie dann für eine andere fallenzulassen?

»Mir ist klar, daß ich mich am Freitagabend sehr dumm benommen habe«, sagte er. »Vielleicht ist ›dumm‹ nicht das richtige Wort. Ich habe mich zurückgezogen.«

»Es gab nicht viel, von dem du dich zurückziehen mußtest.«

»Aber wir kamen uns doch näher, oder?« meinte Buck. »Hattest du nicht den Eindruck, daß wir Fortschritte machten?«

»Sicher, bis zum Freitagabend.«

»Es fällt mir schwer, das zuzugeben«, fuhr er zögernd fort.

»Das ist auch richtig so.«

»… aber mir wurde klar, daß ich ein wenig voreilig war, angesichts der Tatsache, daß wir uns erst seit kurzem kannten und wegen deines Alters, und …«

»Aha, das ist es also. Nicht dein Alter ist das Problem, sondern meines.«

»Chloe, es tut mir leid. Es ging hier nicht um dein Alter oder meines, sondern vielmehr um den Altersunterschied. Und dann wurde mir klar, daß das eigentlich gar kein Thema war, da wir nur noch sieben Jahre vor uns haben werden. Aber ich war verwirrt. Ich dachte an unsere Zukunft, weißt du, was aus unserer Beziehung werden sollte, und wir haben nicht einmal eine Beziehung.«

»Und wir werden auch keine haben, Buck. Ich werde dich nicht teilen. Falls es eine Zukunft für uns geben sollte, dann käme nur eine ausschließliche Beziehung in Frage, und … Ach, was soll's. Ich rede Dinge, die keiner von uns je in Betracht gezogen hat.«

»Anscheinend haben wir das doch«, meinte Buck. »Ich habe gerade gesagt, daß ich es getan habe, und es sieht so aus, als wäre es dir auch so gegangen.«

»Nicht mehr. Nicht mehr seit heute morgen.«

»Chloe, ich möchte dich um etwas bitten, und ich möchte nicht, daß du es falsch verstehst. Es klingt vielleicht ein wenig herablassend, aber bitte versteh mich jetzt nicht falsch.« Sie richtete sich auf, als erwarte sie einen Vorwurf. »Ich möchte dich bitten, mich einmal ausreden zu lassen.«

»Wie bitte?« fragte sie empört. »Ich darf nicht sprechen?«

»Das habe ich nicht gesagt.«

»Das hast du doch gesagt.«

Buck mußte sich sehr zusammennehmen, sie nicht anzuschreien. Seine Stimme wurde lauter. »Chloe, du hörst mir nicht zu. Du läßt mich keinen Gedanken zu Ende führen. Irgend etwas, von dem ich nichts weiß, steht zwischen uns, und ich kann mich nicht gegen Phantasiegebilde verteidigen. Du redest mit mir, teilst dich mir aber nicht mit … Gibt es etwas, das du fragen oder mir vorwerfen möchtest, bevor ich fortfahre?«

Rayford, der reglos in seinem Bett gelegen und beinahe die Luft angehalten hatte, um zu hören, was unten gesprochen wurde, hatte nur sehr wenig mitbekommen, bis Bucks Stimme lauter wurde. Im stillen hatte Rayford ihm Beifall geklatscht. Auch Chloes Stimme wurde nun lauter. »Ich möchte von der anderen in deinem Leben wissen, bevor ich überhaupt … Ach Buck, worüber reden wir hier eigentlich? Gibt es nicht sehr viel Wichtigeres zu bedenken?«

Bucks Antwort konnte Rayford nicht mehr verstehen, und er hatte es satt, sich darum zu bemühen. Er ging zur Tür und rief den beiden zu: »Könntet ihr zwei entweder lauter sprechen oder flüstern? Wenn ich nichts verstehen kann, werde ich schlafen!«

»Du kannst ruhig schlafen, Dad!« rief Chloe.

Buck lächelte. Auch Chloe konnte nur mit Mühe ein Grinsen unterdrücken.

»Chloe, das ganze Wochenende habe ich über die ›wichtigeren Dinge‹ nachgedacht. Ich habe mir beinahe eingeredet, wir könnten unsere Beziehung über die Freundschaftsschiene laufen lassen … bis ich heute nachmittag in diesem Büro gesessen habe und du mir vor Augen standest.«

»Ich stand dir vor Augen? Du hast mich im Büro des Global Weekly gesehen?«

»Im Büro des Global Weekly? Was hast du denn da gemacht?«

Chloe zögerte. »Welches Büro hast du denn gemeint?«

Buck verzog das Gesicht. Er hatte eigentlich von seinem Gespräch mit Carpathia nichts sagen wollen. »Können wir uns das aufheben, bis wir miteinander klargekommen sind? Ich wollte sagen, ich war plötzlich überwältigt von dem Wunsch, dich zu sehen, mit dir zu sprechen, zu dir zurückzukehren.«

»Von wo zurückzukehren? Oder von wem, sollte ich vielleicht fragen.«

»Dazu möchte ich jetzt lieber nichts sagen, bis ich denke, daß du bereit bist, mir zuzuhören.«

»Ich bin bereit, Buck, weil ich es bereits weiß.«

»Woher weißt du das?«

»Weil ich da war!«

»Chloe, wenn du heute im Chicagoer Büro warst, dann weißt du, daß ich heute nicht da war, ich meine, außer heute morgen ganz früh.«

»Dann warst du also doch da.«

»Ich habe nur einen Schlüssel für Alice abgegeben.«

»Alice? Ist das ihr Name?«

Buck nickte verwirrt.

»Wie lautet ihr Nachname?«

»Ihr Nachname? Ich weiß nicht. Ich habe sie immer nur Alice genannt. Sie ist neu hier. Sie ist die Ersatzkraft für Lucinda Washingtons Sekretärin, die verschwunden ist.«

»Du willst mir weismachen, daß du ihren Nachnamen wirklich nicht weißt?«

»Warum sollte ich dich deswegen anlügen? Kennst du sie?«

Chloes Blick bohrte sich in ihn hinein. Buck wußte, daß sie endlich weiterkamen. Er wußte nur noch nicht genau, wohin. »Ich kann nicht sagen, daß ich sie kenne«, meinte Chloe. »Ich habe nur mit ihr gesprochen, das ist alles.«

»Du hast also mit Alice gesprochen«, wiederholte er.

»Sie hat mir erzählt, daß sie mit dir verlobt ist.«

»Das kann nicht sein!« rief Buck, senkte aber mit einem Blick auf die Treppe sofort wieder die Stimme. »Wovon sprichst du überhaupt?«

»Wir sprechen über dieselbe Alice, nicht?« meinte Chloe. »Dürr, strähnige dunkle Haare, kurzer Rock, arbeitet beim Global Weekly?«

»Das ist sie«, nickte Buck. »Aber glaubst du nicht, wenn wir wirklich verlobt wären, würde ich ihren Nachnamen kennen? Außerdem wäre das wirklich eine interessante Neuigkeit für ihren Verlobten.«

»Dann ist sie also verlobt, aber nicht mit dir?« fragte Chloe zweifelnd.

»Sie hat mir erzählt, sie würde ihren Verlobten heute abholen«, erklärte er. Chloe wirkte betroffen. »Hast du etwas dagegen, wenn ich dich frage, wieso du im Gebäude des Weekly warst und mit ihr gesprochen hast? Hast du mich gesucht?«

»Das habe ich tatsächlich«, erwiderte Chloe. »Ich hatte sie vorher schon gesehen, und ich war überrascht, sie an deiner Arbeitsstelle anzutreffen.«

»Wie ich schon sagte, Chloe, ich war heute gar nicht in der Stadt.«

»Wo warst du dann?«

»Ich habe zuerst gefragt. Wo hast du Alice gesehen?«

Chloe sprach so leise, daß sich Buck vorbeugen mußte, um sie zu verstehen.

»In deinem Appartement.«

Buck lehnte sich zurück. Jetzt war ihm alles klar. Er wollte lachen. Die arme Chloe! Es fiel ihm schwer, ernst zu bleiben. »Es war mein Fehler«, sagte er dann. »Ich habe dich eingeladen, doch meine Pläne haben sich geändert, und ich habe es dir nicht gesagt.«

»Sie hatte deine Schlüssel«, flüsterte Chloe.

Buck schüttelte mitleidig den Kopf. »Ich habe sie ihr gegeben, damit sie einige Kisten bringen konnte, die ich im Büro erwartete. Ich mußte heute nach New York.«

Buck bekam Mitleid mit Chloe. Sie konnte ihm nicht in die Augen sehen und war den Tränen nahe. »Dann hast du die Blumen also wirklich nicht geschickt?« flüsterte sie.

»Wenn ich das gewußt hätte, hätte ich es getan.«

Chloe barg ihr Gesicht in den Händen. »Buck, es tut mir so leid«, stöhnte sie, und dann kamen die Tränen. »Ich habe keine Entschuldigung. Der Freitagabend hat mir ganz schön zu schaffen gemacht, und dann habe ich einfach aus einer Mücke einen Elefanten gemacht.«

»Ich wußte gar nicht, daß ich dir so viel bedeute.«

»Natürlich bedeutest du mir etwas. Aber ich kann nicht erwarten, daß du mich verstehst oder mir vergibst, nachdem ich eine solche, eine solche … Ach, wenn du mich nicht einmal mehr wiedersehen willst, verstehe ich das.« Sie versteckte noch immer ihr Gesicht. »Es ist besser, du gehst jetzt«, fügte sie hinzu. »Als du kamst, war ich nicht präsentabel, und ganz bestimmt bin ich es jetzt noch weniger.«

»Ist es in Ordnung, wenn ich vor deiner Haustür schlafe? Denn ich möchte da sein, wenn du präsentabel bist.«

Sie blickte ihn durch ihre Hände an und lächelte unter Tränen. »Das brauchst du nicht, Buck.«

»Chloe, es tut mir leid, daß ich alles nur noch schlimmer gemacht habe, indem ich dir meine Reise nach New York verschwiegen habe.«

»Nein, Buck, es war mein Fehler, und es tut mir so leid.«

»In Ordnung«, erklärte er. »Es tut dir leid, und ich vergebe dir. Können wir es dabei belassen?«

»Jetzt muß ich nur noch mehr weinen.«

»Und was tue ich jetzt schon wieder?«

»Du willst nur freundlich sein.«

»Ich habe einfach keine Chance!« seufzte er mit gespielter Verzweiflung.

»Gib mir eine Minute, ja?«

Chloe sprang auf und eilte die Treppe hinauf.

Nachdem Rayford die beiden gebeten hatte, entweder lauter zu sprechen oder zu flüstern, hatte er sich auf die Treppe gesetzt. Er versuchte, aufzustehen und in sein Schlafzimmer zurückzuschleichen, doch er hatte sich kaum erhoben, als Chloe fast in ihn hineinrannte.

»Dad!« flüsterte sie. »Was machst du denn hier?«

»Ich lausche. Oder wonach sieht das sonst aus?«

»Du bist schrecklich!«

»Ich bin schrecklich? Sieh doch nur, was du dem armen Buck angetan hast!«

»Dad, ich war ja so blöd.«

»Es war nur eine Komödie der Irrtümer, Liebes, und wie Buck sagte, das zeigt nur, wieviel dir an ihm liegt.«

»Wußtest du, daß er kommt?«

Rayford nickte.

»Heute abend? Du wußtest, daß er heute abend kommen wollte?«

»Ich bekenne mich schuldig.«

»Und du hast es so eingerichtet, daß ich zur Tür gehen mußte?«

»Du kannst mich dafür erschießen.«

»Ich sollte es tun.«

»Nein, du solltest mir dankbar sein.«

»Das allerdings. Du kannst jetzt ins Bett gehen. Ich ziehe mich nur schnell um und frage Buck, ob wir einen Spaziergang machen wollen.«

»Und du willst damit sagen, daß ich nicht mitkommen kann? Oder euch in gebührendem Abstand nachgehen darf?«

Buck hörte Flüstern von oben, dann wie Wasser aufgedreht, Schubladen geöffnet und geschlossen wurden. Mit Jeans und Sweatshirt, einer Jacke und Tennisschuhen bekleidet, kam Chloe zurück. »Mußt du schon gehen?« fragte sie. »Oder wollen wir einen Spaziergang machen?«

»Dann wirfst du mich nicht hinaus?«

»Wir müssen uns woanders unterhalten, damit Dad schlafen kann.«

»Haben wir ihn gestört?«

»Sozusagen.«

Rayford hörte, wie die Haustür geschlossen wurde, dann kniete er an seinem Bett nieder. Er betete, daß Chloe und Buck zueinander halten würden, was immer die Zukunft ihnen bringen mochte. Auch wenn sie nur gute Freunde wurden, würde er sich darüber freuen. Schließlich schlüpfte er in sein Bett und fiel in einen leichten Schlaf. Mit einem Ohr lauschte er auf Chloes Rückkehr, und er betete auch um Führung bei der Entscheidung, die er zu treffen hatte.

Es war schon fast Mitternacht. Die Nacht war kühl, aber klar. »Buck«, sagte Chloe, als sie um eine Straßenecke bogen, »ich möchte noch einmal sagen, wie …«

Buck blieb stehen und packte Chloe am Arm. »Chloe, nicht. Wir haben nur noch sieben Jahre. Wir können nicht in der Vergangenheit leben. Wir beide sind in dieses Wochenende hineingestolpert, und wir haben uns entschuldigt, also lassen wir es dabei.«

»Wirklich?«

»Absolut.« Sie gingen weiter. »Natürlich werde ich herausfinden müssen, wer dir die Blumen geschickt hat.«

»Darüber habe ich auch schon nachgedacht, und ich habe einen Verdacht.«

»Wer?«

»Es macht mich verlegen, weil ich wahrscheinlich auch daran schuld bin.«

»Dein alter Jugendfreund?«

»Nein! Ich habe dir doch bereits erzählt, daß ich seit seinem Examen nichts mehr von ihm gehört habe. Er ist verheiratet.«

»Dann soll er es nicht wagen. Irgendein anderer Bursche von Stanford, der sich wünscht, daß du zurückkommst?«

»Keiner, der Blumen schicken würde.«

»Dein Dad?«

»Er hat es bereits abgestritten.«

»Wer bleibt dann noch?«

»Denk darüber nach«, meinte Chloe.

Buck blinzelte und überlegte eine Weile. »Bruce?! Oh nein, du denkst doch nicht …?«

»Wer sonst könnte es gewesen sein?«

»Wie könntest du ihn ermutigt haben?«

»Ich weiß es nicht. Ich mag ihn. Ich bewundere ihn. Seine Ehrlichkeit rührt mich, und er ist so leidenschaftlich und ernsthaft.«

»Ich weiß, und er ist bestimmt einsam. Aber es ist doch erst wenige Wochen her, seit er seine Familie verloren hat. Ich kann mir nicht vorstellen, daß er es war.«

»Ich habe ihm gesagt, daß mir seine Predigten gefallen«, fuhr Chloe fort. »Vielleicht bin ich ein wenig freundlicher zu ihm, als ich sollte. Es ist nur, ich habe nie in dieser Richtung an ihn gedacht, weißt du?«

»Könntest du es dir denn vorstellen? Er ist ein netter junger Bursche.«

»Buck! Er ist doch noch älter als du!«

»Nicht viel …«

»Ja, aber du bist gerade so an der Altersgrenze, die für mich noch in Betracht kommt.«

»Na, vielen Dank für das Kompliment.«

»Oh Buck, das ist so peinlich! Ich brauche Bruce als Freund und Lehrer!«

»Bist du sicher, daß für dich nicht mehr in Frage kommt?«

Sie nickte. »Ich kann es mir einfach nicht vorstellen. Nicht, daß er unattraktiv wäre, aber das ist abwegig. Du weißt ja sicher, daß er mich gebeten hat, für ihn zu arbeiten. Ich hätte nie gedacht, daß er dabei einen Hintergedanken hat.«

»Jetzt ziehe aber bitte keine voreiligen Schlüsse, Chloe.«

»Das kann ich sehr gut, nicht wahr?«

»Das fragst du den Falschen.«

»Was soll ich nur tun, Buck? Ich möchte ihn nicht verletzen. Ich kann ihm nicht sagen, daß ich solche Gefühle nicht für ihn habe. Das ist bestimmt eine Reaktion auf seinen Verlust. Er fühlt sich so einsam.«

»Ich kann mir nicht vorstellen, wie das ist, eine Frau zu verlieren«, meinte Buck.

»Und Kinder.«

»Ja.«

»Du hast mir einmal gesagt, daß du noch keine feste Beziehung gehabt hast.«

»Richtig, ein paarmal habe ich gedacht, es könnte etwas werden, doch dann bin ich wieder abgesprungen. Ein Mädchen im Semester über mir hat mich fallengelassen, weil ich nicht schnell genug zur Sache kam.«

»Nein!«

»Schätze, in der Hinsicht bin ich ein wenig zu altmodisch.«

»Das ist ja sehr ermutigend.«

»Sehr schnell habe ich alles, was ich jemals für sie fühlte, verloren.«

»Das kann ich mir vorstellen. Dann warst du also nicht der typische Student?«

»Willst du die Wahrheit hören?«

»Ich weiß nicht. Sollte ich?«

»Das hängt davon ab. Möchtest du lieber hören, daß ich sehr viel Erfahrung habe oder daß ich eine Jungfrau bin?«

»Du wirst mir sagen, was ich hören möchte?«

»Ich werde dir die Wahrheit sagen. Ich würde nur gern im voraus wissen, was du lieber hören würdest.«

»Erfahren oder eine Jungfrau«, wiederholte Chloe. »Da brauche ich nicht zu überlegen. Natürlich letzteres.«

»Getroffen«, sagte Bruce leise und ein wenig verlegen.

»Wow«, staunte Chloe. »Darauf kann man heutzutage wirklich stolz sein.«

»Ich muß sagen, daß ich eher dankbar bin als stolz. Meine Gründe waren nicht so rein, wie sie heute sein würden. Ich meine, ich weiß, daß es falsch gewesen wäre, verschiedene Beziehungen einzugehen, doch ich habe nicht aus moralischen Gründen enthaltsam gelebt. Wenn ich die Gelegenheit hatte, war ich einfach nicht interessiert. Und ich habe mich so auf mein Studium und meine Zukunft konzentriert, daß ich so viele Gelegenheiten auch gar nicht hatte. Die Wahrheit ist, daß die Leute immer angenommen haben, ich würde durch die verschiedenen Betten hüpfen, weil ich beruflich sehr erfolgreich war. Aber ich war in dieser Hinsicht immer sehr zurückhaltend. Ein wenig konservativ.«

»Du entschuldigst dich ja dafür.«

»Mag sein. Das will ich aber nicht. Es ist ein wenig peinlich, in meinem Alter noch vollkommen unerfahren zu sein. In anderer Hinsicht war ich meiner Generation immer ein wenig voraus.«

»Das ist eine Untertreibung«, meinte Chloe. »Du denkst, Gott hat dich beschützt, bevor du ihn überhaupt kennengelernt hast?«

»So habe ich das nie gesehen, aber es könnte gut sein. Ich habe mir nie Gedanken machen müssen über Krankheiten und auch nicht die mit intimen Beziehungen verbundenen emotionalen Probleme gehabt.«

Buck fuhr sich mit der Hand verlegen über den Hals.

»Das ist dir wirklich peinlich, nicht?« meinte Chloe.

»Ja, ein wenig.«

»Ich nehme an, du möchtest lieber nicht von meiner sexuellen Erfahrung oder Unerfahrenheit hören.«

Buck verzog das Gesicht. »Wenn es dir nichts ausmacht. Sieh mal, ich bin erst dreißig und fühle mich wie ein alter Mann, wenn du nur das Wort Sex gebrauchst. Darum solltest du mich vielleicht verschonen.«

»Aber Buck, wenn nun aus unserer Beziehung etwas wird? Wirst du dann nicht neugierig sein?«

»Vielleicht frage ich dich dann.«

»Aber was ist, wenn du dann schrecklich verliebt in mich bist und feststellst, daß du damit nicht leben kannst?«

Buck schämte sich. Es war eine Sache, einer Frau einzugestehen, daß man noch nie eine sexuelle Beziehung gehabt hatte, wenn man dadurch zu einer Minderheit gehörte. Aber sie war so offen, so direkt. Er wollte nicht darüber sprechen, davon hören, es wissen, vor allem, wenn sie mehr »Erfahrungen« hatte als er. Und doch war es ihr Thema. Sie schien viel unbefangener über ihre Zukunft sprechen zu können als er, doch er war derjenige, der beschlossen hatte, eine Beziehung einzugehen. Er antwortete nicht, sondern zuckte bloß die Achseln.

»Ich will dich nicht auf die Folter spannen«, fuhr Chloe fort. »Meine Freunde in der High School und ich waren zwar kein Muster an, wie nannte meine Mutter es noch, Tugend, aber ich bin froh, sagen zu können, daß wir nicht miteinander geschlafen haben. Das ist vermutlich auch der Grund, warum keine Beziehung sehr lange gehalten hat.«

»Äh, Chloe, das sind gute Neuigkeiten, aber könnten wir nicht über etwas anderes sprechen?«

»Du bist wirklich ein Sonderling, nicht?«

»Ich schätze.« Buck errötete. »Ich kann Staatsoberhäupter interviewen, aber diese Art von Offenheit ist mir neu.«

»Ach, komm schon, Buck, du hörst so etwas und noch viel schlimmeres doch jeden Tag in den Talkshows.«

»Aber ich ordne dich nicht unter die Gäste solcher Shows ein.«

»Bin ich dir zu offen?«

»Mir ist das fremd, und ich kann das auch nicht besonders gut.«

Chloe lachte leise. »Ist es nicht seltsam, daß zwei unverheiratete Menschen um Mitternacht einen Spaziergang machen, und beide haben noch keine sexuellen Erfahrungen?«

»Vor allem, nachdem alle Christen fortgenommen wurden.«

»Erstaunlich«, sagte sie. »Aber du möchtest über etwas anderes sprechen.«

»Allerdings!«

»Erzähle mir, warum du nach New York fliegen mußtest.«

Buck berichtete ihr mit wenigen Worten von Carpathias Angebot.

Chloe wurde blaß. »Warum hast du uns nicht vor deiner Abreise erzählt, daß Carpathias dich sehen wollte?« fragte sie mit tonloser Stimme.

»Ich wollte euch nicht unnötig beunruhigen, da ich nicht wußte, was mich in New York erwartete«, entgegnete Buck.

»›Uns nicht beunruhigen‹?« erwiderte Chloe. Dann versuchte sie, ihre Fassung wiederzugewinnen. »Und wie wirst du dich entscheiden?« fügte sie nach einer Weile nachdenklich hinzu.

»Ich weiß es noch nicht. Ich werde aber im nächsten Treffen davon erzählen und alle um Rat fragen.« Schweigend gingen die beiden den Rest des Heimweges nebeneinander her.

Es war ein Uhr, als Rayford die Haustür hörte. Sie wurde geöffnet, aber nicht geschlossen. Er hörte, wie Chloe und Buck miteinander sprachen. »Jetzt muß ich aber wirklich gehen«, sagte Buck. »Ich erwarte morgen früh eine Reaktion auf meinen Artikel aus New York, und ich möchte hellwach sein, damit ich angemessen reagieren kann.« Nachdem Buck gegangen war, hörte Rayford, wie Chloe die Tür schloß. Ihre Schritte auf der Treppe schienen leichter als noch am Abend. Er hörte, wie sie zu seiner Tür schlich und hereinsah. »Ich bin wach, Liebes«, sagte er. »Alles in Ordnung?«

»Mehr als in Ordnung«, erwiderte sie und setzte sich auf seine Bettkante. »Vielen Dank, Dad«, sagte sie in die Dunkelheit hinein.

»Habt ihr ein gutes Gespräch gehabt?«

»Ja. Buck ist unglaublich.«

»Hat er dich geküßt?«

»Nein! Aber Dad!«

»Händchen gehalten?«

»Nein! Jetzt hör aber auf! Wir haben nur geredet. Du kannst dir nicht vorstellen, was für ein Angebot er heute bekommen hat!«

»Ein Angebot?«

»Aber wahrscheinlich ist jetzt nicht der richtige Zeitpunkt, darüber zu reden. Außerdem hat Buck gesagt, daß er dir und Bruce während der nächsten Sitzung selbst davon erzählen will. Mußt du morgen fliegen?«

»Nein. Aber ich möchte dir von einem Angebot erzählen, das ich heute erhalten habe«, sagte Rayford.

»Was für eins?«

»Es ginge zu weit, heute nacht darauf einzugehen. Ich werde es sowieso ablehnen. Wir können morgen früh darüber sprechen.«

»Dad, sag mir noch einmal, daß du mir die Blumen nicht geschickt hast, um mich aufzuheitern. Es wäre mir nämlich schrecklich, wenn sie wirklich von dir wären, und ich hätte sie in den Mülleimer gesteckt.«

»Sie waren nicht von mir, Chlo'.«

»Das ist gut. Aber sie waren auch nicht von Buck.«

»Bist du sicher?«

»Ganz sicher.«

»Oh, oh.«

»Denkst du, was ich denke, Dad?«

»Ich habe an Bruce gedacht, da Buck ja gesagt hat, sie seien nicht von ihm.«

»Was soll ich tun, Dad?«

»Wenn du mit ihm zusammenarbeiten willst, wirst du mit ihm reden müssen.«

»Aber warum ich? Ich habe doch nicht damit angefangen! Ich habe ihn nicht ermutigt – zumindest nicht bewußt.«

»Natürlich könntest du das Ganze ignorieren. Immerhin hat er sie anonym geschickt. Woher sollen wir wissen, von wem sie kommen?«

»Ja! Ich weiß es wirklich nicht. Ich werde ihn morgen nachmittag sehen, um mich mit ihm über die Stelle zu unterhalten«, sagte sie.

»Dann sprich über die Stelle.«

»Und die Blumen soll ich ignorieren?«

»Das hast du doch bereits, nicht?«

Chloe lachte. »Wenn er den Mut findet, einzugestehen, daß er sie geschickt hat, dann können wir vielleicht darüber sprechen, was es zu bedeuten hat.«

»Das klingt gut.«

»Aber Dad, wenn Buck und ich uns häufiger treffen, wird es offensichtlich sein.«

»Du willst nicht, daß die Leute es erfahren?«

»Ich möchte Bruce nicht weh tun, da ich jetzt weiß, was er für mich empfindet.«

»Aber das weißt du doch gar nicht.«

»Das stimmt. Wenn er es mir nicht sagt, weiß ich es nicht.«

»Gute Nacht, Chloe.«

»Aber es wird nicht angenehm sein, mit ihm oder für ihn zu arbeiten, meinst du nicht, Dad?«

»Nacht, Chloe.«

»Ich will nur nicht ...«

»Chloe! Es ist bereits Morgen!«

»Nacht, Dad!«

Am Dienstagvormittag wurde Buck durch einen Anruf von Stanton Bailey geweckt. »Cameron!« rief er. »Sind Sie wach?«

»Ja, Sir.«

»Das hört sich gar nicht so an!«

»Ich bin hellwach, Sir.«

»Spät geworden gestern abend?«

»Ja, aber ich bin jetzt wach, Mr. ...«

»Sie waren immer so ehrlich, einen Fehler zuzugeben, Buck. Darum verstehe ich immer noch nicht, daß Sie darauf beharren, Sie wären bei der Sitzung gewesen ... Ach, was soll's, das liegt hinter uns. Sie sind ins Exil geschickt worden; ich wünschte zwar immer noch, Sie würden Plank hier ersetzen, aber was geschehen ist, ist geschehen, nicht wahr?«

»Ja, Sir.«

»Aber Sie haben es immer noch.«

»Wie bitte?«

»Sie haben immer noch den richtigen Riecher. Wie fühlt man sich, wenn man wieder einen Artikel geschrieben hat, für den man einen Preis gewinnen wird?«

»Ich bin froh, daß er Ihnen gefällt, Mr. Bailey, aber ich habe ihn nicht geschrieben, um einen Preis dafür zu gewinnen.«

»Das tun wir doch nie, oder? Haben Sie je eine Story geschrieben, um damit in einem Wettbewerb zu siegen? Ich auch nicht. Allerdings habe ich Reporter gesehen, die das versucht haben. Es funktioniert nicht. Sie könnten alle etwas von Ihnen lernen. Sehr sorgfältig, doch kurz gefaßt, alle Zitate, alle Blickrichtungen, fair allen Meinungen gegenüber. Ich finde es sehr anständig von Ihnen, daß Sie die Leute, die die Außerirdischen- und die Entrückungstheorie vertreten, nicht als Dummköpfe hinstellen. Jeder hat das Recht auf seine eigene Meinung. Und sie stehen stellvertretend für die Bürger Amerikas, ob sie nun glauben, es seien die grünen Männchen vom Mars gewesen oder Jesus auf einem Pferd.«

»Sir?«

»Oder was auch immer. Sie wissen schon, was ich meine. Auf jeden Fall ist dieser Artikel ein Meisterstück. Ich weiß Ihre gute Arbeit zu schätzen, und ich lasse nicht zu, daß diese andere Geschichte Ihnen schadet. Sie arbeiten auch weiterhin so gut, bleiben eine Weile in Chicago, damit es so aussieht, als hätte ich meinen Starreporter immer noch im Griff; dann werden Sie wieder in New York sein, bevor Sie sich noch umgesehen haben. Wann läuft Ihr Mietvertrag aus?«

»In einem Jahr, aber eigentlich gefällt es mir hier, und ...«

»Sehr lustig. Sagen Sie mir, wenn man anfängt, Sie wegen des Mietvertrags zu bedrängen, dann werden wir Sie wieder zurückholen.

Ich weiß nicht, ob als Chefredakteur, weil wir die Stelle ja schon bald besetzen müssen, und es würde vermutlich auch nicht gut aussehen, wenn Sie aus der Wüste direkt in den Sattel steigen. Aber wir werden Ihr Gehalt wieder anheben, und Sie können weiter das machen, worin Sie gut sind.«

»Vielen Dank.«

»Hey, nehmen Sie sich einen Tag frei! Dieser Artikel wird in einer Woche erscheinen, und dann werden Sie ein paar Tage lang in aller Munde sein.«

»Vielleicht nehme ich Sie beim Wort.«

»Und hören Sie, Cameron, halten Sie sich von dem kleinen Mädchen dort fern. Wie heißt sie noch?«

»Verna Zee?«

»Ja, Verna. Sie wird schon klarkommen, aber lassen Sie sie nur in Ruhe. Sie brauchen nicht ins Büro zu gehen, es sei denn, Sie würden aus irgendeinem Grund dort gebraucht. Was steht als nächstes auf Ihrer Tagesordnung?«

»Steve versucht, mich dazu zu bringen, die Delegation der UNO nächste Woche zur Unterzeichnung des Abkommens nach Israel zu begleiten.«

»Von uns fahren bereits einige Leute, Cameron. Ich wollte den Redakteur für religiöse Fragen auf den Leitartikel ansetzen.«

»Jimmy Borland?«

»Irgendwelche Probleme?«

»Nun, zuerst einmal ist das meiner Meinung nach keine religiöse Thematik, vor allem nicht, da gleichzeitig die Konferenz zur Weltreligion in New York stattfindet, die Juden von dem Wiederaufbau des Tempels sprechen und die Katholiken einen neuen Papst wählen. Und vielleicht klingt das ein wenig vermessen, aber sind Sie wirklich der Meinung, Jimmy könnte einen Leitartikel schreiben?«

»Vermutlich nicht. Es schien nur zu passen. Er ist schon so oft drüben gewesen, und alles, was Israel tut, kann als religiös bezeichnet werden, richtig?«

»Nicht unbedingt.«

»Mir hat immer gefallen, daß Sie offen zu mir waren, Cameron. Leider gibt es viel zu viele Jasager. Sie sind also nicht der Meinung, daß es eine religiöse Angelegenheit ist, nur weil es im sogenannten Heiligen Land passiert?«

»Alles, mit dem Carpathia zu tun hat, ist geopolitisch, selbst wenn es religiöse Auswirkungen hat. Ein religiöser Gesichtspunkt dort drüben ist, abgesehen von der Absicht, den Tempel wiederaufzubauen, sicherlich die Geschichte mit den beiden Predigern an der Klagemauer.«

»Ja, was ist nur mit diesen Verrückten los? Diese beiden sagen voraus, es würde dreieinhalb Jahre in Israel nicht regnen, und bisher hat es auch tatsächlich keinen Regen gegeben! Es ist ja schon immer ein trockenes Land gewesen, aber wenn sie so lange ohne Regen sind, wird alles verdorren. Wie abhängig ist eigentlich die Formel dieses Wissenschaftlers, wie hieß er noch gleich, ach ja, Rosenzweig, vom Regen?«

»Ich weiß es nicht, Sir. Ich weiß, daß weniger Regen benötigt wird, aber trotzdem glaube ich, daß Wasser gebraucht wird, wenn sie wirksam sein soll.«

»Ich würde es gern sehen, wenn Jimmy ein Exklusivinterview mit den beiden machte«, sagte Bailey, »aber sie sind gefährlich, nicht?«

»Sir?«

»Nun, zwei Burschen haben versucht, sie zu töten, und fielen tot zu Boden, und was ist gestern noch passiert? Eine Gruppe von Männern ist verbrannt worden. Die Leute sagten, die beiden hätten gerufen, daß Feuer vom Himmel fallen solle!«

»Andere erzählen, sie hätten sie mit Feuer angehaucht.«

»Das habe ich auch gehört!« bestätigte Bailey. »Das muß aber schlimmer Mundgeruch gewesen sein, nicht?«

Bailey lachte, doch Buck konnte nicht mit einstimmen. Er glaubte daran, daß sie Feuer gespien hatten, weil es in der Bibel vorhergesagt worden war; auch ordnete er die Menschen, die an die Entrückung glaubten, nicht in dieselbe Kategorie ein wie die Vertreter der UFO-Theorie.

»Wie auch immer«, fuhr Bailey fort, »ich habe Borland noch nicht gesagt, daß er sie bekommt, aber ich fürchte, die Gerüchte sind mittlerweile zu ihm durchgedrungen. Ich könnte Sie darauf ansetzen, und das würde ich auch gern tun, aber dafür müßte ein anderer zurückbleiben, weil wir nur eine bestimmte Anzahl an Leuten schicken dürfen. Vielleicht könnte ich einen Fotografen dafür hierbehalten.«

Buck war wichtig, daß die Fotografen mitkamen. Sie könnten vielleicht übernatürliche Vorkommnisse auf Film bannen. »Nein, tun Sie das nicht«, sagte er. »Plank hat mir angeboten, als Angehöriger der UNO-Delegation mitzufliegen.« Eine lange Stille folgte. »Sir?« fragte Buck nach einer Weile.

»Davon weiß ich gar nichts, Cameron. Ich bin beeindruckt. Offensichtlich hat man Ihnen vergeben, daß Sie Carpathia so vor den Kopf gestoßen haben. Aber wie wollen Sie Ihre Objektivität wahren, wenn Sie auf deren Kosten dorthin fliegen?«

»Sie haben mir doch immer vertraut, Sir. Ich habe mich noch nie kaufen lassen.«

»Das weiß ich, und Plank weiß das auch. Aber versteht Carpathia den Journalismus richtig?«

»Ich bin nicht sicher.«

»Ich auch nicht. Wissen Sie, wovor ich Angst habe?«

»Wovor?«

»Daß er versucht, Sie abzuwerben.«

»Keine Chance, daß ich woanders hingehe«, beruhigte ihn Buck.

»Trotzdem, ich hatte gedacht, daß er sich noch mehr aufregen würde als ich, und nun will er, daß Sie zur Unterzeichnung mitkommen?«

»Er will sogar, daß ich bei der Unterzeichnung mit seiner Delegation an einem Tisch sitze.«

»Das wäre vollkommen unangemessen.«

»Ich weiß.«

»Es sei denn, Sie könnten klarstellen, daß Sie nicht der Delegation angehören. Das wäre etwas! Der einzige Medienvertreter am Tisch!«

»Ja, aber wie sollte ich das machen?«

»Das wäre ganz einfach. Sie könnten zum Beispiel eine Plakette des Weekly an der Jacke tragen.«

»Das könnte ich.«

»Sie könnten sie in der Tasche haben und anstecken, nachdem alle Platz genommen haben.«

»Das scheint mir ein wenig hinterhältig.«

»Ach, stellen Sie sich doch nicht so an, Sohn. Carpathia ist Politiker durch und durch, und er hat alle möglichen Gründe, warum er Sie dabeihaben will. Und dazu gehört sicher auch, die Kufen zu schmieren, damit Sie leichter aus dem Global Weekly gleiten können.«

»Das habe ich nicht vor, Sir.«

»Das weiß ich. Hören Sie: Glauben Sie, Sie könnten bei der Unterzeichnung dabeisein, ich meine, direkt am Schauplatz des Geschehens, bei den beteiligten Parteien und nicht beim Pressekorps, auch wenn Sie nicht mit der UNO-Delegation fahren?«

»Ich weiß es nicht. Ich könnte fragen.«

»Tun Sie das. Denn ich würde Ihnen lieber ein Flugticket bezahlen, bevor ich zusehe, daß Sie auf Kosten der UNO dorthin fliegen. Ich möchte nicht, daß Sie Carpathia etwas schulden, andererseits gefällt mir der Gedanke, daß Sie ihm bei der Unterzeichnung des Abkommens über die Schulter sehen.«

10

Buck gefiel die Vorstellung, sich einen freien Tag zu gönnen. Außerdem hatte er sowieso keine besonderen Pläne gehabt. Er werkelte in dem Gästezimmer herum, um dort sein Büro einzurichten. Nachdem er Computer, Fax-Gerät und Modem angeschlossen und getestet hatte, rief er seine E-mail ab. James Borland, der Redakteur für religiöse Angelegenheiten des *Global Weekly*, hatte ihm eine lange Nachricht geschickt.

Oh, oh, dachte er.

»Ich hätte natürlich anrufen und die Sache persönlich mit Ihnen klären können, doch ich denke, ich kann mich auf diese Weise besser abreagieren, bevor ich mir Ihre üblichen Entschuldigungen anhören muß. Sie wissen sehr gut, daß ich für den Leitartikel über die Unterzeichnung des Vertrages zwischen UNO und Israel eingeplant war. Das Ganze passiert in der religiösen Hauptstadt der Welt, Cameron. Was meinen Sie, wer darüber berichten sollte?
Daß ich kein typischer Leitartikelschreiber bin und auch noch keinen geschrieben habe, bedeutet doch nicht, daß ich dazu nicht in der Lage wäre. Ich hätte Sie vielleicht sowieso um Rat gefragt, aber Sie sehen es vermutlich lieber, wenn Ihr Name darunter steht.
Der Alte sagt, daß es seine Idee war, Ihnen den Auftrag zu übertragen, aber glauben Sie nicht, daß ich mir vorstellen kann, wie Sie ihm das eingeredet haben? Nun, ich werde auf jeden Fall nach Israel reisen. Ich werde Ihnen vom Leib bleiben, wenn Sie mir vom Leib bleiben.«

Buck wählte sofort Borlands Nummer. »Jimmy«, sagte er, »hier spricht Buck.«

»Sie haben meine E-mail also erhalten?«

»Ja, allerdings.«

»Ich habe Ihnen sonst nichts mehr zu sagen.«

»Das glaube ich gern«, meinte Buck. »Sie haben sich ziemlich klar ausgedrückt.«

»Und was wollen Sie dann?«

»Ich möchte die Sache klarstellen.«

»Ja, Sie wollen mich davon überzeugen, daß Bailey Sie gefragt hat und Sie nicht um den Job gebeten haben.«

»Um die Wahrheit zu sagen, Jim, ich habe Bailey tatsächlich gesagt, daß die Story meiner Meinung nach eher eine politische ist und ich Zweifel daran hätte, ob Sie ihr gewachsen sind.«

»Und so haben Sie mich nicht aus dem Rennen geworfen, damit Sie die Story selbst schreiben können?«

»Das trifft vielleicht zu, Jim, aber es war keine Absicht. Es tut mir leid, und wenn es Ihnen so viel bedeutet, werde ich darauf bestehen, daß Sie sie schreiben.«

»Richtig. Und was kostet mich das?«

»Ich will Ihre Storys und eine neue dazu.«

»Sie wollen meinen Job?«

»Nur für ein paar Wochen. Meiner Meinung nach haben Sie den beneidenswertesten Job im Weekly.«

»Warum glaube ich Ihnen bloß nicht, Buck? Sie hören sich an wie Tom Sawyer, der versucht, mich zu überreden, seinen Zaun anzustreichen.«

»Ich meine es ernst, Jim. Sie überlassen mir die Berichterstattung über die Konferenz der Vertreter der Weltreligionen, den Wiederaufbau des Tempels, die beiden Prediger an der Klagemauer, die Neuwahl des Papstes und eine weitere in Ihrem Bereich, von der ich noch niemandem erzählt habe, und ich werde zusehen, daß Sie den Leitartikel über die Unterzeichnung des Vertrags bekommen.«

»Überredet. Welche große Story in meinem Bereich habe ich denn verpaßt?«

»Sie haben nichts verpaßt, ich habe nur einen Freund, der zur richtigen Zeit am richtigen Ort war.«

»Wer? Was?«

»Ich werde meine Quelle nicht preisgeben, aber ich weiß zufällig, daß Rabbi Tsion Ben-Juda ...«

»Ich kenne ihn.«

»Ach ja?«

»Nun, ich habe von ihm gehört. Alle kennen ihn. Ein ziemlich beeindruckender Bursche.«

»Haben Sie gehört, was er vorhat?«

»Irgendein Forschungsprojekt, nicht wahr? Irgend etwas typisch Verstaubtes.«

»Das ist also auch eine Geschichte, die Sie nicht interessiert. Es sieht so aus, als würden Sie einen ziemlich guten Tausch machen.«

»Genau so sieht es aus, Buck. Halten Sie mich eigentlich für blöd?«

»Ganz bestimmt nicht, Jimmy. Das ist etwas, was Sie nicht verstehen. Ich bin nicht Ihr Feind.«

»Nur mein Konkurrent, der die Leitartikel für sich an Land zieht.«

»Ich habe Ihnen doch gerade einen angeboten!«

»Irgend etwas stimmt hier nicht, Buck. Die Weltreligionskonferenz ist staubtrocken, und außerdem wird sie sowieso nicht von Erfolg gekrönt sein. Keiner wird etwas dagegen haben, daß die Juden ihren Tempel wieder aufbauen, weil dies allen außer den Juden egal ist. Ich garantiere Ihnen, daß man aus diesen beiden Burschen an der Klagemauer eine große Story machen könnte, doch mehr als ein halbes Dutzend Leute, die sich in ihre Nähe gewagt haben, waren hinterher tot. Ich würde meinen, daß jeder Journalist in der Welt sich um ein Exklusivinterview mit ihnen reißen würde, doch keiner hat den Mut, dorthin zu gehen. Alle Welt weiß, wer der neue Papst werden wird. Und wen interessiert schon die Studie des Rabbi?«

»Einen Augenblick, Jim«, entgegnete Buck. »Sehen Sie, jetzt sind Sie mir schon einen Schritt voraus, denn ich habe keine Ahnung, wer der neue Papst sein wird.«

»Ach, kommen Sie, Buck. Wo leben Sie denn? Alle setzen auf den freundlichen Erzbischof Mathews aus …«

»Cincinnati? Wirklich? Ich habe ihn für meinen Artikel interviewt.«

»Ich weiß, Buck. Ich habe ihn gelesen. Alle hier haben Ihren neuesten Pulitzer gesehen.«

Buck schwieg. Kannte der Neid denn keine Grenzen?

Borland hatte anscheinend gespürt, daß er zu weit gegangen war. »Ehrlich, Buck, ich muß Ihnen die Hand schütteln. Das ist ein hervorragender Artikel. Und Sie hatten wirklich keine Ahnung, daß er die besten Aussichten hat, Papst zu werden?«

»Nein.«

»Er ist ein ziemlich gerissener Bursche und erhält von überall Unterstützung. Ich denke, er wird das Rennen machen. Viele andere sind derselben Meinung.«

»Und da ich ihn kenne und sein Vertrauen besitze, hätten Sie nichts dagegen, diese Story gegen den Leitartikel einzutauschen?«

»Oh, Sie gehen einfach davon aus, daß wir diesen Handel jetzt abschließen, nicht?« meinte Jimmy.

»Warum nicht? Wie sehr wollen Sie den Leitartikel?«

»Buck, Sie meinen vielleicht, ich würde nicht wissen, daß Sie mit der UNO-Delegation zur Unterzeichnung des Abkommens reisen werden und daß Sie einen Global Weekly-Blazer oder -Hut oder sonst etwas tragen werden?«

»Dann lassen Sie das einfach in Ihren Artikel mit einfließen. ›Ersatzredakteur für religiöse Angelegenheiten steht unmittelbar neben dem Generalsekretär.‹«

»Das ist nicht lustig. Es ist ziemlich unwahrscheinlich, daß Plank Ihnen diese Möglichkeit verschafft und damit zufrieden ist, daß ein anderer den Artikel schreibt!«

»Ich sage Ihnen etwas, Jim: Ich werde darauf bestehen!«

»Ich glaube nicht, daß Sie noch Einfluß haben, nachdem Sie zu dieser Sitzung nicht erschienen sind. Wieso denken Sie, Bailey würde auf Sie hören? Sie sitzen jetzt im Chicagoer Büro.«

Bucks Stolz gewann wieder einmal die Oberhand, und die Worte waren heraus, ehe er nachgedacht hatte. »Ja, ja, ich bin nur ein Reporter des Chicagoer Büros, der den Leitartikel der kommenden Woche verfaßt hat und den der darauffolgenden Woche auch schreiben soll.«

»Der Punkt geht an Sie!«

»Es tut mir leid, Jim, das wollte ich nicht. Aber ich meine es ernst. Ich bluffe nicht, um den Eindruck zu erwecken, Ihre Stories seien besser als der Leitartikel. Ich bin überzeugt, daß die Ereignisse im religiösen Bereich sehr viel interessanter sind als diese Unterzeichnung.«

»Warten Sie, Buck. Sie gehören doch nicht etwa zu den Typen, die an diese prophetischen, apokalyptischen Die-Bibel-hat-alles-vorhergesagt-Theorien glauben?«

Genau das bin ich, dachte Buck, doch er durfte das noch nicht bekannt werden lassen. »Wie weit verbreitet ist diese Ansicht denn?« fragte er statt dessen.

»Das sollten Sie doch besser wissen. Sie haben den Leitartikel schließlich geschrieben.«

»In meinem Artikel kommen alle Meinungen zu Wort.«

»Ja, aber Sie haben doch mit diesen Verrückten gesprochen. Die glauben nur zu gern, daß alles in Gottes Plan vorgesehen ist.«

»Sie sind der Redakteur für religiöse Angelegenheiten. Haben diese Leute recht?«

»Das sieht mir nicht nach etwas aus, das Gott getan haben könnte.«

»Damit deuten Sie an, daß es einen Gott gibt.«

»In gewisser Weise.«

»In welcher Weise?«

»Gott ist in uns allen, Buck. Sie kennen meine Ansicht.«

»Und Ihre Ansicht hat sich seit dem großen Massenverschwinden nicht geändert?«

»Nein.«

»War Gott auch in den Leuten, die verschwunden sind?«

»Sicher.«

»Das heißt, ein Teil von Gott ist nun fort?«

»Sie nehmen das alles viel zu wörtlich, Buck. Als nächstes werden Sie sagen, das Abkommen zeige, daß Carpathia der Antichrist ist.«

Wie gerne würde ich dich überzeugen, dachte Buck. Und eines Tages werde ich es auch versuchen. »Ich weiß, daß das Abkommen eine große Sache ist«, erwiderte er. »Vermutlich eine größere Sache, als vielen Menschen klar ist, doch die Unterzeichnung ist nur Show. Die Tatsache, daß überhaupt ein Abkommen zustande kommt, das ist das Erstaunliche, und diese Geschichte muß erzählt werden.«

»Die Unterzeichnung ist vielleicht nur Show, aber sie liefert den Stoff für einen Leitartikel, Buck. Warum sind Sie der Meinung, ich könnte ihn nicht schreiben?«

»Sagen Sie mir, daß ich die anderen Artikel schreiben kann, und Sie werden ihn bekommen.«

»Abgemacht.«

»Im Ernst?«

»Natürlich. Ich bin sicher, Sie sind der Meinung, daß Sie mich über den Tisch gezogen haben, aber ich bin kein Kind mehr, Buck. Mir ist es egal, auf welcher Stufe dieser Leitartikel im Vergleich zu denen, die Sie bereits geschrieben haben, rangiert. Ich möchte ihn für mein Album haben, für meine Enkel.«

»Ich verstehe.«

»Ja, Sie verstehen. Sie haben Ihr ganzes Leben noch vor sich, und Sie werden noch zweimal so viele Leitartikel schreiben wie bisher.«

»Chloe! Komm runter!«

Rayford stand im Wohnzimmer. Er war so verblüfft, daß er sogar vergaß, sich hinzusetzen. Gerade hatte er den Fernseher angeschaltet und die neuesten Nachrichten gehört. Chloe eilte die Treppe hinunter. »Ich muß zur Gemeinde«, sagte sie. »Was ist los?«

Rayford bedeutete ihr, still zu sein, und beide sahen sich den Bericht eines *CNN*-Korrespondenten in Washington an. »Offensichtlich ist diese ungewöhnliche Geste das Ergebnis eines Gespräches, das gestern abend zwischen dem UN-Generalsekretär Nicolae Carpathia und Präsident Gerald Fitzhugh stattfand. Fitzhugh hat als erstes Staatsoberhaupt der Verwaltung des neuen Generalsekretärs sein unerschütterliches Vertrauen ausgesprochen, doch die Leihgabe des neuen Flugzeuges setzt ganz neue Maßstäbe«, erklärte der Reporter. »Am gestrigen Tag schickte das Weiße Haus die Air Force One nach New York, um Carpathia abzuholen, und heute kommt die Ankündigung, daß Carpathia und nicht der Präsident den Jungfernflug der neuen Air Force One machen wird.«

»Wie bitte?« fragte Chloe überrascht.

»Die Vertragsunterzeichnung in Israel«, erklärte Rayford.

»Aber der Präsident fliegt doch auch hin, oder?«

»Ja, aber im alten Flugzeug.«

»Das verstehe ich nicht.«

»Ich auch nicht.«

Der *CNN*-Reporter fuhr fort: »Skeptiker vermuten eine heimliche Vereinbarung, doch vor wenigen Minuten hat der Präsident persönlich die folgende Erklärung abgegeben.«

Das Band lief ab. Es zeigte einen verstört wirkenden Präsidenten Fitzhugh. »Neinsager und politische Ignoranten wird diese Geste vielleicht verärgern«, erklärte der Präsident, »aber friedliebende Amerikaner und alle, die die gewöhnliche Politik satt haben, werden sie feiern. Das neue Flugzeug ist wundervoll. Ich habe es gesehen und bin sehr stolz darauf. Es bietet sehr viel Platz für ganze Delegationen der Vereinigten Staaten oder der Vereinten Nationen, doch ich habe beschlossen, daß die UNO-Delegation wegen der umwälzenden Bedeutung des geplanten Vertrages den Jungfernflug darin machen soll.

Bis unsere gegenwärtige Air Force One die Air Force Two werden wird, soll die neue 757 ›Global Community One‹ heißen. Wir bieten sie Generalsekretär Carpathia mit unseren besten Wünschen an. Es ist an der Zeit, daß sich die Welt um diesen Verfechter des Friedens sammelt, und ich bin stolz darauf, mit dieser kleinen Geste den Weg dazu ebnen zu können.

Ich rufe meine Kollegen in der ganzen Welt dazu auf, den Vorschlag Carpathias zur weltweiten Abrüstung genauestens zu prüfen. Seit Generationen war die starke Verteidigung unseres Landes ein Pfeiler unserer nationalen Politik, und ich bin sicher, daß ein waffenloser Friede längst überfällig ist. Ich hoffe, bald in dieser Hinsicht eine Erklärung unseres Landes abgeben zu können.«

»Das, bedeutet das, du würdest –?« Chloe blickte ihren Vater verwirrt an. Doch Rayford brachte sie mit einer Handbewegung zum Schweigen. *CNN* sendete nun die Reaktion von Carpathia.

Dieser blickte direkt in die Kamera; es sah so aus, als spräche er jeden einzelnen Zuschauer ganz persönlich an. Seine Stimme war ruhig und bewegt. »Ich möchte Präsident Fitzhugh für diese großzügige Geste danken. Wir in den Vereinten Nationen sind tief gerührt und dankbar. Wir freuen uns bereits auf die wundervolle Feier in Jerusalem am kommenden Montag.«

»Mann, ist der gerissen.« Rayford schüttelte den Kopf.

»Das ist der doch Job, von dem du mir erzählt hast. Du sollst dieses Flugzeug steuern?«

»Ich weiß es nicht. Wahrscheinlich schon. Ich wußte gar nicht, daß die alte Air Force One nun die Air Force Two wird, das Flugzeug des Vizepräsidenten. Ich frage mich, ob sie den gegenwärtigen Piloten in den Ruhestand versetzen. Das ist ja ein richtiger Kreislauf: Wenn der gegenwärtige Pilot weiterhin die 747 fliegt, wenn diese die AF2 wird, was machen sie dann mit dem Piloten des Flugzeuges, das im Augenblick noch die AF2 ist?«

Chloe zuckte die Achseln. »Bist du sicher, daß du das neue Flugzeug nicht fliegen willst?«

»Sicherer denn je zuvor. Mit Carpathia möchte ich nichts zu tun haben.«

Buck nahm im Chicagoer Büro einen Anruf von Alice entgegen. »Lassen Sie sich lieber zwei Anschlüsse legen«, riet sie ihm, »wenn Sie von zu Hause aus arbeiten.«

»Ich habe doch zwei Anschlüsse«, erwiderte Buck. »Der eine ist für meinen Computer.«

»Nun, Mr. Bailey hat versucht, Sie zu erreichen, und nur das Besetztzeichen bekommen.«

»Wieso hat er im Büro angerufen? Er weiß doch, daß ich hier arbeite.«

»Er hat nicht angerufen. Marge Potter hat wegen irgend etwas mit Verna gesprochen und es ihr erzählt.«

»Ich wette, das hat Verna gefallen.«

»Allerdings. Sie hat vor Freude fast getanzt. Sie glaubt, Sie hätten wieder Probleme mit dem großen Boß.«

»Das glaube ich gern.«

»Wissen Sie, was sie denkt?«

»Ich kann kaum erwarten, es zu hören.«

»Daß Bailey Ihr Leitartikel nicht gefallen hat und er Sie feuert.«

Buck lachte.

»Das stimmt nicht?« fragte Alice.

»Ganz im Gegenteil«, meinte Buck. »Aber tun Sie mir einen Gefallen, und sagen Sie es Verna nicht.«

Buck dankte ihr dafür, daß sie ihm am Vortag seine Sachen gebracht hatte, erzählte ihr aber nichts von der Verwechslung. Dann legte er auf, um Bailey anzurufen. Marge Potter war am Apparat.

»Buck, ich vermisse Sie bereits«, sagte sie. »Was um alles in der Welt ist passiert?«

»Eines Tages werde ich Ihnen alles erzählen«, erklärte er. »Ich habe gehört, der Boß hat versucht, mich zu erreichen.«

»Nun, ich habe es für ihn versucht. Im Augenblick spricht er mit Jim Borland, und ich höre laute Stimmen. Ich glaube nicht, daß ich Jim Borland jemals habe schreien hören.«

»Sagen Sie bloß, Sie haben Bailey schon einmal schreien hören?«

Marge lachte. »Nicht häufiger als zweimal am Tag«, erwiderte sie. »Auf jeden Fall möchte er Sie sprechen.«

»Unterbrechen Sie das Gespräch ruhig, Marge. Vermutlich will er mich deshalb sprechen.«

Stanton Bailey meldete sich fast sofort. »Williams, Sie haben wirklich Nerven!«

»Sir?«

»Es steht Ihnen nicht zu, Leitartikel zu verteilen und Borland zu sagen, daß ich ihn ursprünglich für den Artikel über die Unterzeichnung des Abkommens vorgesehen hatte. Und dann lassen Sie sich auch noch dazu herab, ihm die Füße zu küssen, sich anzubieten, seine uninteressanten Storys zu übernehmen und ihm den Leitartikel zu überlassen.«

»Das habe ich nicht getan!«

»Das hat er nicht getan!« hörte man Borland aus dem Hintergrund empört rufen.

»Ich komme nicht mehr mit«, erklärte Bailey verzweifelt. »Worum geht es denn eigentlich?«

Nachdem Chloe das Haus verlassen hatte, um mit Bruce ihre neuen Aufgaben zu besprechen, überlegte Rayford, ob er seinen Chefpiloten anrufen sollte. Earl Halliday wollte so schnell wie möglich von ihm hören und würde vermutlich selbst anrufen, wenn Rayford sich nicht bald bei ihm meldete.

Die heutigen Nachrichten waren die Bestätigung, die Rayford gebraucht hatte. Er konnte nicht leugnen, daß es ein großes Vorrecht sein würde, der Pilot des Präsidenten zu werden. Und Carpathias Pilot zu sein, wäre vermutlich ein noch größeres Privileg. Aber Rayfords Motive und Träume hatten sich gewandelt. Sieben Jahre lang der Pilot der *Air Force One* – oder der *Global Community One* – zu sein, stand nicht auf seiner Wunschliste.

Die Größe seines Hauses hatte Rayford manchmal verlegen gemacht angesichts der Tatsache, daß nur vier Menschen hier wohnten. Dann wieder war er sehr stolz darauf gewesen. Es war ein Statussymbol, ein Zeichen für seine Stellung, seinen Erfolg. Doch nun war es ein sehr einsamer Ort. Er war so dankbar, daß Chloe zu Hause war. Obwohl er keine Einwände erhoben hätte, wenn sie doch beschließen würde, zum College zurückzukehren, hätte er nicht gewußt, was er mit seiner Freizeit hätte anfangen sollen. Seine Arbeit füllte ihn zwar aus, aber allein zu Hause zu sitzen und die freien Tage mit essen und schlafen zu verbringen, hätte ihm sein Haus bald unerträglich gemacht.

Jeder Raum, jedes Dekorationsstück erinnerte ihn an Irene. Gelegentlich überfiel ihn auch die Erinnerung an Raymie, wenn er ein Stück von dessen Lieblingssüßigkeiten unter einem Sofakissen fand, ein paar seiner Bücher oder ein Spielzeug hinter einer Topfpflanze.

Rayford wurde sentimental, doch das war ihm jetzt egal. Die Trauer schmerzte nicht mehr so sehr, stimmte ihn im Gegenteil eher melancholisch. Je besser er Gott kennenlernte, desto mehr freute er sich darauf, nach der Wiederkunft Christi bei ihm, Irene und Raymie zu sein.

Er gestattete sich, seine Gedanken zu seinen Lieben wandern zu lassen. Nun, da er ihren Glauben teilte, verstand und liebte er sie um so mehr. Manchmal überfiel ihn die Reue, daß er ein so schlechter Ehemann und Vater gewesen war, doch dann betete er um Vergebung, so blind gewesen zu sein.

Rayford beschloß, an diesem Abend für Chloe zu kochen. Er würde eines ihrer Lieblingsgerichte zubereiten – Nudeln mit Shrimps. Er lächelte. Trotz aller negativen Eigenschaften, die sie von ihm geerbt hatte, war sie zu einem wundervollen Menschen herangewachsen. Wenn es ein herausragendes Beispiel dafür gab, wie Christus einen Menschen verändern konnte, dann war sie es. Er wollte ihr das sagen, und das Abendessen sollte es ihr zeigen. Natürlich hätte er auch ein Fertiggericht kaufen oder sie zum Essen ausführen können, doch er wollte es selbst zubereiten.

Rayford verbrachte eine Stunde mit Einkaufen und eine weitere in der Küche, bis alles auf dem Herd vor sich hinkochte. Er freute sich auf ihre Rückkehr. Automatisch mußte er an Irene denken, an ihren erwartungsvollen Gesichtsausdruck, mit dem sie ihn beinahe jeden Abend während des Essens angeblickt hatte. Natürlich hatte er sich bedankt und ihr Komplimente gemacht, aber erst jetzt erkannte er, daß sie aus derselben Liebe heraus gehandelt hatte, die er für Chloe empfand.

Das hatte er nie richtig verstanden, und seine unzulänglichen Versuche, ihr Komplimente zu machen, mußten ihr genauso oberflächlich erschienen sein, wie sie es eigentlich auch waren. Doch nun konnte er es nur noch gutmachen, in dem er mit Chloe an seiner Seite im Himmel erschien.

Buck legte nach dem Gespräch mit Stanton Bailey und Jim Borland den Hörer auf. Er fragte sich, warum er Carpathias Angebot, die *Chicago Tribune* zu übernehmen, nicht einfach akzeptierte und das alles hinter sich ließ. Er hatte beide davon überzeugen können, daß er es ernst meinte, und schließlich hatte er die Zustimmung des Alten erhalten, doch er fragte sich, ob es sich lohnte, wieder in dieses Narrenhaus zurückzukehren. Sein Ziel war es, diese unterschiedlichen Stories so zusammenzustellen, daß Borland eine Vorstellung davon bekam, wie sein Job zu erledigen war, und Bailey ein Bild von dem, was sein zukünftiger Chefredakteur würde leisten müssen.

Buck wollte den Job jetzt nicht mehr als vor einigen Tagen, als man ihn nach Steve Planks Ausscheiden überredet hatte, ihn anzunehmen. Doch er hoffte sehr, daß Bailey jemanden fand, für den zu arbeiten es wieder Spaß machte.

Er gab einige Notizen in seinen Computer ein, grobe Skizzen für die verschiedenen Artikel, die er Jimmy Borland abgehandelt hatte. Wie Jimmy Borland war auch er vor wenigen Wochen noch der Meinung gewesen, dies seien höchst langweilige Artikel, doch damals hatte er noch nichts von der biblischen Prophetie gewußt, hatte noch nicht geahnt, welche Rolle Nicolae Carpathia in diesem Drama spielte.

Und nun hoffte er, daß diese Dinge gleichzeitig eintreten würden. Es war sehr gut möglich, daß er vor der unmittelbaren Erfüllung jahrhundertealter Prophezeiungen stand. Leitartikel oder nicht, diese Entwicklungen würden genausoviel Einfluß auf die Menschheitsgeschichte haben wie das Abkommen mit Israel.

Buck rief Steve Plank an. »Kannst du uns schon etwas sagen?« fragte Steve. »Irgend etwas, das ich an den Generalsekretär weitergeben kann?«

»So nennst du ihn also?« erwiderte Buck erstaunt. »Nicht einmal du nennst ihn beim Namen?«

»Ich tue es lieber nicht. Das ist eine Sache des Respekts, Buck. Sogar Hattie nennt ihn ›Herr Generalsekretär‹, und wenn ich mich nicht irre, sind sie privat genauso häufig zusammen wie beruflich.«

»Das brauchst du nicht noch extra zu betonen. Ich weiß das sehr gut, denn ich habe sie einander vorgestellt.«

»Du bedauerst das? Du hast einem Weltführer einen Menschen gegeben, den er anbetet, und auch Hatties Leben hast du einschneidend verändert.«

»Genau das befürchte ich«, erklärte Buck. Es war gefährlich, dem Vertrauten Carpathias gegenüber Farbe zu bekennen.

»Sie war ein Nichts aus irgendeinem kleinen Kaff im Westen, Buck, und nun ist sie auf der Titelseite der Menschheitsgeschichte.« Das war nicht gerade das, was Buck hören wollte, aber das würde er

Steve bestimmt nicht sagen. »Also, wie steht's nun, Buck, willst du sein Angebot annehmen?«

»Ich bin meiner Entscheidung heute noch nicht näher gerückt als gestern«, erwiderte dieser entschlossen. »Du kennst meine Meinung.«

»Ich verstehe dich nicht, Buck. Wo liegt das Problem? Das ist doch genau das, was du dir schon immer gewünscht hast.«

»Ich bin Journalist, Steve, kein Public-Relations-Mann.«

»So nennst du mich also?«

»Aber das bist du, Steve. Ich mache dir deswegen keine Vorwürfe, aber tu doch nicht so, als seist du jemand, der du nicht bist.«

Ganz offensichtlich hatte Buck seinen alten Freund verletzt. »Ja, gut, wie auch immer«, sagte Steve. »Du hast mich angerufen, also, was willst du?«

Buck erzählte ihm von dem Handel, den er mit Jim Borland abgeschlossen hatte.

»Das war ein großer Fehler«, erklärte Steve, der offensichtlich immer noch ärgerlich war. »Du erinnerst dich vielleicht, daß ich ihm nie einen Leitartikel gegeben habe.«

»Das sollte auch kein Leitartikel sein. Die anderen Artikel, die ich schreiben werde, das sind die großen Stories.«

Steves Stimme wurde lauter. »Das hätte der größte Leitartikel sein können, den du je geschrieben hast! Der Vertrag wird das Ereignis in der Geschichte sein.«

»Du sagst so etwas und willst mir weismachen, du seist kein PR-Mann?«

»Warum? Was meinst du?«

»Die UNO unterzeichnet ein Friedensabkommen mit Israel, und du bist der Meinung, dies sei ein größeres Ereignis als das Verschwinden von Millionen von Menschen auf der ganzen Welt?«

»Ach so, das. Natürlich.«

»Ja, das, natürlich«, ahmte Buck ihn nach. »Du meine Güte, Steve. Die Story ist der Vertrag, nicht die Zeremonie. Das weißt du genau.«

»Dann kommst du also nicht?«

»Natürlich komme ich, aber ich fliege nicht mit euch.«

»Dann willst du also nicht die neue Air Force One ausprobieren?«

»Wie bitte?«

»Komm schon, Mister internationaler Journalist. Sieh dir die Nachrichten an.«

Rayford freute sich auf Chloe, doch er freute sich auch auf das Treffen der Kerngruppe an diesem Abend. Chloe hatte ihm erzählt, daß Buck genausowenig einen Job bei Carpathia annehmen wolle wie er die Stelle des Chefpiloten des Weißen Hauses. Aber man wußte ja nie, was Bruce sagen würde. Manchmal sah er Dinge anders. Rayford konnte sich nicht vorstellen, wie solche Veränderungen zu ihrem neuen Leben passen sollten, aber er konnte es kaum erwarten, darüber zu sprechen und zu beten. Er sah auf seine Uhr. Das Abendessen würde in einer halben Stunde fertig sein. Und dann wollte auch Chloe zu Hause sein.

»Nein«, erklärte Buck entschieden, »weder in der neuen noch in der alten Air Force One würde ich mitfliegen wollen. Ich weiß die Einladung, als Mitglied der Delegation zu reisen, sehr zu schätzen, und ich nehme das Angebot, bei der Unterzeichnung mit am Tisch sitzen zu können, sehr gern an. Aber auch Bailey ist der Meinung, daß ich für den Global Weekly reisen sollte.«

»Du hast Bailey von unserem Angebot erzählt?«

»Natürlich nicht von dem Stellenangebot. Nur, daß ich euch begleiten soll.«

»Warum meinst du, wurde deine Reise nach New York so geheimgehalten, Buck? Denkst du, wir wollen, daß der Weekly davon erfährt?«

»Ich dachte, ihr wolltet nicht, daß Bailey von dem Stellenangebot etwas erfährt, das ihr mir gemacht habt, und das weiß er auch nicht. Aber wie sollte ich erklären, daß ich auf einmal bei der Unterzeichnung des Abkommens in Israel auftauche?«

»Wir hofften, du würdest es deinem ehemaligen Arbeitgeber nicht mehr erklären müssen.«

»Ach komm, tu doch nicht so, Steve«, sagte Buck.

»Du auch nicht.«

»Was willst du damit sagen?«

»Erwarte nicht, daß das Angebot ein Leben lang aufrechterhalten wird, wenn du wieder einmal eine Einladung ignorierst.«

»Dann ist der Job also an die Bedingung geknüpft, daß ich den PR-Trip mitmache?«

»Wenn du es so ausdrücken willst.«

»Das macht mir die Vorstellung keinesfalls schmackhafter.«

»Weißt du, Buck, ich bin nicht sicher, ob du in der Politik und im Journalismus nicht zu hohe Maßstäbe anlegst.«

»Ich stimme dir zu, daß die Politik tief gesunken ist.«

»Das habe ich nicht gemeint. Übrigens, erinnerst du dich noch an deine großspurige Aussage zur einheitlichen Weltwährung? Sie würde sich nie durchsetzen? Sieh dir morgen die Nachrichten an, mein Lieber. Und erinnere dich, daß wir all dies nur Nicolae Carpathia zu verdanken haben und seiner Diplomatie hinter den Kulissen.«

Buck hatte Carpathias sogenannte »Diplomatie« gesehen. Vermutlich hatte er auf diese Weise auch den Präsidenten der Vereinigten Staaten dazu gebracht, ihm eine brandneue *Boeing 757* zur Verfügung zu stellen, ganz zu schweigen von der Art, wie er die Augenzeugen eines Mordes davon zu überzeugen verstand, sie hätten einen Selbstmord gesehen.

Es war höchste Zeit, Bruce von seiner Reise zu erzählen.

»Rayford, kannst du zum Flughafen kommen?«

»Wann, Earl?«

»Gleich jetzt. Eine große Sache mit der neuen Air Force One. Hast du schon davon gehört?«

»Ja, die Nachrichten haben es gebracht.«

»Du brauchst nur ein Wort zu sagen, und du wirst dieses Flugzeug mit Nicolae Carpathia an Bord nach Israel fliegen.«

»Ich bin noch nicht bereit, eine Entscheidung zu treffen.«

»Ray, ich brauche dich hier. Kannst du kommen oder nicht?«

»Heute nicht, Earl. Ich bin mitten in der Arbeit, und wir sehen uns ja morgen.«

»Was ist denn so wichtig?«

»Eine persönliche Angelegenheit.«

»Was ist los, hast du noch ein anderes Eisen im Feuer?«

Rayford lachte. »Auf dem Feuer, nicht im Feuer. Und zwar das Abendessen für meine Tochter.«

Eine Zeitlang war es still. Schließlich sagte Earl: »Rayford, ich bin auch dafür, daß die Familie Priorität hat. Der Himmel weiß, daß wir genügend Piloten haben, die eine schlechte Ehe führen und Schwierigkeiten mit ihren Kindern haben. Aber deine Tochter ...?«

»Chloe.«

»Richtig, sie ist doch im Collegealter. Sie würde das verstehen, oder nicht? Könnte sie das Abendessen mit ihrem Vater nicht um ein paar Stunden verschieben, wenn sie wüßte, daß er eine Stelle in Aussicht hat, von der jeder andere Pilot nur träumt?«

»Wir sehen uns morgen, Earl. Ich fliege morgen vormittag nach Baltimore und komme nachmittags zurück. Wir können vorher miteinander sprechen.«

»Neun Uhr?«

»In Ordnung.«

»Rayford, ich möchte dich nur warnen: Wenn die anderen Männer auf der Liste den Job haben wollen, werden sie Himmel und Hölle in Bewegung setzen, um ihn zu bekommen.«

»In Ordnung. Vielleicht wird einer von ihnen ihn bekommen, dann brauche ich mir darum keine Gedanken mehr zu machen.«

Earl Hallidays Stimme klang erregt. »Aber, Rayford ...«, begann er, doch dieser unterbrach ihn.

»Earl, wir sprechen morgen früh darüber, und dann laß uns vereinbaren, daß wir in Zukunft nicht mehr eine Minute verschwenden werden, um über dieses Thema zu diskutieren. Du kennst meine Antwort, und sie ist nur aus dem einen Grund noch nicht endgültig, weil du mich gebeten hast, um unserer Freundschaft willen darüber nachzudenken. Ich werde darüber nachdenken, ich werde beten und mit Leuten darüber sprechen, die mir wichtig sind. Ich werde mich jedoch nicht dazu überreden lassen. Wenn ich einen Job ablehne, den alle wollen, und es später bedauere, dann ist das mein Problem.«

Buck bog gerade auf den Parkplatz der Gemeinde ein, als Chloe nach Hause fahren wollte. Sie blieben nebeneinander stehen und kurbelten das Fenster hinunter. »Hallo, kleines Mädchen«, grüßte Buck sie grinsend. »Was kannst du mir über diese Gemeinde sagen?«

Chloe lächelte. »Nur, daß sie jeden Sonntag überfüllt ist.«

»Gut. Ich werde sie mal versuchen. Dann nimmst du die Stelle also an?«

»Dasselbe könnte ich dich fragen.«

»Ich habe bereits einen Job.«

»Sieht so aus, als hätte ich auch einen«, sagte sie. »Ich habe heute mehr gelernt als im ganzen vergangenen Jahr im College.«

»Wie ist es mit Bruce gelaufen? Ich meine, hast du ihm gesagt, daß du weißt, wer die Blumen geschickt hat?«

Chloe blickte über die Schulter zurück, als hätte sie Angst, daß Bruce sie hören könnte. »Das muß ich dir genauer erzählen«, erwiderte sie, »wenn wir mehr Zeit haben.«

»Nach dem Treffen heute abend?«

Sie schüttelte den Kopf. »Gestern bin ich zu lange aufgeblieben. Irgend so ein Bursche, weißt du.«

»Wirklich?«

»Ja. Konnte ihn nicht loswerden. Passiert mir ständig.«

»Bis später, Chloe.«

Buck konnte Bruce keine Vorwürfe machen, daß er Interesse an Chloe hatte. Es war nur seltsam, mit einem neuen Freund und Pastor im Wettstreit um die Gunst einer Frau zu stehen.

»Ist es das, wonach es riecht?« freute sich Chloe, als sie aus der Garage ins Haus kam. »Nudeln mit Shrimps?« Sie betrat die Küche und gab ihrem Vater einen Kuß. »Mein Lieblingsessen! Bekommen wir Besuch?«

»Der Ehrengast ist gerade eingetroffen«, erklärte er. »Möchtest du lieber im Eßzimmer essen? Wir tragen schnell alles hinüber.«

»Nein, es ist prima hier. Welcher Anlaß verschafft uns das Vergnügen?«

»Deine neue Stelle. Erzähl mir alles!«

»Dad! Was ist nur in dich gefahren?«

»Ich hab' wohl gerade meine weiblichen Seiten entdeckt!«

»Ach du meine Güte!« stöhnte sie. »Nur das nicht!«

Während des Essens erzählte sie ihm von ihren Aufgaben und was sie bereits alles gelesen hatte.

»Dann wirst du also weitermachen?«

»Lernen und studieren und auch noch dafür bezahlt werden? Ich glaube, da fällt die Entscheidung leicht, Dad.«

»Und was ist mit Bruce?«

Sie nickte nachdenklich. »Ja, was ist mit Bruce?«

11

Während Rayford und Chloe den Abwasch erledigten, erkundigte sich Rayford nach Einzelheiten über ihr Gespräch mit Bruce. »Dann hat er also nicht zugegeben, daß er die Blumen geschickt hat?« fragte er nachdenklich.

»Es war so seltsam, Dad«, erklärte seine Tochter. »Ich habe immer wieder versucht, das Gespräch auf das Thema ›Einsamkeit‹ zu bringen und wieviel wir vier uns bedeuten, doch er ging nicht darauf ein. Er war mit mir einer Meinung, daß wir alle Bedürfnisse haben, brachte dann aber immer wieder das Gespräch auf unsere Aufgabe oder auf etwas, auf das ich achten sollte. Schließlich sagte ich, mich würden Liebesbeziehungen während dieser Phase der Geschichte interessieren, und er erwiderte, er würde heute abend vielleicht darüber sprechen. Er erzählte mir auch, daß andere bereits dasselbe Thema angeschnitten hätten, und er habe auch einige Antworten gefunden; also hat er sich damit beschäftigt.«

»Vielleicht können wir die Angelegenheit heute abend ja klären.«

»Da muß nichts geklärt werden, Dad. Ich erwarte nicht, daß er mir in eurer Gegenwart erklärt, er habe mir die Blumen geschickt. Aber vielleicht können wir ja zwischen den Zeilen lesen und herausfinden, warum er es getan hat.«

Buck und Bruce saßen immer noch im Büro des Pastors, als Rayford und Chloe eintrafen. Bruce begann das abendliche Treffen der *Tribulation Force*, indem er sich die Erlaubnis holte, alles auf den Tisch legen zu dürfen, was die einzelnen beschäftigte. Alle nickten.

Nachdem er erzählt hatte, welche Angebote Rayford und Buck erhalten hatten, sagte Bruce, er empfinde seine Unzulänglichkeit, diese Gemeinde zu führen, sehr stark. »Jeden Tag habe ich mit der Scham zu kämpfen. Ich weiß, daß mir vergeben ist und ich erneuert worden bin, doch mehr als dreißig Jahre der Heuchelei hinterlassen ihre Spuren im

Leben eines Menschen. Obwohl Gott selbst sagt, daß er unsere Sünden ins tiefste Meer geworfen hat, fällt es mir schwer zu vergessen.« Er bekannte auch seine Einsamkeit und Müdigkeit. »Vor allem«, erklärte er, »wenn ich an diesen Drang zu reisen denke und an den Versuch, die kleinen Herden der, wie die Bibel sie nennt, ›Heiligen der Trübsal‹ zu vereinigen.«

Buck wollte herausplatzen und fragen, warum er den Blumen für Chloe nicht einfach eine Karte beigefügt hatte, doch er wußte, daß ihm das nicht zustand. Bruce kam nun auf die Angebote zu sprechen, die Rayford und Buck erhalten hatten. »Vielleicht seid ihr jetzt schockiert, weil ich mich bisher mit meiner Meinung noch zurückgehalten habe, aber, Buck und Rayford, ich denke, ihr beide solltet ernsthaft in Erwägung ziehen, diese Angebote anzunehmen.«

Großer Aufruhr entstand. Es war das erste Mal, daß sich die vier so heftig zu persönlichen Angelegenheiten äußerten. Buck sagte, er könne sich nicht mehr in die Augen sehen, wenn er seine journalistischen Prinzipien aufgäbe und sich gestatte, Nachrichten zu manipulieren und sich von Nicolae Carpathia manipulieren zu lassen. Darüber hinaus zeigte Buck sich sehr beeindruckt davon, daß Rayford sich durch ein solches Angebot den Kopf nicht hatte verdrehen lassen, doch auch er sei mit Bruce der Meinung, daß Rayford es in Betracht ziehen solle.

»Rayford«, erklärte Buck, »die Tatsache, daß Sie nicht darauf aus waren, ist ein gutes Zeichen. Wenn Sie die Stelle trotz Ihres heutigen Wissensstandes gewollt hätten, hätten wir alle uns Sorgen um Sie gemacht. Aber denken Sie doch nur an die Möglichkeiten, die Sie haben werden, wenn Sie sich so dicht am Machtzentrum befinden.«

»Und wo liegt nach Ihrer Meinung der Vorteil?« fragte Rayford.

»Für Sie selbst wäre er vielleicht geringer«, erwiderte Buck, »abgesehen vom Gehalt. Aber denken Sie nicht, daß es für uns von großem Vorteil wäre, wenn Sie Zugang zum Präsidenten haben?«

Rayford erwiderte darauf, er sei der Meinung, die anderen würden eine falsche Vorstellung davon haben, welche Stellung der Pilot des Präsidenten einnehmen würde. Sicherlich würde er nicht mehr erfahren als jeder andere Bürger des Landes durch die Zeitungen.

»Das trifft vielleicht für den Augenblick zu«, erklärte Buck. »Aber wenn Carpathia wirklich alle größeren Medienkonzerne aufkauft, wäre jemand in der Nähe des Präsidenten einer der wenigen, der wüßte, was wirklich vorgeht.«

»Um so mehr Grund für Sie, für Carpathia zu arbeiten«, entgegnete Rayford.

»Vielleicht sollte ich Ihren Job annehmen und Sie meinen«, erwiderte Buck, und endlich konnten sie alle darüber lachen.

»Ihr seht, was hier passiert«, warf Bruce ein. »Wir alle erkennen die Situation des anderen sehr viel klarer als unsere eigene.«

Rayford lachte. »Damit wollen Sie sagen, daß wir beide im Unrecht sind.«

Bruce lächelte. »Vielleicht tue ich das. Es ist möglich, daß Gott euch diese Dinge in den Weg gestellt hat, um eure Motive und eure Loyalität auf die Probe zu stellen, aber sie sind einfach zu wichtig, um sie zu ignorieren.«

Buck fragte sich, ob Rayford in seinem Entschluß genauso ins Schwanken gekommen war wie er jetzt. Buck war vollkommen sicher gewesen, daß er das Angebot Carpathias niemals in Betracht ziehen würde. Doch nun war er sich nicht mehr sicher. Chloe mischte sich ein. »Ich bin der Meinung, ihr beide solltet die Jobs annehmen.«

Buck fand es seltsam, daß Chloe das Treffen abgewartet hatte, um eine solche Erklärung abzugeben. Ihr Vater war anscheinend derselben Meinung. »Du sagtest, ich solle zumindest offen sein, Chlo'«, meinte Rayford. »Und jetzt bist du der Meinung, ich sollte die Stelle tatsächlich antreten?«

Chloe nickte. »Hier geht es nicht um den Präsidenten. Es geht um Carpathia. Wenn er derjenige ist, für den wir ihn halten – und wir alle wissen, daß es so ist –, dann wird er schnell sehr viel mächtiger sein als der Präsident der Vereinigten Staaten. Einer oder sogar ihr beide solltet ihm so nahe kommen wie möglich.«

»Ich war einmal in seiner Nähe«, sagte Buck. »Und das ist mehr als genug.«

»Wenn dir nur deine eigene Gesundheit und Sicherheit am Herzen liegen«, fuhr Chloe fort. »Ich will deine Angst und deinen Schrecken ja nicht herunterspielen, Buck. Aber wenn niemand in seinem inneren Kreis ist, wird Carpathia alle täuschen.«

»Aber sobald ich berichte, was wirklich passiert«, meinte Buck, »wird er mich eliminieren.«

»Vielleicht. Aber vielleicht wird Gott dich auch beschützen. Vielleicht wirst du auch nur uns erzählen können, was vorgeht, damit wir es den anderen Gläubigen weitergeben können.«

»Aber ich würde alle meine journalistischen Prinzipien aufgeben müssen.«

»Und die sind dir heiliger als deine Verantwortung deinen Brüdern und Schwestern in Christus gegenüber?«

Buck wußte nicht, was er darauf antworten sollte. Das war etwas, was ihm an Chloe so gut gefiel. Aber Unabhängigkeit und Integrität lagen ihm seit Beginn seiner journalistischen Tätigkeit so im Blut, daß es ihm schwerfiel, etwas vorzuspielen, das er nicht war. Die Vorstellung, einen Herausgeber zu spielen, aber eigentlich Carpathias Lakai zu sein, war zu abwegig.

Bruce griff nun ein und richtete seinen Blick auf Rayford. Buck war froh, daß er für den Augenblick nicht mehr im Zentrum des Interesses stand, doch er konnte nachempfinden, wie Rayford sich im Augenblick fühlte. »Ich denke, Ihre Entscheidung ist sehr viel leichter, Rayford«, meinte Bruce. »Sie stellen einige Bedingungen, zum Beispiel, daß Sie hier wohnen bleiben können, wenn Ihnen das wichtig ist, und sehen, wie ernst das Angebot gemeint ist.«

Rayford war erschüttert. Er blickte Buck an. »Wenn wir abstimmen würden, käme dabei drei zu eins heraus?«

»Dasselbe könnte ich Sie fragen«, erwiderte Buck. »Offensichtlich sind wir die einzigen, die nicht der Meinung sind, daß wir diese Jobs annehmen sollten.«

»Vielleicht sollten Sie ihn annehmen«, meinte Rayford halb im Scherz.

Buck lachte. »Ich bin bereit einzuräumen, daß ich blind gewesen bin oder wenigstens kurzsichtig.«

Rayford wußte nicht, ob er offen war, und bekannte es den anderen auch. Bruce schlug vor, daß sie niederknieten und beteten – etwas, das sie zwar zu Hause für sich, als Gruppe jedoch noch nicht getan hatten. Bruce zog seinen Stuhl hinter dem Schreibtisch hervor, und alle knieten sich hin. Die anderen beten zu hören, bewegte Rayford sehr tief. Er wünschte, Gott würde ihm hörbar sagen, was er tun sollte, und als er betete, bat er Gott einfach, es ihnen allen klarzumachen.

Während des Gebets wurde ihm klar, daß er seinen Willen Gott ausliefern mußte – wieder einmal. Offensichtlich war dies ein immer wiederkehrender Akt. Immer wieder mußte er sich von den logischen, persönlichen, fest verankerten Ansichten lösen.

Rayford fühlte sich so klein und unzulänglich vor Gott, daß er den Eindruck hatte, sich nicht tief genug beugen zu können. Er sank in sich zusammen, preßte den Kopf auf die Brust und fühlte sich trotzdem immer noch stolz und erhaben. Bruce hatte laut gebetet, doch plötzlich hörte er auf, und Rayford hörte ihn leise weinen. Auch seine Kehle schnürte sich zusammen. Er vermißte seine Familie, doch er war sehr dankbar für Chloe, für seine Erlösung und für diese Freunde.

Rayford kniete leise betend vor seinem Stuhl, das Gesicht in den Händen verborgen. Gottes Wille sollte auch sein Wille sein, auch wenn es vom menschlichen Standpunkt aus keinen Sinn machte. Das Gefühl, unwürdig zu sein, schien ihn zu überwältigen und niederzuschmettern, und er legte sich flach auf den Boden. Ganz kurz durchzuckte ihn der Gedanke, wie lächerlich das aussehen mußte, doch er schob ihn schnell beiseite. Niemand beobachtete ihn, niemand machte sich Gedanken darüber. Und alle, die dachten, der gebildete Pilot hätte seinen Verstand verloren, hatten vielleicht recht.

Rayford lag auf dem Teppich ausgestreckt und barg sein Gesicht in seinen Händen. Gelegentlich betete einer der anderen laut, und Rayford bemerkte, daß sie nun alle mit dem Gesicht nach unten auf dem Teppich lagen.

Rayford verlor jegliches Zeitgefühl. Stunden schienen zu vergehen, ohne daß jemand etwas sagte. Noch nie hatte er so deutlich die Gegenwart Gottes gespürt. So fühlte man sich also, wenn man heiligen Grund betreten hatte. So mußte Mose empfunden haben, als Gott ihm sagte, er solle seine Schuhe ausziehen. Rayford wünschte, er könnte sich noch tiefer beugen, könnte ein Loch in den Boden graben, um sich vor der Heiligkeit und der uneingeschränkten Macht Gottes zu verbergen.

Er wußte nicht genau, wie lange er dort gelegen hatte. Nach einer Weile hörte er, wie Bruce aufstand, sich wieder hinsetzte und ein Lied anstimmte. Es dauerte nicht lange, bis alle sangen und ruhig wieder Platz nahmen. Alle hatten Tränen in den Augen. Schließlich ergriff Bruce das Wort.

»Wir haben etwas sehr Ungewöhnliches erlebt«, sagte er. »Ich denke, wir sollten dies mit einer erneuten Auslieferung an Gott besiegeln. Wenn es zwischen uns etwas gibt, das bekannt oder vergeben werden sollte, dann wollen wir nicht auseinandergehen, ohne dies getan zu haben. Chloe, gestern abend haben Sie einige Andeutungen gemacht, die für uns unverständlich waren.«

Rayford blickte Chloe an. »Ich entschuldige mich dafür«, erklärte sie dann. »Das war ein Mißverständnis, ist aber mittlerweile geklärt.«

»Dann müssen wir uns also nicht über sexuelle Reinheit während der Trübsalszeit unterhalten?«

Sie lächelte. »Nein, ich denke, uns allen ist dieses Thema ziemlich klar. Da ist jedoch noch etwas, das ich gern klären würde, und es tut mir leid, Ihnen diese Frage vor den anderen stellen zu müssen ...«

»Das ist schon in Ordnung.« Bruce nickte ihr ermutigend zu. »Fragen Sie nur.«

»Nun, mir wurden anonym Blumen geschickt, und ich möchte wissen, ob es jemand aus diesem Raum war.«

Bruce blickte Buck an. »Buck?«

»Ich nicht.« Buck verzog das Gesicht. »Ich bin bereits verdächtigt worden.«

Als Bruce Rayford ansah, lächelte dieser nur und schüttelte den Kopf.

»Dann bleibe nur noch ich übrig«, sagte Bruce.

»Sie?« fragte Chloe.

»Oder etwa nicht? Bezog sich Ihr Verdacht nicht auf alle in diesem Raum?«

Chloe nickte.

»Ich fürchte, Sie werden den Kreis der Verdächtigen erweitern müssen«, erwiderte Bruce errötend. »Ich war es nicht, aber ich fühle mich geschmeichelt, in Betracht gezogen worden zu sein. Ich wünschte nur, ich hätte daran gedacht.«

Rayfords und Chloes Erstaunen mußte ihnen ins Gesicht geschrieben gewesen sein, denn Bruce setzte sofort zu einer Erklärung an. »Oh, so habe ich das nicht gemeint«, sagte der Pastor. »Es ist nur ... nun, ich denke, Blumen zu schicken, ist eine wundervolle Geste, und ich hoffe, sie haben Sie erfreut, von wem auch immer sie waren.«

Bruce schien erleichtert, das Thema wechseln zu können. Er ließ Chloe ein wenig von dem erzählen, womit sie sich an diesem Tag beschäftigt hatte. Um zehn Uhr, als alle gehen wollten, wendete sich Buck an Rayford. »So schön diese Gebetszeit auch war, ich habe immer noch keine Ahnung, was ich tun soll.«

»Ich auch nicht.«

»Dann seid ihr die einzigen.« Bruce blickte Chloe an, und sie nickte. »Wir wissen ganz klar, was ihr tun solltet. Und euch ist vermutlich auch ganz klar, was der andere tun sollte. Aber niemand kann diese Entscheidung für euch treffen.«

Buck begleitete Chloe zu ihrem Wagen.

»Das war wirklich ein besonderer Abend«, sagte sie.

Er nickte. »Ich weiß nicht, was ich ohne euch machen sollte.«

»Ohne uns?« Sie lächelte. »Du hättest wenigstens ›dich‹ sagen können.«

»Wie kann ich so etwas zu jemandem sagen, der einen geheimen Bewunderer hat?«

Sie blinzelte ihm zu. »Vielleicht solltest du es gerade aus diesem Grund sagen.«

»Im Ernst, wer könnte es sein?«

»Ich weiß nicht einmal, wo ich anfangen soll.«

»So viele Möglichkeiten?«

»So wenige. Eigentlich gar keine.«

Rayford fragte sich, ob Hattie Durham etwas mit Chloes Blumen zu tun hatte, aber er wollte seiner Tochter nichts von dem Verdacht sagen. Welche verrückte Idee konnte dahinterstecken? Sollte das ein weiteres Beispiel für Hattie Durhams seltsame Scherze sein?

Als Rayford am Mittwoch morgen in Earl Hallidays Büro am Flughafen kam, war er erstaunt, Leonard Gustafson, den Präsidenten der *Pan-Con*, dort vorzufinden. Er war Gustafson bislang nur zweimal begegnet. Rayford hätte wissen müssen, daß etwas in der Luft lag, als er im Untergeschoß aus dem Aufzug stieg. Die Schreibtische waren aufgeräumter, die Krawatten sorgfältiger gebunden, alle wirkten sehr beschäftigt. Mit hochgezogenen Augenbrauen blickten sie Rayford nach, als er zu Earls Büro ging.

Gustafson, ein ehemaliger Militärangehöriger, war kleiner als Rayford und dünner als Earl, doch allein seine Gegenwart füllte Earls Büro aus. Ein weiterer Stuhl war vor den Schreibtisch gestellt worden, doch als Rayford den Raum betrat, sprang Gustafson auf und schüttelte seine Hand.

»Steele, wie geht es Ihnen?« sagte er und deutete auf den freien Stuhl, als ob dies sein Büro wäre. »Ich hatte in einer anderen Angelegenheit hier zu tun, und als ich erfuhr, daß Sie heute zu Earl kommen, da wollte ich auf Sie warten, Ihnen gratulieren, Sie entlassen und Ihnen alles Gute wünschen.«

»Mich entlassen?«

»Natürlich nicht feuern, aber Sie beruhigen. Sie können versichert sein, daß wir Sie sehr gut verstehen. Sie haben bei der Pan-Con eine bemerkenswerte Karriere gemacht, und wir werden Sie vermissen, aber wir sind stolz!«

»Ist die Erklärung bereits geschrieben?« fragte Rayford.

Gustafson lachte ein wenig zu laut. »Das kann sofort erledigt werden, und natürlich soll die Bekanntmachung von uns kommen. Dies ist natürlich eine unglaublich große Auszeichnung für Sie, aber genausogut für uns, denn Sie sind bei uns beschäftigt, und jetzt werden Sie für ihn arbeiten. Das können Sie nicht leugnen, nicht wahr?«

»Dann sind die anderen Kandidaten also ausgeschieden?«

»Nein, aber wir haben Insiderinformationen, daß Sie den Job bekommen, wenn Sie ihn wollen.«

»Wie kann das sein? Ist da jemand einem anderen einen Gefallen schuldig?«

»Nein, Rayford, das ist ja das Verrückte. Sie müssen Freunde in den oberen Etagen haben.«

»Eigentlich nicht. Ich habe keinen Draht zum Präsidenten, und ich kenne auch niemanden von seinem Stab.«

»Offensichtlich wurden Sie von der Carpathia-Verwaltung empfohlen. Kennen Sie den Generalsekretär?«

»Nein, habe ihn nie kennengelernt.«

»Kennen Sie denn jemanden, der ihn kennt?«

»Ja«, murmelte Rayford.

»Nun, dann haben Sie diese Karte zur richtigen Zeit ausgespielt«, meinte Gustafson. Er schlug Rayford auf die Schulter. »Sie sind der Richtige für den Job, Steele. Wir halten sehr große Stücke auf Sie.«

»Dann könnte ich also gar nicht mehr ablehnen, selbst wenn ich wollte?«

Gustafson beugte sich vor und stützte die Ellbogen auf die Knie. »Earl sagte mir, daß Sie einige Vorbehalte haben. Machen Sie nicht den größten Fehler Ihres Lebens, Rayford. Sie wollen es. Sie wissen, daß Sie es wollen. Sie müssen es nur annehmen. Greifen Sie zu. Ich würde nicht lange überlegen. Earl würde auch sofort zugreifen. Alle auf der Liste würden für den Job ihr Leben geben.«

»Den größten Fehler meines Lebens habe ich bereits begangen«, erklärte Rayford.

»Welchen?« fragte Gustafson. Rayford sah, wie Earl den Arm seines Chefs berührte, als wolle er diesen daran erinnern, daß er es mit einem religiösen Fanatiker zu tun hatte, der der Meinung war, er hätte seine Gelegenheit versäumt, in den Himmel zukommen. »Ach so, das. Nun, ich meine seither«, fügte Gustafson hinzu.

»Mr. Gustafson, wie kann Nicolae Carpathia dem Präsidenten der Vereinigten Staaten sagen, wer sein Flugzeug steuern soll?«

»Ich weiß es nicht! Wen interessiert das auch schon? Politik ist Politik, seien es die Demokraten oder Republikaner in diesem Land, oder die Arbeiterpartei oder die Bolschewisten woanders.«

Rayford fand die Analogie nicht ganz passend, konnte aber der Logik nicht widersprechen. »Dann wickelt hier irgend jemand einen Handel ab, und ich bin nur die ausführende Hand?«

»Sind wir das nicht alle?« fragte Gustafson. »Aber alle lieben Carpathia. Er scheint über der Politik zu stehen. Wenn ich raten müßte, würde ich sagen, der Präsident stellt ihm die neue 757 zur Verfügung, weil er ihn mag.«

Ja, dachte Rayford, und ich bin der Osterhase.

»Dann werden Sie den Job also annehmen?«

»Noch nie bin ich bisher aus einer Stelle gedrängt worden.«

»Sie werden nicht hinausgedrängt, Rayford. Wir alle mögen Sie. Wir könnten es nur nicht verantworten, daß unser bester Pilot nicht das beste Angebot annimmt, daß einem Piloten in seinem Berufsleben je gemacht werden kann.«

»Was ist mit meiner Personalakte? Eine Beschwerde wurde gegen mich vorgebracht.«

Gustafson lächelte wissend. »Eine Beschwerde? Ich weiß von keiner Beschwerde. Sie, Earl?«

»Über meinen Schreibtisch ist nichts gegangen«, erwiderte dieser. »Und wenn, dann wäre das sicher innerhalb kürzester Zeit geklärt worden.«

»Übrigens, Rayford«, fuhr Gustafson fort, »kennen Sie einen Nicholas Edwards?«

Rayford nickte.

»Ein Freund von Ihnen?«

»Er ist ein paarmal als Copilot bei mir mitgeflogen. Ich würde gern denken, daß wir Freunde sind, ja.«

»Haben Sie gehört, daß er zum Captain befördert worden ist?«

Rayford schüttelte den Kopf. Politik, dachte er finster.

»Schön, nicht wahr?« fragte Gustafson grinsend.

»Sehr schön.« Rayford nickte abwesend, denn seine Gedanken gingen eigene Wege.

»Sonst noch etwas, das im Weg steht?« fragte Gustafson.

Rayford wurde klar, daß er keine Wahl mehr hatte. »Auf jeden Fall möchte ich, falls ich den Job annehme, hier in Chicago wohnen bleiben.«

Gustafson verzog das Gesicht und schüttelte den Kopf. »Earl hat davon gesprochen. Ich verstehe es nicht. Man sollte meinen, Sie würden hier gern alles hinter sich lassen, die Erinnerungen an Ihre Frau und Ihre Tochter.«

»Sohn.«

»Ach ja, den Collegejungen.«

Rayford korrigierte ihn nicht, sah aber, wie Earl zusammenzuckte.

»Übrigens«, fuhr Gustafson fort, »sollten Sie doch froh sein, Ihre Tochter hier fortzubringen, wo sie belästigt wird, und ...«

»Wie bitte?«

»... und Sie könnten sich ein schönes Häuschen außerhalb von Washington suchen.«

»Meine Tochter wird belästigt?«

»Nun, vielleicht ist das noch nicht so offensichtlich, Rayford, aber ich würde ganz bestimmt nicht wollen, daß meine Tochter anonyme Geschenke bekommt. Mir wäre ganz egal, was geschickt wird.«

»Aber woher wußten Sie –?«

»Ich meine, Rayford, Sie würden sich selbst doch nie verzeihen, wenn Ihrem kleinen Mädchen etwas zustoßen würde und Sie die Gelegenheit gehabt hätten, sie vor dem, wer immer sie auch bedroht, in Sicherheit zu bringen.«

»Meine Tochter wird nicht belästigt oder bedroht! Wovon sprechen Sie überhaupt?«

»Ich spreche von den Rosen oder welche Blumen es auch waren. Was hatte es damit auf sich?«

»Das würde ich auch gern wissen. Soweit mir bekannt ist, wissen nur drei Leute außer dem, der die Blumen geschickt hat, daß sie überhaupt existieren. Woher haben Sie davon erfahren?«

»Ich weiß es nicht mehr. Jemand hat nur gesagt, daß ein Mensch manchmal genausoviel Grund hat zu gehen, wie er Grund hat, sich einer neuen Herausforderung zu stellen.«

»Aber wenn Sie mich nicht rauswerfen, habe ich keinen Grund zu gehen.«

»Nicht einmal, wenn Ihre Tochter von jemandem belästigt wird?«

»Jeder, der sie belästigen will, wird sie in Washington genauso leicht finden wie hier«, erwiderte Rayford.

»Aber trotzdem ...«

»Mir gefällt die Vorstellung überhaupt nicht, daß Sie von alledem wissen.«

»Sie wollen doch nicht wegen einer Lappalie die Gelegenheit Ihres Lebens ungenutzt an sich vorüberziehen lassen.«

»Für mich ist das keine Lappalie.«

Gustafson erhob sich erregt. »Ich bin es nicht gewöhnt, Leute um etwas bitten zu müssen.«

»Wenn ich diesen Job also nicht annehme, dann bin ich Geschichte bei der Pan-Con?«

»Vielleicht, aber vermutlich würden wir in einem von Ihnen angestrebten Prozeß einen schweren Stand haben, nachdem wir Sie ermutigt haben, die Stelle des Piloten des Präsidenten anzunehmen.«

Rayford hatte nicht die Absicht, einen Prozeß anzustreben, doch er schwieg.

Gustafson setzte sich wieder. »Tun Sie mir einen Gefallen«, sagte er. »Fliegen Sie nach Washington. Sprechen Sie mit den Leuten, vielleicht sogar mit den Stabschefs. Sagen Sie Ihnen, Sie würden zur Unterzeichnung des Friedensvertrags nach Israel fliegen. Und entscheiden Sie erst dann, was Sie tun wollen. Würden Sie das für mich tun?«

Rayford wußte, Gustafson würde ihm nie erzählen, woher er von Chloes Blumen wußte, und er dachte, es sei das beste, Hattie Durham danach zu fragen. »Ja«, versicherte ihm Rayford schließlich. »Das werde ich tun.«

»Gut!« strahlte Gustafson und schüttelte Rayford und Earl die Hand. »Ich denke, das Schlimmste haben wir hinter uns. Und Earl – dieser Flug heute nach Baltimore sollte Rayfords letzter vor der Reise nach Israel sein. Vielleicht sollte sogar ein anderer Pilot die Maschine zurückfliegen, damit Rayford von dort aus nach Washington fahren kann, um noch heute mit den Leuten vom Weißen Haus zu sprechen. Können wir das arrangieren?«

»Das ist bereits veranlaßt worden, Sir.«

»Earl«, sagte Gustafson, »wenn Sie zehn Jahre jünger wären, wären Sie der richtige Mann für den Job.«

Rayford bemerkte den Schmerz auf Earls Gesicht. Gustafson konnte nicht wissen, wie gern Halliday diesen Job gehabt hätte. Auf dem Weg zu seinem Flugzeug holte Rayford die Post aus seinem Postfach. Außer den üblichen Hausinformationen lag ein Zettel darin, auf dem stand: »Danke für Ihre Befürwortung meiner vorzeitigen Beförderung. Das weiß ich wirklich zu schätzen. Und viel Glück für Sie. Captain Nicholas Edwards.«

Einige Stunden später verließ Rayford das Cockpit seiner *747* in Baltimore. Ein Angestellter der *Pan-Con* holte ihn ab und überreichte ihm ein Beglaubigungsschreiben, das ihm Zutritt zum Weißen Haus verschaffen würde. Bei seinem Eintreffen wurde er ohne Schwierigkeiten eingelassen. Ein Wachposten sprach ihn mit seinem Namen an und wünschte ihm Glück. Als er schließlich zu dem Büro eines Assistenten des Stabschefs geführt wurde, machte Rayford deutlich, daß er sich vorerst nur als Pilot für die Reise nach Israel zur Verfügung stelle.

»Sehr gut«, erklärte man ihm. »Wir haben bereits mit der Überprüfung Ihrer Person begonnen. Das wird sowieso noch längere Zeit in Anspruch nehmen, so daß Sie in der Lage sein werden, den Präsidenten und uns zu beeindrucken, ohne für ihn verantwortlich zu sein.«

»Dann kann ich also den UNO-Generalsekretär fliegen, den Präsidenten hingegen nicht?«

»Genau. Übrigens sind Sie von der UNO bereits akzeptiert worden.«

»Tatsächlich?«

»Tatsächlich.«

»Von wem?«

»Vom Generalsekretär höchstpersönlich.«

Buck telefonierte gerade mit Marge Potter vom *Global Weekly* in New York, als er die Neuigkeiten hörte. Die ganze Welt würde innerhalb eines Jahres ihre Währung auf Dollar umstellen. Der Plan sollte von den Vereinten Nationen initiiert und durchgeführt werden. Die UNO würde darüber hinaus eine einprozentige Steuer auf jeden Dollar erheben und mit einem Zehntel der Einnahmen die Währungsumstellung finanzieren.

»Das klingt nicht unvernünftig, nicht wahr?« meinte Marge.

»Fragen Sie den Fachmann für Finanzfragen, Marge«, erklärte Buck. »Das sind Trillionen von Dollar jedes Jahr.«

»Und wieviel ist eine Trillion?«

»Mehr als einer von uns zählen kann.« Buck seufzte. »Sie wollten nachsehen, wer mir helfen kann, diese Interviews zu arrangieren.«

Er hörte, wie sie in einigen Papieren wühlte. »Sie können Ihre Weltreligionsburschen hier in New York antreffen«, erwiderte sie nach einer Weile. »Sie verlassen am Freitag die Stadt, aber nur sehr wenige werden danach in Israel sein. Ihre Tempelburschen werden nächste Woche in Jerusalem sein. Wir werden versuchen, mit den beiden Verrückten an der Klagemauer Kontakt aufzunehmen, aber darauf können Sie nicht zählen.«

»Ich werde es einfach probieren.«

»Und wohin sollen wir Ihre sterblichen Überreste schicken?«

»Ich werde es überleben.«

»Bisher hat das niemand geschafft.«

»Aber ich werde sie nicht bedrohen, Marge. Ich werde ihnen helfen, ihre Botschaft in die Welt zu senden.«

»Wie immer diese auch aussieht.«

»Verstehen Sie jetzt, warum wir Informationen darüber benötigen?«

»Es ist Ihr Leben, Buck.«

»Vielen Dank.«

»Und auf dem Weg hierher können Sie auch diesen Kardinal Mathews treffen. Er pendelt zwischen dieser Weltreligionskonferenz in New York und seiner Diözese in Cincinnati hin und her. Unmittelbar nach der Vertragsunterzeichnung in Israel am kommenden Montag wird er sich zur Papstwahl in den Vatikan begeben.«

»Aber er wird in Jerusalem sein?«

»Oh ja. Es geht das Gerücht um, daß er, falls er der nächste Papst sein wird, in Jerusalem Kontakte knüpft für ein großes Heiligtum oder so etwas. Aber die Katholiken würden den Vatikan niemals verlassen, oder?«

»Das kann man nie wissen, Marge.«

»Nun, das ist sicher. Ich habe kaum Zeit, über diese Dinge nachzudenken, da ich für Sie und alle anderen hier das Mädchen für alles bin.«

»Sie sind die beste, Marge.«

»Schmeicheln steht Ihnen nicht, Buck.«

»Was ist mit meinem Rabbi?«

»Ihr Rabbi sagt, er sei erst nach der Vorstellung der Ergebnisse seiner Studie bereit, mit Presseleuten zu sprechen.«

»Und wann ist das?«

»Wir haben gerade erfahren, daß CNN ihm eine Stunde auf ihrem internationalen Satelliten zur Verfügung stellt. Die Juden in der ganzen Welt werden ihn sehen können, aber natürlich wird das für einige mitten in der Nacht sein.«

»Und wann soll das stattfinden?«

»Am Montag nachmittag nach der Unterzeichnung des Vertrages. Die Unterzeichnung findet um zehn Uhr Jerusalemer Zeit statt, Rabbi Ben-Juda wird um zwei Uhr für eine Stunde auf Sendung gehen.«

»Ziemlich gerissen, seine Ergebnisse vorzustellen, während sich die Weltpresse in Jerusalem aufhält.«

»Alle diese religiösen Typen sind gerissen, Buck. Der Bursche, der vielleicht der nächste Papst wird, will an der Unterzeichnung des Vertrags teilnehmen und den Israelis Honig um den Mund schmieren. Dieser Rabbi ist der Meinung, er sei so unglaublich wichtig, daß er durch die Vorstellung seiner Forschungsergebnisse die Vertragsunterzeichnung in den Schatten stellen könnte. Ich werde dafür sorgen, daß ich diese Sendung auf jeden Fall verpasse.«

»Ach, kommen Sie, Marge. Er wird Ihnen sagen, wie Sie den Messias erkennen können.«

»Ich bin nicht einmal Jüdin.«

»Ich auch nicht, aber ich würde schon gern in der Lage sein, den Messias zu erkennen. Sie nicht?«

»Soll ich ehrlich sein, Buck? Ich glaube, ich habe den Messias gesehen. Ich denke, ich würde ihn erkennen. Falls Gott wirklich jemanden geschickt hat, um die Welt zu retten, so denke ich, daß es der neue Generalsekretär der Vereinten Nationen ist.«

Buck schauderte zusammen.

Rayford war für den nächsten Flug von Baltimore nach Chicago als Passagier der ersten Klasse gebucht. Vom Flughafen aus rief er Chloe an, um ihr zu sagen, daß er später als erwartet zurückkommen würde.

»Hattie Durham hat versucht, dich zu erreichen.«

»Was wollte sie?«

»Sie wollte ein Treffen zwischen dir und Carpathia vereinbaren, bevor du sein Pilot wirst.«

»Ich fliege ihn doch nur nach Tel Aviv. Warum soll ich mit ihm sprechen?«

»Er hat das Gefühl, er müßte dich kennenlernen. Hattie hat ihm gesagt, daß du Christ bist.«

»Wie großartig! Er wird mir nie vertrauen.«

»Vermutlich will er dich nur im Auge behalten.«

»Ich möchte sowieso mit Hattie persönlich sprechen. Wann will er mich sehen?«

»Morgen.«

»Auf einmal wird mein Leben so aufregend. Was gibt es bei dir Neues?«

»Wieder etwas von meinem geheimen Bewunderer«, antwortete sie. »Diesmal Pralinen.«

»Pralinen!« widerholte Rayford ungläubig. Die Angst, die Leonard Gustafson gesät hatte, holte ihn nun ein. »Du hast doch nichts davon gegessen, oder?«

»Noch nicht. Warum?«

»Rühr das Zeug bitte nicht an, bis du weißt, von wem es kommt.«

»Ach Dad!«

»Man kann nie wissen. Bitte geh kein Risiko ein.«

»In Ordnung. Aber das sind meine Lieblingspralinen! Sie sehen so verführerisch aus.«

»Öffne sie bitte nicht einmal, bis wir Bescheid wissen, in Ordnung?«

»In Ordnung, aber du wirst auch welche essen wollen. Es sind dieselben, die du mir immer aus New York mitbringst, aus diesem kleinen Süßwarenladen.«

»›Windmill Mints‹ von Holman Meadows?«

»Genau.«

Das war die Höhe. Wie oft hatte Rayford Hattie gegenüber erwähnt, daß er diese Pfefferminzpralinen während ihrer Aufenthalte in New York noch besorgen müsse. Sie hatte ihn sogar mehr als einmal begleitet. Hattie versuchte nicht einmal geheimzuhalten, daß sie diese geheimnisvollen Geschenke schickte. Was sollte das bedeuten? Das schien keine angemessene Rache für sein Verhalten ihr gegenüber zu sein. Was hatte das Ganze mit Chloe zu tun? Und wußte Carpathia davon, steckte er vielleicht sogar dahinter?

Rayford nahm sich vor, der Sache auf den Grund zu gehen.

Buck fühlte sich wieder lebendig. Seit dem Massenverschwinden glich sein Leben einem heillosen Durcheinander, und er hatte sich häufig gefragt, ob in sein Leben je wieder die Art von Hektik einkehren würde, die er so liebte. Seine geistliche Reise war eine Sache, seine Degradierung und sein Exil eine ganz andere. Aber nun schien er wieder in der Gunst der großen Bosse des *Global Weekly* zu stehen, und er war seinem Instinkt gefolgt und hatte sich die seiner Meinung nach interessanteste Story der Welt geangelt.

Er saß in seinem neuen provisorischen Büro in seiner Wohnung, versendete Faxe, schickte E-mails, telefonierte, arbeitete mit Marge und anderen Reportern beim *Weekly* zusammen und stellte selbst Kontakte her. Innerhalb kurzer Zeit mußte er viele Leute interviewen, und alles schien auf einmal zu gelingen.

Obwohl er einerseits erschreckt war über die Vorgänge in der Welt, genoß Buck auch die sich überstürzenden Ereignisse. Nur zu gern würde er seine eigene Familie von der Wahrheit überzeugen. Sein Vater und sein Bruder wollten davon jedoch nichts wissen, und wenn er sich nicht auf seine Arbeit konzentrieren konnte, würde ihn dieses Wissen verrückt machen.

Buck hatte vor und nach der Vertragsunterzeichnung nur noch wenige Tage, um seine Arbeit fertigzustellen. Es hatte den Anschein, als müsse er soviel wie möglich in diese ihm noch verbleibenden sieben Jahre hineinpacken. Er wußte nicht, wie der Himmel auf Erden sein würde, obwohl Bruce versuchte, es ihm, Rayford und Chloe zu vermitteln. Er sehnte sich nach der Wiederkunft und der tausendjährigen Herrschaft Christi auf Erden. Aber bis er mehr wußte und lernte, wollte er ganz normal leben – forschen und schreiben, sich verlieben, heiraten, vielleicht sogar ein Kind haben, und das alles sehr bald.

Chloe war das Beste in seinem neuen Leben. Aber hatte er Zeit, einer Beziehung gerecht zu werden, die vielversprechender zu werden schien als alles, was er bisher erlebt hatte? Sie war anders als alle Frauen, die er kannte, und doch konnte er nicht genau sagen, worin der Unterschied lag. Ihr Glaube hatte sie bereichert und zu einem neuen Menschen gemacht, und doch hatte er sich bereits zu ihr hingezogen gefühlt, bevor auch nur einer von ihnen Christus angenommen hatte.

Die Vorstellung, es sei Gottes Plan gewesen, daß sie sich kennengelernt hatten, überstieg sein Fassungsvermögen. Wie sehr wünschte er, sie hätten sich schon viele Jahre zuvor getroffen und sich zusammen auf die Entrückung vorbereiten können! Falls er vor seiner Reise nach Israel noch Zeit mit ihr verbringen wollte, dann mußte es an diesem Tag sein.

Buck blickte auf seine Uhr. Er hatte noch Zeit für einen Anruf, danach würde er sich mit Chloe in Verbindung setzen.

Rayford döste in der ersten Klasse vor sich hin. Er hatte die Kopfhörer aufgesetzt. Die Nachrichten liefen vorne an der Leinwand ab, doch er hatte das Interesse an den Berichten über die Kriminalitätswelle verloren, die über die Vereinigten Staaten dahinrollte. Der Name »Carpathia« ließ ihn schließlich hochfahren. Der Sicherheitsrat der Vereinten Nationen hatte sich jeden Tag mehrere Stunden zusammengesetzt, um die Pläne des Generalsekretärs für die einheitliche Weltwährung und die massive Abrüstung fertigzustellen. Die ursprüngliche Idee war, neunzig Prozent der Waffen zu vernichten und die übrigen zehn Prozent der UNO zur Verfügung zu stellen. Doch nun sollte jedes Land auch noch ein bestimmtes Kontingent an Soldaten in die UNO-Friedenstruppe entsenden.

Carpathia hatte den Präsidenten der Vereinigten Staaten gebeten, dem Überprüfungskomitee vorzustehen, ein sehr umstrittener Schritt. Die Feinde der Vereinigten Staaten behaupteten, Fitzhugh wäre voreingenommen und unglaubwürdig und würde dafür sorgen, daß andere ihre Waffen zerstörten, während die USA ihre eigenen aufbewahrten.

Carpathia sprach diese Themen wie gewohnt in seiner direkten und verständnisvollen Art an. Rayford schauderte zusammen, als er ihm zuhörte. Zweifellos hätte auch er diesem Mann vertraut und ihn unterstützt, wenn er kein Christ gewesen wäre.

»Die Vereinigten Staaten bemühen sich schon seit langem um Frieden«, erklärte Carpathia in dem Interview. »Sie werden vorangehen, ihre Waffen zerstören und die restlichen zehn Prozent nach Neu-Babylon bringen. Die Völker der Welt können ruhig dorthin kommen und sich davon überzeugen, damit auch sie dem Beispiel der Vereinigten Staaten folgen.

Ich möchte nur noch eines hinzufügen«, fuhr der Generalsekretär fort. »Dies ist ein sehr großes Unterfangen, das vielleicht Jahre in Anspruch nimmt. Jedes Land könnte die Zerstörung der Waffen verzögern, doch wir dürfen dies nicht zulassen. Die Vereinigten Staaten werden mit gutem Beispiel vorangehen, und kein anderes Land wird länger als sie benötigen, um seine Waffen zu zerstören und den Rest der UNO zur Verfügung zu stellen. Wenn der neue Sitz der Vereinten Nationen in Neu-Babylon fertiggestellt ist, sollten die Waffen dort sein.

Die Friedensära ist angebrochen, und die Erfüllung des Traums von einer Weltgemeinschaft ist endlich in greifbare Nähe gerückt!«

Carpathias Verlautbarung wurde mit donnerndem Applaus aufgenommen, sogar von der Presse.

Später wurde ein weiterer kurzer Beitrag über die neue *Air Force One* gesendet, eine *757,* die zum *Dulles*-Flughafen in Washington geliefert, dann aber nach New York geflogen werden würde. Von dort sollte sie unter der Führung eines neuen Kapitäns, der in Kürze ernannt werden würde, ihren Jungfernflug antreten. Der neue Mann sei aus einer Liste der besten Piloten aller größeren Luftfahrtgesellschaften ausgewählt worden.

In einer anderen Nachrichtensendung wurde berichtet, Carpathia und das ökumenische Konzil der Religionsführer der ganzen Welt hätten am darauffolgenden Nachmittag eine aufregende Ankündigung zu machen.

Buck erreichte den Assistenten des Erzbischofs Peter Kardinal Mathews in Cincinnati. »Ja, er ist da, aber er ruht gerade. Morgen früh fliegt er zu einem letzten Gespräch mit dem ökumenischen Konzil nach New York, danach nach Israel und Rom.«

»Ich würde überallhin kommen, wie es gerade paßt«, beharrte Buck.

»Ich werde Sie in einer halben Stunde zurückrufen.«

Buck rief Chloe an. »Im Augenblick habe ich nur ein paar Minuten«, erklärte er, »aber können wir uns vor dem Treffen heute abend sehen, nur wir beide?«

»Sicher, was ist los?«

»Nichts Besonderes«, antwortete er. »Es ist nur so, daß ich gern ein wenig Zeit mit dir verbringen würde, nun, da ich zu haben bin.«

»Du bist also zu haben?«

»Ja, Ma'am. Und du?«

»Ich denke, ich bin auch zu haben. Das heißt, wir haben eine Gemeinsamkeit.«

»Hast du Pläne für heute abend?«

»Nein. Dad wird etwas später kommen. Er hatte heute ein Gespräch im Weißen Haus.«

»Dann nimmt er den Job also an?«

»Er wird den Jungfernflug machen und dann entscheiden.«

»Ich hätte mitfliegen können.«

»Ich weiß.«

»Ich hole dich um sechs ab«, meinte Buck.

»In Ordnung.«

12

Wie versprochen rief Kardinal Mathews Assistent zurück. Er hatte gute Neuigkeiten. Buck hatte den Kardinal bei dem Interview zu den Hintergründen des großen Massenverschwindens sehr beeindruckt, und so war er damit einverstanden, daß Buck am darauffolgenden Morgen mit ihm nach New York flog.

Buck buchte für den Abend den letzten Flug von *O'Hare* nach Cincinnati und überraschte Chloe um sechs Uhr mit einem chinesischen Essen. Er erzählte ihr von seinen Plänen für die Reise und fügte hinzu: »Ich wollte keine Zeit mit der Suche nach einem geeigneten Restaurant vergeuden.«

»Mein Dad wird neidisch sein, wenn er nach Hause kommt«, erwiderte sie. »Er liebt chinesisches Essen.«

Buck griff in die Tüte und holte eine Extraportion heraus. Er grinste. »Wir müssen Daddy doch bei Laune halten!«

Buck und Chloe saßen in der Küche, ließen sich ihr Essen schmekken und unterhielten sich über eine Stunde lang. Sie sprachen über alles – ihre Kindheit, Familien, wichtige Ereignisse in ihrem Leben, über ihre Hoffnungen, Ängste und Träume. Buck hörte Chloe gern zu; ihm gefiel nicht nur, was sie sagte, sondern er liebte auch ihre Stimme. Er wußte nicht, ob sie der beste Gesprächspartner war, den er je kennengelernt hatte, oder ob es einfach seine Gefühle für sie waren. Vermutlich beides, dachte er.

Als Rayford kam, saßen Buck und Chloe an Raymies Computer, der seit dessen Verschwinden nicht mehr angestellt worden war. Es dauerte nicht lange, bis Buck Chloe an das Internet angeschlossen und eine E-mail-Adresse eingerichtet hatte. »Jetzt kannst du mich überall in der ganzen Welt erreichen«, erklärte er ihr.

Rayford ließ Buck und Chloe am Computer zurück und untersuchte die Pfefferminzpralinen von *Holman Meadows*. Die Pralinen waren eingeschweißt und von einer angesehenen Firma gebracht worden. Sie waren an Chloe adressiert, es lag jedoch kein Gruß bei. Rayford ging davon aus, daß sie nicht präpariert waren, und auch wenn sie aus irgendeinem unerklärlichen Grund von Hattie Durham geschickt worden waren, gab es keinen Grund, sie sich nicht schmecken zu lassen.

»Wer immer sich in Ihre Tochter verliebt hat, hat einen guten Geschmack«, sagte Buck grinsend.

»Danke«, erwiderte Chloe.

»Ich meinte, einen guten Geschmack bei Pfefferminzpralinen.«

Chloe errötete. »Ich weiß.«

Rayford bestand darauf, daß Buck seinen Wagen während der Reise in der Garage der Steeles stehenließ. Buck und Chloe verließen das abendliche Treffen der *Tribulation Force* etwas früher, um zum Flughafen zu fahren. Es herrschte nicht so viel Verkehr, wie Buck befürchtet hatte, und sie erreichten den Flughafen mehr als eine Stunde vor dem Abflug seiner Maschine. »Wir hätten doch noch länger bleiben können«, erklärte er.

»Es ist besser, auf Nummer Sicher zu gehen, meinst du nicht?« antwortete sie. »Ich mag es gar nicht, immer auf den letzten Drücker zu kommen.«

»Ich auch nicht.« Er nickte zustimmend. »Aber leider ist das bei mir meistens so. Du kannst mich da vorne an der Kurve rauslassen.«

»Mir macht es nichts aus zu warten, wenn du die Parkgebühren übernimmst.«

»Hast du denn keine Angst, um diese Zeit zum Wagen zurückzugehen?«

»Das habe ich doch schon oft gemacht«, sagte sie. »Hier gibt es viele Sicherheitskräfte.«

Sie parkten den Wagen und durchquerten die riesige Abflughalle. Er warf sich seine Tasche über die Schulter. Chloe schien sich ein wenig unbehaglich zu fühlen, aber sie waren noch nicht so weit, daß sie Händchen hielten. Jedesmal, wenn er sich zu ihr umdrehte, um etwas zu sagen, rutschte sein Gurt von der Schulter, so daß sie schließlich schweigend zum Schalter marschierten.

Buck checkte ein und stellte fest, daß das Flugzeug beinahe leer sein würde. »Ich wünschte, du könntest mitkommen«, sagte er leichthin.

»Ich wünschte ...« begann sie, brach dann aber abrupt ab.

»Was?«

Sie schüttelte den Kopf.

»Du wünschtest auch, du könntest mitkommen?«

Sie nickte. »Aber ich kann nicht, und ich werde nicht, also wollen wir gar nicht erst damit anfangen.«

»Was soll ich denn mit dir tun?« fragte er. »Dich in meine Tasche stecken?«

Sie lachte.

Beide standen am Fenster und beobachteten, wie das Gepäck hin- und hertransportiert wurde. Buck tat so, als würde er zum Fenster hinaussehen, beobachtete jedoch Chloes Spiegelbild. Ein paarmal spürte er, daß auch sie ihn betrachtete, und er stellte sich vor, wie er ihren Blick festhielt. Wunschdenken, dachte er.

»Wir werden zwanzig Minuten Verspätung haben«, informierte ihn die Frau am Schalter.

»Du brauchst dich nicht verpflichtet fühlen zu bleiben, Chloe«, sagte Buck. »Soll ich dich zum Wagen bringen?«

Sie lachte wieder. »Du hast wirklich Angst vor diesem großen, alten Parkhaus, nicht? Nein, abgemacht ist, daß ich dich herbringe, hier warte, bis du an Bord gehst, damit du dich nicht einsam fühlst. Ich winke, wenn das Flugzeug startet, warte, bis es verschwunden ist, und gehe erst dann zum Wagen zurück.«

»Was? Hast du dir das unterwegs ausgedacht?«

»Natürlich. Und nun setz dich hin und entspanne dich und tue so, als seist du ein erfahrener Weltenbummler.«

»Ich wünschte, ich könnte so tun, als wäre ich das nicht.«

»Und dann wärst du nervös wegen des Fluges und würdest mich brauchen?«

»Ich brauche dich auch ohne Flugangst.«

Sie wendete den Blick ab. Nicht so schnell, ermahnte er sich. Das war der lustige Teil, die Abwehr, aber er war auch schrecklich unsicher. Nur weil er für ein paar Tage verreiste, wollte er nicht etwas sagen, das er sonst nicht gesagt hätte.

»Ich brauche dich auch hier«, sagte sie leichthin, »aber du verläßt mich.«

»So etwas würde ich nie tun.«

»Was, mich verlassen?«

»Genau.« Er behielt den neckenden Tonfall bei, um sie nicht abzuschrecken.

»Nun, das ist sehr ermutigend. Ich mag keine Abschiede.«

Während er auf Chloe wartete, packte Rayford seine Sachen für die Reise nach New York am darauffolgenden Nachmittag zusammmen. Earl hatte angerufen. Er wollte wissen, ob Carpathias Büro ihn erreicht hatte.

»Ist das die kleine Hattie Durham, die früher für uns gearbeitet hat?« fragte Earl.

»Ganz genau die.«

»Und sie ist Carpathias Sekretärin?«

»So ungefähr.«

»Wie klein die Welt doch ist.«

»Vermutlich wäre es dumm, dir zu raten, in Cincinnati, New York und Israel vorsichtig zu sein, wenn man bedenkt, was du schon alles erlebt hast?« meinte Chloe.

Buck lächelte. »Fang doch nicht schon an, dich zu verabschieden, bevor du gehst.«

»Ich werde nicht gehen, bevor dein Flugzeug nicht mehr zu sehen ist.«

»Wir haben noch Zeit, um ein paar Teilchen zu kaufen«, sagte er und deutete auf einen Verkäufer.

»Wir hatten doch bereits unseren Nachtisch«, erwiderte sie. »Schokoladenpuddding und einen Keks.«

»Glückskekse zählen nicht«, hielt er dagegen. »Komm. Erinnerst du dich nicht mehr an unser erstes Treffen?«

An dem Tag, an dem sie sich kennengelernt hatten, hatte Chloe auch ein Teilchen gegessen, und er hatte ihr mit seinem Daumen einen Krümel vom Mund gewischt. Da er nicht wußte, was er damit tun sollte, hatte er ihn abgeleckt.

»Ich war ein Dummkopf«, erklärte er. »Und du hast einen sehr alten Witz gemacht.«

»Kauf mir ein Teilchen, und ich lasse diesen knurrenden Magen eines natürlichen Todes sterben«, erklärte sie ihm wie damals in New York.

»An Altersschwäche, meinst du?«

Buck lachte, nicht weil der Witz so lustig war, sondern weil es ihr Witz war und weil er eigentlich uralt war.

»Ich habe eigentlich keinen Hunger«, sagte sie, als sie durch das Glas schauten, wo ein gelangweilter Teenager auf ihre Bestellung wartete.

»Ich auch nicht«, meinte Buck. »Die sind für später.«

»Noch für heute oder für morgen?« fragte sie.

»Wann immer wir das aufeinander abstimmen.«

»Wir werden sie zusammen essen? Ich meine, gleichzeitig?«

»Wäre das nicht toll?«

»Deiner Kreativität sind wirklich keine Grenzen gesetzt.«

Buck bestellte zwei Teilchen, die jeweils in einer eigenen Tüte verpackt werden sollten.

»Das geht nicht«, erwiderte der Teenager.

»Dann möchte ich ein Teilchen«, sagte er und reichte das Geld hinüber.

»Und ich möchte auch ein Teilchen«, fügte Chloe hinzu.

Der Teenager verzog das Gesicht, packte für jeden von ihnen ein Teilchen in eine Tüte und gab das Wechselgeld zurück.

Daraufhin schlenderten sie zum Abflugschalter zurück. Mittlerweile waren auch einige andere Passagiere eingetroffen, und die Stewardeß am Schalter erklärte, ihr Flugzeug sei endlich gelandet. Buck und Chloe beobachteten die ankommenden Passagiere.

Buck verstaute sein Teilchen sorgfältig in der Tasche. »Morgen früh um acht werde ich in einem Flugzeug nach New York sitzen«, erklärte er. »Ich werde dieses Teilchen zum Frühstück essen und an dich denken.«

»Das ist sieben Uhr Chicagoer Zeit«, erwiderte Chloe. »Ich werde noch im Bett liegen, mich auf das Teilchen freuen und an dich denken.«

Wir schleichen noch immer wie die Katze um den heißen Brei herum, dachte Buck. Keiner von uns will etwas Ernstes sagen.

»Dann warte ich einfach, bis du aufgestanden bist«, entgegnete er. »Sag mir, wann du dein Teilchen essen wirst.«

Chloe blickte zur Decke. »Hmm«, überlegte sie. »Wann wirst du an der wichtigsten Sitzung teilnehmen?«

»Vermutlich am späten Vormittag in einem großen Hotel in New York. Carpathia kommt dorthin, weil er zusammen mit Kardinal

Mathews und den anderen Führern der großen Religionsgemeinschaften eine Erklärung abgeben will.«

»Wann immer das ist, werde ich mein Teilchen essen«, erklärte Chloe entschlossen. »Und ich befehle dir, deines dann auch zu essen.«

»Du wirst noch lernen, daß man mir nichts befehlen kann.« Buck lächelte, doch er meinte dies nur halb im Scherz. »Ich kenne keine Furcht.«

»Ha!« höhnte sie. »Du hast sogar Angst vor dem Parkhaus hier, und mußt nicht einmal allein zum Wagen gehen!«

Buck griff nach ihrer Tüte.

»Was machst du da?« fragte sie. »Wir haben doch keinen Hunger, weißt du nicht mehr?«

»Ich möchte nur daran riechen«, sagte er. »Der Duft verstärkt die Erinnerung.«

Buck öffnete ihre Tüte und hielt sie sich an die Nase. »Mmm. Leckerer Teig, Schokolade, Nüsse, Butter«, analysierte er fachmännisch.

Er hielt sie ihr hin, und Chloe beugte sich darüber, um ebenfalls daran zu riechen. »Ich liebe diesen Geruch«, erklärte sie.

Buck legte seine Hand an ihre Wange. Sie zog sich nicht zurück und hielt seinem Blick stand. »Erinnere dich an diesen Augenblick«, sagte er. »Ich werde an dich denken, während ich fort bin.«

»Ich auch«, erwiderte sie. »Und jetzt mach die Tüte wieder zu. Das Teilchen muß frisch bleiben, damit der Geruch mich an dich erinnert.«

Rayford erwachte am nächsten Morgen früher als Chloe und ging hinunter in die Küche. Er nahm die Tüte, in der sich das Teilchen befand, vom Tisch. Noch eins übrig, dachte er und war versucht, es zu essen. Er schrieb Chloe eine Notiz. »Ich hoffe, du hast nichts dagegen. Ich konnte nicht widerstehen.« Auf der Rückseite fügte er jedoch hinzu: »War nur ein Scherz.« Den Zettel legte er auf die Tüte. Er nahm sich Kaffee und Saft, zog einen Trainingsanzug an und ging joggen.

Auf dem Flug von Cincinnati nach New York saß Buck an diesem Morgen mit Kardinal Mathews in der ersten Klasse. Mathews war Ende fünfzig, stämmig, mit dichtem schwarzen Haar, das nicht gefärbt zu sein schien. Nur an seinem Kragen konnte man erkennen, welches Amt er bekleidete. Er hatte eine teure Aktentasche und einen Laptop bei sich, und Buck erkannte an seinem Ticket, daß er vier Taschen eingecheckt hatte.

Mathews reiste mit einem Assistenten, der andere Menschen kaum ansah und sehr schweigsam war. Dieser setzte sich auf einen Sitz vor ihnen, damit Buck direkt neben dem Erzbischof sitzen konnte. »Warum haben Sie mir nicht gesagt, daß Sie für die Wahl des Papstes in Betracht kommen?«

»Wir gehen also sofort in medias res«, erwiderte Mathews. »Möchten Sie nicht zuerst ein Glas Champagner?«

»Nein, vielen Dank.«

»Nun, aber Sie haben sicher nichts dagegen, wenn ich erst einmal richtig wach werde.«

»Natürlich nicht. Sagen Sie mir, wann Sie bereit sind, sich zu unterhalten.«

Der Assistent, der die Unterhaltung mitangehört hatte, machte der Flugbegleiterin ein Zeichen. Sofort brachte sie dem Kardinal ein Glas Champagner. »Das Übliche?« fragte sie.

»Danke, Caryn«, erwiderte er wie zu einer alten Freundin. Offensichtlich war sie das auch, denn als sie fort war, flüsterte er Buck zu: »Die Litewskis, aus meinem Pfarrbezirk. Habe sie selbst getauft. Sie arbeitet schon seit Jahren für diese Fluggesellschaft. So, wo waren wir stehengeblieben?«

Buck antwortete nicht. Er wußte, daß der Kardinal die Frage gehört hatte und sich noch genau daran erinnerte. Wenn er sie wiederholt haben wollte, dann konnte er das selbst tun.

»Ach ja, Sie haben sich gewundert, warum ich die Papstwahl nicht erwähnt habe. Vermutlich dachte ich, alle würden darüber Bescheid wissen. Carpathia jedenfalls wußte es.«

Das glaube ich gern, dachte Buck. Vermutlich hat er das inszeniert. »Hofft Carpathia, daß Sie die Wahl gewinnen?«

»Ganz unter uns«, flüsterte Mathews, »wir brauchen nicht mehr zu hoffen. Wir haben die Stimmen bereits.«

»Wir?«

»Nur das redaktionelle ›wir‹. Wir, ich habe die Stimmen. Verstehen Sie?«

»Wie können Sie da so sicher sein?«

»Seit mehr als zehn Jahren gehöre ich dem Kardinalrat an. Noch nie bin ich durch eine Papstwahl überrascht worden. Wissen Sie, wie Nicolae mich nennt? Er nennt mich P. M.«

Buck zuckte die Achseln. »Er nennt Sie bei Ihren Initialen? Hat das irgendeine Bedeutung?«

Mathews Assistent warf einen Blick zurück und schüttelte den Kopf. Ich sollte es also wissen, überlegte Buck. Doch er hatte noch nie davor zurückgeschreckt, eine dumme Frage zu stellen.

»Pontifex Maximus«, strahlte Mathews.

»Meinen Glückwunsch«, entgegnete Buck trocken.

»Vielen Dank, aber ich bin sicher, Sie wissen, daß Nicolae noch andere Pläne für das Papstamt im Sinn hat als nur die Führung der heiligen römisch-katholischen Kirche.«

»Erzählen Sie es mir.«

»Es wird heute vormittag bekanntgegeben werden, und wenn Sie mich nicht zitieren, werde ich es Ihnen jetzt schon sagen.«

»Warum?«

»Weil ich Sie mag.«

»Sie kennen mich doch kaum.«

»Aber ich kenne Nicolae.«

Buck ließ sich zurücksinken. »Und Nicolae mag mich.«

»Genau.«

»Dann ist dieser kleine Ausflug also nicht unbedingt meinen Bemühungen zuzuschreiben?«

»Nein«, erwiderte Mathews. »Carpathia hat sich für Sie eingesetzt. Er möchte, daß ich Ihnen alles sage. Nur stellen Sie mich bitte nicht schlecht oder egoistisch dar wegen dem, was ich Ihnen erzähle.«

»Wird die Erklärung Sie so aussehen lassen?«

»Nein, weil Carpathia selbst diese Erklärung abgeben wird.«

»Ich höre.«

»Generalsekretär Carpathias Büro, Hattie Durham am Apparat.«

»Rayford Steele.«

»Rayford! Wie geht es ...«

»Ich möchte gleich zur Sache kommen, Hattie. Heute nachmittag würde ich gern etwas früher kommen, um mit Ihnen zu sprechen.«

»Das wäre wundervoll, Captain Steele. Doch vielleicht sollte ich Ihnen gleich im voraus sagen, daß ich nicht mehr zu haben bin.«

»Das ist nicht lustig.«

»Das sollte es auch nicht sein.«

»Werden Sie Zeit haben?«

»Sicher. Generalsekretär Carpathia wird um vier Uhr Zeit für Sie haben. Soll ich um halb vier auf Sie warten?«

Rayford legte gerade den Hörer auf, als Chloe in die Küche kam, die auf dem Weg zur Gemeindearbeit war. Als sie seine Notiz sah, rief sie: »Oh Dad! Das ist doch wohl nicht dein Ernst!« Sie schien den Tränen nahe zu sein. Schnell griff sie nach der Tüte, und erleichtert lachte sie los, als sie den Zettel umdrehte. »Werd endlich erwachsen, Dad. Verhalte dich nur einmal im Leben deinem Alter gemäß.«

Rayford machte sich gerade bereit, um zum Flughafen zu fahren, als *CNN* live über eine Pressekonferenz der internationalen Religionsführer in New York berichtete. »Sieh nur, Dad«, rief Chloe. »Buck ist auch dort.«

Rayford stellte seine Tasche auf den Boden und trat neben Chloe, die eine Tasse Kaffee in beiden Händen hielt. Der Korrespondent von *CNN* sprach gerade über das, was in den folgenden Minuten geschehen würde. »Wir erwarten eine gemeinsame Erklärung der Koalition der religiösen Führer und der Vereinten Nationen, vertreten durch den neuen Generalsekretär Nicolae Carpathia. Er scheint der Mann der Stunde hier zu sein, da er selbst Vorschläge eingebracht und geholfen hat, die Repräsentanten sehr unterschiedlicher Glaubensrichtungen zusammenzubringen. Seit er im Amt ist, ist nicht ein Tag ohne eine weitreichende Entwicklung vergangen.

Es wird spekuliert, daß die Religionen der Welt einen neuen Versuch wagen werden, Themen von weltweiter Bedeutung in enger Zusammenarbeit toleranter anzugehen als je zuvor. Die Ökumene hat in der Vergangenheit versagt, aber wir werden bald erfahren, ob es einen neuen Gesichtspunkt gibt, der sie auf Dauer wirksam werden läßt. Gerade betritt Erzbischof Peter Kardinal Mathews, Bischof der Diözese Cincinnati, das Podium. Kardinal Mathews gilt bei vielen als der mögliche Nachfolger von Papst Johannes XXIV, der nur fünf Monate im Amt war, bevor er zu den Opfern des geheimnisvollen Massenverschwindens vor wenigen Wochen gezählt werden mußte.«

Die Kamera wurde nun auf das Podium gerichtet, wo mehr als zwei Dutzend internationale Religionsführer versammelt waren und sich für die Kamera in Pose stellten. Als Erzbischof Mathews sich auf den Weg zu den Mikrophonen machte, hörte Rayford Chloe schreien.

»Da ist Buck, Dad! Sieh nur! Genau dort!«

Sie deutete auf einen Reporter, der sich nicht bei den anderen Journalisten befand, sondern am Rand des Podiums stand. Buck schien Schwierigkeiten zu haben, das Gleichgewicht zu halten. Zweimal sprang er hinunter, stieg jedoch jedesmal wieder auf das Podium.

Während Mathews sich über internationale Zusammenarbeit ausließ, starrten Rayford und Chloe Buck an. Niemand sonst würde ihn in der hintersten Ecke bemerkt haben. »Was hat er da?« fragte Rayford. »Ist das ein Notebook oder ein Kassettenrecorder?«

Chloe schaute genauer hin und zog die Luft ein. Sie rannte in die Küche und kehrte mit ihrer Teilchentüte zurück. »Es ist sein Teilchen!« sagte sie. »Wir wollen unsere Teilchen gleichzeitig essen!«

Rayford wußte nicht, was er davon halten sollte, aber er war froh darüber, daß er das Teilchen nicht gegessen hatte. »Was –?« begann er, doch Chloe brachte ihn zum Schweigen.

»Es duftet noch genau wie gestern abend!« sagte sie.

Rayford schnaubte. »Und wie hat es gestern abend geduftet?« fragte er.

»Schscht!«

Sie sahen, wie Buck schnell und leise in seine Tüte griff, vorsichtig sein Teilchen herausholte und abbiß. Chloe tat es ihm nach, und Rayford bemerkte, daß sie gleichzeitig lächelte und weinte.

»Dich hat es aber schlimm erwischt«, sagte er und ging.

Buck hatte keine Ahnung, ob jemand gesehen hatte, daß er von dem Teilchen abbiß, abgesehen natürlich von Chloe Steele. Was machte dieses Mädchen mit ihm? Irgendwie war er von einem internationalen Starjournalisten zu einem liebestollen Romantiker geworden, der die unsinnigsten Dinge tat, um Aufmerksamkeit zu erlangen. Doch er hoffte, nicht zu viel Aufmerksamkeit. Nur wenige Zuschauer beachteten die Leute im Hintergrund. Es konnte sogar sein, daß nicht einmal Chloe ihn gesehen hatte.

Wichtiger als seine Bemühungen war jedoch die weltbewegende Ankündigung, die diese Pressekonferenz von anderen Konferenzen unterschied. Irgendwie war es Nicolae Carpathia gelungen – entweder durch das Versprechen, Mathews Papstwahl zu unterstützen, oder durch seine Fähigkeit, alle zu manipulieren –, diese Führer der Weltreligionen dazu zu bringen, einen Vorschlag von unglaublicher Tragweite zu unterbreiten.

Sie erklärten nicht nur ihre Bereitschaft zur Zusammenarbeit und Toleranz, sondern auch die Einsetzung einer vollkommen neuen Religion, einer Religion, in der die Ziele aller Religionen enthalten sein sollten.

»Und auch wenn das den gläubigen Angehörigen jeder unserer Glaubensgemeinschaften unmöglich erscheint«, erklärte Mathews, »wir alle sind uns einig. Unsere Religionen haben genauso viel Trennung und Blutvergießen auf der Welt verursacht wie die Regierungen, Armeen und Waffen. Von diesem Tage an werden wir uns unter dem Banner des Glaubens der Weltgemeinschaft vereinigen. Unser Emblem wird die heiligen Symbole aller Religionen enthalten, und von nun an wird es nur noch eine Religion geben. Ob wir nun der Meinung sind, Gott sei real oder nur ein Konzept, Gott ist in, über und um uns alle. Gott ist in uns. Gott ist wir. Wir sind Gott.«

Als Fragen zugelassen wurden, meldeten sich viele scharfsinnige Reporter zu Wort. »Was passiert mit der Führung der, sagen wir, römisch-katholischen Kirche? Ist trotz dieser Ankündigung noch eine Papstwahl zu erwarten?«

»Ja, wir werden einen Papst wählen«, entgegnete Mathews, »und wir erwarten, daß auch die anderen größeren Religionsgemeinschaften wie gewohnt ihre Führer ernennen. Doch diese Führer werden dem Glauben der Weltgemeinschaft dienen. Von ihnen wird erwartet werden, daß sie die Loyalität und Hingabe ihrer Gläubigen an die größere Sache erhalten.«

»Gibt es einen Grundsatz, über den Sie sich alle einig sind?«

Großes Gelächter folgte. Mathews forderte einen Rastafarier auf zu antworten. Mit Hilfe eines Übersetzers erklärte dieser: »Wir glauben an zwei Dinge. Erstens, daß die Menschheit gut ist. Zweitens, daß das Massenverschwinden eine religiöse Reinigung war. Aus einigen Religionsgemeinschaften sind viele verschwunden, aus anderen wenige. Aus manchen wiederum auch gar keine Menschen. Aber die Tatsache, daß aus jeder Religionsgemeinschaft eine große Anzahl Gläubige zurückgeblieben sind, zeigt, daß keine von ihnen besser war als die andere. Wir werden alle tolerieren und glauben, daß die besten von uns zurückgeblieben sind.«

Buck trat nach vorne und hob die Hand. »Cameron Williams, Global Weekly«, sagte er. »Ich habe eine Frage an den Herrn am Mikrophon, an Erzbischof Mathews oder wen auch immer. Wie läßt sich dieser Grundsatz, daß der Mensch gut ist, mit der Vorstellung vereinbaren, daß die schlechten Menschen ausgelöscht worden sind? Wieso fehlte ihnen dieses im Menschen wohnende Gute?«

Niemand schickte sich an zu antworten. Der Rastafarier blickte zu Mathews, der wiederum Buck anstarrte. Ganz offensichtlich versuchte er, die Fassung nicht zu verlieren, wollte aber auch nicht zugeben, daß er auf diese Frage keine Antwort wußte.

Schließlich ergriff Mathews doch das Wort. »Wir sind nicht hier, um über Theologie zu debattieren«, erklärte er. »Ich gehöre zufällig zu denjenigen, die der Meinung sind, das große Massenverschwinden sei eine Reinigung gewesen und daß das Gute im Menschen der gemeinsame Nenner jener ist, die zurückgeblieben sind. Und in wem sonst könnten wir dieses Gute wohl in einem Maße entdecken, das alles andere übersteigt, als in dem Generalsekretär der Vereinten Nationen, Nicolae Carpathia! Heißen Sie ihn bitte herzlich willkommen!«

Die Religionsführer applaudierten begeistert. Einige Reporter klatschten, und zum ersten Mal bemerkte Buck die Zuschauermenge hinter den Presseleuten. Wegen der Scheinwerfer hatte er sie bisher nicht sehen können, und erst jetzt, als Carpathia das Podium betrat, machte sich die Menge lautstark bemerkbar.

Carpathia gab sich wie immer bescheiden, sprach den Religionsführern der Ökumene seine Anerkennung aus und nannte dies eine »historische, wundervolle, längst überfällige Idee«.

Er beantwortete ein paar Fragen, unter anderem, was aus dem Wiederaufbau des jüdischen Tempels in Jerusalem werden sollte. »Ich freue mich, Ihnen mitteilen zu können, daß dieser Wiederaufbau in Angriff genommen werden wird. Wie vielen von Ihnen sicherlich bekannt ist, ist seit Jahrzehnten Geld für dieses Unternehmen gespendet worden, und in anderen Städten ist die Vorfertigung vieler Tempelteile bereits seit Jahren im Gange. Wenn erst einmal die Errichtung begonnen hat, wird die Fertigstellung nicht mehr lange in Anspruch nehmen.«

»Aber was passiert mit dem Felsendom des Islams?«

»Ich bin so froh, daß Sie diese Frage stellen«, antwortete Carpathia, und Buck fragte sich, ob er sie nicht in Wirklichkeit geplant hatte. »Unsere moslemischen Brüder sind damit einverstanden, nicht nur den Schrein, sondern auch den heiligen Teil des Felsens nach Neu-Babylon zu verlegen, damit die Juden ihren Tempel auf dem ihrer Meinung nach ursprünglichen Standort bauen können.

Und wenn Sie mir noch eine Weile länger Ihre Aufmerksamkeit widmen wollen, möchte ich sagen, daß wir an einem ganz außergewöhnlichen Punkt in der Weltgeschichte angekommen sind. Durch die Einführung einer einheitlichen Weltwährung, durch die Vereinigung der vielen Weltreligionen in einer einzigen und die weltweite Abrüstung wird die Welt nun endlich wirklich eins.

Viele von Ihnen haben von mir bereits den Ausdruck ›Weltgemeinschaft‹ gehört. Dies ist ein Name, der unserer Sache würdig ist, wenn wir miteinander kommunizieren, miteinander anbeten, miteinander Handel treiben. Mit den Fortschritten im Bereich der Kommunikation und des Nah- und Fernverkehrs sind wir keine Ansammlung von Ländern und Nationen mehr, sondern eine Weltgemeinschaft, eine Stadt mit gleichberechtigten Bürgern! Ich danke den hier versammelten Religionsführern, die dieses wunderschöne Mosaiksteinchen hinzugefügt haben, und ich möchte ihnen zu Ehren eine Erklärung abgeben.

Mit der Verlegung des Sitzes der Vereinten Nationen nach Neu-Babylon wird unsere großartige Organisation einen neuen Namen erhalten. Wir werden als die Weltgemeinschaft bekannt werden!« Als der Applaus schließlich nachließ, fuhr Carpathia fort: »Und daher ist der Name der neuen einheitlichen Weltreligion, ›Global Community Faith‹, durchaus angemessen.«

Carpathia wurde von seinen Begleitern fortgeführt, als die Kamera- und Technikerteams mit dem Abbau begannen. Nicolae entdeckte Buck, blieb stehen und erklärte seinen Bodyguards, er wolle mit jemandem sprechen. Sie bildeten eine Mauer um ihn, als Carpathia Buck umarmte. Buck mußte sich zusammennehmen, damit er sich nicht zurückzog. »Seien Sie vorsichtig, was Sie meiner journalistischen Unabhängigkeit antun«, flüsterte er Carpathia ins Ohr.

»Haben Sie schon gute Neuigkeiten für mich?« fragte Carpathia, der Buck auf Armeslänge von sich hielt und ihm in die Augen sah.

»Noch nicht, Sir.«

»Sehe ich Sie in Jerusalem?«

»Natürlich.«

»Und Sie werden mit Steve in Kontakt bleiben?«

»Ja.«

»Sie werden ihm Ihre Bedingungen nennen, und wir werden sie akzeptieren. Das ist ein Versprechen.« Buck schlenderte zu einer kleinen Gruppe von Personen, die Peter Mathews umringten, der gerade hofhielt. Buck wartete, bis der Erzbischof ihn bemerkte; dann beugte er sich vor und flüsterte: »Was habe ich verpaßt?«

»Was meinen Sie? Sie waren doch da.«

»Sie sagten, Carpathia würde eine Erklärung zum erweiterten Aufgabenbereich des künftigen Papstes abgeben, der den des bisherigen weit übersteigen sollte.«

Mathews schüttelte den Kopf. »Vielleicht habe ich Sie überschätzt, mein Freund. Ich bin noch kein Papst, aber haben Sie der Erklärung des Generalsekretärs nicht entnommen, daß die neue Religion ein Oberhaupt brauchen wird? Welchen besseren Sitz wird es geben als den Vatikan? Und wer könnte ihr besser vorstehen als der neue Papst?«

»Dann werden Sie also der Papst der Päpste werden.«

Mathews nickte und lächelte. »P. M.«, erwiderte er.

Zwei Stunden später kam Rayford Steele bei den Vereinten Nationen an. Seit seinem Telefonat mit Bruce Barnes kurz vor seinem Abflug hatte er leise gebetet. »Ich habe das Gefühl, als würde ich dem Teufel begegnen«, hatte Rayford zu Bruce gesagt. »Mich kann so leicht nichts erschrecken, Bruce. Darauf bin ich immer stolz gewesen. Aber ich muß Ihnen sagen, heute habe ich schreckliche Angst.«

»Zuerst einmal, Rayford, erst wenn Sie dem Antichristen in der zweiten Hälfte der Trübsalszeit begegnen, wird er tatsächlich vom Teufel besessen sein.«

»Und was ist Carpathia im Augenblick? Ein Dämon zweiter Klasse?«

»Nein, aber Sie brauchen Gebetsunterstützung. Sie wissen, was in Bucks Gegenwart passiert ist.«

»Buck ist zehn Jahre jünger und besser in Form als ich«, entgegnete Rayford. »Ich habe das Gefühl, als würde ich mich überrumpeln lassen.«

»Das werden Sie nicht. Bleiben Sie stark. Gott weiß, wo Sie hingehen, und sein Zeitplan ist immer vollkommen. Ich werde beten, und Sie wissen, daß auch Chloe und Buck für Sie beten werden.«

Das war Rayford ein großer Trost, und vor allem war es beruhigend zu wissen, daß auch Buck in der Stadt war. Allein das Wissen, daß er sich in nächster Nähe aufhielt, gab Rayford das Gefühl, nicht mehr ganz so allein zu sein. Ihn beschäftigte jedoch nicht nur die Unterredung mit Carpathia, sondern auch die Begegnung mit Hattie Durham.

Hattie erwartete ihn bereits, als er aus dem Aufzug trat. Er hatte gehofft, sich einen Augenblick lang sammeln zu können, sich frisch zu machen, einmal tief durchzuatmen. Doch da stand sie in ihrer jugendlichen Schönheit in einem maßgeschneiderten Kostüm und sah atemberaubender aus als je zuvor. Diesen Anblick hatte er nicht erwartet, und er spürte das Böse um sich herum, als ihn die Sehnsucht nach ihr überfiel.

Rayfords alte Natur erinnerte ihn sofort daran, warum sie ihn während einer kurzen Phase seiner Ehe von seiner Frau abgelenkt hatte. Er betete im stillen, dankte Gott, daß er ihn vor etwas bewahrt hatte, das er sein Leben lang bereut hätte. Und sobald Hattie den Mund öffnete, fand er in die Realität zurück. Zwar drückte sie sich jetzt gewählter aus, doch an ihrem Tonfall erkannte man, daß sie nicht mit Intelligenz gesegnet war.

»Captain Steele«, begrüßte sie ihn überschwenglich. »Wie schön, Sie zu sehen! Wie geht es Ihnen und den anderen?«

»Den anderen?«

»Sie wissen schon, Chloe, Buck und den anderen.«

Chloe und Buck sind die anderen, dachte er, aber das behielt er für sich.

»Sehr gut, danke.«

»Oh, das ist wundervoll.«

»Können wir irgendwo in Ruhe miteinander reden?«

Sie führte ihn zu ihrem Arbeitsbereich, der beunruhigend offen gehalten war. Zwar befand sich niemand in der Nähe, der sie belauschen konnte, aber die Decke war mindestens sechs Meter hoch. Ihr Schreibtisch und die Aktenschränke befanden sich mitten im Raum, ohne begrenzende Wände. Schritte hallten wider, und Rayford hatte den Eindruck, daß die Büros des Generalsekretärs weit entfernt waren.

»So, was gibt es bei Ihnen Neues, seit ich Sie das letzte Mal gesehen habe, Captain Steele?«

»Hattie, ich möchte nicht unhöflich sein, aber könnten Sie bitte mit diesem ›Captain Steele‹ aufhören. Und warum tun Sie so, als wüßten Sie nicht, was es Neues gibt? Neu ist, daß Sie und Ihr Chef sich in meinen Job und meine Familie einmischen, und ich scheine dagegen machtlos zu sein.«

13

Stanton Bailey legte die Hände auf seinen Sessel und blickte Buck Williams an. Er konnte seine Erregung nur mit Mühe unterdrücken. »Cameron«, sagte er betont ruhig. »Ich habe Sie noch nie verstehen können. Was sollte die Sache mit dem Lunchpaket?«

»Es war nur ein Teilchen. Ich hatte Hunger.«

»Ich habe immer Hunger«, brüllte Bailey los, »aber ganz bestimmt esse ich nicht im Fernsehen!«

»Ich war sicher, daß ich nicht zu sehen war.«

»Nun, jetzt wissen Sie, daß es nicht so war. Und falls Carpathia und Plank Sie immer noch am Tisch der Unterzeichnenden sitzen lassen, bitte keine Lunchpakete.«

»Es war ein Teilchen.«

»Auch keine Teilchen!«

Nach all den Jahren, in denen er Hatties Captain gewesen war, fühlte Rayford sich nun auf der anderen Seite ihres beeindruckenden Schreibtisches wie ihr Untergebener. Anscheinend hatte es sie ernüchtert, daß er sofort zur Sache gekommen war.

»Rayford, hören Sie«, erklärte sie ihm. »Obwohl Sie mich nicht gerade gut behandelt haben, mag ich Sie immer noch. Ich würde nie etwas tun, das Ihnen schaden könnte.«

»Der Versuch, eine Beschwerde in meine Personalakte zu bekommen, sollte mir wohl keine Schwierigkeiten bereiten?«

»Das war doch nur ein Scherz. Und Sie haben ihn sofort durchschaut.«

»Es hat mir trotzdem eine Menge Schwierigkeiten bereitet. Und die Nachricht, die in Dallas auf mich wartete? Daß die neue Air Force One eine 757 ist?«

»Genau wie ich Ihnen gesagt habe. Ein Scherz.«

»Das ist wirklich nicht lustig. Zu viele Zufälle.«

»Nun, Rayford, wenn Sie keine Scherze vertragen können, dann in Ordnung, ich werde Sie nicht mehr belästigen. Ich dachte nur, ein wenig Spaß von Freund zu Freund könnte nicht schaden.«

»Kommen Sie, Hattie. Glauben Sie, ich würde Ihnen das abkaufen? Das ist nicht Ihr Stil. Sie spielen Ihren Freunden keine Streiche. Das paßt einfach nicht zu Ihnen.«

»In Ordnung, es tut mir leid.«

»Das reicht nicht.«

»Nun, entschuldigen Sie, aber ich werde Ihnen nicht mehr antworten.«

Irgendwie schaffte es Hattie Durham, Rayford mehr als jeder andere auf die Palme zu bringen. Er atmete tief durch und bemühte sich, Haltung zu bewahren. »Hattie, ich möchte, daß Sie mir von den Blumen und den Pralinen erzählen.«

Hattie war die schlechteste Schauspielerin der Welt. »Blumen und Pralinen?« wiederholte sie nach einer schuldbewußten Pause.

»Hören Sie schon auf mit den Spielchen«, entgegnete Rayford. »Akzeptieren Sie einfach, daß ich weiß, wer es war, und nennen Sie mir den Grund dafür.«

»Ich tue nur, was mir aufgetragen wird, Rayford.«

»Sehen Sie? Und das verstehe ich nicht. Ich sollte den mächtigsten Mann der Welt fragen, warum er meiner Tochter, einem Menschen, den er noch nie gesehen hat, Blumen und Pralinen schickt? Will er etwas von ihr? Und wenn ja, warum gibt er sich nicht zu erkennen?«

»Er will nichts von ihr, Rayford! Er ist bereits vergeben.«

»Was heißt das?«

»Er hat eine feste Beziehung.«

»Jemand, den wir kennen?« Rayford blickte sie angewidert an.

Hattie schien ein Grinsen unterdrücken zu müssen. »Ich denke, man kann sagen, wir sind uns einig, aber die Presse weiß nichts davon, darum würden wir es zu schätzen wissen, wenn Sie …«

»Wir schließen einen Handel: Sie hören auf, anonyme Geschenke an Chloe zu schicken, und erzählen mir, was dahintersteckt, und ich werde Ihr kleines Geheimnis wahren. Wie klingt das?«

Hattie beugte sich verschwörerisch zu ihm. »In Ordnung«, flüsterte sie. »Sie wollen wissen, was ich denke, richtig? Ich weiß es nicht. Wie ich schon sagte, ich tue, was mir aufgetragen wird. Aber dort drinnen sitzt ein brillantes Gehirn.«

Daran zweifelte Rayford nicht. Er fragte sich nur, warum Nicolae Carpathia Zeit für solche Nichtigkeiten vergeudete.

»Weiter.«

»Er will Sie als Pilot.«

»In Ordnung«, sagte Rayford vorsichtig.

»Sie werden es tun?«

»Was tun? Ich sage nur, daß ich Ihnen folge, obwohl ich nicht sicher bin, ob ich wirklich alles verstehe. Er will mich als Piloten, und darum …?«

»Aber er weiß, daß Sie sich an Ihrem Wohnort wohl fühlen.«

»Ich denke, ich kann noch folgen.«

»Er möchte Ihnen nicht nur einen Job bieten, um Sie fortzulocken, sondern Sie sollten von sich aus dort fort wollen.«

»Die Tatsache, daß meine Tochter von ihm umworben wird, sollte mich dazu bringen, diese Stellung anzunehmen?«

»Nein, natürlich nicht. Sie sollten ja nicht herausfinden, wer es war.«

»Ich verstehe. Ich sollte denken, es sei jemand aus Chicago gewesen, damit ich eher geneigt sein würde, einen anderen Job anzunehmen und umzuziehen.«

»Genau.«

»Das wirft aber eine Menge Fragen auf, Hattie.«

»Schießen Sie los.«

»Warum sollte die Tatsache, daß jemand meine Tochter umwirbt, mich dazu bringen, fortzulaufen? Sie ist beinahe einundzwanzig. Es ist Zeit, daß sie jemanden findet.«

»Aber wir haben es doch anonym getan. Das sollte ein wenig gefährlich aussehen.«

»So war es auch.«

»Dann haben wir unsere Sache gut gemacht.«

»Hattie, dachten Sie nicht, daß ich zwei und zwei zusammenzählen würde, als Sie Chloe ihre Lieblingspralinen schickten, die es nur bei Holman Meadows in New York gibt?«

»Hmm«, entgegnete sie nachdenklich, »vielleicht war das nicht gerade geschickt.«

»Okay, sagen wir, es hat funktioniert. Ich denke also, daß meine Tochter von jemandem umworben wird, der böse Absichten hat. Wo Carpathia dem Präsidenten doch so nah steht, weiß er denn nicht, daß ich Pilot der Air Force One werden soll?«

»Rayford! Also wirklich. Das ist doch die Stelle, die Sie annehmen sollen.«

Rayford sank in sich zusammen und stöhnte. »Hattie, sagen Sie mir um alles in der Welt, was hier vorgeht. Ich bekomme Hinweise aus dem Weißen Haus und von der Pan-Con, daß Carpathia mich hier haben will. Ungesehen wurde ich akzeptiert, um die UNO-Delegation nach Israel zu fliegen. Carpathia will mich als seinen Piloten, doch zuerst will er, daß ich Captain der Air Force One werde?«

Hattie lächelte ihn mitleidig an. »Rayford Steele«, sagte sie in einem schulmeisterlichen Tonfall, »Sie verstehen es einfach nicht, oder? Sie wissen wirklich noch nicht, wer Nicolae Carpathia ist!«

Rayford war wie vor den Kopf geschlagen. Besser als sie wußte er, wer Nicolae Carpathia war. Die Frage war nur, ob *sie* eine Ahnung davon hatte. »Sagen Sie es mir. Helfen Sie mir, es zu verstehen.«

Hattie warf einen Blick über die Schulter, als erwarte sie Carpathia jeden Augenblick. Rayford wußte, daß sich in diesem Marmorpalast niemand ungehört anschleichen konnte. »Nicolae wird das Flugzeug nicht zurückgeben.«

»Wie bitte?«

»Sie haben richtig gehört. Es ist bereits in New York. Sie werden es heute noch sehen. Es wird gerade neu lackiert.«

»Neu lackiert?«

»Sie werden schon sehen.«

Rayfords Gedanken überschlugen sich. Das Flugzeug war doch bestimmt in Seattle gespritzt worden, bevor es nach Washington geflogen worden war. Warum sollte es neu lackiert werden?

»Wie will er damit durchkommen, es nicht mehr zurückzugeben?«

»Er wird dem Präsidenten für das Geschenk danken, und …«

»Das hat er doch neulich bereits getan. Ich habe es selbst gehört.«

»Aber dieses Mal wird er dem Präsidenten ausdrücklich für das Geschenk danken, nicht für die Leihgabe. Sie werden vom Weißen Haus angestellt und fliegen das Flugzeug, und zwar auf Kosten des Weißen Hauses. Kann es sich der Präsident leisten, als der Betrogene dazustehen? Kann er sagen, Nicolae sei ein Lügner? Er wird einen Weg finden müssen, genauso großzügig auszusehen, wie Nicolae ihn hinstellt. Ist das nicht brillant?«

»Es ist flegelhaft. Das ist Diebstahl. Warum sollte ich für einen solchen Mann arbeiten wollen? Warum tun Sie es?«

»Ich werde für Nicolae arbeiten, solange er mich will, Rayford. Noch nie habe ich in so kurzer Zeit so viel gelernt. Das ist überhaupt kein Diebstahl. Nicolae sagt, die Vereinigten Staaten würden nach Wegen suchen, die Vereinten Nationen zu unterstützen, und dies sei ein Weg. Sie wissen, daß die Welt zusammenfindet, und irgend jemand wird der neuen Weltregierung vorstehen müssen. Dieses Flugzeug in die Hand zu bekommen, wird der Weg sein, allen zu zeigen, daß sich Präsident Fitzhugh Generalsekretär Carpathia unterordnet.«

Hattie klang wie ein Papagei. Carpathia hatte ihr sehr gut beigebracht, den Sachverhalt wenigstens zu glauben, wenn sie es schon nicht verstand.

»In Ordnung«, faßte Rayford zusammen, »Carpathia bringt die Pan-Con und das Weiße Haus dazu, mir den Posten des Chefpiloten der Air Force One zu geben. Er hat Sie beauftragt, mir zu Hause einen Schrecken einzujagen, so daß ich umziehen möchte. Ich nehme den Job an, er bekommt das Flugzeug und gibt es nicht mehr zurück. Ich bin der Pilot, aber ich werde von der US-Regierung bezahlt. Und dies alles steht im Zusammenhang damit, daß Carpathia schließlich der Weltherrscher wird.«

Hattie stützte den Kopf auf ihre ineinandergelegten Finger und legte ihn zur Seite. »Das war doch gar nicht so kompliziert, oder?«

»Ich verstehe nur nicht, warum ihm das so wichtig ist.«

»Er hat mich gefragt, wer der beste Pilot sei, mit dem ich während meiner Zeit als Stewardeß geflogen bin, und warum.«

»Und ich habe gewonnen«, erwiderte Rayford.

»Ja, Sie haben gewonnen.«

»Haben Sie ihm erzählt, daß wir beinahe eine Affäre gehabt haben?«

»Haben wir?«

»Ach, lassen wir das.«

»Natürlich habe ich ihm das nicht erzählt. Und Sie werden das auch nicht tun, wenn Sie einen guten Job behalten wollen.«

»Aber Sie haben ihm erzählt, daß ich Christ bin.«

»Sicher, warum nicht? Sie erzählen es ja auch allen. Ich glaube übrigens, daß auch er Christ ist.«

»Nicolae Carpathia?!«

»Natürlich! Wenigstens lebt er nach christlichen Maßstäben. Er ist immer auf der Suche nach größeren guten Taten. Das ist einer seiner

Lieblingssätze. Wie zum Beispiel diese Flugzeuggeschichte. Er weiß, daß die Vereinigten Staaten das tun wollen, auch wenn sie nicht von selbst daran denken. Sie sind zuerst vielleicht ein wenig irritiert, doch da es zum Besten der Welt dient, werden sie es schließlich einsehen und froh darüber sein. Sie werden die großzügigen Helden sein, weil er sie so hinstellt. Das ist doch christlich, oder?«

Buck schrieb eifrig mit. Er hatte seinen Kassettenrecorder im Hotel gelassen und ihn holen wollen, als er vom Büro des *Global Weekly* zurückkam, um Rabbi Marc Feinberg zu interviewen, den führenden Vertreter der Juden, die den Tempel wieder aufbauen wollten. Doch als Buck die Hotelhalle betreten hatte, war er beinahe in Feinberg hineingelaufen, der gerade einen großen Koffer auf Rädern hinter sich herzog. »Es tut mir leid, mein Freund. Ich konnte einen früheren Flug buchen und reise ab. Begleiten Sie mich doch.«

Buck hatte sein Notizbuch aus der einen, seinen Stift aus der anderen Tasche geholt. »Welches Gefühl haben Sie nach der Erklärung?« fragte Buck.

»Lassen Sie mich folgendes sagen: Heute bin ich eine Art Politiker geworden. Glaube ich, daß Gott eine Vorstellung ist? Nein! Ich glaube, daß Gott eine Person ist! Glaube ich, daß alle Religionen der Welt zusammenarbeiten und eins werden können? Nein, vermutlich nicht. Mein Gott ist ein eifersüchtiger Gott und wird seine Ehre keinem anderen geben. Aber können wir einander tolerieren? Ganz bestimmt!

Sie fragen mich vielleicht, warum ich sage, ich sei ein Politiker geworden. Weil ich einen Kompromiß schließen werde, damit wir den Tempel wiederaufbauen können. Solange ich nicht meinen Glauben an den einen wahren Gott Abrahams, Isaaks und Jakobs opfern muß, werde ich jeden mit einem guten Herzen tolerieren und mit ihm zusammenarbeiten. Sicherlich bin ich mit vielen von ihnen und ihren Methoden nicht immer einverstanden, aber wenn sie damit zurechtkommen können, will auch ich damit zurechtkommen. Vor allem möchte ich, daß der Tempel an seiner ursprünglichen Stelle wiederaufgebaut wird. Das ist uns heute praktisch zugesagt worden. Ich sage voraus, daß der Tempel innerhalb eines Jahres stehen wird.«

Der Rabbi eilte durch die Eingangstür und bat den Türsteher, ihm ein Taxi zu besorgen. »Aber, Sir«, entgegnete Buck, »wenn das Oberhaupt der neuen Weltreligion sich selbst nun als Christ bezeichnet ...«

Feinberg winkte ab. »Ach! Wir alle wissen, daß es Mathews sein wird und daß er vermutlich auch der nächste Papst wird! ›Bezeichnet sich als Christ‹? Er ist Christ durch und durch! Er glaubt, daß Jesus der Messias gewesen ist. Ich würde eher glauben, daß Carpathia der Messias ist.«

»Meinen Sie das ernst?«

»Glauben Sie mir, ich habe das in Betracht gezogen. Der Messias soll Gerechtigkeit und dauerhaften Frieden bringen. Sehen Sie, was Carpathia in nur wenigen Wochen erreicht hat! Treffen nicht alle Kriterien auf ihn zu? Wir werden das am Montag herausfinden. Wissen Sie eigentlich, daß mein Kollege, Rabbi Tsion Ben-Juda ...«

»Ja, ich warte auf die Ergebnisse.« Es gab unzählige andere Quellen, mit denen Buck über Carpathia sprechen konnte, und mit Ben-Juda wollte er sich persönlich unterhalten. Von Feinberg wollte er die Tempelgeschichte hören. Er kam auf sein Thema zurück. »Warum ist es so wichtig, den Tempel wiederaufzubauen?«

Rabbi Feinberg trat auf die Straße und sah sich nach einem Taxi um. Offensichtlich fürchtete er, zu spät zu kommen. Aber obwohl er Buck nicht ansah, sprach er weiter und gab Buck einen kurzen Abriß der jüdischen Geschichte.

»König David wollte einen Tempel für den Herrn bauen«, erzählte er. »Aber Gott war der Meinung, daß David als Kriegsmann zuviel Blut vergossen hatte, darum ließ er den Tempel von Davids Sohn Salomo bauen. Und er war einfach prächtig! Jerusalem war die Stadt, in der Gott seinen Namen wohnen lassen wollte und in der sein Volk ihn anbeten konnte. Die Herrlichkeit Gottes erschien im Tempel, und dieser wurde das Symbol für die Hand Gottes, die sein Volk beschützte. Das Volk fühlte sich so sicher, daß es, auch wenn es sich von Gott abwandte, der Meinung war, Jerusalem sei unantastbar, solange der Tempel stand.«

Ein Taxi fuhr vor, und der Türsteher lud den großen Koffer in den Kofferraum. »Bezahlen Sie den Mann, und fahren Sie mit mir«, wies ihn Feinberg an. Buck mußte lächeln, als er eine Dollarnote aus seiner Tasche zog und sie dem Türsteher in die Hand drückte. Selbst wenn er die Taxifahrt bezahlen mußte, würde es ein billiges Interview werden.

»Kennedy-Flughafen«, informierte Feinberg den Fahrer.

»Haben Sie ein Telefon?« fügte Buck hinzu.

Der Fahrer reichte ihm ein Handy. »Nur auf Kreditkarte.«

Buck fragte Feinberg nach seiner Rechnung, um die Nummer vom Hotel nachzusehen. Er rief die Empfangsdame an und sagte ihr, seine Tasche müsse ein wenig länger als erwartet aufbewahrt werden. »Sir, Ihre Tasche wurde abgeholt.«

»Wie bitte?«

»Jemand hat die Tasche bereits abgeholt. Er sagte, er sei ein Freund von Ihnen und würde dafür sorgen, daß Sie sie bekommen.«

Buck war verblüfft. »Sie haben meine Tasche von einem Fremden abholen lassen, der behauptete, er sei ein Freund von mir?«

»Sir, das ist nicht so schlimm, wie es aussieht. Ich denke, der Mann kann sehr leicht ausfindig gemacht werden. Er ist jeden Abend in den Nachrichten zu sehen.«

»Mr. Carpathia?«

»Nein. Einer seiner Leute, ein Mr. Plank. Er hat versprochen, er würde dafür sorgen, daß Sie sie bekommen.«

Feinberg schien erfreut, als Buck sein Telefonat endlich beendet hatte. »Zurück zum Tempel!« rief er, und der Fahrer nahm den Fuß vom Gas. »Nicht Sie!« fügte Feinberg hinzu. »Wir!«

Buck fragte sich, welcher Beruf wohl zu einem Mann mit einer solchen überschäumenden Energie und Begeisterung passen würde. »Sie würden einen hervorragenden Rackettballspieler abgeben«, meinte er nach kurzem Nachdenken.

»Ich bin ein hervorragender Rackettballspieler!« korrigierte ihn Feinberg stolz. »Und Sie?«

»Ich spiele nicht mehr.«

»Und Sie sind doch noch so jung!«

»Zu beschäftigt.«

»Für körperliche Betätigung ist man niemals zu beschäftigt«, entgegnete der Rabbi und klopfte sich auf seinen flachen, muskulösen Bauch. »Ach ja, der Tempel«, fügte er hinzu. Schon bald steckte das Taxi im Verkehr fest, und Buck nutzte die Gelegenheit, um sich auch weiterhin ausgiebig Notizen zu machen.

Als Hattie sich einen Augenblick entschuldigte, um einen Telefonanruf entgegenzunehmen, holte Rayford sein Neues Testament mit den Psalmen aus der Tasche. Er hatte Verse aus den Psalmen auswendig gelernt, und nun, da seine Unruhe vor der Begegnung mit Carpathia stieg, schlug er seine Lieblingsverse auf und las sie sich durch.

Er suchte den Psalm 91 und las die Verse, die er unterstrichen hatte: »Wer im Schutz des Höchsten wohnt und ruht im Schatten des Allmächtigen, der sagt zum Herrn: ›Du bist für mich Zuflucht und Burg, mein Gott, dem ich vertraue.‹ Fallen auch tausend zu deiner Seite, dir zur Rechten zehnmal tausend, so wird es doch dich nicht treffen. Dir begegnet kein Unheil, kein Unglück naht zu deinem Zelt. Denn er befiehlt seinen Engeln, dich zu behüten auf allen deinen Wegen.«

Als er aufsah, blickte Hattie ihn erwartungsvoll an. »Es tut mir leid«, sagte er und schloß die Bibel.

»Das ist schon in Ordnung«, erwiderte sie. »Der Generalsekretär erwartet Sie.«

Nachdem der Taxifahrer dem Rabbi versichert hatte, daß er das Flugzeug nicht verpassen würde, erwärmte sich Feinberg für sein Thema. »Der Tempel und die Stadt Jerusalem wurden von König Nebukadnezar zerstört. Siebzig Jahre später wurde ein Dekret erlassen, daß die Stadt und schließlich auch der Tempel wiederaufgebaut werden sollten. Der neue Tempel, der unter der Führung von Serubbabel und Josua, dem Hohenpriester, entstand, blieb so weit hinter dem Tempel Salomos zurück, daß einige der Ältesten weinten, als sie das Fundament sahen.

Trotzdem war es der Tempel des Volkes Israel, bis er von Antiochus Epiphanes, einem griechisch-römischen Herrscher, entweiht wurde. Etwa 40 vor Christus zerstörte Herodes der Große den Tempel und ließ ihn wiederaufbauen. Dieser Tempel wurde als der ›Tempel des Herodes‹ bekannt. Und was daraus geworden ist, wissen Sie ja sicher.«

»Es tut mir leid, das weiß ich nicht.«

»Sie sind Reporter für den Bereich ›Religion‹ und wissen nicht, was mit dem Tempel des Herodes passiert ist?«

»Eigentlich bin ich nur Ersatzmann für den Religionsreporter.«

»Ersatzmann?«

Buck lächelte. »Sie sind Rackettballspieler und wissen nicht, was ein Ersatzmann ist?«

»Soweit ich weiß, ist dies kein Rackettballausdruck«, erwiderte der Rabbi. »Und abgesehen von Fußball, das ihr ›Soccer‹ nennt, interessiere ich mich nicht für andere Sportarten. Aber ich will Ihnen erzählen, was mit dem Tempel des Herodes geschehen ist. Titus, ein römischer Feldherr, belagerte Jerusalem, und obwohl er den Befehl gab, daß der Tempel nicht zerstört werden sollte, vertrauten ihm die Juden nicht. Sie verbrannten ihr Heiligtum lieber, als daß sie zuließen, daß es in heidnische Hände fiel. Heute steht auf dem Tempelberg, wo früher der alte jüdische Tempel erbaut war, die große Moschee der Moslems, der Felsendom.«

Buck war neugierig. »Wie hat man die Moslems überreden können, den Felsendom zu verlegen?«

»Das spricht für die Größe Carpathias«, erläuterte Feinberg. »Wer außer dem Messias könnte die gläubigen Moslems überzeugen, ihr Heiligtum, das in seiner Bedeutung nur hinter Mekka, dem Geburtsort Mohammeds, zurücksteht, zu verlegen? Aber Sie sehen, der Felsendom ist auf dem Berg Moria errichtet, wo Abraham seine Bereitschaft zeigte, Gott seinen Sohn Isaak zu opfern. Natürlich glauben wir nicht, daß Mohammed von Gott gesandt worden ist, aber solange eine moslemische Moschee auf dem Tempelberg steht, ist dieser heilige Ort entweiht.«

»Dann ist dies also ein großer Tag für Israel?«

»Ein großer Tag?! Seit der Geburt unserer Nation haben wir Millionen von Dollar auf der ganzen Welt gesammelt, um den Tempel wiederaufzubauen. Viele vorfabrizierte Mauern sind bereits fertig und müssen nur noch hierhertransportiert werden. Ich werde den neuen Tempel noch erleben, und er wird noch spektakulärer sein als in den Tagen Salomos!«

»Endlich lernen wir uns kennen«, begrüßte ihn Nicolae Carpathia überschwenglich, erhob sich, kam hinter seinem Schreibtisch hervor und schüttelte Rayford Steele die Hand. »Vielen Dank, Miss Durham. Wir werden uns hierher setzen.«

Hattie ging und schloß die Tür hinter sich. Nicolae deutete auf einen Stuhl und setzte sich Rayford gegenüber. »Und so schließt sich unser kleiner Kreis.«

Rayford fühlte sich seltsam ruhig. Man betete für ihn, und seine Gedanken verweilten bei den Zusagen aus den Psalmen. »Wie bitte?«

»Ich finde es interessant zu sehen, wie klein die Welt ist. Vielleicht glaube ich auch deshalb so fest daran, daß wir wirklich eine Weltgemeinschaft werden. Können Sie sich vorstellen, daß ich Sie durch einen israelischen Botaniker mit Namen Chaim Rosenzweig kennengelernt habe?«

»Natürlich ist mir der Name bekannt, aber wir haben uns nie persönlich gesehen.«

»Das stimmt natürlich. Aber Sie werden sich kennenlernen. Wenn nicht während Ihres Aufenthaltes hier, dann auf jeden Fall am Samstag auf dem Flug nach Israel. Er hat mich einem jungen Reporter vorgestellt, der ein Interview mit ihm gemacht hat. Dieser Journalist lernte in Ihrem Flugzeug Ihre Flugbegleiterin Miss Durham kennen und stellte mich ihr vor. Sie ist jetzt meine Assistentin, und sie hat mir gegenüber von Ihnen gesprochen. Die Welt ist wirklich klein.«

Earl Halliday hatte dasselbe gesagt, als er gehört hatte, daß Hattie Durham nun für den Mann arbeitete, der Rayford als Pilot der *Air Force One* haben wollte. Rayford antwortete nicht. Er glaubte nicht, daß dieses Treffen zufällig war. So klein war die Welt nicht. Es war möglich, daß Gott sie alle genau an dem Platz hatte haben wollen, damit Rayford nun da saß, wo er saß. Ganz bestimmt hatte er das nicht angestrebt oder gewollt, aber schließlich war er doch wenigstens offen.

»Sie wollen also der Pilot der Air Force One werden.«

»Nein, Sir, das war nicht mein Wunsch. Auf Bitte des Weißen Hauses bin ich bereit, Sie mit Ihrer Delegation nach Jerusalem zu fliegen; erst dann werde ich eine Entscheidung treffen.«

»Sie streben diese Position nicht an?«

»Nein, Sir.«

»Aber Sie sind bereit?«

»Ich werde es versuchen.«

»Mr. Steele, ich möchte eine Prognose stellen. Ich nehme an, Sie werden dieses Flugzeug mit seiner neuesten Technologie sehen und niemals wieder etwas anderes fliegen wollen.«

»Das kann sehr gut sein.« Aber nicht aus diesem Grund, dachte Rayford. Nur wenn es Gottes Wille ist.

»Ich möchte Ihnen auch ein kleines Geheimnis anvertrauen, etwas, das bisher noch nicht bekannt ist. Miss Durham hat mir versichert, daß Sie ein Mann sind, dem man vertrauen kann, ein Mann, der zu seinem Wort steht, und seit kurzem sogar ein sehr religiöser Mann.«

Rayford nickte. Er wollte nichts sagen.

»Dann werde ich mich darauf verlassen, daß Sie sich meines Vertrauens würdig erweisen, bis das bekannt wird. Die Air Force One ist den Vereinten Nationen vom Präsidenten der Vereinigten Staaten als Geste der Unterstützung zur Verfügung gestellt worden.«

»Das wurde in den Nachrichten erklärt.«

»Natürlich, aber was noch nicht bekannt wurde, ist die Tatsache, daß das Flugzeug samt seiner Crew uns danach zu unserer ausschließlichen Nutzung zur Verfügung gestellt werden wird.«

»Wie nett von Präsident Fitzhugh, so etwas anzubieten.«

»Ja, wirklich sehr nett«, sagte Carpathia. »Und sehr großzügig.«

Rayford konnte verstehen, warum die Menschen sich von Carpathia einwickeln ließen, doch das Wissen, daß dieser log, half ihm, seinem Charme zu widerstehen.

»Wann werden Sie zurückfliegen?« fragte Carpathia.

»Das habe ich offen gelassen. Ich stehe Ihnen zur Verfügung. Allerdings muß ich noch einmal nach Hause, bevor wir am Samstag abfliegen.«

»Mir gefällt Ihre Art«, entgegnete Carpathia. »Sie stehen mir zur Verfügung. Das ist nett. Natürlich ist Ihnen klar, sollten Sie den Job bekommen – und das werden Sie –, daß hier kein Platz für Bekehrungseifer ist.«

»Das heißt?«

»Das heißt, daß die Vereinten Nationen, die jetzige Weltgemeinschaft und vor allem ich aktive Nichtsektierer sind.«

»Ich glaube an Christus«, erklärte Rayford. »Ich besuche die Kirche. Ich lese in der Bibel, und ich sage den Menschen, was ich glaube.«

»Aber nicht während der Arbeitszeit.«

»Falls Sie mein Vorgesetzter werden und das eine Direktive wird, werde ich mich daran halten müssen.«

»Ich werde, es wird und Sie werden«, entgegnete Carpathia entschieden. »Wir verstehen uns also.«

»Jawohl.«

»Ich mag Sie, und ich denke, es wird eine gute Zusammenarbeit.«

»Ich kenne Sie nicht, Sir, aber ich bin der Meinung, daß ich mit jedem arbeiten kann.« Wo war das hergekommen? Rayford mußte beinahe lächeln. Wenn er mit dem Antichristen zusammenarbeiten konnte, mit wem dann nicht?

Als das Taxi den Flughafen erreichte, sagte Rabbi Marc Feinberg: »Ich bin sicher, Sie haben nichts dagegen, diese Fahrt auf Ihre Spesenrechnung zu setzen, da Sie mich ja interviewt haben.«

»Natürlich nicht«, erwiderte Buck. »Der Global Weekly wird diese Fahrt sehr gern übernehmen, vorausgesetzt, wir müssen nicht auch noch für Ihr Flugticket nach Israel aufkommen.«

»Da Sie gerade davon sprechen ...« entgegnete der Rabbi augenzwinkernd, ließ den Satz jedoch unbeendet. Er winkte noch einmal, holte seinen Koffer aus dem Kofferraum und eilte in den Terminal.

Nicolae Carpathia drückte auf den Knopf der Gegensprechanlage. »Miss Durham, haben Sie einen Wagen vorfahren lassen?«

»Jawohl, Sir. Am Hintereingang.«

»Wir sind fertig.«

»Ich werde Ihnen Bescheid geben, wenn die Sicherheitsleute da sind.«

»Danke.« Nicolae wendete sich wieder an Rayford. »Ich möchte Ihnen das Flugzeug zeigen.«

»Sicher«, erwiderte Rayford, obwohl er viel lieber nach Hause geflogen wäre. Warum um alles in der Welt hatte er Carpathia nur gesagt, er stehe ihm zur Verfügung?

»Zum Hotel zurück, Sir?«

»Nein«, sagte Buck. »Zum UNO-Gebäude, bitte. Darf ich noch einmal Ihr Telefon benutzen?«

»Nur auf Kredit-«

»Karte, ich weiß.« Er telefonierte mit Steve Plank in der UNO. »Warum hast du meine Tasche abgeholt?«

»Ich wollte dir nur einen Gefallen tun, mein Alter. Bist du im ›Plaza‹? Ich werde sie dir bringen.«

»Da wohne ich, aber ich komme zu dir. Das hast du ja sowieso beabsichtigt, nicht?«

»Genau.«

»Bin in einer Stunde da.«

»Carpathia ist vielleicht nicht da.«

»Ich wollte nicht zu ihm, sondern zu dir.«

Nachdem Hattie ihm Bescheid gesagt hatte, erhob sich Carpathia. Seine Tür öffnete sich. Zwei Sicherheitskräfte brachten Nicolae und Rayford durch die Flure zu einem Frachtaufzug, hinunter ins Untergeschoß, wo eine Limousine auf sie wartete. Der Fahrer sprang heraus und öffnete die Tür für Carpathia. Rayford wurde zur anderen Seite begleitet, wo man auch ihm die Tür öffnete.

Rayford fand es seltsam, daß man ihm im Büro keine Erfrischung angeboten hatte, Carpathia nun aber darauf bestand, ihm zu zeigen, daß ihnen im Wagen alles zur Verfügung stand, von Whisky über Wein und Bier bis hin zu alkoholfreien Getränken.

»Sie trinken keinen Alkohol?«

»Nicht mehr.«

»Früher denn?«

»Nie sehr stark, aber gelegentlich in unvernünftigen Mengen. Seit dem Tod meiner Familie habe ich keinen Tropfen mehr angerührt.«

»Es tut mir leid, davon zu hören.«

»Danke, aber ich habe mich damit abgefunden. Allerdings vermisse ich sie schrecklich ...«

»Natürlich.«

»Aber mittlerweile habe ich mich damit abgefunden.«

»Sie glauben, daß Jesus Christus sie in den Himmel geholt hat, nicht wahr?«

»Genau.«

»Ich will nicht so tun, als würde ich diesen Glauben teilen, aber ich respektiere den Trost, den dieser Gedanke Ihnen vermutlich spendet.«

Rayford wollte widersprechen, doch er fragte sich, ob es ratsam war, dem Antichristen ein »Zeugnis« zu geben.

»Nun, ich trinke auch keinen Alkohol«, fügte Carpathia nach einer Weile hinzu und nahm sich ein Mineralwasser.

»Warum sollte ich nicht zu dir ins Hotel kommen?« fragte Steve Plank. »Ich hätte es getan.«

»Ich möchte dich um einen Gefallen bitten.«

»Wir können uns gegenseitig einen Gefallen tun. Nimm Carpathias Angebot an, und du wirst dein Leben lang um nichts mehr bitten müssen.«

»Um die Wahrheit zu sagen: Im Augenblick habe ich so viele gute Stories laufen, daß ich momentan überhaupt nicht daran denken kann, es anzunehmen.«

»Schreib sie für uns.«

»Nein, das geht nicht. Aber du kannst mir helfen. Ich möchte mit diesen beiden Burschen an der Klagemauer sprechen.«

»Nicolae haßt diese beiden. Er glaubt, daß sie verrückt sind. Offensichtlich sind sie das auch.«

»Dann dürfte es ihm doch egal sein, wenn ich versuche, ein Interview mit ihnen zu bekommen.«

»Ich werde sehen, was ich tun kann. Er ist heute mit dem Piloten zusammen.«

»Was du nicht sagst.«

Carpathia und Rayford stiegen vor einem riesigen Hangar auf dem *Kennedy*-Flughafen aus dem Wagen. »Sagen Sie Fred, das übliche«, meinte Carpathia an den Fahrer gewandt.

Das Flugzeug im Hangar war mit hellen Scheinwerfern angestrahlt. Auf der einen Seite waren die Worte *Air Force One* und das Wappen des Präsidenten der Vereinigten Staaten zu sehen. Auf der anderen Seite jedoch hatte man ein Gerüst aufgestellt. Das Wappen und der Name waren bereits entfernt worden. Statt dessen war das Logo der Vereinten Nationen aufgemalt, jedoch mit den Worten *Weltgemeinschaft* anstelle des früheren Namens. Und wo sonst der Name des Flugzeuges stand, war nun *Global Community One* zu lesen.

»Wie lange dauert es noch, bis beide Seiten fertig sind?« fragte Carpathia einen der Maler.

»Um Mitternacht werden beide Seiten trocken sein!« kam die Antwort. »Für diese Seite haben wir sechs Stunden gebraucht. Die andere wird schneller gehen. Die Maschine kann ohne weiteres am Samstag starten!«

Carpathia hob den Daumen, und die Arbeiter im Hangar applaudierten begeistert. »Wir würden gern an Bord gehen«, flüsterte Carpathia einem seiner Begleiter zu, und innerhalb kürzester Zeit wurde eine Treppe herangefahren. Sie betraten das neue Flugzeug durch einen der hinteren Eingänge. Rayford hatte während seiner bisherigen Dienstzeit schon eine Reihe von neuen Flugzeugen geflogen, und immer war er beeindruckt gewesen, aber so etwas hatte er noch nie gesehen.

Die Einrichtung war sehr teuer, funktional und ausgesprochen geschmackvoll. Im hinteren Teil befanden sich voll eingerichtete Badezimmer mit Duschen. Danach kam der Bereich für die Presseleute, in dem große Gruppen Platz finden würden. Jeder Sitz verfügte über ein Telefon, einen Modemanschluß, einen Videorecorder und ein Fernsehgerät. In der Mitte des Flugzeuges befand sich ein Restaurant, voll ausgerüstet und groß genug, daß man noch atmen konnte.

Im vorderen Teil der Maschine befanden sich die Räume des Präsidenten und ein Konferenzraum. Dieser Raum war mit hochtechnisierten Sicherheitsvorkehrungen, Überwachungsausrüstungen und Kommunikationszentren ausgestattet, die es dem Präsidenten gestatteten, mit jedem Menschen überall in der Welt zu kommunizieren.

Unmittelbar hinter dem Cockpit befanden sich die Aufenthaltsräume für die Crew und außerdem die Privaträume des Kapitäns. »Wahrscheinlich werden Sie nicht im Flugzeug bleiben wollen, wenn wir irgendwo ein paar Tage Aufenthalt haben«, erläuterte ihm Nicolae. »Aber Sie werden kaum ein besseres Quartier finden.«

Buck war in Steves Büro, als Hattie Durham hereinkam, um Steve darüber zu informieren, daß Nicolae für eine Weile fortgefahren war. »Oh, Mr. Williams!« rief sie. »Ich kann Ihnen gar nicht genug dafür danken, daß Sie mich Mr. Carpathia vorgestellt haben.«

Buck wußte nicht, wie er reagieren sollte. Er wollte ihr nicht sagen, daß er es gern getan hatte. In Wirklichkeit tat es ihm schrecklich leid. Darum nickte er nur.

»Wissen Sie, wer heute hier war?« fragte sie.

Buck wußte es, wollte dies aber für sich behalten und stellte sich aus diesem Grund unwissend. Er war sich bewußt, daß er sich vor ihr und Steve, vor allem aber vor Carpathia in acht nehmen mußte. Sie durften nicht erfahren, wie gut er Rayford kannte, und falls er seine wachsende Beziehung zu Chloe vor ihnen geheimhalten konnte, um so besser.

»Rayford Steele. Er war Pilot der Maschine, in der wir uns kennengelernt haben.«

»Ich erinnere mich«, entgegnete er.

»Wußten Sie, daß er als Pilot für die Air Force One in Betracht kommt?«

»Das ist aber eine große Ehre, nicht wahr?«

»Er hat es verdient. Er ist der beste Pilot, für den ich je gearbeitet habe.«

Buck war es peinlich, daß er über seinen neuen Freund so sprach, als würde er ihn kaum kennen. »Was macht denn einen guten Piloten aus?« fragte er.

»Ein glatter Start und eine ruhige Landung. Sehr viel Kommunikation mit den Passagieren. Und die Behandlung der Crew als Gleichgestellte und nicht als Sklaven.«

»Beeindruckend«, erwiderte Buck.

»Möchtest du das Flugzeug sehen?« fragte Steve.

»Darf ich denn?«

»Es steht in einem Hangar am Kennedy-Flughafen.«

»Ich komme gerade von dort.«

»Möchtest du noch einmal dorthin fahren?«

Buck zuckte die Achseln. »Der Artikel über das neue Flugzeug und den Piloten ist bereits vergeben, aber sicher, ich würde es mir gern ansehen.«

»Du kannst immer noch damit nach Israel fliegen.«

»Nein, das geht nicht«, entgegnete Buck. »Mein Chef hat sich in dieser Hinsicht kristallklar ausgedrückt.«

Als Rayford an diesem Abend nach Hause kam, war er sehr nachdenklich. »Bruce hat die Bibelstunde für heute abend abgesagt«, begrüßte ihn seine Tochter.

»Gut«, seufzte Rayford. »Ich fühle mich erschöpft.«

»Erzähle mir von Carpathia.«

Rayford versuchte es. Der Mann war freundlich, charmant, glatt, und abgesehen von der Lüge hätte Rayford sich vielleicht gefragt, ob er ihn falsch eingeschätzt hatte. »Doch in bezug auf seine Identität gibt es wohl keinen Zweifel mehr, oder?« schloß er.

»Bei mir nicht«, bestätigte Chloe. »Aber ich habe ihn ja auch noch nicht kennengelernt.«

»Wie ich dich kenne, könnte er dich nicht eine Sekunde lang zum Narren halten.«

»Ich hoffe es«, antwortete sie. »Aber Buck meint, er ist wirklich erstaunlich.«

»Hast du etwas von Buck gehört?«

»Er wollte gegen Mitternacht New Yorker Zeit anrufen.«

»Soll ich aufbleiben, um dafür zu sorgen, daß du wach bist?«

»Nein, das ist nicht nötig. Er weiß nicht einmal, daß wir unsere Teilchen zur selben Zeit gegessen haben. Um keinen Preis würde ich es versäumen wollen, ihm das zu erzählen.«

14

Buck Williams wandte alle journalistischen Kniffe an, die er kannte. Nachdem er am Samstag im Hotel *König David* den Zeitunterschied aufgeholt hatte, hinterließ er Nachrichten für Chaim Rosenzweig, Marc Feinberg und sogar Peter Mathews. Steve Plank hatte gesagt, Carpathia hätte Bucks Bitte um Hilfe, in die Nähe der beiden Prediger an der Klagemauer zu kommen, abgelehnt.

»Ich habe dir doch gesagt«, fügte Steve hinzu, »er ist der Meinung, diese beiden Burschen seien verrückt, und er ist enttäuscht, daß du sie eines Artikels würdig erachtest.«

»Dann kennt er also keinen, der mich dort hineinbringen kann?«

»Der ganze Bereich ist abgesperrt.«

»Das meine ich ja. Haben wir endlich etwas gefunden, das Nicolae der Große nicht kann?«

Steve war ärgerlich geworden. »Du weißt so gut wie ich, daß er die ganze Klagemauer kaufen könnte«, gab er ärgerlich zurück. »Aber mit seiner Hilfe wirst du jedenfalls nicht in die Nähe dieser Mauer kommen. Er will dich dort nicht haben, Buck. Begreif das doch, und halte dich fern.«

»Ja, das ist genau meine Art.«

»Buck, ich möchte dich um etwas bitten. Wenn du dich Carpathia widersetzt und dann entweder sein Angebot ablehnst oder ihn so wütend machst, daß er es von sich aus zurückzieht, wo willst du dann arbeiten?«

»Keine Sorge, ich werde arbeiten.«

»Aber wo? Siehst du denn nicht, daß sein Einfluß unbegrenzt ist? Die Leute lieben ihn! Sie werden alles für ihn tun. Die Leute kommen aus einer Unterredung mit ihm und tun Dinge, die sie nie für möglich gehalten hätten.«

Das brauchst du mir nicht zu sagen, dachte Buck.

»Ich muß an die Arbeit«, entgegnete er statt dessen. »Aber vielen Dank.«

»Im Augenblick hast du noch Arbeit. Aber nichts ist von Dauer.«

Steve hatte nie wahrer gesprochen, aber das wußte er nicht.

Die zweite Ablehnung erhielt Buck von Peter Mathews. Er war in der Penthouse Suite eines Fünf-Sterne-Hotels in Tel Aviv untergebracht, und obwohl er Bucks Anruf entgegennahm, verhielt er sich ablehnend. »Ich bewundere Sie, Williams«, erwiderte er. »Aber ich denke, ich habe Ihnen die besten Informationen gegeben, über die ich verfüge. Zu den beiden an der Klagemauer habe ich keinerlei Verbindung, aber ich sage gern etwas dazu, wenn Sie das möchten.«

»Was ich möchte, ist, jemanden zu finden, der mich nahe genug an sie heranbringen kann und mir so ein Gespräch mit diesen beiden Männern ermöglicht. Wenn sie mich töten oder verbrennen wollen, so steht es ihnen frei.«

»Aufgrund meiner Position kann ich zur Klagemauer durchkommen, aber ich habe kein Interesse daran, Ihnen zu helfen. Es tut mir leid. Wenn Sie meine Meinung hören wollen, das sind zwei alte Thorastudenten, die vorgeben, Mose und Elia zu sein. Ihre Verkleidung ist schlecht, und ihre Predigten sind noch schlechter. Warum Menschen bei dem Versuch, ihnen etwas anzutun, gestorben sind, kann ich nicht sagen. Vielleicht haben diese beiden Verrückten Verbündete unter ihren Zuhörern, die die Menschen, die ihnen gefährlich werden könnten, töten. Aber jetzt muß ich los. Werden Sie bei der Unterzeichnung am Montag dabeisein?«

»Das ist der Grund meines Hierseins, Exzellenz.«

»Dann sehen wir uns dort. Tun Sie sich selbst einen Gefallen und schädigen Sie nicht Ihren Ruf, indem Sie die beiden zum Gegenstand eines Artikels machen. Sie sollten mich heute nachmittag auf meiner Rundfahrt durch die Stadt begleiten. Ich sehe mich nach Orten für ein mögliches Engagement des Vatikans in Jerusalem um.«

»Aber, Exzellenz, wie erklären Sie sich die Tatsache, daß es in Jerusalem nicht mehr geregnet hat, seit diese beiden zu predigen angefangen haben?« hob Buck erneut an.

»Das erkläre ich mir überhaupt nicht, außer vielleicht, daß nicht einmal die Wolken hören wollen, was sie zu sagen haben. Übrigens regnet es hier sowieso nur selten.«

Rayford hatte die Crew der *Global Community One* nur wenige Stunden vor dem Start kennengelernt. Keiner von ihnen hatte je für die

Pan-Con gearbeitet. In einem kurzen Gespräch hatte er hervorgehoben, daß die Sicherheit oberste Priorität habe. »Darum sind wir alle hier. Angemessenes Verhalten und Protokoll kommen an zweiter Stelle. Wir halten uns genau an die Vorschriften, und wir führen unser Logbuch und die Checklisten. Wir sind aufmerksam, halten uns im Hintergrund, wir bedienen unsere Gäste und Passagiere. Würdenträgern gegenüber verhalten wir uns unterwürfig, jedoch steht ihre Sicherheit an erster Stelle. Die beste Flugzeugcrew ist eine unsichtbare. Die Menschen fühlen sich sicher und behaglich, wenn sie Uniformen und Dienst sehen, keine Individuen.«

Rayfords Erster Offizier war älter als er und hatte sich vermutlich ebenfalls für die Stelle des Piloten beworben. Aber er war freundlich und kooperativ. Der Navigator war noch sehr jung, und Rayford hätte ihn vermutlich nicht ausgesucht, doch er machte seine Sache gut. Die Kabinencrew hatte bereits in der alten *Air Force One* gearbeitet und war überaus beeindruckt von dem neuen Flugzeug, aber das konnte Rayford ihnen auch nicht vorhalten. Die Maschine war wirklich ein technologisches Wunder, und sehr bald würden sie sich daran gewöhnen und es als Selbstverständlichkeit hinnehmen.

Die *757* zu fliegen war tatsächlich, wie Rayford dem Prüfer in Dallas gegenüber erklärt hatte, als würde man am Steuer eines Jaguar sitzen. Aber während des Fluges ließ die Faszination nach. Nach einer Weile überließ er dem Copiloten das Steuer und verschwand in seine Privaträume. Er streckte sich auf dem Bett aus, und auf einmal wurde ihm bewußt, wie einsam er war. Wie stolz wäre Irene gewesen, daß er die beste Stellung in der Fliegerwelt bekommen hatte. Aber ihm selbst bedeutete das mittlerweile nur noch wenig, wenn er auch das Gefühl hatte, daß er tat, wozu Gott ihn geführt hatte. Die Gründe dafür kannte er nicht. Doch tief in seinem Innern war Rayford sicher, daß er nicht mehr für die *Pan-Con* fliegen würde.

Er rief Chloe an und weckte sie auf. »Es tut mir leid, Chlo'«, sagte er.

»Das ist schon in Ordnung, Dad. Wie ist es?«

»Aufregend, ja, das kann ich nicht leugnen.«

Sie hatten darüber gesprochen, daß die Telefongespräche aus dem Flugzeug vermutlich überwacht wurden, darum sprachen sie nicht über Carpathia oder andere in seinem näheren Umfeld. Und ganz bestimmt würden sie Buck Williams nicht namentlich erwähnen.

»Wen kennst du dort?«

»Nur Hattie. Ich fühle mich ein wenig einsam.«

»Ich auch. Sonst habe ich noch von keinem gehört. Am Montag morgen deiner Zeit erwarte ich einen Anruf. Wann wirst du in Jerusalem landen?«

»In etwa drei Stunden kommen wir in Tel Aviv an. Von dort aus werden wir in Luxuslimousinen nach Jerusalem gebracht.«

»Du landest nicht in Jerusalem?«

»Nein, eine 757 kann dort nicht landen. Tel Aviv ist nur knapp fünfzig Kilometer von Jerusalem entfernt.«

»Wann wirst du wieder zu Hause sein?«

»Geplant ist, daß wir am Dienstag morgen in Tel Aviv starten, aber jetzt hat man uns gesagt, daß wir am Montag nachmittag noch nach Bagdad fliegen und am Dienstag morgen von dort starten. Das sind weitere sechshundert Luftmeilen, ungefähr eine zusätzliche Stunde.«

»Was gibt es in Bagdad?«

»Den einzigen Flughafen in der Nähe von Babylon, auf dem ein so großes Flugzeug landen kann. Carpathia möchte sich Babylon ansehen und den Leuten seine Pläne zeigen.«

»Wirst du sie begleiten?«

»Vermutlich schon. Babylon liegt etwa siebzig Kilometer südlich von Bagdad. Wenn ich diesen Job annehme, werde ich im Laufe der kommenden Jahre vermutlich viel vom Mittleren Osten sehen.«

»Ich vermisse dich bereits jetzt. Ich wünschte, ich könnte bei dir sein.«

»Ich weiß, wer dich auch vermißt, Chloe.«

»Ich vermisse dich auch, Dad.«

»Ach, in weniger als einem Monat werde ich für dich ziemlich überflüssig sein. Ich sehe, wo das mit dir und wem auch immer hinführt.«

»Bruce hat angerufen. Er sagte, er hätte einen seltsamen Anruf von einer Frau namens Amanda White bekommen, die behauptet, Mom gekannt zu haben. Sie erzählte Bruce, sie hätte Mom bei einem der Hausbibelkreise der Gemeinde kennengelernt und sich erst jetzt wieder an ihren Namen erinnert.«

»Hm«, erwiderte Rayford. »Was wollte sie?«

»Sie sagte, sie sei Christ geworden, vor allem, weil sie sich an das erinnert hätte, was Mom in diesem Hauskreis gesagt hatte, und nun ist sie auf der Suche nach einer Gemeinde. Sie wollte nur hören, ob die Gemeinde immer noch existiert.«

»Wo ist sie gewesen?«

»Sie hat ihren Mann und ihre beiden erwachsenen Töchter betrauert, die sie bei der Entrückung verloren hat.«

»Deine Mom hat so viel in ihrem Leben bewirkt, und sie hat sich nicht an ihren Namen erinnert?«

»So sagt sie.«

Buck hatte eineinhalb Stunden geschlafen, bevor er den Anruf von Chaim Rosenzweig entgegennahm. »Sogar ich muß mich an die Zeitverschiebung gewöhnen, Cameron«, sagte Rosenzweig. »Wie oft ich diese Reise auch unternehme, jedesmal plagt mich der Zeitunterschied. Wie lange sind Sie schon im Land?«

»Ich bin gestern morgen angekommen. Ich brauche Ihre Hilfe.« Buck erzählte Rosenzweig, er wolle zur Klagemauer. »Ich habe es versucht«, fügte er hinzu, »kam aber nicht näher heran als etwa hundert Meter. Die beiden Männer predigten, und die Zuhörermenge ist viel größer, als ich es je auf CNN gesehen habe.«

»Nun, da es an die Unterzeichnung des Abkommens geht, wird die Zuschauermenge immer größer. Vielleicht haben die beiden wegen der Unterzeichnung ihre Aktivitäten verstärkt. Immer mehr Leute kommen, um sie zu hören, und offensichtlich bekehren sich sogar orthodoxe Juden zum Christentum. Sehr seltsam. Nicolae hat sich unterwegs nach ihnen erkundigt und sich einige Berichte über sie angesehen. So wütend habe ich ihn noch nie gesehen.«

»Was hat er gesagt?«

»Er war einfach nur wütend. Gesagt hat er nichts. Sein Gesicht war gerötet, und die Lippen hatte er fest zusammengepreßt. Ich kenne ihn noch nicht so gut, aber ich merke, wenn er aufgebracht ist.«

»Chaim, ich brauche Ihre Hilfe.«

»Cameron, ich bin kein orthodoxer Jude. Ich gehe nicht zur Klagemauer, und selbst wenn ich es wollte, würde ich mich der Gefahr vermutlich nicht aussetzen. Und Ihnen würde ich auch davon abraten. Die größere Story ist die Unterzeichnung des Abkommens am Montag morgen. Nicolae und die israelische Delegation haben am Freitag in New York die letzten Verhandlungen abgeschlossen. Nicolae war brillant. Er ist erstaunlich, Cameron. Ich kann den Tag kaum erwarten, an dem wir endlich beide für ihn arbeiten.«

»Chaim, bitte. Ich weiß, daß jeder Journalist auf der Welt liebend gern ein Interview mit den beiden Predigern haben würde, aber ich bin derjenige, der nicht aufgeben wird, bis ich es bekomme oder sterbe.«

»Das glaube ich Ihnen gern.«

»Doktor, ich habe von Ihnen außer Ihrer Zeit nie etwas erwartet, und Sie sind immer großzügig gewesen.«

»Ich weiß nicht, was ich für Sie tun kann, Cameron. Ich würde Sie selbst hinbringen, wenn ich der Meinung wäre, ich könnte hineinkommen. Aber Sie werden es nicht schaffen.«

»Sie müssen doch jemanden kennen, der Zugang hat!«

»Natürlich! Ich kenne viele orthodoxe Juden und viele Rabbis. Aber ...«

»Was ist mit Ben-Juda?«

»Oh Cameron, er ist so beschäftigt. Der Live-Bericht über sein Studienprojekt wird am Montag nachmittag ausgestrahlt. Sicherlich ist er im Augenblick vollkommen überlastet.«

»Aber vielleicht auch nicht, Chaim. Vielleicht hat er so intensiv geforscht, daß er auch ohne Notizen eine Stunde lang berichten kann. Vielleicht möchte er sich ja ein wenig ablenken, damit ihm das Warten auf seinen großen Augenblick nicht so lang wird.«

Am anderen Ende der Leitung herrschte Stille, und Buck betete, daß Rosenzweig sich bereiterklären würde. »Ich weiß nicht, Cameron. Ich würde in einem solchen Moment nicht belästigt werden wollen.«

»Würden Sie es denn für mich tun, Chaim – ihn einfach anrufen, ihm alles Gute wünschen und ihn nach seinem Terminplan für dieses Wochenende fragen? Ich werde bereit sein, wann immer er mich zur Klagemauer bringt.«

»Nur, wenn er nach einer Abwechslung sucht«, stimmte Rosenzweig schließlich zu. »Wenn ich das Gefühl habe, daß er in seiner Arbeit erstickt, werde ich das Thema nicht einmal anschneiden.«

»Vielen Dank, Chaim! Sie rufen mich zurück?«

»Auf jeden Fall. Und, Cameron, bitte schrauben Sie Ihre Erwartungen nicht zu hoch, und machen Sie nicht mich verantwortlich, wenn er keine Zeit hat.«

»Das würde ich nie tun.«

»Ich weiß. Aber ich merke auch, wie wichtig Ihnen das ist.«

Buck war vollkommen weggetreten und hatte keine Ahnung, wie lange sein Telefon bereits läutete. Er fuhr hoch und bemerkte, daß die Sonne bereits hoch am Himmel stand. Die Lichtstrahlen zeichneten ein seltsames Muster auf das Bett. Buck griff nach dem Telefonhörer. Seine Wangen waren gerötet, seine Augen geschwollen und nur halb geöffnet, sein Haar stand in alle Richtungen. Er hatte einen schrecklichen Geschmack im Mund. Seine Kleidung war verknittert, weil er sich nicht die Mühe gemacht hatte, sie auszuziehen.

»Hallo?«

»Spricht dort Cameron Williams?« fragte eine Stimme mit einem starken hebräischen Akzent.

»Ja.«

»Hier spricht Doktor Tsion Ben-Juda.«

Buck sprang auf, als würde sich der Gelehrte im Raum befinden. »Ja, Dr. Ben-Juda. Es ist mir eine Ehre, von Ihnen zu hören, Sir!«

»Vielen Dank«, entgegnete der Doktor. »Ich stehe gerade vor Ihrem Hotel.«

Buck hatte Mühe, ihn zu verstehen. »Ja?«

»Ich bin mit Wagen und Fahrer hier.«

»Ein Wagen und ein Fahrer, ja, Sir.«

»Können wir fahren?«

»Fahren?«

»Zur Klagemauer.«

»Oh ja, ich meine, nein, Sir. Ich werde zehn Minuten brauchen. Können Sie solange warten?«

»Ich hätte vorher anrufen sollen. Ich hatte jedoch den Eindruck, daß die Angelegenheit sehr dringend für Sie ist.«

Buck riß sich zusammen. »Ja, sehr dringend! Geben Sie mir nur zehn Minuten! Danke!«

Buck riß sich die Kleider vom Leib und sprang unter die Dusche, ohne zu warten, daß das Wasser warm wurde. Er duschte schnell und trocknete sich kaum ab. Danach rasierte er sich in Windeseile. Zeit, seine Haare zu föhnen, hatte er nicht mehr, darum nahm er schnell ein Handtuch und rubbelte sich seine langen Haare etwas trocken.

Schnell kämmte er sich und putzte sich die Zähne. Was trug man an der Klagemauer? Er wußte, er würde nicht hineinkommen, aber würde er seinen Gastgeber beleidigen, wenn er nicht Jacke und Krawatte trug? Er hatte keine mitgebracht. Er hatte nicht geplant, sich für die

Vertragsunterzeichnung am kommenden Vormittag elegant anzuziehen.

Buck wählte sein übliches Jeanshemd, bequeme Jeans, knöchelhohe Stiefel und eine Lederjacke. Er warf seinen Kassettenrecorder und seine Kamera in die kleinste Ledertasche, die er hatte, und rannte die drei Treppen hinunter. Als er aus der Tür trat, blieb er stehen. Er hatte keine Ahnung, wie der Rabbi aussah. Würde er Rosenzweig ähneln oder Feinberg oder keinem von ihnen?

Keinem von ihnen, wie sich herausstellte. Tsion Ben-Juda, gekleidet in einen schwarzen Anzug mit einem schwarzen Hut, stieg aus einem weißen Mercedes aus und winkte scheu. Buck eilte zu ihm. »Dr. Ben-Juda?« begrüßte er den Rabbi fragend und schüttelte ihm die Hand. Der Mann war mittleren Alters, schlank, mit ausgeprägten Gesichtszügen und nur wenigen grauen Strähnen in seinem dunkelbraunen Haar.

In seinem gestelzten Englisch sagte der Rabbi: »In Ihrer Sprache klingt mein Vorname wie die Stadt Zion. Sie können mich so nennen.«

»Zion? Sind Sie sicher?«

»Meines eigenen Namens sicher?« Der Rabbi lächelte. »Ich bin sicher.«

»Nein, ich meinte, ob Sie sicher sind, daß ich Sie ...«

»Ich weiß, was Sie gemeint haben, Mr. Williams. Sie können mich Zion nennen.«

Für Buck klang Zion nicht viel anders als Tsion in Dr. Ben-Judas Akzent. »Bitte nennen Sie mich Buck.«

»Buck?« Der Rabbi öffnete die Beifahrertür für ihn, und der Reporter setzte sich neben den Fahrer.

»Das ist ein Spitzname.«

»In Ordnung, Buck. Der Fahrer versteht kein Englisch.«

Buck drehte sich um und bemerkte, daß der Fahrer ihm die Hand entgegengestreckt hatte. Buck schüttelte sie, und der Mann sagte etwas für Buck vollkommen Unverständliches. Buck lächelte nur und nickte. Dr. Ben-Juda entgegnete etwas auf hebräisch, und sie fuhren los.

»Also, Buck«, begann der Rabbi, als Buck sich zu ihm umdrehte, »Dr. Rosenzweig sagte, Sie wollten Zugang zur Klagemauer, was natürlich, wie Sie sicher wissen, unmöglich ist. Ich kann Sie jedoch nahe genug an die zwei Zeugen heranbringen, daß Sie ihre Aufmerksamkeit auf sich ziehen können, falls Sie das wagen.«

»Die beiden Zeugen? Sie nennen sie die beiden Zeugen? So nennen auch meine Freunde und ich …«

Dr. Ben-Juda hob abwehrend die Hände, so als wolle er andeuten, daß er zu dieser Frage keinen Kommentar abgeben würde. »Die Frage ist, trauen Sie sich?«

»Unbedingt.«

»Und Sie werden mich nicht verantwortlich machen, sollte Ihnen etwas passieren?«

»Natürlich nicht, aber ich würde auch Sie gern interviewen.«

Wieder hob der Rabbi abwehrend die Hände. »Ich habe der Presse und Dr. Rosenzweig klargemacht, daß ich keine Interviews gebe.«

»Dann nur eine persönliche Information. Ich werde Ihnen keine Fragen zu Ihrer Studie stellen, weil ich sicher bin, daß Ihre Sendung morgen nachmittag für sich selbst sprechen wird.«

»Genau. Was die persönliche Information betrifft, ich bin vierundvierzig Jahre alt, wuchs in Haifa als Sohn eines orthodoxen Rabbiners auf, habe zwei Doktortitel, einen in jüdischer Geschichte und einen in Fremdsprachen. Ich habe mein ganzes Leben lang studiert und mich selbst eher als einen Gelehrten und Historiker gesehen und nicht als Lehrer, obwohl meine Schüler in ihrer Beurteilung sehr freundlich sind. Ich denke, lese und bete vorwiegend auf hebräisch, und es ist mir peinlich, daß ich Englisch nur so schlecht spreche. Ich kenne die englische Grammatik und Syntax besser als die meisten Engländer und Amerikaner, meinen gegenwärtigen Begleiter natürlich ausgenommen, aber ich habe keine Zeit, meine Aussprache zu üben, geschweige denn zu vervollkommnen. Ich habe erst vor sechs Jahren geheiratet und zwei Kinder, einen Jungen und ein Mädchen.

Vor etwa drei Jahren wurde ich von einer staatlichen Agentur beauftragt, eine umfassende Studie über die messianischen Prophezeiungen durchzuführen, damit die Juden den Messias erkennen können, wenn er kommt. Das war die bisher lohnendste Arbeit meines Lebens. Während meiner Nachforschungen habe ich Griechisch und Aramäisch gelernt, womit ich nun zweiundzwanzig Fremdsprachen beherrsche. Ich freue mich, diese Studie jetzt abgeschlossen zu haben und der Welt meine Ergebnisse über das Fernsehen mitteilen zu können. Ich behaupte nicht, daß diese Sendung mit Filmen, in denen Sex, Gewalt oder Humor vorkommen, konkurrieren kann, aber ich rechne damit, daß sie sehr kontrovers diskutiert werden wird.«

»Ich weiß nicht, was ich sonst noch fragen könnte«, gab Buck zu.

»Dann sind wir mit dem Interview also fertig und können uns den bevorstehenden Angelegenheiten zuwenden.«

»Mich würde interessieren, warum Sie sich die Zeit dafür nehmen.«

»Dr. Rosenzweig ist mein Mentor, einer meiner geschätztesten Kollegen. Seine Freunde sind auch meine Freunde.«

»Vielen Dank.«

»Ich bewundere Ihre Arbeit. Ich habe Ihren Artikel über Dr. Rosenzweig gelesen und auch viele andere. Außerdem bin auch ich von den Männern an der Klagemauer fasziniert. Vielleicht werden meine Sprachkenntnisse es uns ermöglichen, mit ihnen zu sprechen. Bisher habe ich nur gesehen, daß sie mit den Massen kommunizieren, die herbeiströmen, um sie zu hören. Sie sprechen zu Leuten, die sie bedrohen, aber im Gegenzug wüßte ich von keinem Menschen, der bisher mit ihnen gesprochen hat.«

Der Mercedes parkte neben einigen Reisebussen, und der Fahrer wartete, während Buck und Dr. Ben-Juda die Treppen hinaufstiegen, um sich die Klagemauer, den Tempelberg in der Ferne und alles, was dazwischenlag, anzusehen. »Das ist die größte Menschenmenge, die ich jemals gesehen habe«, sagte der Rabbi.

»Aber die Menschen sind so still«, flüsterte Buck.

»Die beiden Prediger benutzen kein Mikrophon«, erklärte Dr. Ben-Juda. »Die Leute ermahnen sich gegenseitig zum Stillsein. So viele wollen hören, was die Männer zu sagen haben, daß alle bedroht werden, die irgendwelche Störungen verursachen.«

»Machen die beiden denn nie eine Pause?«

»Doch, das tun sie. Gelegentlich zieht sich einer von ihnen hinter dieses kleine Gebäude dort zurück und legt sich auf den Boden in der Nähe des Zauns. Sie wechseln sich häufig mit Ausruhen und Predigen ab. Die Männer, die neulich verbrannt sind, haben versucht, sie von außerhalb des Zaunes anzugreifen, als sie beide sich ausruhten. Darum wagt sich niemand an sie heran.«

»Das könnte eine gute Gelegenheit sein«, meinte Buck.

»Das habe ich auch gedacht.«

»Werden Sie mich begleiten?«

»Nur wenn wir ihnen klarmachen können, daß wir für sie keine Gefahr darstellen. Sie haben mindestens sechs Menschen getötet und noch mehr bedroht. Ein Freund von mir stand hier, als die beiden vier Angreifer verbrannten, und er schwört, das Feuer sei aus ihrem Mund gekommen.«

»Glauben Sie das?«

»Ich habe keinen Grund, die Aussage meines Freundes anzuzweifeln, obwohl er mehrere hundert Meter entfernt stand.«

»Gibt es eine bestimmte Zeit, die besonders geeignet ist, oder sollen wir es einfach darauf ankommen lassen?«

»Ich schlage vor, wir stellen uns erst einmal in die Menschenmenge.«

Sie stiegen die Treppen hinab und bahnten sich einen Weg durch die Menge. Buck war beeindruckt, wie ehrerbietig die Menschen sich verhielten. Fünfzig oder sechzig Meter von den Predigern entfernt standen orthodoxe Rabbis, verbeugten sich, beteten, steckten geschriebene Gebete in die Spalten zwischen die Steine der Mauer. Gelegentlich drehte sich einer der Rabbis um, drohte den beiden Predigern mit der Faust und schleuderte ihnen auf hebräisch Beschimpfungen entgegen. Doch die Menge brachte sie zum Schweigen. Manchmal antwortete einer der Prediger direkt.

Als Buck und Dr. Ben-Juda weiter nach vorne kamen, fiel ein Rabbi an der Mauer auf die Knie, die Augen gen Himmel gerichtet, und schrie ein Gebet heraus.

»Ruhig!« rief einer der Prediger, und der Rabbi weinte bitterlich. Der Prediger wendete sich der Menge zu. »Er fleht den allmächtigen Gott an, uns zu strafen, weil wir seinen Namen lästern! Aber er ist wie die Pharisäer der alten Zeit. Er erkennt nicht den einen, der Gott war und Gott ist und Gott sein wird, jetzt und in Ewigkeit! Wir kommen, um zu bezeugen, daß Jesus Christus von Nazareth der Sohn Gottes war!«

Als er das gesagt hatte, warf sich der weinende Rabbi auf den Boden, barg sein Gesicht und demütigte sich wegen des Bösen, was er gehört hatte.

Dr. Ben-Juda flüsterte Buck zu: »Soll ich für Sie übersetzen?«

»Was übersetzen? Das Gebet des Rabbi?«

»Und die Antwort des Predigers.«

»Ich habe den Prediger verstanden.«

Dr. Ben-Juda wirkte verblüfft. »Wenn ich gewußt hätte, daß Sie fließend Hebräisch sprechen, wäre es sehr viel einfacher für mich gewesen, mit Ihnen zu kommunizieren.«

»Ich spreche kein Hebräisch. Das Gebet habe ich nicht verstanden, aber der Prediger hat auf englisch zu der Menge gesprochen.«

Ben-Juda schüttelte den Kopf. »Mein Fehler«, erwiderte er. »Manchmal vergesse ich, in welcher Sprache ich gerade spreche. Aber da! Er spricht wieder Hebräisch. Er sagt ...«

»Es tut mir leid, Sie unterbrechen zu müssen. Aber er spricht Englisch. Zwar hat er einen hebräischen Akzent, aber er sagt: ›Und nun zu ihm, der dich vor dem Fall bewahren kann ...‹«

»Sie haben das verstanden?«

»Natürlich.«

Der Rabbi war erschüttert. »Buck«, flüsterte er bedeutungsvoll, »er spricht Hebräisch.«

Buck drehte sich um und starrte die beiden Zeugen an. Sie wechselten sich ab, Satz für Satz. Buck verstand jedes Wort in Englisch. Ben-Juda berührte ihn leicht am Arm, und er folgte dem Rabbi in die Menge hinein. »Engländer?« fragte Ben-Juda einen südländisch aussehenden Mann, der neben einer Frau und einem Kind stand.

»Spanier«, erwiderte der Mann entschuldigend.

Dr. Ben-Juda sprach Spanisch mit ihm. Der Mann nickte immer wieder und antwortete bestätigend. Der Rabbi dankte ihm und ging weiter. Er fand einen Norweger und sprach mit ihm in dessen Muttersprache, dann mit einigen Asiaten. Er packte Buck am Arm und zog ihn von der Menge fort näher zu den Predigern hin. Etwa dreißig Meter von den beiden Männern entfernt blieben sie stehen. Nur durch einen Eisenzaun waren sie nun noch von ihnen getrennt.

»Diese Menschen hören die Prediger in ihrer eigenen Sprache!« Ben-Juda schauderte zusammen. »Das ist wirklich von Gott!«

»Sind Sie sicher?«

»Keine Frage. Ich habe sie in Hebräisch gehört. Sie in Englisch. Die Familie aus Mexiko spricht nur wenig Englisch, aber kein Hebräisch. Der Mann aus Norwegen spricht ein wenig Deutsch und Englisch, aber kein Hebräisch. Er hört sie Norwegisch sprechen. Oh Gott, oh Gott«, fügte der Rabbi hinzu, und Buck wußte, daß es aus Ehrfurcht geschah. Er hatte Angst, daß Ben-Juda vielleicht zusammenbrechen würde.

»Yeahh!« Ein junger Mann in Stiefeln, Khakihose und einem weißen T-Shirt kam schreiend durch die Menge gelaufen. Als die Leute sahen, daß er ein Maschinengewehr in den Händen hielt, warfen sie sich zu Boden. Der Mann trug ein goldenes Halsband, und sein schwarzes Haar und sein Bart waren ungekämmt. Seine dunklen Augen funkelten, als er einige Schüsse in die Menge abgab, um sich einen Weg zu den Predigern zu bahnen.

Er rief etwas in einer östlichen Sprache, das Buck nicht verstehen konnte, doch als er auf dem Pflaster lag und unter seinen Armen hervorschaute, flüsterte Rabbi Ben-Juda: »Er sagt, er sei im Auftrag Allahs gekommen.«

Buck griff in die Tasche und stellte seinen Kassettenrecorder an. Die beiden Zeugen hörten auf zu predigen und standen Schulter an Schulter und starrten dem Mann mit dem Maschinengewehr entgegen. Er rannte, so schnell er konnte, und feuerte auf sie, doch die beiden Prediger standen mit verschränkten Armen da, stocksteif, sprachen nicht und rührten sich nicht. Etwa fünf Meter vor ihnen schien der Mann gegen eine unsichtbare Mauer zu stoßen. Er prallte zurück und wurde zu Boden geschleudert. Seine Waffe fiel ihm aus der Hand. Sein Kopf knallte zuerst auf das Pflaster, und stöhnend lag er auf der Erde.

Plötzlich rief einer der Prediger: »Es ist dir nicht erlaubt, in die Nähe der Diener des allerhöchsten Gottes zu kommen. Wir stehen unter seinem Schutz, bis unsere Zeit kommt, und weh jedem, der sich uns ohne den Schutz Jahwes nähert!« Und als er zu Ende gesprochen hatte, spie der andere Feuer, das die Kleidung des jungen Mannes in Brand setzte und seinen Körper in Sekundenschnelle zu Asche verbrannte. Die Waffe schmolz und floß auf den Zement.

Buck lag mit weit aufgerissenen Augen auf dem Bauch, die Hand auf den Rücken des Rabbi gelegt, der unkontrollierbar zitterte. Die Menge rannte schreiend zu ihren Wagen und Bussen, während israelische Soldaten sich langsam der Klagemauer näherten, die Waffen im Anschlag.

Einer der Prediger begann wieder zu sprechen. »Niemand braucht Angst vor uns zu haben, der herkommt, um unser Zeugnis von dem lebendigen Gott zu hören. Viele sind zum Glauben gekommen und haben unseren Bericht angenommen. Nur jene, die uns Böses tun wollen, werden sterben! Habt keine Angst!«

Buck glaubte ihm! Er war nicht sicher, ob der Rabbi es auch tat. Sie standen auf und zogen sich langsam zurück, doch die Augen der Zeugen waren auf sie gerichtet. Die israelischen Soldaten riefen ihnen etwas zu. »Die Soldaten sagen, wir sollen uns langsam zurückziehen«, übersetzte Dr. Ben-Juda.

»Ich möchte bleiben«, erklärte Buck, »und mit diesen Männern sprechen.«

»Haben Sie nicht gesehen, was gerade passiert ist?«

»Natürlich, doch ich habe auch gehört, daß sie aufrichtigen Zuhörern nichts tun werden.«

»Und Sie sind ein aufrichtiger Zuhörer, oder sind Sie nur ein Journalist auf der Suche nach einer Sensation?«

»Beides«, gab Buck zu.

»Gott segne Sie«, sagte der Rabbi. Er drehte sich um und sprach auf hebräisch mit den beiden Zeugen, während die israelischen Soldaten ihm und Buck etwas zuriefen. Buck und Ben-Juda zogen sich nun von den Predigern zurück, die jetzt schwiegen.

»Ich habe ihnen gesagt, wir würden sie um zehn Uhr heute abend hinter dem Gebäude treffen, wo sie sich gelegentlich ausruhen. Werden Sie mitkommen können?«

»Als ob ich das verpassen würde«, erwiderte Buck.

Rayford kehrte nach einem ruhigen Abendessen mit einem Teil der Crew in sein Hotel zurück. Eine dringende Nachricht von Chloe wartete auf ihn. Er brauchte eine Weile, bis er eine freie Leitung bekam, und er wünschte, sie hätte angedeutet, was los war. Es sah ihr gar nicht ähnlich, zu sagen, es handle sich um etwas Dringendes, wenn das nicht der Fall war. Beim ersten Läuten war sie am Telefon.

»Hallo?« sagte sie. »Buck? Dad?«

»Ja, was ist los?«

»Wie geht es Buck?«

»Ich weiß es nicht. Ich habe ihn noch nicht gesehen.«

»Wirst du ihn sehen?«

»Ja, sicher, ich nehme es an.«

»Weißt du, in welchem Krankenhaus er ist?«

»Wie bitte?«

»Hast du es nicht gesehen?«

»Was gesehen?«

»Dad, es kam in den Morgennachrichten. Die beiden Zeugen an der Klagemauer haben einen jungen Mann verbrannt, und alle, die in der Nähe standen, sind zu Boden gegangen. Einer der beiden letzten, die noch auf dem Boden lagen, war Buck.«

»Bist du sicher?«

»Keine Frage.«

»Bist du sicher, daß er verletzt ist?«

»Nein, ich habe es nur angenommen. Er lag neben einem Burschen im schwarzen Anzug, dessen Hut heruntergefallen war.«

»Wo wohnt er?«

»Im ›König David‹. Ich habe ihm eine Nachricht hinterlassen. Man sagte mir, der Schlüssel sei da; er ist also unterwegs. Was hat das zu bedeuten?«

»Einige Leute lassen ihre Schlüssel im Hotel, wenn sie ausgehen. Das hat gar nichts zu bedeuten. Ich bin sicher, er wird dich anrufen.«

»Kannst du nicht irgendwie herausfinden, ob er verletzt ist?«

»Ich werde es versuchen. Laß uns so verbleiben: Wenn ich etwas herausfinde, werde ich dich anrufen. Keine Nachricht ist eine gute Nachricht, okay?«

Bucks Knie waren weich wie Butter. »Sind Sie in Ordnung, Rabbi?«

»Mir geht es gut«, erwiderte Dr. Ben-Juda, »aber ich bin überwältigt.«

»So geht es mir auch.«

»Ich möchte glauben, daß diese Männer von Gott gesandt sind.«

»Ich glaube, daß es so ist«, entgegnete Buck.

»Wirklich? Studieren Sie denn die Schriften?«

»Erst seit kurzem.«

»Kommen Sie, ich möchte Ihnen etwas zeigen.«

Als sie zum Wagen zurückkamen, stand der Fahrer des Rabbi mit aschfahlem Gesicht neben der geöffneten Tür. Tsion Ben-Juda sprach beruhigend auf ihn ein, und der Mann sah an ihm vorbei zu Buck. Dieser versuchte zu lächeln.

Buck setzte sich wieder auf den Beifahrersitz, und Ben-Juda gab dem Fahrer Anweisung, sie so weit wie möglich in die Nähe des Goldenen Tors östlich des Tempelberges zu bringen. Er forderte Buck auf, mit ihm zu dem Tor zu gehen, damit er ihm die hebräischen Inschriften zeigen konnte. »Sehen Sie hier«, erklärte er. »Das heißt: ›Komm, Messias‹. Und hier: ›Befreie uns.‹ Und da: ›Komm in Herrlichkeit‹.

Seit Jahrhunderten sehnt sich mein Volk nach dem Messias, es betet und wartet. Doch das Judentum, sogar im Heiligen Land, ist säkularisiert und weniger biblisch orientiert. Mein Studienprojekt wurde fast aus einer Notwendigkeit heraus in Auftrag gegeben. Die Menschen haben den Blick für das oder den verloren, auf den sie warten, und viele haben aufgegeben.

Und um Ihnen klarzumachen, wie tief die Feindschaft zwischen den Moslems und den Juden sitzt, möchte ich Ihnen diesen Friedhof zeigen, den die Moslems direkt vor diesem Zaun hier gebaut haben.«

»Was bedeutet das?«

»In der jüdischen Tradition heißt es, daß der Messias und Elia die Juden im Triumphzug durch das Tor vom Osten zum Tempel führen werden. Aber Elia ist ein Priester, und einen Friedhof zu überqueren, würde ihn verunreinigen, darum haben die Moslems ihn hier angelegt, um den triumphalen Einzug unmöglich zu machen.«

Buck griff nach seinem Kassettenrecorder. Er wollte den Rabbi bitten, dieses Stück Geschichte noch einmal zu wiederholen, doch er stellte fest, daß der Recorder immer noch lief. Sehen Sie sich das an«, rief Buck. »Ich habe den Angriff auf Tonband.«

Er spulte die Kassette zurück an die Stelle, an der die Schüsse und Schreie zu hören waren. Dann fiel der Mann zu Boden, und die Waffe knallte auf das Pflaster. Vor Bucks Augen stand der Feuerstrahl, der aus dem Mund des einen Zeugen gekommen war. Auf dem Band hörte sich das an wie eine Sturmböe. Noch mehr Schreie. Dann riefen die Prediger etwas in einer Sprache, die Buck nicht verstehen konnte.

»Das ist Hebräisch!« erklärte Rabbi Ben-Juda. »Das hören Sie doch sicher!«

»Sie haben Hebräisch gesprochen«, gab Buck zu, »und der Recorder hat auch das Hebräische aufgenommen. Aber ich habe es auf Englisch gehört, so wahr ich hier stehe.«

»Sie wollen sagen, Sie haben ihr Versprechen gehört, daß sie niemandem etwas tun wollen, der gekommen ist, um ihr Zeugnis zu hören?«

»Ich habe jedes Wort verstanden.«

Der Rabbi schloß die Augen. »Der Zeitpunkt dieser Ereignisse ist von großer Bedeutung für meine Präsentation.«

Buck ging mit ihm zu seinem Wagen. »Ich muß Ihnen etwas sagen«, meinte er. »Ich glaube, daß Ihr Messias bereits gekommen ist.«

»Ich weiß, daß Sie das glauben, junger Mann. Ich bin interessiert zu hören, was die beiden Prediger sagen, wenn Sie ihnen das erzählen.«

Rayford rief bei Steve Plank an, um zu hören, ob seine Leute weitere Informationen über den Toten an der Klagemauer hatten. Er fragte nicht ausdrücklich nach Buck, da er ihre Freundschaft geheimhalten wollte.

»Wir haben alles darüber gehört«, sagte Plank ärgerlich. »Der Generalsekretär ist der Meinung, daß diese beiden wegen Mordes verhaftet und vor Gericht gestellt werden sollten. Er versteht nicht, warum das israelische Militär nichts unternimmt.«

»Vielleicht haben sie Angst, ebenfalls verbrannt zu werden.«

»Welche Chancen hätten die beiden gegen einen Heckenschützen mit einem hochmodernen Gewehr? Man riegelt den Platz ab, entfernt die unschuldigen Zuhörer und erschießt die beiden. Man kann sogar eine Granate oder eine Missile benutzen, wenn es sein muß.«

»Ist das Carpathias Idee?«

»Das ist sie allerdings«, erwiderte Plank.

»So spricht ein wahrer Pazifist.«

15

Rayford sah sich die Nachrichten an und war sicher, daß Chloe recht hatte. Es war in der Tat Buck Williams, kaum mehr als vierzig Meter von den Zeugen entfernt und sogar noch näher an dem Schützen, dessen verbrannte Überreste nun auf dem Boden lagen. Doch das israelische Fernsehen zeigte die Bilder ein wenig länger, und nachdem Rayford das Ganze mehrmals gesehen hatte, konnte er seinen Blick von den feuerspeienden Zeugen nehmen und auf die untere Ecke des Bildschirms lenken. Buck erhob sich schnell und half dem dunkelgekleideten Mann neben sich auf. Keiner von ihnen schien verletzt zu sein.

Rayford wählte die Nummer des *König David*. Buck war noch nicht zurückgekommen, darum nahm Rayford ein Taxi und setzte sich in die Empfangshalle des Hotels. Da er nicht mit Buck gesehen werden wollte, würde er, sobald Buck eintraf, über das Haustelefon mit ihm sprechen.

»In der langen jüdischen Geschichte«, erzählte Rabbi Ben-Juda gerade, »hat es viele klare Beispiele für das Eingreifen Gottes gegeben. Häufiger natürlich in der Zeit, von der die Bibel berichtet, aber die Tatsache, daß Israel in den modernen Kriegen vor allem Bösen bewahrt blieb, ist ein weiteres Beispiel. Die Zerstörung der russischen Luftwaffe, bei der das Heilige Land keinerlei Schaden genommen hatte, war ganz klar ein Eingreifen Gottes.«

Buck drehte sich zu ihm herum. »Ich war da, als es passierte.«

»Ich habe Ihren Artikel darüber gelesen«, erwiderte Ben-Juda. »Aber aus denselben Gründen haben die Juden gelernt, einem anscheinend göttlichen Eingreifen in ihr Leben gegenüber skeptisch zu sein. Diejenigen, die die Schriften kennen, wissen, daß Mose zwar die Macht hatte, einen Stab zu einer Schlange werden zu lassen, daß aber auch die Zauberer des Pharao das konnten. Ebenso konnten diese

Wasser in Blut verwandeln. Daniel war nicht der einzige Traumdeuter am Hof des Königs. Ich sage Ihnen das nur, um Ihnen zu erklären, warum wir diesen beiden Predigern gegenüber so mißtrauisch sind. Sie vollbringen vielleicht mächtige Taten, aber ihre Botschaft widerspricht dem jüdischen Verständnis.«

»Aber sie sprechen doch von dem Messias!« sagte Buck.

»Und sie scheinen die Macht zu haben, ihre Aussagen zu stützen«, bestätigte Ben-Juda. »Aber die Vorstellung, daß Jesus tatsächlich der jüdische Messias war, ist schon uralt. Allein sein Name ist den Juden so lästerlich wie anderen Minoritäten Rassenschmähungen und Schimpfnamen.«

»Einige sind hier zum Glauben gekommen«, warf Buck ein. »Ich habe es in den Nachrichten gesehen, wie Menschen, die sich vor dem Zaun beugten und beteten, Jünger Jesu wurden.«

»Mit viel Mühe«, entgegnete der Rabbi. »Und sie sind in der Minderheit. Wie beeindruckend diese Zeugen Gottes auch sind, Sie werden nicht erleben, daß sich Tausende von Juden zum Christentum bekehren.«

»Das ist das zweite Mal, daß Sie die beiden als Zeugen bezeichnen«, bemerkte Buck. »Sie wissen, daß die Bibel …«

»Mr. Williams«, unterbrach ihn Rabbi Ben-Juda, »ich kenne nicht nur die Thora. Sie müssen wissen, daß ich mich mit den heiligen Werken aller großen Religionen beschäftigt habe.«

»Aber wie erklären Sie sich das dann, wenn Sie das Neue Testament kennen?«

»Nun, zuerst einmal ist es vielleicht ein wenig übertrieben zu sagen, daß ich das Neue Testament ›kenne‹. Ich kann nicht behaupten, es so zu kennen, wie ich meine eigene Bibel kenne, da ich mich nur in den letzten drei Jahren mit dem Neuen Testament beschäftigt habe. Aber zweitens, als Journalist sind Sie nun zu weit gegangen.«

»Ich frage nicht als Journalist!« rief Buck. »Ich frage als Christ!«

»Verwechseln Sie Heiden nicht mit Christen«, erwiderte der Rabbi. »Viele Menschen betrachten sich selbst als Christen, weil sie keine Juden sind.«

»Ich kenne den Unterschied«, fügte Buck hinzu. »Von Freund zu Freund, oder von wenigstens Bekanntem zu Bekanntem, bei all Ihren Studien müssen Sie doch zu einer Schlußfolgerung bezüglich des Messias gekommen sein.«

Der Rabbi antwortete sehr zurückhaltend. »Junger Mann, in drei Jahren habe ich nicht ein Wort über meine Studie verlauten lassen. Sogar die, die mein Projekt gesponsert haben, wissen nicht, zu welchen Schlußfolgerungen ich gekommen bin. Ich respektiere Sie. Ich bewundere Ihren Mut. Ich werde Sie heute abend wie versprochen zu den beiden Zeugen zurückbringen. Aber ich werde Ihnen kein Wort von dem verraten, was ich morgen im Fernsehen sagen werde.«

»Ich verstehe«, entgegnete Buck. »Vielleicht sehen mehr Menschen zu, als Sie annehmen.«

»Vielleicht. Und vielleicht war es falsche Bescheidenheit zu sagen, das Programm könnte mit den sonst ausgestrahlten Filmen nicht konkurrieren. Die CNN und die staatliche Agentur, die diese Studie in Auftrag gegeben hat, haben sich international bemüht, die Juden auf jedem Kontinent von der bevorstehenden Sendung zu informieren. Sie haben mir gesagt, das Publikum in Israel würde nur ein Bruchteil der jüdischen Zuschauer in der ganzen Welt sein.«

Rayford las gerade die *International Tribune*, als Buck an ihm vorbei zur Rezeption eilte, um seinen Schlüssel und eine Nachricht entgegenzunehmen. Rayford raschelte laut mit der Zeitung, und als Buck zu ihm herübersah, machte Rayford ihm ein Zeichen, daß er ihn anrufen würde. Buck nickte und ging in sein Zimmer.

»Sie sollten Chloe anrufen«, sagte Rayford, als er wenige Minuten später mit Buck über das Haustelefon sprach. »Sind Sie in Ordnung?«

»Mir geht es gut. Rayford, ich war dabei!«

»Ich habe Sie gesehen.«

»Der Rabbi, mit dem ich dort war, ist ein Freund von Rosenzweig. Er wird morgen über das Fernsehen sprechen. Das müssen Sie sich unbedingt ansehen. Ein wirklich interessanter Bursche.«

»Das werde ich. Ich habe Chloe versprochen, einer von uns würde sie anrufen, sobald ich etwas wüßte.«

»Sie hat das gesehen?«

»Ja, in den Morgennachrichten.«

»Ich rufe sie sofort an.«

Buck meldete über die Hotelzentrale ein Gespräch an und wartete, bis seine Verbindung hergestellt war. Er setzte sich auf die Bettkante und senkte den Kopf. Er schauderte noch immer, wenn er an das dachte, was er gerade erlebt hatte. Wie konnte es sein, daß der Rabbi, der dasselbe gesehen und gehört hatte, behauptete, diese Männer könnten genausogut Zauberer sein?

Das Telefon klingelte. »Ja?«

»Buck!«

»Ich bin da, Chloe, und es geht mir gut.«

»Oh, Gott sei Dank.«

Chloe klang sehr erregt. »Buck, diese Zeugen können doch die Gläubigen von ihren Feinden unterscheiden, nicht?«

»Das hoffe ich doch sehr. Ich werde es heute abend herausfinden. Der Rabbi bringt mich zu ihnen.«

»Wer ist der Rabbi?«

Buck erläuterte es ihr.

»Bist du sicher, daß das klug ist?«

»Chloe, das ist die Chance meines Lebens! Bisher hat noch niemand persönlich mit ihnen gesprochen.«

»Wo steht dieser Rabbi?«

»Er ist orthodoxer Jude, aber er kennt auch das Neue Testament, zumindest intellektuell. Bruce und du, ihr müßt euch morgen nachmittag unbedingt die Sendung ansehen – natürlich ist es für euch sechs Stunden früher. Es dürfte interessant werden. Wenn du dir die Unterzeichnung des Abkommens ansehen willst, wirst du früh aufstehen müssen.«

»Buck, ich vermisse dich.«

»Ich vermisse dich auch. Mehr als du dir vorstellen kannst.«

Als Rayford in sein Hotel zurückkehrte, fand er eine Nachricht von Hattie Durham vor.

> »Captain Steele, dies ist ausnahmsweise einmal kein Scherz. Der Generalsekretär übersendet Ihnen diese Einladungskarte zu den morgigen Feierlichkeiten und möchte zum Ausdruck bringen, wie beeindruckt er von dem Service in der ›Global Community One‹ war. Zwar wird er vor morgen nachmittag, wenn wir nach Bagdad fliegen, nicht persönlich mit Ihnen sprechen können, doch er dankt Ihnen für Ihre großartige Arbeit. Und ich auch. Hattie D.«

Rayford steckte die Einladungskarte in seine Brieftasche und warf die Nachricht in den Mülleimer.

Buck, dem die Zeitverschiebung und das schreckliche Erlebnis vom Morgen immer noch zu schaffen machten, versuchte, vor dem Abendessen noch ein paar Stunden zu schlafen. Er aß allein, nahm nur eine leichte Mahlzeit zu sich und fragte sich, ob es wohl so etwas wie ein Protokoll für das Treffen mit zwei Männern gab, die von Gott gesandt waren. Waren es Menschen? Waren es Geister? Waren es, wie Bruce glaubte, tatsächlich Elia und Mose? Sie nannten sich Eli und Moishe. Waren sie wirklich schon Tausende von Jahren alt? Buck konnte es kaum erwarten, mit ihnen zu sprechen. Noch nie hatte er ein Interview so herbeigesehnt, nicht einmal, als er die Gelegenheit hatte, mit einem Staatsoberhaupt zu sprechen oder mit Nicolae Carpathia.

Der Abend würde kühl sein. Buck zog eine wollene Sportjacke an, deren Taschen so groß waren, daß er seinen Stift, einen Block und seinen Kassettenrecorder darin verstauen konnte. Er mußte unbedingt mit Jim Borland und den anderen im *Weekly* sprechen, damit die Fotografen auch ganz bestimmt ein paar gute Aufnahmen von den beiden machten.

Um 21 Uhr 45 fuhr Rayford in seinem Bett hoch. Er hatte in seinen Kleidern gedöst. Das Fernsehgerät lief, aber irgend etwas hatte seine Aufmerksamkeit geweckt. Er hatte das Wort »Chicago«, vielleicht auch »Chicago Tribune« gehört, und das hatte ihn aufhorchen lassen. Während er zuhörte, zog er seinen Schlafanzug an. Der Nachrichtensprecher sprach über ein wichtiges Ereignis in den Vereinigten Staaten.

»Der Generalsekretär ist an diesem Wochenende nicht im Land und kann deshalb auch keinen Kommentar abgeben, doch die Mediengrößen in der ganzen Welt bestätigen diesen Bericht. Ein überraschendes Gesetz gestattet einem nichtgewählten offiziellen Vertreter und einer internationalen gemeinnützigen Organisation den uneingeschränkten Besitz von allen Formen von Medien und öffnet somit den Vereinten Nationen, die bald in Weltgemeinschaft umbenannt werden soll, die Tür, Zeitungen, Zeitschriften, Radiosender, Fernsehanstalten und Satellitensendezeit zu erwerben.

Die einzige Beschränkung wird das der Weltgemeinschaft zur Verfügung stehende Kapitel sein. Im Gespräch für einen Kauf durch die Weltgemeinschaft sind die folgenden Medienagenturen: New York Times, Long Island News Day, USA Today, Boston Globe, Baltimore Sun, Washington Post, Atlanta Journal and Constitution, Tampa Tribune, Orlando Sentinel, Houston …«

Rayford saß auf der Bettkante und hörte ungläubig zu. Nicolae Carpathia hatte es tatsächlich getan – er hatte sich die Kontrolle über die Medien verschafft und konnte nun die Meinung der meisten Leute in seinem Einflußbereich manipulieren.

Der Nachrichtensprecher setzte seine Liste fort: *Turner Network News*, *Cable News Network*, *Entertainment and Sports Network*, *Columbia Broadcast System*, *American Broadcasting Corporation*, *Fox Television Network*, *National Broadcasting Corporation*, *Christian Broadcasting Network*, *Time-Warner*, *Disney*, *US News and World Report*, *Global Weekly*, *Newsweek*, *Reader's Digest* und eine ganze Reihe anderer Zeitungs- und Verlagsgruppen.

»Besonders schockierend war die anfängliche Reaktion der gegenwärtigen Eigentümer, von denen die meisten das neue Kapital sehr zu schätzen wußten und sagten, sie würden den Führer der Weltgemeinschaft, Nicolae Carpathia, beim Wort nehmen. Carpathia hat versprochen, sich nicht einzumischen.«

Rayford überlegte, ob er Buck anrufen sollte. Doch sicherlich hatte er die Nachrichten bereits gehört. Jemand vom *Global Weekly* hatte ihn vermutlich informiert, oder er hatte es von einem der unzähligen Presseleute gehört, die sich zur Vertragsunterzeichnung in Israel aufhielten. Aber vielleicht dachten auch alle, alle anderen würden Buck anrufen. Rayford wollte nicht, daß Buck der letzte war, der davon erfuhr.

Er griff nach dem Telefon. Doch in Bucks Zimmer meldete sich niemand.

Nur wenige Menschen waren in der Dunkelheit in der Nähe der Klagemauer zu finden. Die Überreste des Attentäters waren entfernt worden, und der kommandierende Militäroffizier erklärte den Nachrichtenmedien gegenüber, er und seine Leute könnten nichts unternehmen gegen »zwei Leute, die keine Waffen besitzen, niemanden angerührt haben und selbst angegriffen worden sind«.

Keiner aus der Menge schien bereit, näher heranzutreten. Die beiden Prediger waren im Dämmerlicht am Ende der Klagemauer zu sehen. Sie rührten sich nicht und sprachen kein Wort.

Als Rabbi Tsion Ben-Judas Fahrer auf einen beinahe leeren Parkplatz abbog, war Buck versucht zu fragen, ob der Rabbi an das Gebet glaube. Buck wußte, was der Rabbi antworten würde. Aber Buck wollte laut um den Schutz Christi beten, und das konnte man einem jüdischen Rabbi einfach nicht zumuten. Darum betete Buck im stillen.

Er und Tsion verließen den Wagen und gingen langsam um die kleine Menge herum. Der Rabbi hatte die Hände ineinandergelegt, und Buck mußte ein zweites Mal hinsehen, als er es bemerkte. Es schien eine außergewöhnlich fromme und beinahe auffällige Geste – vor allem, weil Ben-Juda Buck besonders bescheiden erschienen war für jemanden, der eine so hohe Position bekleidete.

»Ich gehe in der traditionellen Haltung der Unterwürfigkeit und der Versöhnung«, erklärte der Rabbi. »Ich möchte keine Fehler machen, kein Mißverständnis hervorrufen. Diese Männer müssen sehen, daß wir in Demut und aus Neugier heraus kommen. Wir wollen ihnen nichts tun.«

Buck sah dem Rabbi in die Augen. »Die Wahrheit ist, daß wir eine Todesangst haben und ihnen keinen Grund geben wollen, uns zu töten.«

Buck meinte ein Lächeln zu sehen. »Sie haben eine Art, die Sache auf den Punkt zu bringen«, entgegnete Ben-Juda. »Ich bete auch, daß wir beide gesund den Rückweg antreten und uns über unser gemeinsames Erlebnis austauschen können.«

Ich auch, dachte Buck, sagte aber nichts.

Drei israelische Soldaten vertraten Buck und dem Rabbi den Weg. Der eine sagte etwas auf hebräisch. Buck suchte nach seinem Presseausweis, doch dann wurde ihm klar, daß dieser hier kein Gewicht hatte. Tsion Ben-Juda trat vor und sprach ernsthaft und ruhig mit dem Anführer, ebenfalls auf hebräisch. Der Soldat stellte ein paar Fragen. Diesmal klang es weniger feindlich und neugieriger als das, was er beim ersten Mal gesagt hatte. Schließlich nickte er, und sie konnten weitergehen.

Buck blickte zurück. Die Soldaten hatten sich nicht gerührt. »Worum ging es?« fragte er.

»Sie sagten, nur den orthodoxen Juden sei es erlaubt, einen bestimmten Punkt zu überschreiten. Ich habe ihnen versichert, daß Sie in meiner Begleitung sind. Es amüsiert mich immer wieder, wenn säkulare Militärangehörige versuchen, auf die Einhaltung religiöser Gesetze zu achten. Er hat mir erzählt, was hier passiert ist, doch ich sagte ihm, wir hätten eine Verabredung und seien bereit, das Risiko auf uns zu nehmen.«

»Sind wir das denn?« antwortete Buck leichthin.

Der Rabbi zuckte die Achseln. »Vielleicht nicht. Aber wir werden trotzdem weitergehen, nicht wahr? Weil wir es gesagt haben und keiner von uns diese Gelegenheit verpassen möchte.«

Die beiden Zeugen starrten ihnen entgegen. »Wir gehen zu dem Zaun dort drüben«, erklärte Ben-Juda und deutete auf das kleine Gebäude. »Wenn sie immer noch bereit sind, mit uns zu sprechen, werden sie hierherkommen, und wir werden den Zaun zwischen uns haben.«

»Nach dem, was heute mit dem Attentäter passiert ist, wird das nicht viel helfen.«

»Wir sind nicht bewaffnet.«

»Woher sollen sie das wissen?«

»Sie wissen es nicht.«

Als Buck und Ben-Juda etwa fünf Meter vor dem Zaun angekommen waren, hob einer der Zeugen eine Hand, und sie blieben stehen. Er sprach nicht so laut wie sonst, wenn er predigte. »Wir werden kommen und uns vorstellen«, sagte er. Die beiden Männer gingen langsam und blieben vor den Eisenstäben stehen. »Ich heiße Eli«, erklärte er. »Und das ist Moishe.«

»Englisch?« flüsterte Buck.

»Hebräisch«, erwiderte Ben-Juda ebenso leise.

»Ruhe!« griff Eli mit rauher Stimme ein.

Buck fuhr zusammen. Er erinnerte sich daran, daß die beiden am Morgen einem Rabbi zugerufen hatten, still zu sein. Wenige Minuten später lag ein anderer Mann tot und verbrannt auf dem Boden.

Eli bedeutete Buck und Tsion, daß sie näher treten könnten. Sie gingen bis kurz vor den Zaun. Buck fielen ihre zerlumpten Kleider auf. Der Geruch von Asche, wie von einem Feuer, ging von ihnen aus. Im trüben Licht einer Lampe schienen ihre langen, sehnigen Arme muskulös und ledrig. Sie hatten große, knochige Hände und liefen barfuß.

Eli sagte: »In bezug auf unsere Identität oder unsere Herkunft werden wir keine Fragen beantworten. Gott wird dies der Welt zu gegebener Zeit offenbaren.«

Tsion Ben-Juda nickte und verbeugte sich leicht. Buck griff in seine Tasche und stellte den Kassettenrecorder an. Plötzlich trat Moishe vor und steckte sein bärtiges Gesicht zwischen den Eisenstäben hindurch. Er starrte den Rabbi an. Seine Augen waren verschleiert und sein Gesicht schweißüberströmt.

Er sprach mit leiser, tiefer Stimme, aber Buck konnte jedes Wort verstehen. Er konnte es nicht erwarten, Tsion zu fragen, ob er Moishe auf englisch oder hebräisch gehört hatte.

Moishe sprach, als wäre ihm gerade etwas Interessantes eingefallen, doch die Worte kamen Buck bekannt vor.

»Vor vielen Jahren gab es einen Pharisäer namens Nikodemus, er war ein führender Mann unter den Juden. Wie du suchte er Jesus bei Nacht auf.«

Der Rabbi flüsterte: »Eli und Moishe, wir wissen, daß ihr von Gott gesandt worden seid; denn niemand kann die Zeichen tun, die ihr tut, wenn nicht Gott mit ihnen ist.«

Eli ergriff nun das Wort. »Amen, amen, ich sage dir: Wenn jemand nicht von neuem geboren wird, kann er das Reich Gottes nicht sehen.«

»Wie kann ein Mensch, der schon alt ist, geboren werden?« Buck wurde klar, daß der Rabbi das Neue Testament zitierte. »Er kann doch nicht in den Schoß seiner Mutter zurückkehren und ein zweites Mal geboren werden?«

Moishe erwiderte: »Amen, amen, ich sage dir: Wenn jemand nicht aus Wasser und Geist geboren wird, kann er nicht in das Reich Gottes kommen. Was aus dem Fleisch geboren ist, das ist Fleisch; was aber aus dem Geist geboren ist, das ist Geist. Wundere dich nicht, daß ich dir sagte: Ihr müßt von neuem geboren werden.«

Eli ergriff nun das Wort: »Der Wind weht, wo er will; du hörst sein Brausen, weißt aber nicht, woher er kommt und wohin er geht. So ist es mit jedem, der aus dem Geist geboren ist.«

Wie aufs Stichwort erwiderte der Rabbi: »Wie kann das geschehen?«

Moishe hob den Kopf. »Du bist der Lehrer Israels und verstehst das nicht? Amen, amen, ich sage dir: Was wir wissen, davon reden wir, und was wir gesehen haben, das bezeugen wir, und doch nehmt ihr unser Zeugnis nicht an. Wenn ich zu euch über irdische Dinge gesprochen habe und ihr nicht glaubt, wie werdet ihr glauben, wenn ich zu euch über himmlische Dinge spreche?«

Eli nickte. »Niemand ist in den Himmel hinaufgestiegen außer dem, der vom Himmel herabgestiegen ist: der Menschensohn. Und wie Mose die Schlange in der Wüste erhöht hat, so muß der Menschensohn erhöht werden, damit jeder, der an ihn glaubt, in ihm das ewige Leben hat. Denn Gott hat die Welt so sehr geliebt, daß er seinen einzigen

Sohn hingab, damit jeder, der an ihn glaubt, nicht zugrunde geht, sondern das ewige Leben hat.«

Buck war schwindelig vor Aufregung. Er hatte das Gefühl, als sei er in die alte Geschichte versetzt worden und Zuschauer eines der bekanntesten nächtlichen Gespräche, das es jemals gegeben hat. Nicht einen Augenblick vergaß er, daß sein Gefährte nicht der Nikodemus aus der biblischen Zeit war oder daß die Männer nicht Jesus waren. Zwar kannte er sich in seiner Bibel noch nicht so gut aus, doch er wußte, was kommen würde, als Moishe schloß: »Denn Gott hat seinen Sohn nicht in die Welt gesandt, damit er die Welt richtet, sondern damit die Welt durch ihn gerettet wird. Wer an ihn glaubt, wird nicht gerichtet; wer nicht glaubt, ist schon gerichtet, weil er an den Namen des einzigen Sohnes Gottes nicht geglaubt hat.«

Auf einmal kam Leben in den Rabbi. Er hob die Hände zum Himmel und breitete sie aus. Wie in einem Theaterspiel oder einer Lesung bereitete er die nächste Antwort der Zeugen vor. »Und welches«, sagte er, »ist die Verdammung?«

Die beiden antworteten wie aus einem Munde: »Daß das Licht bereits in die Welt gekommen ist.«

»Und wie kam es, daß die Menschen es nicht erkannt haben?«

»Die Menschen liebten die Finsternis mehr als das Licht.«

»Warum?«

»Weil ihre Taten böse waren.«

»Gott vergebe uns«, entgegnete der Rabbi.

Und die beiden Zeugen sagten: »Gott vergebe euch. Und damit ist unsere Botschaft zu Ende.«

»Werdet ihr nicht mehr mit uns sprechen?« fragte Ben-Juda.

»Kein Wort mehr«, erwiderte Eli, doch Buck sah nicht, daß sein Mund sich bewegte. Er dachte, er hätte sich vielleicht geirrt, und Moishe hätte das gesagt. Aber Eli fuhr fort. Er sprach leise, aber klar: »Moishe und ich werden nichts mehr sprechen bis zum Morgen, wenn wir fortfahren werden, die Wiederkunft des Herrn zu verkünden.«

»Aber ich habe noch so viele Fragen«, entgegnete Buck.

»Nichts weiter«, erklärten sie einstimmig, doch keiner von ihnen bewegte die Lippen. »Wir wünschen euch den Segen Gottes, den Frieden Jesu Christi und die Gegenwart des Heiligen Geistes, amen.«

Bucks Knie wurden weich, als sich die Männer zurückzogen. Während er und der Rabbi ihnen nachstarrten, gingen Eli und Moishe zu dem Gebäude und setzten sich mit dem Rücken zur Wand. »Auf Wiedersehen und vielen Dank«, verabschiedete sich Buck ein wenig verlegen.

Rabbi Ben-Juda stimmte ein wunderschönes Lied an, einen Segen, den Buck nicht verstand. Eli und Moishe schienen zu beten, und dann sah es so aus, als wären sie im Sitzen eingeschlafen.

Buck fehlten die Worte. Er folgte Ben-Juda, als dieser sich umdrehte und zu einem niedrigen Zaun ging. Er stieg darüber und entfernte sich vom Tempelberg und überquerte die Straße zu einer kleinen Baumgruppe. Buck fragte sich, ob der Rabbi vielleicht allein sein wollte, doch seine Körpersprache zeigte ihm, daß er Buck bei sich haben wollte.

Als sie die Baumgruppe erreichten, blieb der Rabbi stehen und starrte in den Himmel. Er bedeckte sein Gesicht mit den Händen und begann, bitterlich zu weinen. Auch Buck war überwältigt und konnte die Tränen nicht zurückhalten. Sie hatten auf heiligem Boden gestanden, das wußte er. Allerdings war ihm nicht ganz klar, wie der Rabbi die Geschehnisse interpretierte. Konnte es sein, daß er die Botschaft des Gesprächs zwischen Nikodemus und Jesus nicht verstanden hatte, als er sie in der Bibel gelesen hatte, und auch jetzt nicht, als er sie nun ganz persönlich erlebte?

Buck hatte den Sinn natürlich verstanden. Die anderen aus der *Tribulation Force* würden staunen. Er würde sie daran teilhaben lassen. Eigentlich wünschte er sich sogar, sie hätten das mit ihm gemeinsam erleben können.

Und als ob Ben-Juda spürte, daß Buck gern reden würde, sagte er: »Wir dürfen diese Erfahrung nicht klein machen, indem wir sie in Worte fassen. Bis morgen, mein Freund.«

Der Rabbi drehte sich um. Auf der Straße standen sein Wagen und sein Fahrer. Er ging zur Beifahrertür und öffnete sie für Buck. Dieser stieg ein und bedankte sich leise bei ihm. Der Rabbi ging zum Fahrer und flüsterte ihm etwas zu. Daraufhin fuhr er los und ließ Ben-Juda am Straßenrand stehen.

»Was ist los?« fragte Buck und verrenkte sich beinahe den Hals, um noch einen Blick auf den Rabbi zu werfen. »Findet er allein zurück?«

Der Fahrer schwieg.

»Ich hoffe, ich habe ihn nicht irgendwie beleidigt.«

Der Fahrer blickte Buck entschuldigend an und zuckte die Achseln. »Kein Englisch«, sagte er und fuhr Buck zum Hotel *König David* zurück.

Der Mann an der Rezeption händigte Buck eine Nachricht von Rayford aus, da es aber nicht dringend zu sein schien, beschloß er, diesen erst am Morgen anzurufen. Wenn er Rayford nicht erreichte, würde er bei der Unterzeichnung des Abkommens nach ihm Ausschau halten.

Buck schaltete das Licht in seinem Zimmer nicht an und trat aus der Glastür auf seinen kleinen Balkon hinaus. Durch die Zweige der Bäume sah er den Vollmond am wolkenlosen Himmel. Es war windstill, doch es war merklich kühler geworden. Buck schlug den Kragen hoch und starrte in die Nacht hinaus. Er fühlte sich privilegiert wie kein anderer Mensch auf dieser Erde, denn er hatte Augenzeuge eines der erstaunlichsten Werke Gottes in der Geschichte dieser Welt sein dürfen.

Er war in Israel gewesen, als die Russen vor weniger als anderthalb Jahren das Land angegriffen hatten. Für alle sichtbar hatte Gott diese Bedrohung von seinem auserwählten Volk abgewendet. Buck hatte bei der Entrückung in einem Flugzeug gesessen, das von einem Mann geflogen wurde, den er noch nie gesehen hatte, durch den er aber zum Glauben gefunden hatte. Er war von einer Flugbegleiterin bedient worden, für deren Zukunft er sich nun verantwortlich fühlte. Und die Tochter dieses Piloten? Er glaubte, daß er sie liebte, falls er überhaupt wußte, was Liebe war.

Buck zog die Schulter hoch und steckte seine Hände in seine Ärmel. Er war vor einem Bombenattentat in London bewahrt worden, hatte Christus auf der Schwelle zu einem der bedeutendsten Ereignisse in der Menschheitsgeschichte angenommen und war auf übernatürliche Weise bewahrt worden, nachdem er Zeuge zweier Morde durch den Antichristen geworden war. An diesem Tag hatte er nun erleben dürfen, wie die Schrift erfüllt wurde, als ein Attentäter durch Feuer hingestreckt wurde, das aus dem Mund eines der zwei Zeugen gekommen war.

Und schließlich hatte er noch gehört, wie diese beiden Zeugen die Worte Jesu an Nikodemus wortwörtlich wiederholten! Buck wollte sich demütigen, seinem Schöpfer und Erlöser sagen, wie unwürdig er sich fühlte, wie dankbar er war. »Ich kann nicht mehr tun«, flüsterte er heiser in die Nachtluft, »als mich dir ganz zur Verfügung zu stellen, solange ich lebe. Ich will tun, was du willst, hingehen, wohin du mich sendest, und dir immer gehorsam sein.«

Er holte den Kassettenrecorder aus der Tasche und spulte ihn zurück. Als er das Band ablaufen ließ, war er erstaunt, kein Englisch zu hören. Es hätte ihn eigentlich nicht überraschen sollen. Das war typisch für diesen Tag. Doch er hörte mindestens drei Sprachen. Er erkannte Hebräisch, obwohl er es nicht verstehen konnte. Er erkannte auch Griechisch, aber auch das beherrschte er nicht. Die andere Sprache, die er bestimmt noch nie zuvor gehört hatte, hatten die beiden Zeugen gebraucht, als sie Jesus zitierten. Das mußte Aramäisch sein.

Zum Schluß hörte Buck Dr. Ben-Juda etwas auf hebräisch fragen. Er erinnerte sich an die Frage. Er hatte sie auf englisch gehört. »Werdet ihr nicht mehr mit uns sprechen?« Doch eine Antwort war nicht aufgenommen.

Dann hörte er sich selbst sagen: »Aber ich habe noch so viele Fragen.« Und nach einer Pause: »Auf Wiedersehen und vielen Dank.« Was die Männer zu seinem Herzen gesprochen hatten, war nicht aufgenommen worden.

Buck nahm einen Stift und brach die Überspielungssicherung heraus, damit diese wertvolle Kassette nie wieder gelöscht werden konnte.

Er würde mit Chloe über dieses Erlebnis sprechen können, und das machte es ihm um so wertvoller. Er sah auf seine Uhr. In Israel war es kurz nach Mitternacht, in Chicago also kurz nach sechs. Doch als Buck Chloe am Telefon hatte, konnte er kaum sprechen. Nur mühsam und unter Tränen brachte er die Geschichte vom Abend heraus, und Chloe weinte mit ihm. »Buck«, sagte sie, »wir haben so viele Jahre ohne Christus vergeudet. Ich werde für den Rabbi beten.«

Wenige Minuten später wurde Rayford vom Telefon geweckt. Er war sicher, daß es Buck war, und er hoffte, daß er die Neuigkeiten von Carpathias Medienplänen noch von keinem anderen gehört hatte.

»Daddy, ich bin es«, rief Chloe. »Ich habe gerade mit Buck gesprochen, doch ich hatte nicht den Mut, ihm die Mediengeschichte zu erzählen. Hast du es gehört?«

Rayford erwiderte, daß er es bereits wußte, und fragte sie, ob sie sicher sei, daß Buck noch nichts davon wußte. Sie erzählte ihm alles, was Buck ihr von dem vergangenen Abend berichtet hatte. »Ich werde versuchen, ihn am Morgen zu erreichen«, entgegnete Rayford dann. »Er wird es sicher von einem anderen erfahren, wenn ich es ihm nicht zuerst erzähle.«

»Er war so überwältigt, Dad. Es war nicht der richtige Zeitpunkt, ihm eine solche Nachricht zu übermitteln. Ich wußte nicht, wie er reagieren würde. Was meinst du, wird mit ihm passieren?«

»Buck wird überleben. Er wird seinen Stolz hinunterschlucken und von nun an ausschließlich für Carpathia arbeiten müssen. So wie ich ihn kenne, wird er einen Weg finden, den Menschen die Wahrheit mitzuteilen, entweder in Carpathias eigenen Publikationen oder durch eine Art Untergrundveröffentlichung, die unter der Hand verkauft werden wird.«

»Das klingt so, als würde Carpathia bald alles kontrollieren?«

»Allerdings.«

Rayford versuchte, Buck um halb sieben Uhr morgens anzurufen, doch Buck hatte das Hotel bereits verlassen.

Buck hatte Steve Plank lange nicht mehr so aufgebracht gesehen. »Bis heute hat dieser Job sehr viel Freude gemacht und war interessant«, erklärte dieser ihm, als sich die Leute in seinem Hotel langsam für die Fahrt in die Altstadt versammelten. »Carpathia hat revolutionäre Ideen, und ich bin derjenige, der die Revolution vorantreiben muß.«

»Was ist los?«

»Ach, nichts Besonderes. Wir müssen nur alles perfekt haben, das ist alles.«

»Und du versuchst, mich zu überreden, für ihn zu arbeiten? Ich werde mich hüten, das zu tun.«

»Nun, es ist sowieso nur noch eine Frage von Wochen, oder?«

»Ganz bestimmt.« Er hatte beschlossen, das *Tribune*-Angebot abzulehnen und beim *Global Weekly* zu bleiben.

»Du fährst mit uns nach Bagdad, richtig?«

»Ich versuche, dorthin zu kommen, aber nicht mit euch, nein.«

»Buck es gibt nicht viele Wege, dorthin zu kommen. Wir haben den Platz, alle praktischen Vorrichtungen, und außerdem arbeitest du sowieso für Carpathia. Dir wird gefallen, was er mit Neu-Babylon vorhat, und wenn man den Berichten Glauben schenken darf, haben die Bauarbeiten bereits enorme Fortschritte gemacht.«

»Ich arbeite für Carpathia? Ich dachte, das hätten wir klargestellt.«

»Es ist nur eine Frage der Zeit, mein Junge.«

»Träume ruhig weiter«, entgegnete Buck; allerdings erstaunte ihn Planks verwirrter Blick. Buck suchte Jim Borland, um seine Notizen zu ordnen. »Hey Jim«, begrüßte er seinen Kollegen. Borland blickte kaum auf. »Haben Sie Carpathia bereits interviewt?«

»Ja«, erwiderte Borland. »Hat nicht viel gebracht. Im Augenblick interessiert er sich nur dafür, die Unterzeichnung des Abkommens zu verlegen.«

»Sie verlegen?«

»Er hat Angst vor den beiden Verrückten an der Klagemauer. Die Soldaten können den Platz von Touristen freihalten, aber viele Besucher, die wegen der Vertragsunterzeichnung in Jerusalem sind, schauen sich die beiden an der Klagemauer an.«

»Und das ist tatsächlich eine große Menge«, pflichtete ihm Buck bei.

»Ich frage mich, warum sie die beiden heimatlosen Burschen nicht einfach vertreiben.«

»Ach tatsächlich?«

»Was denn, Buck? Sie glauben, diese beiden alten Männer könnten der Armee Feuer entgegenspeien? Mal im Ernst, nehmen Sie diese Feuergeschichte wirklich ernst?«

»Ich habe den Burschen gesehen, Jimmy. Er war geröstet.«

»Eins zu einer Million, daß er sich selbst in Brand gesteckt hat.«

»Das war keine Selbstverbrennung, Jim. Er flog zu Boden, und einer der beiden hat ihn in Brand gesteckt.«

»Mit Feuer aus seinem Mund.«

»Ich habe es selbst gesehen.«

»Es ist gut, daß Sie den Leitartikel nicht haben, Buck. Sie verlieren Ihre Objektivität. Dann hatten Sie also Ihr Exklusivinterview mit ihnen?«

»Eigentlich nicht exklusiv und auch kein Interview, wenn man es genau nimmt.«

»Mit anderen Worten, Sie haben es geschmissen, richtig?«

»Nein. Ich war gestern abend bei ihnen. Allerdings habe ich kein Frage-und-Antwort-Spiel mit ihnen spielen können, das habe ich gemeint.«

»Ich würde sagen, wenn Sie etwas Erfundenes schreiben wollen, dann sollten Sie lieber einen Roman beginnen. Sie werden schließlich doch für Carpathia arbeiten, aber Sie werden größere Freiheiten haben.«

»Ich würde für Carpathia nicht arbeiten wollen«, erklärte Buck entschieden.

»Dann werden Sie aus dem Kommunikationswesen ausscheiden müssen.«

»Wovon sprechen Sie überhaupt?«

Borland erzählte ihm von der Erklärung.

Buck wurde blaß.

»Auch der Global Weekly?«

»Was heißt hier ›auch‹? Wenn Sie mich fragen, ist er eine der Rosinen in diesem Kuchen.«

Buck schüttelte den Kopf. Dann würde er also seine Artikel sowieso für Carpathia schreiben. »Kein Wunder, daß alle so schockiert aussehen. Wenn die Unterzeichnung also nicht in der Nähe der Klagemauer stattfindet, wo dann?«

»In der Knesset.«

»Im Innern?«

»Das glaube ich nicht.«

»Ist es draußen denn zweckmäßig?«

»Das denke ich nicht.«

»Hören Sie, Jimmy, werden Sie sich heute nachmittag die Sendung von Rabbi Ben-Juda ansehen?«

»Wenn sie auf dem Flug nach Bagdad gezeigt wird.«

»Sie haben einen Flug gebucht?«

»Ich fliege mit der ›Global Community One‹.«

»Dann haben Sie sich also verkauft?«

»Sie können sich Ihrem Chef nicht verkaufen.«

»Er ist noch nicht Ihr Chef.«

»Das ist nur noch eine Frage der Zeit, mein Junge.«

Chaim Rosenzweig kam herangeeilt. »Cameron!« rief er ihm aufgeregt entgegen. »Kommen Sie, kommen Sie!« Buck folgte dem alten Mann in eine Ecke. »Bleiben Sie bitte bei mir! Nicolae ist an diesem Morgen gar nicht zufrieden. Wir ziehen in die Knesset um, alles ist in Aufruhr. Alle sollen nach Babylon mitkommen, und einige weigern sich. Um ehrlich zu sein, ich glaube, er würde die beiden an der Klagemauer eigenhändig töten, wenn er die Gelegenheit dazu hätte. Den ganzen Morgen haben sie über die Ungerechtigkeit der Unterzeichnung gejammert, darüber, daß das Abkommen eine unheilige Allianz ist zwischen einem Volk, das beim ersten Mal seinen Messias nicht erkannt hat, und einem Führer, der die Existenz Gottes leugnet. Aber Cameron, Nicolae ist kein Atheist. Allenfalls ein Agnostiker – aber das bin ich auch!«

»Seit der russischen Invasion sind Sie kein Agnostiker mehr!«

»Nun, vielleicht nicht, aber das sind harte Worte gegen Nicolae.«

»Ich dachte, heute morgen dürfe niemand den Bereich in der Nähe der Klagemauer betreten. Zu wem sagen sie das?«

»Die Presse ist mit ihren hochempfindlichen Mikrophonen dort, und diese Männer haben vielleicht Stimmen! Nicolae hat den ganzen Morgen mit CNN telefoniert und darauf bestanden, daß sie die Berichterstattung über die beiden abbrechen, aber natürlich hat sich die Fernsehanstalt geweigert. Wenn er sie erst besitzt, werden sie schon tun, was er sagt. Das wird eine Erleichterung sein.«

»Chaim! Sie wollen eine solche Art von Führung? Kontrolle über die Medien?«

»Ich habe die meisten Presseberichte so satt. Sie müssen wissen, daß Sie meine Hochachtung besitzen. Sie sind einer der wenigen, denen ich vertraue. Die anderen sind so zwiespältig, so kritisch und negativ. Wir müssen die Welt ein für allemal zusammenbringen, und eine glaubwürdige, vom Staat geführte Nachrichtenorganisation wird das schließlich schaffen.«

»Das macht mir angst«, entgegnete Buck. Und im stillen betrauerte er seinen alten Freund, der so viel gesehen hatte und bereit war, so vieles einem Mann zu überlassen, dem er eigentlich nicht vertrauen sollte.

16

Rayfords Tag – und er hatte den Eindruck, auch seine Zukunft – waren festgelegt. Er würde an den Galafeierlichkeiten teilnehmen und sich danach ein Taxi zum *Ben-Gurion*-Flughafen in Lod, zwölf Kilometer südöstlich von Tel Aviv, nehmen. Wenn er dort ankam, würde seine Crew die Maschine flugbereit haben, und er würde die Sicherheitschecklisten vor dem Start durchgehen. Am Nachmittag sollten sie nach Bagdad fliegen, danach nonstop nach New York. Ein Flug nach Westen zu dieser Tageszeit widersprach jeglicher Vernunft und allen Gepflogenheiten. Aber auf dieser Reise, und vermutlich für den Rest von Rayfords Pilotenlaufbahn, war Carpathia der Boß.

Rayford würde die Nacht in New York verbringen, bevor er wieder nach Hause zurückkehrte, um zu entscheiden, ob es wirklich ratsam war, diesen Job von Chicago aus zu erledigen. Vielleicht würden er und Chloe nach New York ziehen. Mittlerweile war es ganz klar, daß er die *Air Force One* nicht für den Präsidenten fliegen würde. Sein Job würde sein, Nicolae Carpathia hinzufliegen, wo immer dieser hin wollte, und aus irgendeinem Grund fühlte sich Rayford getrieben, seine Wünsche, seinen eigenen Willen und seine Vernunft zurückzustellen. Gott hatte ihm dies vor die Füße gelegt, und solange er keine Lüge leben mußte, würde er den Job annehmen.

Aus dem, was Bruce ihm gesagt und seine eigenen Studien ihm gezeigt hatten, wußte er, daß der Antichrist eines Tages sein wahres Gesicht zeigen würde. Er würde Farbe bekennen und die Welt mit eiserner Faust regieren. Er würde seine Feinde zerschmettern und jeden töten, der sich seiner Herrschaft widersetzte. Dadurch würde jeder Gläubige der Gefahr ausgesetzt sein, den Märtyrertod zu erleiden. Rayford sah den Tag voraus, an dem Carpathia ihn entlassen und er ein Flüchtling werden würde, der nicht mehr wußte, wie er überleben und anderen helfen sollte, auch zu überleben.

Buck sah, wie ein amerikanischer Agent des *Secret Service* auf ihn zukam. »Cameron Williams?«

»Wer sind Sie?«

»Secret Service. Kann ich Ihren Ausweis sehen?«

»Ich bin schon hundertmal überprüft worden.« Buck zog seinen Ausweis hervor.

»Das weiß ich.« Der Agent sah sich Bucks Ausweis an. »Fitzhugh möchte Sie sehen, und ich soll dafür sorgen, daß ich ihm den Richtigen bringe.«

»Der Präsident möchte mich sehen?«

Der Agent gab Buck nickend seine Brieftasche zurück. »Folgen Sie mir.«

In einem kleinen Büro auf der Hinterseite der *Knesset* kämpften mehr als zwei Dutzend Presseleute um einen Platz in der Nähe der Tür, um eine Erklärung von Präsident Fitzhugh zu ergattern, wenn dieser sich zu den Feierlichkeiten begeben würde. Zwei weitere Agenten mit Kopfhörern bewachten die Tür.

»Wann können wir mit ihm rechnen?« wurden sie gefragt.

Doch die Agenten reagierten nicht. Die Presse lag nicht in ihrem Verantwortungsbereich; sie mußten sie nur auf Distanz halten, wenn es nötig war. Sie wußten besser als der Pressechef, wann der Präsident zum anderen Gebäude hinübergehen würde, doch das ging niemanden etwas an.

Buck freute sich darauf, den Präsidenten wiederzusehen. Es war schon einige Jahre her, seit er für den Artikel über den »Mann des Jahres« mit ihm gesprochen hatte. Buck hatte sich auf Anhieb mit Fitzhugh verstanden, der eine jüngere Ausgabe von Lyndon Johnson war. Fitzhugh war gerade zweiundfünfzig Jahre alt gewesen, als er zum ersten Mal zum Präsidenten der Vereinigten Staaten gewählt worden war; jetzt war er knapp neunundfünfzig. Er hatte ein dickes Fell und war robust und jugendlich – ein überschwenglicher, bodenständiger Mann. Er fluchte häufig, und obwohl Buck selbst noch keinen Wutausbruch miterlebt hatte, waren sie in seinem Stab legendär.

Doch an diesem Morgen sollte Buck höchstpersönlich einen solchen Wutausbruch miterleben.

Bucks Eskorte schob ihn durch die Menge. Die beiden Männer an der Tür erkannten ihre Kollegen und traten zur Seite, damit Buck eintreten konnte. Die amerikanischen Mitglieder des Pressekorps drückten ihr Mißfallen darüber aus, daß es wieder einmal Buck war, der Sonderrechte bekam.

»Wie hat er das nur wieder geschafft?«

»Er hat doch immer Glück!«

»Nicht das Wissen oder die Ellbogen zählen, sondern die Beziehungen!«

»Die Reichen werden immer reicher.«

Buck wünschte nur, sie hätten recht. Er wünschte, er hätte es irgendwie geschafft, ein Exklusivinterview mit dem Präsidenten zu ergattern. Aber er wußte genausowenig wie sie, was er hier tat.

Bucks Eskorte vom *Secret Service* übergab ihn einem Assistenten des Präsidenten und zog sich zurück. Dieser griff ihn am Arm und zog ihn zu der Ecke des Raumes, in der der Präsident auf der Kante eines Armsessels saß. Seine Anzugjacke war offen, seine Krawatte locker, und er besprach sich flüsternd mit einer Reihe von Ratgebern. »Herr Präsident, Cameron Williams vom ›Global Weekly‹«, verkündete der Assistent.

»Geben Sie mir eine Minute«, sagte Fitzhugh, und der Assistent und die beiden Ratgeber wollten sich zurückziehen. »Nicht Sie, Rob! Wie lange müssen Sie eigentlich noch für mich arbeiten, bis Sie es begriffen haben? Ich brauche Sie hier. Wenn ich sage, geben Sie mir eine Minute, dann meine ich nicht Sie.«

»Es tut mir leid, Sir.«

»Und hören Sie auf, sich ständig zu entschuldigen.« Fitzhugh verdrehte die Augen. »Holt bitte jemand einen Stuhl für Mr. Williams, ja? Wir haben nicht viel Zeit.«

»Um genau zu sein, Sir, elf Minuten«, meinte Rob entschuldigend.

»Gut, also elf Minuten.«

Buck streckte dem Präsidenten die Hand hin. »Herr Präsident«, sagte er. Fitzhugh drückte sie leicht, sah ihn aber nicht an.

»Setzen Sie sich, Mr. Williams.« Fitzhughs Gesicht war gerötet, und Schweißtropfen hatten sich auf seiner Stirn gebildet. »Zuerst einmal, das ist alles vollkommen vertraulich, in Ordnung?«

»Wie Sie wünschen, Sir.«

»Nein, nicht wie ich wünsche! Das hat schon einmal jemand zu mir gesagt und ist mir dann in den Rücken gefallen.«

»Nicht ich, Sir.«

»Nein, Sie nicht, aber ich erinnere mich daran, daß ich Ihnen einmal etwas erzählte und dann sagte, es sei vertraulich, doch Sie haben mich nur darüber belehrt, wann etwas vertraulich ist und wann nicht.«

»Soweit ich mich erinnere, habe ich das nicht so genau genommen.«

»Das sagten Sie.«

»Sie können nicht etwas erzählen und dann sagen, es sei vertraulich. Das müssen Sie vorher sagen.«

»Ja, ich denke, das habe ich mittlerweile gelernt. Also, um das klarzustellen: Was ich Ihnen sage, ist vertraulich, okay?«

»Ich habe es laut und deutlich verstanden, Sir.«

»Williams, ich möchte gern wissen, was um Himmels willen mit Carpathia los ist. Sie haben ihn doch schon näher kennengelernt. Sie haben ihn interviewt. Man erzählt sich, daß er versucht, Sie für sich zu gewinnen. Kennen Sie den Mann?«

»Nicht sehr gut, Sir.«

»Um ehrlich zu sein, ich bin ziemlich wütend auf ihn, aber er ist der beliebteste Mann auf der Welt, wer bin ich also, daß ich hier einen Aufstand mache?«

Buck war erstaunt. »Ich dachte, Sie seien ein großer Anhänger von ihm – ›Amerika geht voran‹ und all das.«

»Das bin ich ja auch! Ich meine, ich war es. Ich habe ihn ins Weiße Haus eingeladen! Er hat vor dem Senat gesprochen. Mir gefallen seine Ideen. Ich war kein Pazifist, bis ich ihn davon sprechen hörte, und ich glaube, er kann das tatsächlich durchziehen. Aber die Umfragen zeigen, daß er mich bei Präsidentschaftswahlen im Augenblick bei weitem überrunden würde! Nur will er das gar nicht. Er will, daß ich im Amt bleibe und er mein Boß wird!«

»Hat er Ihnen das gesagt?«

»Seien Sie doch nicht so naiv, Williams. Ich hätte Sie nicht hierhergeholt, wenn ich gedacht hätte, daß Sie alles so wörtlich nehmen. Aber sehen Sie, er hat mir die Air Force One abgeluchst, und haben Sie sie gesehen? Er hat ›Global Community One‹ darauf malen lassen und wird heute nachmittag eine Erklärung abgeben, in der er den Bürgern der Vereinigten Staaten dafür dankt, daß sie sie ihm geschenkt haben. Ich hätte gute Lust, ihn einen Lügner zu nennen und zu versuchen, die Presse auf meine Seite zu ziehen.«

»Das würde nie funktionieren, Sir«, wandte sein Assistent ein. »Ich meine, ich weiß, Sie haben mich nicht gefragt, aber in der Erklärung, die er abgeben wird, weist er darauf hin, daß er versucht hat, das Geschenk abzulehnen, daß Sie darauf bestanden haben und er es nur sehr widerstrebend akzeptiert hat.«

Der Präsident wendete sich wieder Buck zu. »Da haben Sie es, Williams. Sehen Sie, was er tut? Und bringe ich mich in noch größere Schwierigkeiten, weil ich Ihnen das erzähle? Stehen Sie vielleicht bereits auf seiner Gehaltsliste und werden mir nun einen Strick daraus drehen?«

Buck hätte ihm nur zu gern gesagt, was er gesehen hatte, was er wirklich über Carpathia wußte, wer er nach Aussage der Bibel war. »Ich kann nicht sagen, daß ich ein Carpathia-Fan bin«, antwortete er statt dessen.

»Aber sind Sie denn ein Fitzhugh-Fan? Ich werde nicht fragen, wen Sie gewählt haben ...«

»Ich habe nichts dagegen, es Ihnen zu sagen. Bei Ihrer ersten Kandidatur wählte ich Ihren Gegner. Das zweite Mal Sie.«

»Ich habe Sie überzeugt?«

»Ja.«

»Wo liegt dann Ihr Problem mit Carpathia? Er ist so glatt, so überzeugend, so glaubwürdig. Ich glaube, er hält die Leute die meiste Zeit nur zum Narren.«

»Ich schätze, das ist eines meiner Probleme«, meinte Buck. »Ich bin nicht sicher, welchen Hebel er anwendet, aber es scheint zu funktionieren. Er bekommt, was er will, wann er es will, und gibt sich nach außen als den widerwilligen Helden.«

»Das ist es!« rief der Präsident und schlug Buck so fest aufs Knie, daß es ihm weh tat. »Das regt mich auch so auf!« Er fluchte. Und dann fluchte er wieder. Schon bald leitete er jeden Satz mit einem Fluch ein. Buck befürchtete, dieser Mann würde vor Aufregung einen Herzinfarkt erleiden.

»Dem muß ich ein Ende setzen«, wütete Fitzhugh. »Das macht mich wirklich wütend. Aus der heutigen Zeremonie wird er wie ein Heiliger hervorgehen, und ich werde wie ein Idiot dastehen. Ich meine, es ist doch Sache der Vereinigten Staaten, der Welt ein Beispiel für Führerschaft abzugeben, aber jetzt werden wir als seine Marionetten dargestellt. Ich bin ein starker und entscheidungsfreudiger Führer. Und irgendwie gelingt es ihm immer, mich wie seinen Speichellecker aussehen zu lassen.« Er atmete tief durch. »Williams, wissen Sie von den Schwierigkeiten, die wir mit dem Militär haben?«

»Das kann ich mir nur vorstellen.«

»Ich sage Ihnen, die Militärs haben ihren Standpunkt, und ich kann ihnen nicht widersprechen! Unser Geheimdienst berichtet, daß sie anfangen, größere Waffenmengen beiseitezuschaffen, weil sie gegen meinen Plan sind, neunzig Prozent der Waffen zu vernichten und zehn Prozent der UNO oder der ›Weltgemeinschaft‹ zur Verfügung zu stellen, wie er diese Organisation seit dieser Woche nennt. Ich würde gern glauben, daß seine Motive lauter sind und dies ein letzter Schritt zum Frieden ist, doch da gibt es einige Dinge, die mich zum Nachdenken bringen. Wie diese Flugzeugsache.

Wir hatten das neue Flugzeug und brauchten einen neuen Piloten. Mir ist egal, wer das Ding fliegt, solange er qualifiziert ist. Wir erstellen eine Liste von Leuten, denen wir vertrauen, doch auf einmal gibt es nur noch einen Namen auf der Liste, der dem großen Potentaten akzeptabel erscheint, und derjenige wird den Job bekommen. Eigentlich sollte mir das jetzt egal sein, weil ich vermutlich das Flugzeug samt Crew Carpathia geschenkt habe!« Und wieder begann er zu fluchen.

»Herr Präsident, ich weiß gar nicht, was ich sagen soll, aber es ist schade, daß Sie nicht in den Genuß des Dienstes dieses neuen Piloten kommen. Ich kenne ihn, und er ist wirklich sehr gut.«

»Großartig. Würden Sie nicht denken, daß der beste Pilot des Landes mir zusteht? Nein! Und ich habe nicht übertrieben mit diesem neuen Titel für Carpathia. Es gibt eine UNO-Resolution, Verzeihung, eine Resolution der Weltgemeinschaft, und der Sicherheitsrat wird bald darüber entscheiden. Darin wird ein ›angemessenerer Titel‹ für den Generalsekretär gefordert angesichts der Tatsache, daß dieser bald der Oberbefehlshaber über die verbleibende militärische Macht der Welt und der erste Finanzchef der Weltbank sein wird. Das Schlimmste ist, daß dieser Antrag von unserem eigenen Botschafter gestellt worden ist, und ich wußte nichts davon, bis er eingebracht worden war. Ich kann jetzt nur noch darauf bestehen, daß er gegen seinen eigenen Antrag stimmt, ihn zurückzieht oder sein Amt niederlegt. Wie würde ich dastehen, wenn ich einen Burschen entlasse, weil der dem Oberhaupt der Weltgemeinschaft, das von der ganzen Welt geliebt wird, einen besseren Titel verleihen möchte?«

Der Präsident gab Buck nicht die Gelegenheit zu antworten, und das war ihm auch ganz recht, denn Buck wußte nicht, was er sagen sollte.

Fitzhugh beugte sich vor und flüsterte: »Und diese Mediengeschichte! Wir waren mit ihm einer Meinung, daß unsere Gesetze hinsichtlich der Interessenskonflikte vielleicht ein wenig zu streng sind, genau wie in fast allen anderen Ländern der Welt. Wir wollten der UNO oder wem auch immer das Recht geben, Veröffentlichungen herauszugeben, wo der Weltfriede so greifbar ist. Darum haben wir ihm ein kleines Sprungbrett geschaffen, und sehen Sie, was passiert ist: Er hat alle Zeitungen, Verlage, Radio- und Fernsehanstalten aufgekauft, bevor wir unsere Meinung ändern konnten!

Woher hat er nur das Geld, Williams? Können Sie mir das sagen?«

Cameron geriet in einen Gewissenskonflikt. Er hatte Carpathia zugesichert, daß er über das Stonagal-Erbe Stillschweigen bewahren würde. Aber mußten Versprechen, die man dem Teufel gegeben hatte, eingehalten werden?

»Das kann ich Ihnen nicht sagen«, erwiderte Buck. Er empfand Carpathia gegenüber keine Loyalität, doch Carpathia sollte nicht zu Ohren kommen, daß er eine so wichtige Information, die ihm anvertraut worden war, an den Präsidenten weitergegeben hatte. Er mußte auf seine eigene Intuition vertrauen – solange er konnte.

»Wissen Sie, was unsere intelligenten Leute uns sagen?« fuhr Fitzhugh fort. »Der eigentliche Plan sei, daß die Staatsoberhäupter der Länder, die durch die zehn Mitglieder des Sicherheitsrates vertreten sind, ihren Botschaftern als Untergebene zu berichten haben. Das würde diese zehn Botschafter zu Königen der Welt unter der Herrschaft Carpathias machen.«

Buck runzelte die Stirn. »Mit anderen Worten, Herr Präsident, der mexikanische Präsident und der kanadische Premierminister würden dem UNO-Botschafter von Nordamerika Bericht erstatten müssen?«

»Genau, Williams. Aber Sie müssen die Vereinten Nationen vergessen. Es heißt ja jetzt Weltgemeinschaft.«

»Mein Fehler.«

»Das ist tatsächlich ein Fehler, aber nicht Ihrer.«

»Sir, kann ich irgendwie helfen?«

Präsident Fitzhugh blickte zur Decke und fuhr sich mit der rechten Hand über sein schweißnasses Gesicht. »Ich weiß es nicht. Ich glaube, ich wollte einfach nur mal meinen Ärger abladen, und ich dachte, Sie hätten vielleicht ein paar Informationen. Wir könnten etwas brauchen, das den Burschen ein wenig bremst. Irgendwo muß es doch einen Riß in seiner Rüstung geben.«

»Ich wünschte, ich könnte Ihnen helfen«, erwiderte ihm Buck und erkannte plötzlich, daß dies eine schreckliche Untertreibung war. Was würde er nicht tun, um Nicolae Carpathia als einen lügnerischen Mörder, als den hypnotischen Antichristen zu entlarven! Und obwohl sich Buck ihm widersetzen würde, konnte jemand, der Christus nicht kannte, dies nicht verstehen oder mit ihm einer Meinung sein. Außerdem stand in der Bibel nichts davon, daß die Jünger Jesu in der Lage sein würden, sich ihm zu widersetzen. Der Antichrist hatte einen Weg beschritten, der bereits vor Jahrtausenden vorausgesagt worden war, und er würde ihn bis zum Ende gehen.

Nicolae Carpathia würde den Präsidenten der Vereinigten Staaten und alle anderen, die sich ihm in den Weg stellten, beiseite räumen. Er würde die Macht ergreifen, und erst dann würde die eigentliche Schlacht beginnen, die Schlacht zwischen Himmel und Hölle. Der endgültig letzte Kalte Krieg würde eine Schlacht auf Leben und Tod sein. Buck fand Trost in der Tatsache, daß er es von Anfang an gewußt hatte – wenn auch erst seit wenigen Wochen.

Der Assistent Präsident Fitzhughs unterbrach sie. »Entschuldigen Sie, Herr Präsident, aber der Generalsekretär bittet Sie um eine kurze Unterredung vor der Unterzeichnung des Abkommens.«

Fitzhugh begann wieder zu fluchen. »Ich schätze, unsere kleine Unterhaltung ist zu Ende, Williams. Ich bedanke mich für Ihre Aufmerksamkeit, und ich bin dankbar für Ihr Vertrauen.«

»Das ist doch selbstverständlich, Herr Präsident. Ach, es wäre wirklich gut, wenn Mr. Carpathia mich hier nicht sehen würde. Er wird fragen, worum es in dem Gespräch ging.«

»Ja, in Ordnung, hören Sie, Rob. Gehen Sie raus, und sagen Sie Carpathias Leuten, daß dieser Raum nicht angemessen ist und daß wir ihn in, sagen wir, einer Minute woanders empfangen. Und holen Sie mir Pudge.«

Pudge war offensichtlich der Spitzname des Agenten, der Buck herbegleitet hatte. »Pudge, bringen Sie Williams hier heraus, ohne daß Carpathias Leute ihn sehen.«

Der Präsident schob seine Krawatte zurecht, knöpfte seine Jacke zu und wurde zu dem anderen Raum begleitet, in dem das Gespräch mit Carpathia stattfinden sollte. Buck wurde von Pudge abgeschirmt, bis die Luft rein war. Dann machte er sich auf den Weg zu dem Saal, in dem die Unterzeichnung stattfinden sollte, bei der er als Mitglied der amerikanischen Delegation vorgestellt werden würde.

Aufgrund seiner Empfehlungsschreiben bekam Rayford zusammen mit den amerikanischen Würdenträgern einen Platz in der ersten Reihe. Er war einer der wenigen Leute, die wußten, daß die Zeugen an der Klagemauer recht hatten – daß dies die Feier einer unheiligen Allianz war. Er wußte es, dennoch fühlte er sich hilflos. Niemand konnte den Lauf der Geschichte aufhalten.

Das hatte Bruce Barnes gesagt.

Rayford vermißte Bruce. Er schätzte das abendliche Zusammensein mit ihm sehr. Er lernte so viel dadurch. Und Bruce hatte recht gehabt. Das Heilige Land stand im Augenblick im Brennpunkt der Ereignisse. Wenn von hier aus die ersten der 144 000 jüdischen Christen ausgehen würden, dann würde Bruce bestimmt hier sein wollen.

Nach dem, was Bruce Rayford, Chloe und Buck aus der Bibel gezeigt hatte, würden die Bekehrten aus allen Teilen der Welt herkommen und eine unglaubliche Ernte einfahren – vielleicht eine Milliarde Menschen. Die 144 000 würden Juden sein, 12 000 aus jedem der ursprünglichen zwölf Stämme, doch sie würden aus der ganzen Welt gesammelt werden und wieder in die Welt ausziehen; eine Wiederholung der Zerstreuung der Juden, wie sie immer wieder in der Geschichte vorgekommen war. Unglaublich, dachte Rayford, Juden, die in ihrem eigenen Land und in ihrer Sprache Jesus Christus verkündigten und Millionen von Menschen zu Jesus, dem Messias, führten.

Trotz all des ganzen Chaos und Unglücks, das über die Menschheit hereinbrechen würde, würde es viele großartige Siege geben, und Rayford freute sich darauf, diese mitzuerleben. Aber keinesfalls freute er sich darauf, daß die *Tribulation Force* auseinanderbrechen würde. Wer wußte, wo Buck landen würde, wenn Carpathia wirklich alle Medien aufkaufte? Falls die Beziehung zwischen Buck und Chloe weiter gedieh, würden sie vielleicht gemeinsam fortgehen.

Er drehte sich auf seinem Stuhl um und betrachtete die Menschenmenge. Hunderte bahnten sich den Weg zu ihren Plätzen. Die Sicherheitsvorkehrungen waren sehr streng. Die roten Lämpchen der Kameras leuchteten, die Musik wurde lauter, Nachrichtensprecher flüsterten in ihre Mikrophone, und die Menge verstummte. Rayford saß aufrecht auf seinem Platz und fragte sich, ob Chloe ihn im Fernsehen sehen konnte. In Chicago war es mitten in der Nacht, und sie würde vermutlich nicht so sehr nach ihm suchen wie nach Buck. Dieser war leicht zu entdecken. Er stand auf dem Podium direkt hinter Dr. Rosenzweig, einem der Unterzeichnenden.

Mit höflichem Applaus wurden die Würdenträger willkommen geheißen: frühere Mitglieder der *Knesset*, Botschafter aus der ganzen Welt, amerikanische Staatsmänner und ehemalige Präsidenten, israelische Führer.

Schließlich wurde die zweite Reihe vorgestellt, diejenigen, die hinter den Stühlen standen. Buck wurde vorgestellt als »Mr. Cameron ›Buck‹ Williams, Reporter des Global Weekly aus den Vereinigten Staaten von Amerika.« Rayford lächelte über diese lauwarme Vorstellung, genau wie Buck. Offensichtlich fragten sich alle, wer er war und warum er zu den Würdenträgern zählte.

Der lauteste Applaus war für die letzten fünf Männer reserviert: den obersten Rabbiner von Israel, den Nobelpreisträger Chaim Rosenzweig, den Premierminister von Israel, den Präsidenten der Vereinigten Staaten und den Generalsekretär der Weltgemeinschaft.

Als Carpathia mit seiner ihm eigenen verlegenen Schüchternheit eintrat, erhob sich das Publikum. Rayford paßte sich widerstrebend an und klatschte, ohne ein Geräusch zu machen. Es fiel ihm schwer, dem Feind Christi zu applaudieren.

Chaim Rosenzweig strahlte Buck an. Dieser lächelte zurück. Er wünschte, er könnte seinen Freund aus diesem Debakel retten, aber der richtige Zeitpunkt war noch nicht gekommen. Momentan konnte er nichts anderes tun, als den Mann diesen Augenblick genießen zu lassen, denn es würde nicht mehr viele Augenblicke wie diesen geben.

»Das ist ein großer Tag, Cameron«, flüsterte der Jude und griff nach Bucks Hand. Er tätschelte sie, als wäre der Reporter sein Sohn.

Einen flüchtigen Augenblick lang wünschte sich Buck beinahe, Gott könnte ihn nicht sehen. Überall flammten die Blitzlichter auf, um dieses historische Ereignis für die Nachwelt zu erhalten. Und Buck war der einzige auf den Bildern, der wußte, wer Carpathia war, der wußte, daß die Unterzeichnung des Abkommens offiziell den Beginn der Trübsalszeit einläutete.

Auf einmal bemerkte Buck das mit einem Klettverschluß ausgestattete Abzeichen des *Global Weekly* in seiner Jackentasche. Er holte es heraus, um es an seiner Brusttasche zu befestigen, doch der Klettverschluß verfing sich an der Klappe seiner Jackentasche. Buck zog daran, und seine ganze Jacke hob sich über seinen Gürtel, und als er sich endlich befreit hatte, blieb der Saum seiner Jacke am Gürtel hängen. Bis er alles wieder in Ordnung gebracht und das Abzeichen an seiner Jacke befestigt hatte, war er mindestens ein dutzendmal fotografiert worden.

Als der Applaus nachließ und die Menge ihre Plätze wieder einnahm, erhob sich Carpathia mit einem Mikrophon in der Hand. »Dies ist ein historischer Tag«, begann er lächelnd. »Zwar ist dieses Abkommen in Rekordzeit zustande gebracht worden, gleichwohl war es ein riesiges Unterfangen, alle nötigen Hilfsmittel zusammenzubringen, um es möglich zu machen. Heute möchten wir vielen Menschen Dank sagen. Als erstem meinem geliebten Freund und Mentor, der mir eine Vaterfigur ist, Dr. Chaim Rosenzweig aus Israel!«

Die Menge reagierte mit Begeisterung, und Chaim erhob sich unsicher, winkte in die Menge und lächelte wie ein kleiner Junge. Buck hätte ihm so gern auf den Rücken geklopft, ihm zu seinem Erfolg gratuliert, doch er trauerte um seinen Freund. Rosenzweig wurde benutzt. Er war nur ein kleines Rädchen in einem komplexen Plan, der die Welt für sich und seine Freunde unsicher machen würde.

Carpathia sang das Lob des obersten Rabbiners, des israelischen Premierministers und schließlich des »ehrwürdigen Gerald Fitzhugh, Präsident der Vereinigten Staaten von Amerika, des besten Freundes, den Israel je gehabt hat«.

Weiterer donnernder Applaus. Fitzhugh erhob sich nur wenige Zentimeter von seinem Stuhl, um die Reaktion entgegenzunehmen, und gerade als der Applaus nachließ, fachte Carpathia selbst ihn wieder an, steckte das Mikrophon unter seinen Arm und klatschte laut.

Fitzhugh schien verlegen, es schien ihm beinahe peinlich zu sein, und er blickte Carpathia an, als frage er sich, was er tun sollte. Carpathia strahlte und gab sich den Anschein, als freue er sich für seinen Freund, den Präsidenten. Er reichte Fitzhugh das Mikrophon. Zuerst reagierte der Präsident nicht, dann schüttelte er sein Unbehagen ab. Unter dem donnernden Applaus des Publikums nahm er das Mikrophon.

Buck war wieder einmal verblüfft über Carpathias Fähigkeit, eine Menge zu manipulieren. Ganz offensichtlich hatte er alles eingeplant. Aber was würde Fitzhugh jetzt tun? Eine angemessene Reaktion würde sein, den Leuten zu danken und seinen Freunden, den Israelis, ein paar Schmeicheleien zu sagen. Und obwohl Fitzhugh Carpathia allmählich durchschaute, würde er Nicolaes Rolle bei den Friedensverhandlungen hervorheben müssen.

Fitzhugh schob seinen Stuhl zurück, drängte sich an seinem Staatssekretär vorbei zur Mitte des Podiums. Er mußte warten, bis die Menge sich beruhigt hatte, und das schien Ewigkeiten zu dauern. Carpathia eilte zu Fitzhugh und hob seine Hand, wie das bei dem Sieger eines Boxkampfs üblich ist, und die israelische Menge jubelte um so mehr.

Schließlich trat Carpathia zurück, und Präsident Fitzhugh stand in der Mitte des Podiums. Er mußte ein paar Worte sagen. Sobald Fitzhugh zu sprechen begann, wußte Buck, daß Carpathia am Werk war. Und obwohl Buck nicht damit rechnete, Zeuge eines Mordes zu werden wie einige Wochen zuvor in New York, war er davon überzeugt, daß Carpathia es irgendwie geschafft hatte, etwas ebenso Ernstes zu inszenieren. Denn der Gerald Fitzhugh, der zu der begeisterten Menge sprach, war ein anderer als der frustrierte Präsident, mit dem Buck nur wenige Minuten zuvor gesprochen hatte.

Buck lief es kalt den Rücken hinunter, und seine Knie wurden weich, als Fitzhugh seine Rede begann. Er beugte sich vor, hielt sich an der Rückenlehne von Rosenzweigs Stuhl fest und versuchte vergeblich, Haltung zu bewahren. Buck spürte das Böse im Raum, und die Übelkeit überwältigte ihn beinahe.

»Das letzte, was ich in einem Augenblick wie diesem tun möchte«, erklärte Präsident Fitzhugh der begeisterten Menge, »ist, Ihre Aufmerksamkeit von dem großen Ereignis abzulenken, zu dem wir hier zusammengekommen sind. Da Sie mich jedoch so freundlich willkommen geheißen haben und wegen der großen Herzlichkeit des von uns allen so bewunderten UNO-Generalsekretärs der zu Recht umbenannten Weltgemeinschaft, möchte ich gern ein paar Sätze sagen.

Zuerst einmal, es ist mir eine Freude gewesen, ein Zeitzeuge dessen zu sein, was Nicolae Carpathia in nur wenigen Wochen erreicht hat. Ich bin sicher, wir alle können übereinstimmend sagen, daß die Welt durch sein Wirken jetzt sehr viel liebevoller und friedlicher geworden ist.«

Carpathia wollte das Mikrophon wieder an sich bringen, doch Präsident Fitzhugh ließ es nicht zu. »Jetzt bin ich dran, Herr Generalsekretär, wenn Sie nichts dagegen haben!« Das Publikum brach in Gelächter aus. »Wie ich schon gesagt habe, und ich möchte es noch einmal betonen, die Idee des Generalsekretärs von einer weltweiten Abrüstung ist einfach genial. Ich unterstütze sie ohne Vorbehalte und bin stolz, als einer der ersten neunzig Prozent unserer Waffen zu vernichten und die restlichen zehn Prozent der Weltgemeinschaft unter der Führung von Mr. Carpathia zur Verfügung zu stellen.«

Buck wurde schwindlig, und es fiel ihm schwer, sich auf den Beinen zu halten.

»Als sichtbares Zeichen meiner persönlichen Unterstützung und der Unterstützung des ganzen amerikanischen Volkes haben wir der Weltgemeinschaft die neue Air Force One übereignet. Wir haben die Neulackierung und die Umbenennung finanziert, und das Flugzeug kann auf dem Ben-Gurion-Flughafen besichtigt werden. Und nun übergebe ich das Mikrophon dem Mann der Stunde, dem Führer, dessen gegenwärtiger Titel seinem Maß an Einfluß nicht gerecht wird, meinem persönlichen Freund und Gefährten, Nicolae Carpathia!«

Carpathia schien das Mikrophon nur widerstrebend entgegenzunehmen. Er tat so, als sei ihm die Aufmerksamkeit, die ihm entgegengebracht wurde, peinlich. Er wirkte verwirrt, als wisse er nicht, was er mit einem so widerspenstigen Präsidenten anfangen solle, der nicht wußte, wann es genug war.

Als der Applaus endlich abebbte, erklärte Carpathia bescheiden: »Ich entschuldige mich für meinen überschwenglichen Freund, der so freundlich und großzügig gewesen ist und dem die Weltgemeinschaft viel verdankt.«

Rayford behielt Buck sehr genau im Auge. Dieser sah gar nicht gut aus. Beinahe wäre er gestürzt, und Rayford fragte sich, ob das an der Hitze lag oder nur an den Übelkeit erregenden Schmeicheleien von Fitzhugh und Carpathia.

Mit Ausnahme von Rosenzweig schien den israelischen Würdenträgern das Gerede über die Abrüstung unangenehm zu sein. Ein starkes Militär war seit Jahrhunderten ihre beste Verteidigung, und ohne das Abkommen mit der Weltgemeinschaft hätte Carpathias Abrüstungsplan wohl kaum ihre Zustimmung gefunden.

Der weitere Verlauf der Zeremonie war sehr viel nüchterner als die bewegende – und nach Rayfords Meinung beunruhigende – Rede des Präsidenten. Bei jeder Begegnung schien Fitzhugh immer mehr in den Bann Carpathias gezogen zu werden. Doch seine Einstellung spiegelte nur die des größten Teils der Weltbevölkerung wider. Wenn man sich nicht mit der biblischen Prophetie beschäftigte und hinter die Fassade sah, konnte man sehr wohl glauben, daß Nicolae Carpathia ein Geschenk Gottes in einem sehr kritischen Augenblick der Weltgeschichte war.

Während der Reden anderer Führer über die historische Bedeutung des Dokumentes, zu dessen Unterzeichnung sie alle zusammengekommen waren, gewann Buck allmählich seine Fassung zurück. Mehrere dekorative Füller wurden gezückt, während Fernsehkameras auf die Unterzeichnenden gerichtet waren. Die Füller wurden an andere weitergereicht, die ebenfalls ihre Unterschrift unter das Dokument setzten. Die Unterzeichnung des Abkommens wurde mit Händeschütteln, Umarmungen und Küssen auf beide Wangen gefeiert.

Doch die Unterzeichner des Vertrages wußten – mit einer Ausnahme – nichts von den Konsequenzen, die aus ihrer Entscheidung resultieren würden – wußten nicht, daß sie sich an einer unheiligen Allianz beteiligt hatten.

Ein Abkommen war geschlossen worden. Gottes auserwähltes Volk, das bis zur Ankunft seines Messias den Tempel wiederaufbauen und das Opfersystem wiedereinführen wollte, hatte ein Abkommen mit dem Teufel geschlossen.

Nur zwei Männer auf dem Podium wußten, daß dieser Akt den Beginn der Endzeit einleitete. Der eine steckte voller fanatischer – dämonischer – Pläne, der andere zitterte vor dem, was kommen würde.

An der Klagemauer schrien die beiden Zeugen die Wahrheit hinaus. So laut sie konnten, riefen sie: »Nun beginnt die letzte schreckliche Woche des Herrn!« Und der Klang ihrer Stimmen reichte über den Tempelberg hinaus.

Die Sieben-Jahres-»Woche« hatte begonnen.

Die Trübsalszeit.

17

Rayford Steele saß in einer Telefonzelle des *Ben-Gurion*-Flughafens. Es war früh, Carpathia und seine Delegation würden erst in einer guten Stunde kommen. Seine Crew war damit beschäftigt, die *Global Community One* startklar zu machen, und er hatte genügend Zeit, um auf eine Verbindung mit Chloe zu warten.

»Ich habe dich gesehen, Dad!« lachte diese. »Bei jedem Bild versuchten sie, die Namen einzublenden. Deiner war fast richtig geschrieben. ›Raymond Steel – ohne ›e‹ am Ende –, Pilot der Air Force One‹.«

Rayford lächelte. Es tat ihm gut, die Stimme seiner Tochter zu hören. »Beinahe. Und da wundert sich die Presse, daß keiner ihnen traut.«

»Was sie mit Buck anfangen sollten, wußten sie nicht«, berichtete Chloe weiter. »Die ersten Male, wenn er ins Bild kam, schrieben sie gar nichts darunter. Dann hatte wohl jemand gehört, wie er vorgestellt wurde, und danach wurde eingeblendet ›Duke Wilson, ehemaliger Reporter der Newsweek‹.«

»Hervorragend«, sagte Rayford.

»Buck ist ganz aufgeregt wegen dieses Rabbi, der in ein paar Stunden auf Sendung geht. Wirst du ihn dir ansehen können?«

»Wir werden die Sendung im Flugzeug verfolgen können.«

»Ihr könnt das auf diese Entfernung und in dieser Höhe empfangen?«

»Du solltest nur die Ausstattung sehen, Chlo'. Der Empfang wird besser sein als unserer zu Hause. Oder zumindest genauso gut.«

Buck empfand eine tiefe Traurigkeit. Chaim Rosenzweig hatte ihn nach der Zeremonie mindestens dreimal umarmt und davon geschwärmt, daß dies der glücklichste Tag in seinem Leben sei. Er bat Buck inständig, sie doch nach Bagdad zu begleiten. »In einem Monat werden Sie sowieso für Nicolae arbeiten«, fügte Chaim hinzu. »Niemand wird dies als einen Interessenskonflikt sehen.«

»Das werde ich, vor allem in einem Monat, wenn er jedes Blatt besitzt, für das ich arbeiten könnte.«

»Seien Sie doch nicht ausgerechnet heute so negativ«, meinte Chaim. »Kommen Sie mit. Staunen Sie, genießen Sie. Ich habe die Pläne gesehen. Neu-Babylon wird überaus prächtig werden.«

Buck verspürte den Drang, um seinen Freund zu weinen. Wann würde Chaim die Wahrheit erkennen? Würde er vielleicht sterben, bevor er erkannte, daß er getäuscht und benutzt worden war? Vielleicht wäre dies das beste. Aber Buck hatte auch Angst um Chaims Seele. »Werden Sie sich Dr. Ben-Juda heute im Fernsehen ansehen?«

»Natürlich! Das würde ich um keinen Preis verpassen wollen! Seit unserer Universitätszeit sind wir befreundet. Soweit ich weiß, werden wir uns die Sendung im Flugzeug ansehen können. Ein weiterer Grund für Sie, uns zu begleiten!«

Buck schüttelte den Kopf. »Ich werde es mir hier ansehen. Aber nachdem Ihr Freund seine Ergebnisse vorgestellt hat, sollten wir uns einmal darüber unterhalten.«

»Ach, ich bin kein religiöser Mensch, Cameron. Das wissen Sie. Vermutlich wird mich nichts von dem, was Tsion heute bringt, überraschen können. Er ist ein fähiger Gelehrter und sorgfältiger Forscher, ein brillanter Wissenschaftler und ein sehr begabter Redner. Er erinnert mich ein wenig an Nicolae.«

Bitte, dachte Buck. Alles andere, aber das nicht!

»Was wird er Ihrer Meinung nach sagen?«

»Wie die meisten orthodoxen Juden wird er zu der Schlußfolgerung kommen, daß der Messias noch nicht gekommen ist. Wie Sie wissen, gibt es einige Randgruppen, die der Meinung sind, der Messias sei bereits gekommen, doch diese vermeintlichen ›Messiasse‹ sind nicht mehr in Israel. Einige sind tot, andere sind in andere Länder gezogen. Keiner hat die Gerechtigkeit und den Frieden gebracht, von denen die Thora spricht. Also wird Tsion, wie wir alle, auf die Prophezeiungen hinweisen und uns Mut machen, weiter zu wachen und zu beten. Es wird sehr inspirierend sein, was meiner Meinung nach von Anfang an der Zweck dieser Studie war.

Vielleicht spricht er davon, daß wir die Ankunft des Messias beschleunigen können. Einige Gruppen sind in alte jüdische Behausungen gezogen, in der Meinung, sie hätten ein heiliges Recht, das zu tun, und daß sie auf diese Weise dazu beitragen könnten, einige der Prophezeiungen zu erfüllen und den Weg für die Ankunft des Messias zu bereiten. Andere sind so aufgebracht über die moslemische Entweihung des Tempelberges, daß sie Synagogen in der Nähe gebaut haben, so nah wie möglich an der Stelle, wo ursprünglich der Tempel gestanden hat.«

»Sie wissen, daß es Heiden gibt, die glauben, der Messias sei bereits gekommen«, warf Buck vorsichtig ein.

Chaim warf einen Blick über Bucks Schulter, um sich zu vergewissern, daß er nicht zurückgelassen wurde, wenn die Delegation zuerst in die Hotels und schließlich zum Flughafen gebracht wurde. »Ja, ja, das weiß ich, Cameron. Aber ich würde eher glauben, daß der Messias keine Person, sondern mehr eine Ideologie ist.«

Er wollte sich entfernen, und Buck war plötzlich schrecklich verzweifelt. Er packte Rosenzweig am Arm. »Chaim, der Messias ist mehr als eine Ideologie!«

Rosenzweig blieb stehen und blickte seinem Freund ins Gesicht. »Cameron, wir können darüber sprechen, aber wenn Sie das alles so wörtlich nehmen, dann lassen Sie mich Ihnen eines sagen: Wenn der Messias tatsächlich eine Person ist, wenn er der Welt Frieden, Gerechtigkeit und Hoffnung bringen soll, dann bin ich mit denen einer Meinung, die denken, daß er bereits da ist.«

»Tatsächlich?«

»Ja, Sie nicht?«

»Sie glauben an den Messias?«

»Ich sagte ›falls‹, Cameron. Das ist ein großes ›falls‹.«

»Falls der Messias real ist und wirklich kommt, was dann?« beharrte Buck, als sein Freund sich wieder in Bewegung setzen wollte.

»Verstehen Sie denn nicht, Cameron? Nicolae erfüllt die meisten dieser Prophezeiungen. Vielleicht sogar alle, das kann ich nicht richtig beurteilen. Und jetzt muß ich gehen. Werde ich Sie in Babylon sehen?«

»Nein, ich habe Ihnen doch gesagt ...«

Rosenzweig drehte sich um und kam zurück. »Ich dachte, Sie meinten nur, Sie würden auf andere Weise hinüberfliegen, damit Sie keinen Gefallen anzunehmen brauchen und somit Ihre Objektivität verlieren.«

»Das wollte ich auch, aber ich habe meine Meinung geändert. Ich fliege nicht. Falls ich tatsächlich in einem von Carpathias Medienkonzernen arbeiten werde, dann werde ich vermutlich noch früh genug nach Babylon kommen.«

»Was haben Sie vor? In die Staaten zurückkehren? Werde ich Sie dort sehen?«

»Ich weiß es noch nicht.«

»Cameron! Schenken Sie mir an diesem historischen Tag doch ein Lächeln!«

Aber Buck brachte es nicht übers Herz. Er ging zu Fuß zu seinem Hotel zurück. Die Empfangsdame fragte ihn, ob er die Informationen über Linienflüge nach Bagdad noch brauche. »Nein danke«, erwiderte er.

»In Ordnung, Sir. Ich habe eine Nachricht für Sie.«

Auf dem Umschlag stand die Adresse von Dr. Tsion Ben-Juda. Buck ging hinauf in sein Zimmer und öffnete ihn erst dort. Er enthielt eine Einladung:

»Es tut mir leid, daß ich Sie gestern abend einfach so allein gelassen habe. Ich wäre nicht in der Lage gewesen, mich zu unterhalten. Würden Sie mir die Ehre erweisen, mit mir zu Mittag zu essen und mich zum ICNN-Studio zu begleiten? Ich erwarte Ihren Anruf.

Tsion Ben-Juda«

Buck blickte auf die Uhr. Bestimmt war es schon zu spät. Er wählte die Nummer des Rabbi, doch die Haushälterin sagte, dieser hätte das Haus zwanzig Minuten zuvor verlassen. Buck schlug mit der Faust auf den Tisch. Welches Privileg hatte er versäumt, nur weil er zu Fuß zum Hotel zurückgegangen war, anstatt sich ein Taxi zu nehmen! Vielleicht konnte er zum Studio fahren und Tsion dort noch treffen. Aber vielleicht wollte der Rabbi mit ihm reden, bevor er auf Sendung ging?

Buck nahm den Hörer ab. »Können Sie mir bitte ein Taxi rufen?«

»Selbstverständlich, Sir, aber gerade ist ein Anruf für Sie gekommen. Möchten Sie ihn entgegennehmen?«

»Ja, und warten Sie mit dem Taxi, bis ich Ihnen Bescheid gebe.«

»Jawohl, Sir. Legen Sie bitte auf, dann stelle ich den Anruf zu Ihnen durch.«

Es war Tsion. »Dr. Ben-Juda! Ich bin so froh, daß Sie anrufen! Ich bin gerade erst nach Hause gekommen.«

»Ich war bei der Unterzeichnung, Buck«, sagte Tsion mit seinem starken hebräischen Akzent, »aber ich habe mich im Hintergrund gehalten.«

»Steht Ihre Einladung zum Mittagessen noch?«

»Sie steht.«

»Wann wollen wir uns treffen und wo?«

»Wie wäre es jetzt gleich, vor dem Hotel?«

»Ich komme.«

Danke, Herr, betete Buck im stillen, als er die Treppen hinunterrannte. Gib mir die Gelegenheit, diesem Mann zu sagen, daß du der Messias bist.

Der Rabbi schüttelte Buck herzlich die Hand und zog ihn an sich. »Buck, wir haben gemeinsam eine unglaubliche Erfahrung gemacht. Das bindet uns zusammen. Aber jetzt vor der Sendung bin ich aufgeregt, und ich würde mich beim Mittagessen gern unterhalten. Können wir?«

Der Rabbi nannte dem Fahrer die Adresse eines kleinen Restaurants in der Jerusalemer Innenstadt. Tsion, der einen großen schwarzen Aktenordner unter dem Arm trug, sprach leise mit dem Kellner, und sie wurden zu einem durch Pflanzen abgeschirmten Fenstertisch geführt. Als der Kellner die Speisekarten brachte, blickte Ben-Juda auf seine Uhr, winkte ab und sprach auf hebräisch mit dem Kellner. Buck nahm an, daß er für sie beide bestellte.

»Brauchen Sie eigentlich noch Ihr Abzeichen, das Sie als Reporter des Global Weekly zu erkennen gibt?«

Schnell riß Buck sich das Abzeichen von der Jacke.

»Es geht sehr viel leichter ab als dran, nicht?«

Buck lachte.

Tsion stimmte in sein Gelächter mit ein, und der Kellner brachte einen ungeschnittenen Laib warmes Brot, Butter, einen runden Käse, eine mayonnaiseähnliche Sauce, eine Schüssel mit grünen Äpfeln und frische Gurken.

»Gestatten Sie?« Ben-Juda deutete auf den Teller.

»Bitte.«

Der Rabbi schnitt das warme Brot in große Stücke, strich Butter und die Sauce darauf und belegte es mit Gurkenstückchen und Käse. Schließlich kamen noch Apfelscheiben hinzu. Der Rabbi schob Buck seinen Teller hin.

Buck wartete, während der Rabbi sein eigenes Sandwich zubereitete. »Bitte warten Sie nicht auf mich. Essen Sie, solange das Brot noch warm ist.«

Buck neigte den Kopf und betete wieder für Tsion Ben-Juda. Dann nahm er sein Sandwich in die Hand.

»Sie sind ein Mann des Gebets«, bemerkte Tsion, als er sein Essen zubereitete.

»Das bin ich.« Buck betete auch weiterhin im stillen und fragte sich, ob nun wohl der richtige Zeitpunkt gekommen war, etwas zu sagen. Konnte dieser Mann eine Stunde, bevor er die Ergebnisse seiner Studie der Welt präsentierte, noch beeinflußt werden? Buck fühlte sich so machtlos. Der Rabbi lächelte.

»Was ist, Tsion?«

»Ich mußte gerade an den letzten Amerikaner denken, mit dem ich hier gegessen habe. Er war auf einer Rundreise, und ich wurde gebeten, mich seiner anzunehmen. Er war irgendein religiöser Führer, und wir alle wechseln uns hier ab, müssen Sie wissen, damit die Touristen sich hier willkommen fühlen.« Buck nickte.

»Ich machte den Fehler, ihn zu fragen, ob er eines meiner Lieblingsgerichte probieren wolle, ein Gemüse-Käse-Sandwich. Entweder hatte er mich nicht richtig verstanden, oder es gefiel ihm nicht, auf jeden Fall bestellte er etwas, das ihm vertrauter war, irgendein Krabbensandwich, glaube ich. Aber ich bat den Kellner auf hebräisch, eine Extraportion dieses Sandwiches zu bringen, und es dauerte nicht lange, bis der Mann seinen Teller zurückschob und das probierte, was ich bestellt hatte.«

Buck lachte. »Und jetzt bestellen Sie für Ihre Gäste.«

»Genau.«

Bevor der Rabbi zu essen begann, betete auch er.

»Ich habe das Frühstück ausgelassen«, sagte Buck und hob sein Sandwich.

Tsion Ben-Juda strahlte. »Prima!« lachte er. »Ein internationales Sprichwort sagt, daß Hunger der beste Koch ist.«

Buck stellte fest, daß es stimmte. Er mußte sich zurückhalten, daß er nicht zu viel aß, was nur selten ein Problem für ihn war. »Tsion«, begann er schließlich, »wollten Sie einfach nur Gesellschaft vor Ihrer Sendung, oder gibt es etwas Besonderes, über das Sie mit mir sprechen wollten?«

»Dieses Treffen hat einen besonderen Grund.« Der Rabbi nickte zustimmend und blickte auf seine Uhr. »Wie sieht übrigens mein Haar aus?«

»Prima. Vermutlich werden Sie aber noch geschminkt und zurechtgemacht.«

»Geschminkt? Das hatte ich ganz vergessen. Kein Wunder, daß ich so früh da sein soll.«

Ben-Juda schob seinen Teller zurück und legte den Ordner auf den Tisch. »Andere von diesem Kaliber liegen noch in meinem Büro«, erklärte er, »doch dies ist das Wichtigste, die Schlußfolgerung, das Ergebnis meiner dreijährigen erschöpfenden – und anstrengenden – Arbeit mit einer Gruppe junger Studenten, die mir eine unschätzbare Hilfe waren.«

»Sie wollen das doch nicht etwa in einer Stunde vorlesen, oder?«

»Nein, nein!« erwiderte Ben-Juda lachend. »Das ist, was Sie meine ›Versicherungskarte‹ nennen würden. Wenn ich einmal nicht weiter weiß, schlage ich einfach eine Seite auf. Egal, welche Seite ich erwische, überall steht etwas, das ich sagen sollte. Vielleicht interessiert es Sie zu hören, daß ich auswendig gelernt habe, was ich im Fernsehen sagen werde.«

»Eine ganze Stunde lang?«

»Vor drei Jahren war das für mich vermutlich auch noch unvorstellbar. Doch nun könnte ich stundenlang und ohne Notizen erzählen. Aber ich muß mich an meinen Plan halten, damit ich mich nicht verzettele.«

»Aber trotzdem nehmen Sie sich Ihre Notizen mit?«

»Ich bin zuversichtlich, Buck, aber ich bin kein Narr. In meinem Leben habe ich schon sehr viel in der Öffentlichkeit gesprochen, aber meistens auf hebräisch. Die CNN möchte natürlich, daß ich auf englisch spreche. Das macht die Sache für mich schwieriger, und ich möchte nicht alles dadurch schlimmer machen, daß ich irgendwie steckenbleibe.«

»Ich bin sicher, Sie werden Ihre Sache hervorragend machen.«

»Sie haben genau das gesagt, was ich hören wollte!« meinte der Rabbi grinsend. »Die Einladung zum Mittagessen hat sich bereits gelohnt!«

»Dann brauchten Sie also nur ein wenig Aufmunterung?«

Der Rabbi dachte eine Weile nach. »Ja«, antwortete er schließlich. »Aufmunterung. Und ich möchte Ihnen eine Frage stellen. Wenn sie zu persönlich ist, dann können Sie auch einfach die Antwort verweigern.«

Buck hob die Hände als Zeichen, daß er für jede Frage offen war.

»Gestern abend haben Sie mich nach meinen Schlußfolgerungen zur Messiasfrage gefragt, und ich habe Ihnen im wesentlichen gesagt, daß Sie warten müßten, bis ich offiziell meine Ergebnisse bekanntgebe. Aber nun möchte ich Ihnen dieselbe Frage stellen.«

Preist den Herrn, dachte Buck. »Wieviel Zeit haben wir?«

»Etwa zwanzig Minuten. Wenn es länger dauert, können wir uns auf der Fahrt zum Studio weiter unterhalten. Vielleicht sogar in der Maske.«

Der Rabbi lächelte, doch Buck formulierte gedanklich bereits seine Geschichte. »Sie wissen, daß ich mich in einem Kibbuz aufhielt, als die Russen Israel angriffen?«

Ben-Juda nickte. »An dem Tag, an dem Sie aufhörten, Agnostiker zu sein.«

»Richtig. Am Tag des großen Massenverschwindens befand ich mich in einem Flugzeug auf dem Weg nach London.«

»Was Sie nicht sagen.«

Buck erzählte die Geschichte seiner geistlichen Reise. Er war erst fertig, als der Rabbi bereits geschminkt und nervös im Senderaum saß. »Habe ich zu lange geredet?« fragte Buck. »Mir ist klar, daß es ein wenig zuviel von Ihnen verlangt war, auch nur so zu tun, als würden Sie mir zuhören, wo Sie in Gedanken bestimmt mit Ihrer Präsentation beschäftigt waren.«

»Nein, Buck«, entgegnete der Rabbi tief bewegt. »Ich bin in der Lage, meine Präsentation im Schlaf aufzusagen. Wenn ich versuchte, mir zu diesem Zeitpunkt noch etwas einprägen zu wollen, dann würde ich alles verpatzen.«

Das war es also? Keine Reaktion? Kein Dankeschön? Kein »Sie-sind-ein-Narr«?

Nach einer langen Pause ergriff Tsion wieder das Wort. »Buck, ich bin sehr dankbar, daß Sie mir das erzählt haben.«

Eine junge Frau mit Kopfhörern kam herein. »Dr. Ben-Juda«, sagte sie. »Wir sind bereit für den Soundcheck. Noch neunzig Sekunden, bis wir auf Sendung gehen.«

»Ich bin bereit.« Ben-Juda rührte sich nicht.

Die junge Frau zögerte, blickte ihn zweifelnd an. Anscheinend war sie es nicht gewohnt, daß die Gäste ihr nicht nervös in den Senderaum folgten. Sie verließ den Raum.

Tsion Ben-Juda erhob sich mit seinem Ordner unter dem Arm und öffnete die Tür. »Und nun, Buck Williams, tun Sie mir einen Gefallen, während Sie hier auf mich warten.«

»Gern.«

»Da Sie ein Mann des Gebets sind, beten Sie, daß ich sage, was Gott von mir möchte?«

Buck hob aufmunternd die Hand und nickte.

»Würden Sie übernehmen?« fragte Rayford seinen Ersten Offizier. »Ich würde mir gern diesen CNN-Bericht ansehen.«

»In Ordnung. Diese Rabbi-Geschichte?«

»Genau.«

Der Erste Offizier schüttelte den Kopf. »Da würde ich sofort einschlafen.«

Rayford verließ das Cockpit, und er war enttäuscht zu sehen, daß das Fernsehgerät nicht eingeschaltet war. Er ging zu einem der hinteren Räume, in dem sich Presseleute und andere wichtige Persönlichkeiten um ein Fernsehgerät scharten. Doch bevor Rayford Carpathias Konferenzraum verlassen hatte, bemerkte ihn Nicolae. »Captain Steele! Bitte! Setzen Sie sich doch einen Augenblick zu uns!«

»Vielen Dank, Sir, aber ich hoffte, mir diese ...«

»Ach ja, die Sendung über den Messias, natürlich! Stellen Sie den Fernseher an!«

Jemand schaltete das Gerät ein. »Sie müssen wissen«, verkündete Carpathia allen, die in Hörweite saßen, »unser Captain glaubt, daß Jesus der Messias war.«

Chaim Rosenzweig erklärte entschieden: »Offen gesagt, als nichtreligiöser Jude bin ich der Meinung, daß Nicolae mehr von den Verheißungen erfüllt als Jesus.«

Rayford zuckte zusammen. Welche Gotteslästerung! Er wußte, daß Buck Rosenzweig mochte und respektierte, aber was für eine Aussage! »Entschuldigen Sie, aber ich bezweifle, daß die Juden an einen Messias glauben könnten – auch wenn sie immer noch auf ihn warten –, der nicht im Heiligen Land geboren wurde.«

»Ach, sehen Sie?« meinte Rosenzweig. »Ich bin kein Gelehrter. Dieser Mann«, fügte er hinzu und deutete auf den Bildschirm, wo Tsion Ben-Juda nun vorgestellt wurde, »ist unser religiöser Gelehrter.

Nach drei Jahren intensiver Nachforschungen sollte er in der Lage sein, die Merkmale des Messias herauszuarbeiten.«

Das wette ich, dachte Rayford. Er stand in einer Ecke und lehnte sich gegen die Wand, um sich von den anderen fernzuhalten. Carpathia zog seine Anzugjacke aus, und eine Flugbegleiterin hängte sie sofort für ihn auf. Er lockerte seine Krawatte, rollte die Hemdsärmel hoch und setzte sich mit einem Mineralwasser in der Hand vor das Fernsehgerät. Anscheinend hielt Carpathia das für eine gute Ablenkung, dachte Rayford.

Ein auf dem Bildschirm nicht sichtbarer Sprecher verkündete: »Die Ansichten und Meinungen, die in dieser Sendung vertreten werden, spiegeln nicht notwendigerweise die Ansichten des International Cable News Network oder der bei ihr unter Vertrag stehenden Sendeanstalten wider.«

Rayford fand, daß Dr. Ben-Juda ein überaus fesselnder Redner war. Er blickte direkt in die Kamera, und obwohl er einen sehr starken Akzent hatte, sprach er langsam und so deutlich, daß man ihn gut verstehen konnte. Vor allem aber spürte Rayford, daß er sich für sein Thema begeisterte. Das war ganz und gar nicht, was Rayford erwartet hatte. Er hatte sich einen alten Rabbi mit einem langen weißen Bart vorgestellt, der mit einem Vergrößerungsglas über einigen verstaubten Manuskripten kauerte und Pünktchen und Kommas miteinander verglich.

Nachdem er sich und sein Team kurz vorgestellt hatte, begann Ben-Juda jedoch mit einem Versprechen: »Ich bin zu der Schlußfolgerung gekommen, daß wir ohne den Schatten eines Zweifels die Identität unseres Messias erkennen können. Unsere Bibel hat uns klare Prophezeiungen, Voraussetzungen und Vorhersagen an die Hand gegeben, die nur auf eine Person der menschlichen Rasse zutreffen können. Hören Sie mir zu und sehen Sie, ob Sie zu denselben Schlußfolgerungen kommen wie ich, und wir werden sehen, ob der Messias eine reale Person ist, ob er bereits gekommen ist oder noch kommen wird.«

Rabbi Ben-Juda fuhr fort und berichtete, daß er und sein Team beinahe das ganze erste Jahr damit verbracht hätten, die Glaubwürdigkeit des verstorbenen Alfred Edersheim zu überprüfen, eines Sprachenlehrers und Lektors der *Septuaginta*. Edersheim hatte behauptet, daß es in der Bibel vierhundertsechsundfünfzig messianische Prophezeiungen gebe, die durch mehr als fünfhundertachtundfünfzig Referenzstellen aus den alten rabbinischen Schriften gestützt würden.

»Ich verspreche«, fuhr der Rabbi fort, »Sie nicht mit Statistiken zu langweilen, doch lassen Sie mich sagen, daß viele dieser prophetischen Stellen Wiederholungen und einige auch unklar sind. Aber basierend auf unseren sorgfältigen Nachforschungen sind wir der Meinung, daß es mindestens einhundertneun unterschiedliche Prophezeiungen gibt, die der Messias erfüllen muß. Er muß ein so außergewöhnlicher Mann sein, der ein solch einzigartiges Leben führt, daß kein Betrüger diese Bedingungen erfüllen kann.

Natürlich habe ich nicht die Zeit, auf alle einhundertneun Aussagen einzugehen, darum werde ich nur die auffälligsten herausgreifen. Wir haben einen Mathematiker gebeten, die Wahrscheinlichkeit zu berechnen, daß auch nur zwanzig dieser einhundertneun Prophezeiungen sich in einem Menschen erfüllen. Er nannte uns eine Zahl von einer Quadrillioneinhundertfünfundzwanzig Trillionen!«

Rayford war von Dr. Ben-Juda fasziniert. »Trotz der vielen Milliarden Menschen, die diesen Planeten bevölkern, kann man eine Postkarte zur Post geben, und aufgrund von wenigen Unterscheidungsmerkmalen wird sie der richtigen Person zugestellt werden. Wenn Sie diese Karte nach Israel schicken, schließen Sie einen großen Teil der Welt aus. Sie engen den Kreis der möglichen Empfänger noch mehr ein, wenn sie nach Jerusalem geht. Der Kreis der möglichen Empfänger wird noch mehr eingegrenzt, wenn Sie eine bestimmte Straße, eine bestimmte Hausnummer und eine bestimmte Wohnung angeben. Und dann, mit meinem Vor- und Nachnamen darauf, haben Sie mich aus Milliarden von Menschen ausgewählt. Und dies ist meiner Meinung nach, was diese Prophezeiungen mit dem Messias tun. Sie schalten alle anderen Menschen aus, bis nur noch einer übrig bleibt, der diese Propheizungen alle erfüllt.«

Dr. Ben-Juda sprach so fesselnd, daß alle anderen Gespräche im Flugzeug verstummten. Niemand lief herum, niemand bewegte sich. Selbst Nicolae Carapthia rührte sich kaum auf seinem Sitz, abgesehen von einem gelegentlichen Schluck Mineralwasser aus seinem Glas. Rayford hatte den Eindruck, als sei es Carpathia beinahe peinlich, daß Ben-Juda soviel Aufmerksamkeit genoß.

Leise entschuldigte sich Rayford und schlüpfte ins Cockpit. Er legte seinem Ersten Offizier die Hand auf die Schulter und beugte sich zu ihm herab, um ihm etwas zu sagen. Der Erste Offizier schob seinen linken Kopfhörer zurück.

»Ich möchte, daß dieses Flugzeug erst fünf Minuten nach der vollen Stunde landet.«

»Die Landung ist für zwei Minuten vor der vollen Stunde vorgesehen, und wir kommen gut voran, Captain.«

»Sorgen Sie dafür, daß wir erst später landen.«

»Roger.« Er griff nach dem Funkgerät. »Bagdad Tower, hier spricht die Global Community One, over.«

»Bagdad Tower, sprechen Sie, over.«

»Wir drosseln die Geschwindigkeit um ein paar Knoten und setzen unsere geschätzte Ankunftszeit auf fünf Minuten nach der vollen Stunde an.«

»Roger, Global. Gibt es Probleme?«

»Negativ. Wir experimentieren nur ein wenig mit dem neuen Flugzeug.«

Der Erste Offizier blickte Rayford an, um zu sehen, ob dieser einverstanden war. Rayford hob die Daumen und eilte zum Fernsehgerät zurück.

Buck betete, während er die Sendung verfolgte. Auch andere Angehörige der Sendeanstalt hatten sich um den Monitor geschart, und selbst das übliche Geplänkel hinter den Kulissen gab es heute nicht. Die Leute konzentrierten sich auf die Sendung. Buck holte seinen Notizblock und einen Stift heraus und versuchte, sich Notizen zu machen, um die Spannung ertragen zu können. Es war beinahe unmöglich, dem Rabbi zu folgen, der eine Prophezeiung nach der anderen erläuterte.

»Der Messias ist nicht nur auf wenige Erkennungsmerkmale beschränkt«, erklärte Ben-Juda. »Seit Jahrhunderten warten wir Juden auf ihn, sehnen uns nach ihm, und doch haben wir damit aufgehört, uns mit den vielen Erkennungszeichen in unseren Schriften zu beschäftigen. Viele haben wir ignoriert, andere überbetont bis zu dem Punkt, daß wir nun auf einen politischen Führer warten, der Unrecht in Ordnung bringt, uns Gerechtigkeit verschafft und Frieden verspricht.«

Chaim Rosenzweig trat zu Carpathia, schlug ihm auf den Rücken und strahlte die anderen an. Von den meisten wurde er ignoriert, vor allem von Carpathia.

»Einige glauben, der Messias würde uns die glorreiche Zeit Salomos zurückbringen«, fuhr Ben-Juda fort. »Andere meinen, der Messias würde alles neu machen und ein Königreich schaffen, wie wir es noch nie erlebt haben. Und doch können wir aus den Prophezeiungen ganz genau entnehmen, was der Messias tun wird. Einige von ihnen wollen wir uns in der noch verbleibenden Zeit ansehen.«

Buck konnte sich vorstellen, was kommen würde. Entweder war Jesus der Messias, der Erwählte, die Erfüllung des Wortes Gottes, oder er konnte der Überprüfung der Aufzeichnungen nicht standhalten. Wenn nur ein Mann die Prophezeiungen erfüllen konnte, dann mußte es Jesus sein. Es sah nicht so aus, als würde der Rabbi das Neue Testament zu Hilfe nehmen, um sein Publikum, die Juden, zu überzeugen. Die Prophezeiungen, die bereits Hunderte von Jahren vor der Geburt Christi niedergeschrieben worden waren, würden also klar genug sein müssen, um das zu belegen – falls dies tatsächlich Tsions Absicht war.

Dr. Ben-Juda saß auf der Kante des Tisches, auf dem er die mehrere hundert Seiten umfassende Zusammenfassung seiner Studie ausgebreitet hatte. Die Kamera machte eine Nahaufnahme von ihm. »Das allererste Merkmal des Messias, das von Anfang an von unseren Gelehrten akzeptiert worden ist, ist, daß er nicht aus dem Samen eines Mannes gezeugt wurde, wie alle anderen Menschen. Aus diesem Grund muß es eine übernatürliche Geburt sein, wie in Jesaja Kapitel 7, Vers 14 vorhergesagt wird: ›Darum wird euch der Herr von sich aus ein Zeichen geben: Seht, die Jungfrau wird ein Kind empfangen, sie wird einen Sohn gebären, und sie wird ihm den Namen Immanuel (Gott mit uns) geben.‹

Unser Messias muß also von einer Frau geboren, aber nicht von einem Mann gezeugt werden, weil er gerecht ist. Alle anderen Menschen werden von ihrem Vater gezeugt, und so wird ihnen der sündige Same Adams weitergegeben. Nicht so bei dem Messias, da er von einer Jungfrau geboren wird.

Unser Messias muß eine besonders seltene Abstammung haben. Zwar wird er von einer Frau geboren werden, doch diese Frau muß aus einer Linie kommen, zu der viele Väter Israels gehören. Gott selbst hat Milliarden von Menschen dieser Abstammung ausgeschlossen, damit die Identität des Messias eindeutig sein würde.

Zuerst hat Gott zwei Drittel der Weltbevölkerung ausgeschaltet, indem er sich Abraham erwählte, einen Nachkommen Sems, einer von Noahs drei Söhnen. Von den beiden Söhnen Abrahams erwählte sich

Gott Isaak, womit die Hälfte der Nachkommenschaft Abrahams ausgeschlossen wurde. Einer der beiden Söhne Isaaks erhielt den Segen, gab ihn jedoch nur an einen seiner zwölf Söhne, an Juda, weiter. Somit wurden Millionen anderer Söhne Israels ausgegrenzt. Jahre später stellte Jesaja den König David als denjenigen heraus, von dem der Messias abstammen würde, indem er vorhersagte, daß er ›ein Sproß Jesses‹ sein würde. Davids Vater war Isai, ein Sohn Judas.

Nach dem Propheten Micha muß der Messias in Bethlehem geboren werden.« Der Rabbi wendete sich den Notizen in seiner Hand zu und las: »›Aber du, Bethlehem Efrata, so klein unter den Gauen Judas, aus dir wird mir einer hervorgehen, der über Israel herrschen soll. Sein Ursprung liegt in ferner Vorzeit, in längst vergangenen Tagen.‹«

Chaim Rosenzweig rutschte nervös hin und her. Er war der einzige im Flugzeug, der nicht vollkommen still saß. Rayford hatte den Eindruck, daß der alte Mann sich zum Narren gemacht hatte, und er hoffte, daß er die Sache nicht noch auf die Spitze treiben würde. Aber er tat es. »Nicolae«, sagte er lachend, »Sie sind doch in Bethlehem geboren worden und dann nach Cluj gezogen, nicht? Ha, ha!«

Andere ermahnten ihn zu schweigen, doch Carpathia setzte sich plötzlich zurück, als wäre ihm gerade etwas aufgegangen. »Ich weiß, worauf dieser Mann hinaus will!« sagte er. »Könnt ihr es nicht erkennen? Es ist so deutlich zu sehen wie die Nase in seinem Gesicht.«

Ich kann es, dachte Rayford. Auch anderen war es mittlerweile bestimmt bewußt geworden.

»Er wird behaupten, selbst der Messias zu sein!« rief Carpathia. »Vermutlich ist er in Bethlehem geboren worden, und wer weiß, welcher Abstammung er ist. Die meisten Leute leugnen, unehelich zu sein, aber vielleicht ist er es. Er kann behaupten, seine Mutter sei vor seiner Geburt mit keinem Mann zusammen gewesen, und voilà, schon haben die Juden ihren Messias!«

»Ach!« winkte Rosenzweig ab. »Sie sprechen von einem lieben Freund von mir. Niemals würde er so etwas behaupten.«

»Passen Sie nur auf«, meinte Carpathia.

Ein Steward kam und beugte sich zu Carpathia herab. »Telefon für Sie, Herr Generalsekretär.«

»Wer ist es?«

»Ihre Assistentin aus New York.«

»Welche?«

»Miss Durham.«

»Sie soll eine Nachricht hinterlassen.«

Carpathia konzentrierte sich wieder auf den Bildschirm. »Als Kind wird der Messias nach Ägypten gehen, weil der Prophet Hosea sagt, daß Gott ihn aus Ägypten rufen wird. Aus Jesaja Kapitel 9, den Versen 1 bis 2, wird deutlich, daß der Messias vorwiegend in Galiläa wirken wird.

Eine der Prophezeiungen, die wir Juden überhaupt nicht mögen und gern ignorieren, ist, daß der Messias von seinem eigenen Volk nicht anerkannt werden wird. Jesaja prophezeite: ›Er wurde verachtet und von den Menschen gemieden, ein Mann voller Schmerzen, mit Krankheit vertraut. Wie einer, vor dem man das Gesicht verhüllt, war er verachtet; wir schätzten ihn nicht.‹«

Der Rabbi sah auf seine Uhr. »Meine Zeit fliegt nur so dahin«, sagte er dann, »darum möchte ich noch kurz auf einige andere Prophezeiungen eingehen und Ihnen erläutern, zu welchem Schluß ich gekommen bin. Jesaja und Maleachi sagen voraus, daß der Messias einen Vorboten haben wird. Der Psalmist sagt, er würde von einem Freund betrogen werden, und in Sacharja heißt es, er würde für dreißig Silberlinge verraten werden. Sacharja fügt hinzu, daß die Menschen zu dem Einen aufsehen würden, den sie durchbohrt haben.

In den Psalmen wird prophezeit: ›Sie gaffen und weiden sich an mir. Sie verteilen unter sich meine Kleider und werfen das Los um mein Gewand.‹ Und später heißt es: ›Er behütet alle seine Glieder, nicht eines von ihnen wird zerbrochen.‹

Jesaja sagte: ›Bei den Ruchlosen gab man ihm sein Grab, bei den Verbrechern seine Ruhestätte, obwohl er kein Unrecht getan hat und kein trügerisches Wort in seinem Mund war.‹ In den Psalmen wird vorausgesagt, daß er auferweckt werden wird.

Wenn ich mehr Zeit hätte, würde ich Ihnen noch Dutzende anderer Prophezeiungen aus den hebräischen Schriften nennen, die sich auf die Merkmale des Messias beziehen. Am Ende der Sendung werde ich eine Telefonnummer angeben, über die Sie die gedruckten Unterlagen unserer Studie anfordern können. Diese Studie wird Sie davon überzeugen, daß wir absolut sicher sein können, daß nur eine einzige Person alle Vorhersagen erfüllt und sich so als der Gesalbte Gottes ausweist.

Zum Schluß möchte ich noch darauf hinweisen, daß diese drei Jahre, die ich auf das Studium der heiligen Schriften Mose und der Propheten verwandt habe, die ausgefülltesten und reichsten Jahre meines Lebens waren. Ich dehnte meine Studie auf Geschichtsbücher und andere heilige Schriften aus, und beschäftigte mich ebenfalls mit dem Neuen Testament der Heiden, ging jedem Bericht nach, den ich finden konnte, um zu sehen, ob jemals jemand alle messianischen Prophezeiungen erfüllt hatte. Gab es jemanden, der in Bethlehem von einer Jungfrau geboren wurde, ein Nachkomme von König David war, der bis zu unserem Vater Abraham zurückverfolgt werden konnte, der nach Ägypten gebracht, nach Galiläa gerufen wurde, der einen Vorboten hatte, von Gottes auserwähltem Volk abgelehnt, für dreißig Silberstücke verraten, durchbohrt wurde, ohne daß ihm ein Knochen gebrochen wurde, der bei den Reichen begraben wurde und auferstanden war?

Nach einem der größten hebräischen Propheten, Daniel, würden genau vierhundertdreiundachtzig Jahre zwischen dem Erlaß, die Stadtmauern Jerusalems ›in schweren Zeiten‹ wieder aufzubauen, und dem Zeitpunkt liegen, zu dem der Messias für die Sünden seines Volkes ans Kreuz geschlagen werden würde.«

Ben-Juda blickte nun direkt in die Kamera. »Genau vierhundertdreiundachtzig Jahre nach dem Wiederaufbau Jerusalems und seiner Stadtmauern zeigte sich Jesus dem Volk Israel. Er ritt auf einem Esel unter dem Beifall des jubelnden Volkes in die Stadt, genau wie der Prophet Sacharja vorhergesagt hatte: ›Juble laut, Tochter Zion! Jauchze, Tochter Jerusalem! Siehe, dein König kommt zu dir. Er ist gerecht und hilft; er ist demütig und reitet auf einem Esel, auf einem Fohlen, dem Jungen einer Eselin.‹«

Buck sprang von seinem Sessel und starrte wie gebannt auf den Monitor. Andere hatten sich ebenfalls eingefunden, doch er konnte sich nicht zurückhalten und rief laut: »Ja! Weiter, Tsion! Amen!« Buck hörte, wie die Telefone zu läuten begannen, als der Rabbi noch nicht einmal die Nummer eingeblendet hatte.

»Jesus Christus ist der Messias!« schloß der Rabbi. »Es gibt keine andere Möglichkeit. Ich war zu dieser Schlußfolgerung gekommen, hatte aber Angst, die Konsequenzen daraus zu ziehen, und es war beinahe zu spät. Jesus ist gekommen, um seine Gemeinde zu entrücken, um sie zu sich in den Himmel zu holen, wie er es verheißen hat. Ich gehörte nicht dazu, weil ich schwankend war. Aber jetzt habe ich ihn als meinen Erlöser angenommen. Er wird in sieben Jahren wiederkommen! Seid bereit!«

Auf einmal herrschte heillose Aufregung im Fernsehstudio. Orthodoxe Rabbiner riefen an, wütende Israelis klopften an die Türen, Studiotechniker suchten nach dem Stecker, um die Sendung zu unterbrechen.

»Hier ist die Nummer, unter der Sie weitere Informationen erhalten können!« erklärte der Rabbi weiter. »Für den Fall, daß sie nicht eingeblendet wird, möchte ich Sie Ihnen sagen!« Das tat er auch, während die Programmdirektoren den Kameramännern Zeichen gaben, langsam auszublenden. »Yeshua ben Yosef, Jesus, Sohn des Josef, ist Yeshua Hamashiac!« rief der Rabbi schnell. »Jesus ist der Messias!« Und damit wurde die Sendung ausgeblendet.

Rabbi Ben-Juda sammelte seine Notizen zusammen und sah sich nach Buck um.

»Ich bin hier, Bruder!« rief Buck und rannte ins Studio. »Wo ist der Wagen?«

»Am Hintereingang versteckt, und mein Fahrer weiß immer noch nicht, warum!«

Die Programmdirektoren platzten ins Studio. »Warten Sie! Die Leute wollen Sie sehen!«

Der Rabbi zögerte, blickte Buck an. »Und wenn sie Christus suchen?«

»Sie können anrufen!« meinte Buck. »Ich werde Sie hier herausbringen!«

Sie rannten durch den Hintereingang auf den Parkplatz für die Angestellten. Kein Mercedes war zu sehen. Auf einmal sprang auf der anderen Straßenseite der Fahrer aus dem Wagen und winkte. Buck und Tsion rannten zu ihm hin.

»Nun, das war tatsächlich gegen den Trend«, meinte Nicolae Carpathia. »Mir hätte er besser gefallen, wenn er gesagt hätte, er selbst sei der Messias. Das ist doch ein alter Hut. Viele Leute glauben an diesen Mythos. Und nun haben sie einen bekehrten hebräischen Rabbi. Große Sache.«

Das ist es ganz bestimmt, dachte Rayford, der ins Cockpit zurückkehrte, um die Landung vorzunehmen.

Buck fühlte sich in dem kleinen Heim von Tsion Ben-Juda unbehaglich. Tsions Frau hatte ihn mit Tränen in den Augen umarmt und sich dann laut schluchzend mit ihren Kindern in einen anderen Raum gesetzt. »Ich stehe hinter dir, Tsion«, rief sie. »Aber unser Leben ist ruiniert!«

Tsion telefonierte und bedeutete Buck, den Hörer im anderen Zimmer abzunehmen. Mrs. Ben-Juda versuchte, sich zu beruhigen, während Buck das Gespräch mitanhörte.

»Ja, hier spricht Rabbi Ben-Juda.«

»Hier spricht Eli. Wir haben uns gestern abend unterhalten.«

»Natürlich! Woher hast du meine Telefonnummer?«

»Ich rief bei der Nummer an, die du in der Sendung genannt hast, und die Studentin, die das Gespräch entgegennahm, gab sie mir. Irgendwie ist es mir gelungen, sie von meiner Identität zu überzeugen.«

»Ich freue mich, von dir zu hören.«

»Ich freue mich mit dir, Tsion, mein Bruder in der Gemeinschaft Jesu Christi. Viele haben ihn durch unser Predigen hier in Jerusalem bereits angenommen. Wir haben ein Treffen der neuen Gläubigen im Teddy-Kollek-Stadion angesetzt. Würdest du kommen und zu uns sprechen?«

»Offen gesagt, Bruder Eli, ich fürchte um meine Sicherheit und die meiner Familie.«

»Hab keine Angst. Moishe und ich werden deutlich machen, daß jeder, der dir schadet, sich vor uns zu verantworten hat. Und ich denke, was das bedeutet, weiß jeder ganz genau.«

18

Achtzehn Monate später. Es war kalt in Chicago. Rayford Steele holte seinen dicken Parka aus dem Schrank. Er haßte es, damit durch die Flughafenhalle zu laufen, doch er brauchte ihn, um vom Haus zum Wagen und vom Wagen zum Terminal zu kommen. Seit Monaten fiel es ihm schwer, sich im Spiegel anzusehen, wenn er sich für die Arbeit anzog. Seine Kapitänsuniform mit den goldenen Brassen und Knöpfen auf dunkelblauem Untergrund war ihm zuwider. Eigentlich war es eine sehr schöne Uniform, doch sie erinnerte ihn immer sehr stark daran, daß er für den Teufel arbeitete.

Die Strapazen, in Chicago zu wohnen und in New York zu arbeiten, hatten ihre Spuren in seinem Gesicht hinterlassen. »Ich mache mir Sorgen um dich, Daddy«, hatte Chloe mehr als einmal gesagt. Sie hatte ihm sogar angeboten, mit ihm nach New York zu gehen, vor allem, da Buck nur wenige Monate zuvor wieder dorthin gezogen war. Rayford wußte, daß sich Chloe und Buck schrecklich vermißten, aber er hatte gewichtige Gründe für sein Bleiben. Ein nicht ganz unwichtiger Grund war Amanda White.

»Ich werde noch vor dir verheiratet sein, wenn Buck nicht bald zur Sache kommt. Hat er überhaupt schon mal deine Hand gehalten?«

Chloe errötete. »Das würdest du gern wissen, nicht? Das ist alles so neu für ihn, Dad. Er war noch nie vorher verliebt.«

»Und du warst schon verliebt?«

»Ich dachte es, bis ich Buck kennenlernte. Wir haben über die Zukunft und alles gesprochen. Er hat nur die bewußte Frage noch nicht gestellt.«

Rayford setzte seine Mütze auf und stand vor dem Spiegel. Den Mantel hatte er über den Arm gelegt. Er zog eine Grimasse, seufzte und schüttelte den Kopf. »Morgen in zwei Wochen wird dieses Haus verkauft sein«, sagte er. »Und du kommst entweder mit mir nach Neu-Babylon oder bleibst allein hier. Ganz bestimmt könnte Buck unser Leben leichter machen, wenn er ein wenig entschlußfreudiger wäre.«

»Ich werde ihn nicht drängen, Dad. Diese Trennung ist ein guter Test. Und ich kann mich auch nicht mit dem Gedanken anfreunden, Bruce allein in der Gemeinde zurückzulassen.«

»Bruce ist bestimmt nicht allein. Die Gemeinde ist größer als je zuvor, und die unterirdische Zuflucht wird wohl nicht mehr lange ein Geheimnis sein. Sie muß jetzt größer als der Altarraum sein.«

Bruce Barnes war viel herumgereist. Er hatte überall auf der Welt Hausgemeinden gegründet als Vorbereitung auf die Zeit, in der es den Gläubigen verboten sein würde, zusammenzukommen. Das würde nicht mehr lange dauern. Bruce war in der ganzen Welt herumgereist und hatte dieses Konzept der kleinen Hausgemeinden vorgestellt. Seine erste Reise hatte ihn nach Israel geführt, wo er miterleben konnte, wie der Dienst der beiden Zeugen und Rabbi Tsion Ben-Judas sich immer mehr ausweitete und sie die größten Stadien der Welt füllten.

Die 144 000 jüdischen Evangelisten waren in jedem Land vertreten, häufig auch an Colleges und Universitäten. Millionen und Abermillionen waren gläubig geworden, doch während der Glaube zunahm, hatten sich auch Chaos und Verbrechen vermehrt.

Der Druck von seiten des amerikanischen Außenpostens der Weltgemeinschaft in Washington, D. C., alle christlichen Gemeinden in offizielle Gemeinden des einheitlichen Weltglaubens umzuwandeln, nahm bereits zu. Der neugewählte Papst Peter II, ehemals Peter Mathews aus den Vereinigten Staaten, stand an der Spitze der neuen Weltreligion. Er hatte eine, wie er es nannte, »neue Ära der Toleranz und Einheit« unter den Hauptreligionen eingeläutet. Der größte Feind der Weltreligion, der *Enigma Babylon*, waren die Millionen Menschen, die glaubten, daß Jesus der einzige Weg zu Gott sei.

»Willkürlich zu behaupten«, schrieb Pontifex Maximus Peter in einer offiziellen Erklärung der *Enigma Babylon*, »die jüdische und protestantische Bibel, in denen nur das Alte und das Neue Testament enthalten sind, sei die letztgültige Autorität für Glauben und Praxis, ist der Gipfel von Intoleranz und Uneinigkeit. Diese Behauptung schlägt allem ins Gesicht, was wir erreicht haben, und die Anhänger dieser falschen Lehre werden von nun an als Häretiker betrachtet.«

Pontifex Maximus Peter hatte die orthodoxen Juden und die neuen christlichen Gläubigen in einen Topf geworfen. Aber der neu erbaute Tempel und die Wiedereinführung des Opfersystems bereiteten ihm ebenso große Probleme wie die Millionen von Menschen, die sich zu Christus bekehrten. Und seltsamerweise hatte der neue Pontifex ungewöhnliche Unterstützung bei seiner Anprangerung des neuen Tempels. Eli und Moishe, die mittlerweile weltbekannten Zeugen, denen niemand zu widersprechen wagte, hatten sich häufig gegen den Tempel ausgesprochen. Aber ihre Gründe unterschieden sich grundlegend von denen der *Enigma Babylon*.

»Israel hat den Tempel wiederaufgebaut, um die Ankunft ihres Messias zu beschleunigen«, hatten Eli und Moishe gesagt, »aber dabei übersehen, daß sie sich von dem wirklichen Messias abgewendet haben, der bereits gekommen ist! Israel hat einen Tempel der Zurückweisung gebaut! Ihr müßt euch nicht wundern, warum so wenige der 144 000 jüdischen Evangelisten aus Israel kommen! Israel bleibt im großen und ganzen ungläubig und wird bald dafür zu leiden haben!«

Am Tag der Tempeleinweihung waren die beiden sehr zornig gewesen. Hunderttausende strömten nach Jerusalem, um den Tempel zu besuchen; fast ebenso viele, wie nach Babylon reisten, um sich das prächtige neue Hauptquartier der Weltgemeinschaft anzusehen, das Carpathia entworfen hatte.

Eli und Moishe hatten alle, einschließlich Nicolae Carpathia, am Tag der Einweihung des neuen Tempels verärgert. Zum ersten Mal hatten sie nicht an der Klagemauer oder in einem großen Stadion gepredigt. An diesem Tag hatten sie gewartet, bis sich der Tempel gefüllt hatte und Tausende sich Schulter an Schulter auf dem Tempelberg drängten. Moishe und Eli hatten sich zum Goldenen Tor des Tempels durchgekämpft, sehr zur Verärgerung der Menge. Sie wurden beschimpft und verspottet, doch niemand wagte es, sich ihnen zu nähern oder sie anzugreifen.

Nicolae Carpathia hatte sich an diesem Tag unter den Würdenträgern befunden. Er wütete gegen die Eindringlinge, doch Eli und Moishe brachten selbst ihn zum Schweigen. Ohne die Hilfe von Mikrophonen sprachen die beiden Zeugen so laut, daß alle sie hören konnten. »Nicolae!« riefen sie im Hof. »Du selbst wirst diesen Tempel eines Tages verunreinigen und entheiligen!«

»Unsinn!« hatte Carpathia geantwortet. »Gibt es in Israel keinen militärischen Führer, der Macht und Stärke besitzt, um diese beiden zum Schweigen zu bringen?«

Der israelische Premierminister, der nun der Weltgemeinschaft als Botschafter der Vereinigten Staaten von Asien angehörte, erwiderte darauf: »Sir, dank Ihrer Initiative sind wir eine waffenlose Gesellschaft geworden.«

»Diese beiden tragen auch keine Waffen!« hatte Carpathia gewütet. »Unterwerft sie!«

Doch Eli und Moishe predigten weiter. »Gott wohnt nicht in Tempeln, die mit Händen gemacht sind! Der Leib der Gläubigen ist der Tempel des Heiligen Geistes!«

Carpathia, der seine Freunde in Israel hatte unterstützen wollen, indem er ihnen die Ehre erwies, an der Einweihung des neuen Tempels teilzunehmen, fragte die Menge: »Wollt ihr mir zuhören oder ihnen?«

Die Menge hatte gerufen: »Dir, Potentat! Dir!«

»Es gibt keinen Herrscher außer Gott selbst!« erwiderte Eli.

Und Moishe fügte hinzu: »Euer Blut soll zu Wasser werden und euer Wasser zu Blut!«

Als neuer Herausgeber der *Global Community Weekly* hatte Buck an der Tempeleinweihung teilgenommen. Er widerstand Carapthias Drängen, über das, wie Nicolae es nannte, »Eindringen« der beiden Zeugen zu berichten, und er überzeugte den ersten Mann der Weltgemeinschaft, daß die Berichterstattung die Fakten nicht ignorieren konnte. Das Blut eines geopferten Kalbes war tatsächlich zu Wasser geworden. Und das Wasser, das zu einer anderen Zeremonie gebraucht wurde, hatte sich im Eimer zu Blut verwandelt. Die Israelis warfen den beiden Zeugen vor, ihre Feierlichkeiten entweiht zu haben.

Buck haßte das Geld, das er verdiente. Nicht einmal dieses ungewöhnlich hohe Gehalt konnte sein Leben leichter machen. Er war gezwungen gewesen, wieder nach New York zu ziehen. Die meisten alten Hasen des *Global Weekly* waren entlassen worden, auch Stanton Bailey und Marge Potter, sogar Jim Borland. Steve Plank war nun Herausgeber der *Global Community East Coast Daily Times*, einer Zeitung, die aus der Zusammenlegung der *New York Times*, der *Washington Post* und des *Boston Globe* entstanden war. Obwohl Steve es nicht zugab, hatte Buck den Eindruck, daß sich auch Steves Beziehung zu dem Potentaten, wie Carpathia jetzt genannt wurde, verschlechtert hatte.

Der einzige positive Faktor an Bucks neuer Position war, daß er nun die Mittel hatte, sich gegen die schreckliche Verbrechenswelle abzuschirmen, die in Nordamerika alle historischen Rekorde brach. Carpathia hatte sie dazu benutzt, die öffentliche Meinung dahingehend zu beeinflussen, daß der nordamerikanische Botschafter der Weltgemeinschaft den gegenwärtigen Präsidenten ersetzen sollte. Gerald Fitzhugh und sein Vizepräsident hatten ihren Sitz nun im alten Verwaltungsgebäude der UNO und waren zuständig für die Durchsetzung von Potentat Carpathias Plan einer Abrüstung in Amerika.

Bucks einziger Widerstand Carpathia gegenüber zeigte sich darin, daß er die Gerüchte ignorierte, Fitzhugh plane gemeinsam mit dem Militär, sich dem Regime der Weltgemeinschaft mit Gewalt zu widersetzen. Buck billigte diese Pläne und hatte im geheimen die Durchführbarkeit eines Anti-Weltgemeinschafts-Netzes im Internet überprüft. Sobald er einen Weg fand, es einzuführen, ohne zu seiner Penthousewohnung in der *Fifth Avenue* zurückverfolgt werden zu können, würde er es tun.

Buck hatte zumindest Carpathia davon überzeugen können, daß ein Umzug nach Neu-Babylon ein Fehler wäre. New York war immer noch die Hauptstadt der Weltpresse. Er war entsetzt darüber, daß Chloes Vater nach Neu-Babylon umziehen mußte. Die neue Stadt war zwar prächtig, doch das Wetter im Irak war unerträglich, wenn man sich nicht vierundzwanzig Stunden am Tag im Haus aufhielt. Und trotz Carpathias unvergleichlicher Popularität und des Stellenwertes von Weltregierung und Weltreligion, gab es im Mittleren Osten immer noch genügend Sitten und Gebräuche, die Frauen des Westens vollkommen fremd waren.

Buck freute sich über die wachsende Zuneigung Rayfords zu Amanda White. Er und Chloe brauchten sich nicht mehr so viele Gedanken um die Zukunft zu machen, falls Rayford und Amanda wirklich heiraten sollten. Aber wie konnte Rayford einer amerikanischen Frau zumuten, in Neu-Babylon zu leben? Und wie lange konnten sie dort leben, bis der Potentat mit dem Angriff auf die Christen begann? Nach dem, was Bruce sagte, waren die Tage der Verfolgung nicht mehr fern.

Buck vermißte Bruce mehr, als er je für möglich gehalten hätte. Buck versuchte, sich jedesmal, wenn er nach Chicago kam, um Chloe zu besuchen, mit ihm zu treffen. Und immer, wenn Bruce nach New York kam oder sie sich in einer anderen ausländischen Stadt begegneten, versuchten sie, sich Zeit für das gemeinsame Bibelstudium zu nehmen. Unter den neuen Gläubigen war Bruce schnell zu dem führenden Gelehrten in biblischer Prophetie aufgestiegen. Die eineinhalb Friedensjahre, sagte er, neigten sich dem Ende zu. Wenn erst einmal die drei Reiter der Apokalypse kamen, würden siebzehn weitere Gerichte in schneller Folge über die Welt hereinbrechen und zu der herrlichen Wiederkunft Christi sieben Jahre nach der Unterzeichnung des Abkommens zwischen Israel und dem Antichristen hinführen.

Bruce war bekannt geworden, ja sogar populär. Doch viele Gläubige wurden seiner düsteren Prophezeiungen allmählich überdrüssig.

Rayford würde erst einen Tag vor dem Notartermin, an dem er und Chloe das Haus verkaufen würden, zurückkommen. Rayford lächelte bei dem Gedanken daran, daß die neuen Käufer eine dreißigjährige Hypothek auf das Haus aufnehmen würden. Jemand würde bei diesem Geschäft Verluste machen.

Da Rayford fort war, mußte sich Chloe um alles kümmern: den Verkauf von überflüssigen Gegenständen, die Einlagerung der Möbel und den Transport ihrer Sachen in eine Wohnung in der Stadt und die Verschiffung seiner Sachen in den Irak.

Während der vergangenen Monate hatte Amanda Rayford zum Flughafen gebracht, wenn er für längere Zeit unterwegs war. Doch sie hatte eine neue Stellung als Chefeinkäuferin für eine renommierte Kleiderfabrik angenommen und konnte sich nicht freinehmen. Darum würde an diesem Tag Chloe ihren Vater zum Flughafen fahren. Doch zuvor wollten sie in Amandas neuem Büro vorbeischauen.

»Also, was ist nun mit euch beiden?« fragte Chloe, als sie im Wagen saßen.

»Wir stehen uns nahe.«

»Das weiß ich. Das ist für alle offensichtlich. Die Frage ist nur, nahe woran?«

»Nahe«, erwiderte er nur.

Auf dem Weg zu Amandas Büro wanderten seine Gedanken zu ihr. Weder er noch Chloe hatten zuerst gewußt, was sie von ihr halten sollten. Sie war eine schlanke, gutaussehende Frau, einige Jahre jünger als Rayford. Ihre Haare waren getönt, und sie kleidete sich mit erlesenem Geschmack. Eine Woche, nachdem Rayford von seinem ersten Flug mit der *Global Community One* in den Mittleren Osten zurückgekommen war, hatte Bruce sie den Steeles nach einem Sonntagmorgengottesdienst vorgestellt. Rayford war müde gewesen und nicht allzu glücklich über seine Entscheidung, die *Pan-Con* zu verlassen, um für Carpathia zu arbeiten, und er befand sich nicht in der Stimmung für Gespräche.

Mrs. White jedoch schien Rayford und Chloe als Menschen gar nicht wahrzunehmen. Für sie waren sie nur Namen im Zusammenhang mit einer ehemaligen Bekannten, Irene Steele, die einen unauslöschlichen Eindruck auf sie gemacht hatte. Amanda hatte darauf bestanden, sie an diesem Sonntag mittag zum Essen auszuführen. Rayford war nicht nach Reden zumute gewesen, aber das schien für Amanda kein Hinderungsgrund zu sein. Sie hatte eine Menge zu sagen.

»Ich wollte Sie unbedingt kennenlernen, Rayford, weil Irene die netteste Frau war, die ich je kennengelernt habe, so sanft, so verliebt in Sie und Ihnen so ergeben. Sie war der einzige Grund, aus dem ich vor der Entrückung beinahe Christ geworden wäre – und nach der Entrückung endlich Jesus Christus kennengelernt habe. Ich konnte mich an ihren Namen nicht mehr erinnern, und keine der anderen Damen dieses Bibelkreises war mehr da. Ich fühlte mich einsam, wie Sie sich sicher vorstellen können. Auch ich habe meine Familie verloren, wie Bruce Ihnen bestimmt erzählt hat. Es war schwer für mich.

Bruce war ganz bestimmt ein Gottesgeschenk für mich. Haben Sie auch so viel von ihm gelernt wie ich? Natürlich. Sie sind ja schon seit Wochen mit ihm zusammen.«

Schließlich beruhigte sich Amanda ein wenig und erzählte vom Verlust ihrer Familie. »Unser ganzes Leben lang haben wir einer toten Gemeinde angehört. Dann wurde mein Mann in die Gemeinde eines Freundes eingeladen, und er kam vollkommen begeistert nach Hause. Er bestand darauf, daß wir wenigstens den Gottesdienst am Sonntag dort besuchten. Ich muß Ihnen sagen, daß ich mich dort nicht wohl fühlte. Immer wieder wurde von der Erlösung gesprochen.

Auf jeden Fall war ich, noch bevor ich mich an den Gedanken gewöhnen konnte, die einzige in meiner Familie, die nicht errettet war. Um Ihnen die Wahrheit zu sagen: Das Ganze klang in meinen Ohren ein wenig absonderlich. Ich wußte gar nicht, daß ich so stolz war. Aber verlorene Menschen wissen das nie, oder? Also tat ich so, als wäre ich genauso errettet wie meine Familie, aber sie merkten es. Immer wieder ermutigten sie mich, zu diesem Frauenbibelkreis zu gehen, darum raffte ich mich schließlich auf. Ich war fast sicher, daß ich dort auch wieder solche altmodischen Frauen mittleren Alters antreffen würde, die davon sprachen, Sünder und nur aus Gnade errettet zu sein.«

Irgendwie schaffte es Amanda White, während des Erzählens ihre Mahlzeit zu beenden, doch als sie an diesen Teil ihrer Geschichte kam, verfinsterte sich ihr Gesicht, und sie mußte sich für ein paar Minuten entschuldigen. Chloe verdrehte die Augen. »Dad!« sagte sie. »Was meinst du, von welchem Planeten sie kommt?«

Rayford hatte gelacht. »Ich möchte aber gern hören, welchen Eindruck sie von deiner Mutter hatte«, erwiderte er. »Und ganz bestimmt hat es den Anschein, als sei sie jetzt errettet, meinst du nicht?«

»Ja, das denke ich auch.«

Als Amanda zurückkam, entschuldigte sie sich und sagte, sie sei entschlossen gewesen, alles zu erzählen. Rayford lächelte ihr ermutigend zu, während Chloe hinter ihrem Rücken das Gesicht verzog und versuchte, ihn zum Lachen zu bringen.

»Ich werde Sie nicht mehr lange aufhalten«, erklärte Amanda. »Ich bin nicht der Typ, der sich in das Leben anderer drängt. Ich wollte mich nur einmal mit Ihnen zusammensetzen, um Ihnen zu sagen, was Ihre Frau mir bedeutet hat. Sie müssen wissen, daß ich nur ein kurzes Gespräch mit ihr geführt habe. Es kam lange nach dieser einen Bibelstunde zustande, und ich war froh, daß ich die Gelegenheit fand, ihr zu sagen, wie sehr sie mich beeindruckt hatte.

Wenn es Sie interessiert, erzähle ich Ihnen gern davon. Aber ich habe bereits zu viel geredet. Sie können mir das ehrlich sagen, und ich werde Sie gehen lassen in dem Wissen, daß Mrs. Steele eine wundervolle Frau war.«

Rayford überlegte tatsächlich, ob er ihr sagen sollte, daß er eine anstrengende Woche hinter sich hatte und gern nach Hause fahren würde, aber so unhöflich konnte er nicht sein. Sogar Chloe würde ihm Vorhaltungen wegen eines solchen Benehmens machen, darum erwiderte er: »Natürlich möchten wir das gern hören. Ich muß gestehen, daß ich sehr gern über Irene spreche.«

»Ich weiß nicht so genau, wieso ich ihren Namen so lange vergaß. Ich erinnere mich noch daran, daß ich gedacht hatte, ihr Name würde eher zu einem älteren Menschen passen. Sie war um die vierzig, richtig?«

Rayford nickte.

»Wie auch immer, ich nahm mir eines Morgens frei und fuhr zu dem Haus, in dem sich die Frauen in dieser Woche trafen. Sie wirkten alle so normal, und das war eine Wohltat für mich. Ihre Frau ist mir sofort aufgefallen. Sie strahlte geradezu – sie war freundlich, lächelte und bezog alle ins Gespräch mit ein. Sie begrüßte mich und erkundigte sich nach mir. Und während des Bibellesens, der anschließenden Diskussion und der Gebetszeit beeindruckte sie mich tief. Was sonst kann ich sagen?«

Viel, hoffte Rayford. Aber er wollte die Frau nicht ausfragen. Was hatte sie so beeindruckt? Er war froh, als Chloe das Wort ergriff.

»Ich bin glücklich, das zu hören, Mrs. White, denn meine Mutter hatte mich nie mehr beeindruckt als in der Zeit, nachdem ich das Haus verlassen hatte. Ich hatte sie immer für ein wenig zu religiös, zu streng gehalten. Erst als wir getrennt voneinander waren, erkannte ich, wie sehr ich sie liebte, weil sie mich so sehr liebte.«

»Es war auf jeden Fall ihre eigene Geschichte, die mich so anrührte«, erklärte Amanda, »aber mehr noch ihr Verhalten, ihre Haltung. Ich weiß nicht, ob Sie das wußten, aber auch sie war noch nicht lange Christ. Ihre Geschichte war dieselbe wie meine. Sie und ihre Familie hatten lange mehr oder weniger aus Gewohnheit einer Gemeinde angehört. Doch als sie die *New Hope Village Church* fand, fand auch sie zu Christus.

Sie strahlte einen solchen Frieden, solche Freundlichkeit und eine solche Heiterkeit aus, wie ich sie bei noch keinem anderen Menschen erlebt hatte. Sie hatte Selbstvertrauen, aber sie war bescheiden. Sie war offen, doch nicht aufdringlich. Ich mochte sie auf Anhieb. Sehr bewegt erzählte sie von ihrer Familie, und sie sagte, ihr Mann und ihre Tochter stünden ganz oben auf ihrer Gebetsliste. Sie hat Sie beide so sehr geliebt. Sie sagte, ihre größte Angst sei, daß sie Sie zu spät erreichte und Sie nicht mit ihr und ihrem Sohn in den Himmel gehen würden. An seinen Namen erinnere ich mich nicht mehr.«

»Rayford Junior«, sagte Chloe. »Vermutlich hat sie ihn Raymie genannt.«

»Nach der Stunde unterhielten wir uns, und ich berichtete ihr, daß in meiner Familie genau die gegenteilige Situation herrsche. Mein Mann und meine Kinder würden Angst haben, daß sie ohne mich in den Himmel gehen müßten. Sie erklärte mir, wie ich Christus annehmen könnte. Ich sagte ihr, ich sei noch nicht bereit dazu, und sie warnte mich, diese Angelegenheit nicht aufzuschieben. Sie würde für mich beten, versicherte sie mir. An diesem Abend verschwand meine Familie aus ihren Betten. Fast alle aus unserer neuen Gemeinde waren fort, auch die Damen dieses Bibelkreises. Schließlich gelang es mir, Bruce Barnes ausfindig zu machen, und ich fragte ihn, ob er Irene Steele kennen würde.«

Rayford und Chloe fuhren beschämt nach Hause. »Das war ein schöner Abend«, sagte Rayford. »Ich bin froh, daß wir uns die Zeit dafür genommen haben.«

»Ich wünschte nur, ich hätte nicht so häßlich über sie gesprochen. Dafür, daß sie Mom nur so kurz gekannt hat, kann sie sie sehr gut einschätzen.«

Während der folgenden zwölf Monate sah Rayford Amanda White nur an Sonntagen im Gottesdienst oder bei den gelegentlichen Bibelstunden der erweiterten Kerngruppe. Sie war immer herzlich und freundlich, am meisten beeindruckte ihn jedoch ihre Haltung. Sie betete unablässig für Menschen, und sie engagierte sich sehr stark in der Gemeinde. Sie studierte, sie lernte und sprach mit Menschen über ihre Beziehung zu Gott.

Während Rayford sie von weitem beobachtete, fühlte er sich immer mehr zu ihr hingezogen. Eines Sonntags erklärte er Chloe: »Weißt du, wir haben Amandas Einladung zum Essen nie erwidert.«

»Möchtest du sie zu uns einladen?« fragte Chloe.

»Ich möchte sie zum Essen ausführen.«

»Wie bitte?«

»Du hast mich richtig verstanden.«

»Dad! Du meinst eine richtige Verabredung?«

»Mit dir und Buck zusammen.«

Chloe hatte gelacht und sich dann entschuldigt. »Das ist nicht lustig, ich war nur so überrascht.«

»Mach keine große Sache daraus«, entgegnete er. »Ich könnte sie einfach fragen.«

»Mach du keine große Sache daraus«, gab Chloe zurück.

Buck war nicht erstaunt, als Chloe ihm erzählte, daß ihr Vater mit Amanda White ausgehen wollte. »Ich habe mich schon gefragt, wann er endlich soweit ist.«

»Auszugehen?«

»Mit Amanda White auszugehen.«

»Du hast etwas bemerkt? Warum hast du nichts gesagt?«

»Ich wollte nicht Gefahr laufen, ihm eine Idee in den Kopf zu setzen, die nicht seine eigene ist.«

»Das ist nur selten der Fall.«

»Übrigens bin ich der Meinung, daß die beiden gut füreinander sind«, fügte Buck entschieden hinzu. »Er braucht die Gesellschaft von jemandem aus seiner Altersgruppe, und wenn etwas daraus werden sollte, um so besser.«

»Warum?«

»Weil er bestimmt nicht allein bleiben will, falls wir beschließen, ernst zu machen.«

»Ich habe den Eindruck, daß das bereits entschieden ist.« Chloe nahm seine Hand.

»Ich weiß nur nicht nicht so genau, wie das werden soll, wo im Augenblick doch alles so im Umbruch ist.«

Buck wartete auf ein Zeichen von Chloe, daß sie bereit sei, ihm überallhin zu folgen, daß sie entweder zu einer Heirat bereit war oder daß sie mehr Zeit brauchte. Die Zeit lief ihnen davon, doch Buck zögerte noch immer.

»Ich bin bereit, wenn er es ist«, erklärte Chloe ihrem Vater wenig später. »Aber ich werde kein Wort sagen.«

»Warum nicht?« fragte Rayford. »Männer brauchen ein paar Signale.«

»Er bekommt alle Signale, die er braucht.«

»Dann hast du also schon seine Hand gehalten?«

»Dad!«

»Ich wette, du hast ihn sogar geküßt.«

»Kein Kommentar.«

»Das ist ein Ja, wenn ich mich nicht irre.«

»Wie ich schon sagte, er bekommt alle Signale, die er braucht.«

Buck würde nie vergessen, wie er Chloe das erste Mal geküßt hatte. Es war vor einem Jahr gewesen, an dem Abend vor seinem Umzug nach New York. Carpathia hatte den *Weekly* und auch einige Konkurrenzzeitungen aufgekauft, für die Buck hätte arbeiten können. Buck schien kaum eine Wahl zu bleiben. Er konnte natürlich versuchen, sich über das Internet gegen Carpathia zu stellen, aber irgendwie mußte er ja seinen Lebensunterhalt verdienen. Und Bruce, der immer seltener in Chicago war, weil er in der Welt herumreiste, hatte ihm Mut gemacht, beim *Global Weekly* zu bleiben, auch nachdem der Name der Zeitung in *Global Community Weekly* umgeändert worden war.

Buck hatte schließlich resigniert. Er hatte beschlossen, sich so gut er konnte für das Reich Gottes einzusetzen, genau wie Chloes Vater es getan hatte. Doch die Tatsache, daß er an Gott und Christus glaubte, hielt er immer noch geheim. Die Freiheiten, die er hatte, würden ihm genommen werden, wenn Carpathia erst einmal davon erfuhr. Auch würde man dann seine Objektivität in Frage stellen.

An diesem letzten Abend packten Chloe und er alle seine persönlichen Sachen zusammen. Er hatte geplant, gegen neun Uhr loszufahren und den ganzen Weg nach New York ohne Unterbrechung zurückzulegen. Während sie packten, sprachen sie darüber, wie schrecklich es sein würde, voneinander getrennt zu sein, wie sehr sie sich vermissen würden, wie oft sie miteinander telefonieren und sich Botschaften über E–mail schicken würden.

»Ich wünschte, du könntest mitkommen«, erklärte Buck plötzlich.

»Ja, das wäre schön«, entgegnete sie.

»Eines Tages«, meinte er.

»Eines Tages, was?«

Aber er biß nicht an. Er trug eine Kiste in den Wagen. Als er zurückkam, beschäftigte sie sich gerade mit einer weiteren. Tränen liefen ihr die Wangen hinunter.

»Was ist los?« fragte er und blieb stehen, um ihr die Tränen abzuwischen. »Paß nur auf, daß ich jetzt nicht auch noch damit anfange.«

»Du wirst mich niemals so vermissen wie ich dich«, erklärte sie entschieden und versuchte weiterzuarbeiten.

»Hör auf damit«, flüsterte er. »Komm her.«

Sie ließ von ihrer Arbeit ab und stand auf. Er nahm sie in die Arme und zog sie fest an sich. Ihre Arme hingen an ihrer Seite herunter, ihre Wange lag an seiner Brust. Sie hatten sich auch früher schon umarmt, waren Hand in Hand spazierengegangen, manchmal Arm in Arm. Sie hatten sich ihre tiefen Gefühle gezeigt, ohne von Liebe zu sprechen. Und sie waren übereingekommen, beim Abschied nicht zu weinen oder etwas Übereiltes zu sagen.

»Wir werden uns häufig sehen«, tröstete er sie. »Du wirst deinen Vater begleiten, wenn er nach New York kommt, und ich habe auch Gründe, hierherzukommen.«

»Welche Gründe? Das Büro hier wird doch geschlossen.«

»Diesen Grund«, antwortete er zärtlich und drückte sie noch fester an sich. Sie begann zu weinen.

»Es tut mir so leid«, schluchzte sie. »Es fällt mir so schwer.«

»Ich weiß.«

»Nein, das weißt du nicht, Buck. Du kannst nicht sagen, daß ich dir so viel bedeute wie du mir.«

Buck hatte seinen ersten Kuß bereits geplant. Er hatte gehofft, einen Grund zu finden, ihr einen flüchtigen Kuß zu geben, vielleicht am Ende eines Abends, sich zu verabschieden und dann zu verschwinden. Er wollte sich nicht mit ihrer Reaktion auseinandersetzen oder sie dann noch einmal küssen. Dieser Kuß sollte bedeutungsvoll und etwas Besonderes sein, aber schnell und einfach, etwas, auf das sie später aufbauen konnten.

Doch nun wollte er ihr zeigen, wie es in ihm aussah. Er war wütend auf sich, daß es ihm so schwer fiel, ihr seine Gefühle zu zeigen.

Er trat einen Schritt zurück und nahm ihr Gesicht in seine Hände. Sie wehrte sich zuerst und versuchte, ihr Gesicht an seiner Brust zu verbergen, doch er bestand darauf, daß sie ihn ansah. »So etwas möchte ich nie wieder von dir hören«, erklärte er.

»Aber, Buck, es stimmt doch ...«

Er senkte den Kopf, bis seine Augen nur wenige Zentimeter von ihren entfernt waren. »Hast du mich verstanden?« fragte er. »Sag so etwas nie wieder. Deute es nicht an, denk es nicht einmal. Es ist unmöglich, daß ich dir mehr bedeute als du mir. Du bist mein Leben. Ich liebe dich, Chloe. Weißt du das nicht?«

Er spürte, wie sie bei dieser ersten Liebeserklärung beinahe zusammenzuckte. Tränen rollten über seine Hände, und sie setzte zu einer Erwiderung an. Aber er drückte seine Lippen auf ihre und schnitt ihr das Wort ab. Es war kein flüchtiges Berühren der Lippen. Sie legte ihre Arme um seinen Hals und drückte ihn an sich.

Sie zog sich kurz von ihm zurück und flüsterte: »Hast du das nur gesagt, weil du fortgehst und ...« Aber wieder schnitt er ihr mit seinen Lippen das Wort ab.

Später berührte er ihre Nasenspitze mit seiner und sagte: »Du darfst meine Liebe zu dir nie wieder anzweifeln. Versprich es!«

»Aber, Buck …«

»Versprich es!«

»Ich verspreche es. Und ich liebe dich auch, Buck.«

Rayford war sich nicht sicher, wann sein Respekt und seine Bewunderung für Amanda White in Liebe umgeschlagen waren. Er mochte sie, fühlte sich zu ihr hingezogen, war gern mit ihr zusammen. Sie waren miteinander vertraut und berührten sich, wenn sie miteinander sprachen, hielten sich an der Hand, umarmten sich. Doch als er feststellte, daß er sie nach nur einem Tag Abwesenheit vermißte und den Drang verspürte, sie anzurufen, wenn er mehrere Tage unterwegs war, wußte er, daß mehr daraus wurde.

Sie hatte begonnen, Rayford zu küssen, bevor er sie geküßt hatte. Zweimal hatte sie ihn, als er nach einer mehrtägigen Dienstreise nach Chicago zurückkehrte, mit einer Umarmung und einem Kuß auf die Wange begrüßt. Es hatte ihm gefallen, doch auch verlegen gemacht. Als er das dritte Mal von einer solchen Reise nach Hause kam, umarmte sie ihn nur und versuchte nicht, ihn zu küssen.

Sein Zeitplan war perfekt gewesen. Er hatte beschlossen, daß er sich, wenn sie ihn auch dieses Mal wieder auf die Wange küssen würde, umdrehen und sie auf den Mund küssen würde. Er hatte ihr ein Geschenk aus Paris mitgebracht. Da sie nicht versuchte, ihn zu küssen, hielt er sie nur ein wenig länger fest und sagte: »Komm eine Minute her.«

Während die Passagiere und die Crew im Korridor an ihnen vorübergingen, setzte sich Rayford mit Amanda in den Warteraum. Der Ort war nicht günstig, da eine Armlehne sie voneinander trennte, und beide waren dick eingepackt, Amanda in einem Pelzmantel, Rayford hatte seinen Uniformmantel über dem Arm. Er holte das Schmuckkästchen aus seiner Flugtasche. »Das ist für dich.«

Amanda, die wußte, wo er gewesen war, ließ sich ausführlich über die Tasche, den Namen des Geschäfts und das Kästchen aus. Schließlich öffnete sie es und hielt die Luft an. In dem Etui befand sich eine wunderschöne goldene Halskette, die mit Diamanten besetzt war. »Rayford!« rief sie. »Ich weiß nicht, was ich sagen soll.«

»Sag gar nichts.« Und er nahm sie in die Arme und küßte sie. Das Päckchen in ihrer Hand wäre beinahe zu Boden gefallen.

»Ich weiß immer noch nicht, was ich sagen soll«, meinte sie augenzwinkernd, und er küßte sie erneut.

Und nun, zwei Wochen vor seinem Umzug nach Neu-Babylon, hatte er häufiger mit Buck telefoniert als Chloe. Während sie den Wagen warmlaufen ließ, tätigte er noch einen letzten Anruf.

»Alles klar?« fragte er Buck.

»Alles klar. Ich werde dort sein.«

»Gut.«

Im Wagen fragte er Chloe: »Wie sieht es mit deiner neuen Wohnung aus?«

»Man hat mir versprochen, sie würde fertig sein«, erwiderte sie. »Aber allmählich kommt mir das alles ein wenig seltsam vor, weil sie mich mit dem Papierkram so hinhalten.«

»Wirst du es denn allein hier aushalten können, wenn ich in Neu-Babylon bin und Buck in New York?«

»Natürlich ist das nicht, was ich mir wünschte, aber keinesfalls möchte in Carpathias Nähe wohnen und schon gar nicht im Irak!«

»Was sagt Buck dazu?«

»Ich habe ihn heute noch nicht erreichen können. Vermutlich ist er unterwegs. Ich weiß, daß er in Washington eine Verabredung mit Fitzhugh hat.«

»Ja, vielleicht ist er dort.«

Chloe hielt vor Amandas Geschäft in Des Plaines und wartete im Wagen, während Rayford hineineilte, um sich zu verabschieden.

»Ist er da?« fragte er ihre Sekretärin.

»Ja, und sie auch«, erwiderte die Sekretärin. »Sie ist in ihrem Büro und er in diesem dort.« Sie deutete auf einen kleineren Raum neben dem von Amanda.

»Würden Sie, sobald ich drin bin, meiner Tochter im Wagen sagen, ein Anruf sei für sie gekommen, und sie könnte ihn in diesem Büro entgegennehmen?«

»Sicher.«

Rayford klopfte und betrat Amandas Büro. »Ich hoffe, du erwartest heute nicht von mir, daß ich fröhlich bin, Ray«, begrüßte sie ihn. »Den ganzen Tag versuche ich schon, ein Lächeln zustande zu bringen, aber es geht einfach nicht.«

»Mal sehen, ob ich etwas tun kann, das dich zum Lächeln bringt«, erwiderte er grinsend, zog sie von ihrem Stuhl hoch und küßte sie.

»Weißt du, Buck ist hier«, sagte sie.

»Ja, das wird eine schöne Überraschung für Chloe sein.«

»Wirst du mich auch einmal so überraschen?«

»Vielleicht überrasche ich dich ja jetzt«, antwortete er. »Wie gefällt dir dein neuer Job?«

»Überhaupt nicht. Ich würde sofort gehen, wenn der Richtige daherkäme.«

»Der Richtige ist gerade gekommen«, entgegnete Rayford, holte ein kleines Kästchen aus der Tasche und drückte es Amanda in die Hand.

Erstaunt fragte sie: »Was ist das?«

»Was? Das? Ich weiß es nicht. Sag du es mir doch.«

Buck hatte Rayford vor der Tür gehört und wußte, daß Chloe auch bald kommen würde. Er schaltete das Licht aus und tastete sich zu dem Stuhl hinter dem Schreibtisch zurück. Kurze Zeit später hörte er Chloe. »Hier drin?«

»Ja, Miss«, erwiderte die Sekretärin. »Leitung eins.«

Die Tür öffnete sich langsam, und Chloe schaltete das Licht an. Sie fuhr zusammen, als sie Buck hinter dem Schreibtisch entdeckte, dann schrie sie auf und rannte zu ihm. Er fing sie mit den Armen auf und wirbelte sie herum.

»Schscht«, sagte er. »Dies sind Geschäftsräume!«

»Wußte Daddy davon? Natürlich!«

»Er wußte es.« Buck grinste. »Überrascht?«

»Natürlich! Was tust du in der Stadt? Wie lange wirst du bleiben? Was werden wir tun?«

»Ich bin nur in der Stadt, um dich zu sehen. Noch heute abend fliege ich nach Washington. Und wir werden zusammen zu Abend essen, nachdem wir deinen Vater am Flughafen abgesetzt haben.«

»Ja, natürlich, du bist nur gekommen, um mich zu sehen.«

»Ich habe dir doch vor langer Zeit gesagt, du sollst meine Liebe zu dir nie in Zweifel ziehen.«

»Ich weiß.«

Er drehte sich um und setzte sie auf den Stuhl, auf dem er gesessen hatte, dann kniete er vor ihr nieder und holte ein kleines Etui aus seiner Tasche.

»Oh Ray!« rief Amanda und blickte auf den Ring an ihrem Finger. »Ich liebe dich. Und für die wenigen Jahre, die uns noch bleiben, werde ich gern dir angehören.«

»Da ist noch etwas«, fügte er hinzu.

»Was denn?«

»Buck und ich haben miteinander gesprochen. Im Augenblick stellt er gerade im Nebenzimmer Chloe die entscheidende Frage, und wir haben uns gefragt, ob ihr beide mit einer Doppelhochzeit einverstanden seid. Bruce könnte uns trauen.«

Rayford fragte sich, wie sie wohl reagieren würde. Sie und Chloe mochten sich, standen sich aber nicht besonders nah.

»Das wäre wundervoll! Aber vielleicht ist Chloe von der Idee nicht besonders begeistert, darum wollen wir es ihr überlassen. Wie sie auch entscheidet, es wird keinen Mißklang geben. Wenn sie ihre eigene Feier haben möchte, gut. Aber mir gefällt die Idee. Wann?«

»Am Tag, bevor das Haus in andere Hände übergeht. Du kündigst hier und ziehst mit mir nach Neu-Babylon.«

»Rayford Steele!« erwiderte sie energisch. »Du brauchst ja eine Weile, bis du auf Touren kommst, aber dann kommst du sofort zur Sache! Ich werde sofort meine Kündigung schreiben, noch bevor dein Flugzeug abhebt.«

»Hast du dich nicht gefragt, warum sich der Papierkram mit deiner Wohnung so lange hinauszögert?« fragte Buck.

Chloe nickte.

»Weil das Geschäft nicht zustande kommt. Wenn du mich haben willst, möchte ich, daß du zu mir nach New York ziehst.«

»Rayford«, sagte Amanda. »Ich habe nicht geglaubt, daß ich noch einmal richtig glücklich sein könnte. Aber ich bin es.«

»Eine Doppelhochzeit?« flüsterte Chloe und wischte ihre Tränen fort. »Das würde mir gefallen. Aber meinst du, daß es Amanda recht ist?«

19

Etwas Großes braute sich zusammen. Buck hatte ein Geheimtreffen mit dem amerikanischen Präsidenten Gerald Fitzhugh. Der Präsident war zu einer tragischen Figur geworden, zu einem Spielball in Carpathias Hand. Nachdem er seinem Land fast zwei volle Amtsperioden gedient hatte, hatte man ihn nun in eine Suite im Verwaltungsgebäude abgeschoben, und er hatte alle Achtung und Ehrerbietung, die mit seinem vorherigen Amt einhergegangen waren, verloren. Seine Leibwache bestand nur noch aus drei Männern, die sich alle vierundzwanzig Stunden abwechselten und von der Weltgemeinschaft bezahlt wurden.

Das Treffen mit Fitzhugh fand kurz nach dem Heiratsantrag, zwei Wochen vor der geplanten Hochzeit, statt. Der Präsident beschwerte sich darüber, seine Leibwache sei eigentlich nur dazu da, Carpathia über jeden seiner Schritte zu informieren. Was Fitzhugh jedoch am meisten erschüttert hatte, war die Tatsache, daß die amerikanische Öffentlichkeit die Absetzung des Präsidenten ohne weiteres hingenommen hatte. Nicolae Carpathia hatte alle in seinen Bann gezogen, und niemand sonst stand noch im Blickpunkt des öffentlichen Interesses.

Fitzhugh zog Buck in einen abhörsicheren Raum und ließ seinen Geheimdienstagenten außer Hörweite vor der Tür stehen. Die Sache würde bald steigen, teilte Fitzhugh Buck mit. Mindestens zwei weitere Staatsoberhäupter seien der Meinung, die Fesseln der Weltgemeinschaft müßten endlich abgeschüttelt werden. »Ich setze mein Leben aufs Spiel, indem ich das einem von Carpathias Angestellten mitteile«, fügte Fitzhugh hinzu.

»Wir sind doch eigentlich alle Carpathias Angestellte«, erwiderte Buck.

Fitzhugh vertraute Buck an, Ägypten, England und patriotische Militäreinheiten der Vereinigten Staaten seien entschlossen, einzuschreiten, »bevor es zu spät ist«.

»Was heißt das?« fragte Buck.

»Das bedeutet ›bald‹«, entgegnete Fitzhugh. »Es bedeutet: ›Halten Sie sich von den Großstädten an der Ostküste fern.‹«

»Von New York?« fragte Buck, und Fitzhugh nickte. »Washington?«

»Vor allem Washington.«

»Das wird nicht leicht sein«, meinte Buck. »Meine Frau und ich werden in New York leben, wenn wir verheiratet sind.«

»Es wird nicht mehr lange dauern.«

»Können Sie mir einen ungefähren Zeitplan nennen?«

»Nein, das kann ich nicht«, bedauerte Fitzhugh. »Sagen wir, in ein paar Monaten bin ich bestimmt wieder im Oval Office.«

Buck wollte Fitzhugh so gern sagen, daß er Carpathia nur in die Hände spielte. Das alles gehörte zu den Vorhersagen für die Zukunft. Der Aufstand gegen den Antichristen würde niedergeschlagen werden und den Dritten Weltkrieg auslösen. Die Folgen davon würden eine weltweite Hungersnot, Seuchen und der Tod von einem Viertel der Weltbevölkerung sein.

Die Doppelhochzeit fand zwei Wochen später in kleinstem Kreis und ohne großes Aufsehen statt. Nur die fünf Beteiligten hatten sich in Bruces Büro zusammengefunden. Bruce beendete die Trauungszeremonie, indem er Gott für das Lachen, die Umarmungen, die Küsse und das Gebet dankte.

Buck fragte, ob er den unterirdischen Schutzbunker sehen könnte, den Bruce gebaut hatte. »Er war kaum begonnen, als ich nach New York zog«, fügte er hinzu.

»Er ist das bestgehütetste Geheimnis der Gemeinde«, erklärte Bruce, als sie durch die Geheimtür traten.

»Sie wollen nicht, daß Gemeindemitglieder ihn benutzen?« fragte Buck.

»Sie werden sehen, wie klein er ist«, erwiderte Bruce. »Ich mache den Familien Mut, sich selbst einen Bunker zu bauen. Es würde ein Chaos geben, wenn die Gemeinde hier Schutz suchen wollte.«

Buck war über die geringe Größe des Bunkers erstaunt, doch es schien alles da zu sein, was sie brauchten, um einige Wochen überleben zu können. Die *Tribulation Force* bestand nicht aus Leuten, die sich lange verbergen würden.

Die fünf setzten sich zusammen und verglichen ihre Terminpläne, um zu sehen, wann sie wieder zusammenkommen konnten. Carpathia würde in den kommenden sechs Wochen in der ganzen Welt herumreisen und diese Reise in Washington beenden. Dann würde Rayford einige freie Tage haben, bevor er nach Neu-Babylon zurückflog. »Während dieser Tage können Amanda und ich von Washington herüberkommen«, schlug er vor.

Buck sagte, er und Chloe würden dann auch nach Chicago kommen. Bruce würde ebenfalls von seiner Rundreise durch Australien und Indonesien zurück sein. Sie setzten einen Termin fest: vier Uhr nachmittags in sechs Wochen. Sie würden intensiv in der Bibel lesen und danach irgendwo nett zu Abend essen.

Bevor sie auseinandergingen, faßten sie sich an den Händen und beteten. »Vater«, flüsterte Bruce, »wir danken dir für diese freudigen Stunden in einer Welt, die am Rande der Katastrophe steht. Wir danken dir und erflehen deinen Segen und deinen Schutz, bis wir uns hier wiedertreffen. Binde unsere Herzen als Brüder und Schwestern in Christus zusammen, während wir voneinander getrennt sind.«

Nicolae Carpathia schien hocherfreut über Rayfords Hochzeit zu sein und bestand darauf, seine neue Frau kennenzulernen. Sehr herzlich hieß er sie und Rayford in seinen verschwenderisch ausgestatteten Räumen willkommen, die sich über das gesamte obere Stockwerk des neuen Gebäudes der Weltgemeinschaft in Neu-Babylon erstreckten. Zu der Suite gehörten auch Konferenzräume, private Wohnräume und ein Aufzug zu dem Hubschrauberlandeplatz auf dem Dach des Gebäudes. Von dort aus würde einer von Rayfords Leuten ihn zum neuen Flughafen bringen.

Rayford spürte, daß Amanda sich unbehaglich fühlte. Sie sprach gepreßt, und ihr Lächeln war aufgesetzt. Den bösartigsten Mann der Welt kennenzulernen, war ganz eindeutig eine sehr ungewöhnliche Erfahrung für sie, obwohl sie Rayford gesagt hatte, sie würde ein paar Kleiderverkäufer kennen, die sehr wohl in diese Kategorie paßten.

Nachdem man Höflichkeiten ausgetauscht hatte, gewährte Carpathia Rayfords Bitte, daß Amanda sie auf dem nächsten Flug in die Vereinigten Staaten begleitete, um seine Tochter und seinen neuen Schwiegersohn zu besuchen. Rayford sagte nicht, wer dieser Schwiegersohn war, erwähnte nicht einmal, daß das junge Paar in New York

City lebte. Er erklärte nur wahrheitsgemäß, er und Amanda würden die beiden in Chicago besuchen.

»Ich werde mindestens vier Tage lang in Washington sein«, entgegnete Carpathia. »Nehmen Sie sich ruhig die Zeit. Und nun habe ich noch eine Neuigkeit für Sie und Ihre Frau.« Carpathia holte eine kleine Fernbedienung aus der Tasche und hielt sie in Richtung der Gegensprechanlage auf seinem Schreibtisch. »Liebling, würdest du bitte einen Augenblick hereinkommen?«

Liebling? dachte Rayford. Also kein Versteckspielen mehr.

Hattie Durham klopfte und trat ein. »Was gibt es, Schatz?« fragte sie. Rayford wurde es übel.

Carpathia sprang auf und umarmte sie so vorsichtig, als sei sie eine Porzellanpuppe. Hattie wendete sich an Rayford. »Ich freue mich so für Sie und Amelia«, sagte sie.

»Amanda«, korrigierte sie Rayford. Er bemerkte, wie seine Frau sich versteifte. Er hatte Amanda alles über Hattie Durham erzählt, und offensichtlich würden die beiden sich nicht anfreunden.

»Auch wir haben eine Ankündigung zu machen«, erklärte Carpathia. »Hattie wird mit ihrer Arbeit bei der Weltgemeinschaft aufhören, um sich auf unseren Neuankömmling vorzubereiten.«

Carpathia strahlte, als erwarte er eine freudige Reaktion. Rayford bemühte sich, seinem Ekel und Widerwillen Herr zu werden. »Ein Neuankömmling?« fragte er. »Wann ist denn der große Tag?«

»Wir haben es gerade erst erfahren.« Nicolae zwinkerte ihm zu.

»Nun, das ist doch etwas, nicht?« meinte Rayford lahm.

»Ich wußte gar nicht, daß Sie verheiratet sind«, meinte Amanda zuckersüß, und Rayford mußte an sich halten. Sie wußte sehr gut, daß sie nicht verheiratet waren.

»Oh, das kommt schon noch«, strahlte Hattie. »Nicolae wird eine ehrbare Frau aus mir machen.«

Chloe brach beinahe zusammen, als sie die Nachricht ihres Vaters über Hatties Schicksal erhielt. »Buck, wir haben an dieser Frau versagt. Wir haben alle versagt.«

»Meinst du, das wüßte ich nicht?« erwiderte Buck. »Ich habe sie ihm vorgestellt.«

»Aber ich kenne sie auch, und ich weiß, daß sie die Wahrheit weiß. Ich war dabei, als Daddy dir das erzählte, und sie saß am selben Tisch.

Er hat sich bemüht, doch wir hätten mehr tun müssen. Irgendwie müssen wir versuchen, noch einmal mit ihr zu sprechen.«

»Und ihr sagen, daß ich an Gott glaube, genau wie dein Vater? Nicolae scheint es egal zu sein, daß sein Pilot Christ ist, aber ich kann mir vorstellen, wie lange ich mich als sein Zeitungsverleger halten kann, wenn er weiß, wer ich bin.«

»Wir müssen mit Hattie sprechen, auch wenn das bedeutet, nach Neu-Babylon zu fliegen.«

»Was willst du tun, Chloe? Ihr sagen, daß sie das Kind des Antichristen erwartet und daß sie ihn verlassen sollte?«

»Vielleicht.«

Buck stand hinter Chloe, als sie eine E-mail an Rayford und Amanda schrieb. Beide Paare hatten verabredet, verschlüsselt zu schreiben und keine Namen zu nennen. »Besteht die Möglichkeit«, schrieb Chloe, »daß sie ihn auf der nächsten Reise in die Hauptstadt begleitet?«

Am nächsten Tag bekamen sie die Antwort. »Nein.«

»Eines Tages, irgendwie«, meinte Chloe zu Buck. »Und auf jeden Fall, bevor dieses Baby geboren wird.«

Rayford fiel es schwer, die unglaublichen Veränderungen in Neu-Babylon zu erfassen, die seit seinem ersten Besuch nach der Unterzeichnung des Abkommens mit Israel vonstatten gegangen waren. Er schrieb dies Carpathia und seinem unermeßlichen Reichtum zu. Eine verschwenderisch ausgestattete Weltstadt war aus den Ruinen erwachsen, und nun florierten dort Handel, Industrie und Transportwesen. Der Mittelpunkt der Weltwirtschaft verlagerte sich nach Osten, und Rayfords Heimatland schien in die Bedeutungslosigkeit zu versinken.

Einige Tage vor dem Flug nach Washington schickte Rayford Bruce eine E-mail nach *New Hope*, in der er ihn in der Heimat willkommen hieß und ihm einige Fragen stellte:

> »Ein paar Dinge in bezug auf die Zukunft verwirren mich noch – eigentlich viele. Könnten Sie uns das fünfte und siebte erklären?«

»Siegel« schrieb er nicht, da er kein Risiko eingehen wollte. Bruce würde schon wissen, was er meinte.

»Ich meine, das zweite, dritte, vierte und sechste sprechen für sich, aber in bezug auf das fünfte und siebte tappe ich immer noch im Dunkeln. Wir können es kaum erwarten, Sie zu sehen. A. läßt herzlich grüßen.«

Buck und Chloe hatten sich in Bucks wunderschönem Penthouse in der *Fifth Avenue* eingerichtet, doch die Freude, die jedes junge Paar an einer solchen Wohnung haben würde, konnten sie nicht empfinden. Chloe setzte ihre Studien über das Internet fort, und beide blieben täglich per E-mail mit Bruce in Kontakt. Bruce war einsam und vermißte seine Familie mehr denn je, schrieb er, aber er freue sich, daß seine vier Freunde Liebe und Kameradschaft gefunden hatten. Alle konnten das bevorstehende Wiedersehen kaum erwarten.

Buck hatte gebetet, Gott möge ihm zeigen, ob er Chloe von Präsident Fitzhughs Warnung in bezug auf die kommenden Ereignisse in New York und Washington erzählen sollte. Fitzhugh hatte gute Verbindungen und zweifellos recht, aber Buck konnte nicht sein Leben damit verbringen, vor einer Gefahr davonzulaufen. In der Zeit, in der sie lebten, war das Leben gefährlich, und Krieg und Zerstörung konnten überall ausbrechen. Sein Job hatte ihn zu den heißesten Brennpunkten der Welt geführt. Aber natürlich wollte er das Leben seiner Frau nicht willkürlich aufs Spiel setzen. Andererseits kannte jedes Mitglied der *Tribulation Force* die Risiken ihrer Arbeit.

Rayford freute sich darüber, daß Chloe und Amanda sich über E-mail näher kennenlernten. Als Rayford und Amanda miteinander ausgegangen waren, hatte er Amandas Zeit fast völlig in Anspruch genommen. Die Frauen schienen sich zu mögen, waren sich jedoch nur als Gläubige begegnet. Nun da sie täglich miteinander kommunizierten, schien Amanda in ihrem Bibelverständnis zu wachsen. Chloe gab alles weiter, was sie gelernt hatte.

Bruce schickte die Antwort in bezug auf das fünfte und siebte Siegel über eine gesicherte E–mail an Chloe, die es an Rayford weiterleitete. Diese Nachricht war das Ergebnis seiner eingehenden Studien und die Erklärung der Passage aus der Offenbarung, die sich auf das fünfte Siegel bezog. Es waren durchaus keine angenehmen Nachrichten, aber er hatte nichts anderes erwartet. Das fünfte Siegel bezog sich auf das Martyrium der Christen während der Trübsalszeit.

»Johannes sieht unter dem Altar die Seelen derer, die für das Wort Gottes und ihr Zeugnis hingeschlachtet worden sind. Sie fragen Gott, wie lange es dauern wird, bis er ihren Tod rächen wird. Er gibt ihnen weiße Gewänder und sagt ihnen, daß zuerst noch einige ihrer Mitgläubigen ebenfalls den Märtyrertod erdulden werden. Bei der Öffnung des fünften Siegels werden also Menschen ihr Leben lassen, die seit der Entrückung zu Christus gefunden haben. Dazu könnte jeder von uns gehören. Ich sage vor Gott, daß es für mich ein Vorrecht wäre, mein Leben für meinen Herrn und Gott zu lassen.«

Zum siebten Siegel konnte Bruce nicht viel sagen. Auch für ihn war es ein Geheimnis.

»Das siebte Siegel ist so ehrfurchtgebietend, daß eine halbstündige Stille entsteht, wenn es im Himmel geöffnet wird. Es scheint die Fortsetzung des sechsten Siegels zu sein, des größten Erdbebens in der Weltgeschichte, und leitet die sieben Trompetengerichte ein, die natürlich schlimmer sein werden als die sieben Siegelgerichte.«

Amanda versuchte, es für Rayford zusammenzufassen: »Wir stehen also vor einem Weltkrieg, vor Hungersnot, Seuchen, Tod, dem Märtyrertum der Gläubigen, einem Erdbeben und dann Schweigen im Himmel, während die Welt sich auf die nächsten sieben Gerichte vorbereitet.«

Rayford schüttelte nachdenklich den Kopf und schlug die Augen nieder. »Bruce hat uns immer davor gewarnt. Es gibt Zeiten, an denen ich denke, ich sei bereit für alles, was kommt, aber dann wieder wünschte ich, das Ende würde schnell kommen.«

»Das ist der Preis, den wir bezahlen«, entgegnete sie, »weil wir die Warnungen ignorierten, als wir noch die Gelegenheit hatten, umzukehren. Und wir beide wurden von derselben Frau gewarnt.«

Rayford nickte.

»Sieh mal«, fuhr Amanda fort. »Bruces letzte Zeile lautet: ›Überprüft am Montag um Mitternacht eure E-mail. Wenn ihr das alles genauso deprimierend findet wie ich, habe ich einen Trostvers für euch.‹«

Bruce hatte ihn so plaziert, daß beide Paare ihn vor ihrer Abreise nach Chicago würden lesen können: »Wer im Schutz des Höchsten wohnt und ruht im Schatten des Allmächtigen, der sagt zum Herrn: Du bist für mich Zuflucht und Burg, mein Gott, dem ich vertraue.«

Rayford rutschte unruhig in seinem Pilotensitz hin und her. Er würde so gern mit Amanda sprechen, um zu hören, wie es ihr auf dem schrecklichen Nonstopflug von Neu-Babylon zum *Dulles International*-Flughafen erging. Sie verbrachte so viel Zeit wie möglich in den Privaträumen hinter dem Cockpit, mußte sich aber auch mit den anderen Mitgliedern der Delegation unterhalten, um nicht unhöflich zu erscheinen. Und das bedeutete, wie Rayford wußte, viele Stunden Smalltalk.

Sie war bereits nach dem neuen Import-/Exportgeschäft gefragt worden, das sie gegründet hatte, doch dann schien die Stimmung in der *Global Community One* umzuschlagen. In einer der wenigen Pausen, die Rayford allein mit ihr verbringen konnte, erzählte sie ihm: »Irgend etwas ist los. Jemand bringt Carpathia immer wieder irgendwelche Papiere. Er liest sie sich genau durch, runzelt die Stirn und führt sehr hitzige Gespräche.«

»Hmm«, meinte Rayford. »Das kann alles und nichts bedeuten.«

Amanda lächelte schief. »Zweifle nicht an meiner Intuition.«

»Das habe ich gelernt.«

Buck und Chloe kamen am Abend vor dem festgesetzten Treffen der *Tribulation Force* in Chicago an. Sie checkten im *Drake*-Hotel ein und riefen in der *New Hope Village Church* an, um eine Nachricht für Bruce zu hinterlassen. Sie wollten ihn wissen lassen, daß sie bereits angekommen waren und sich auf den folgenden Nachmittag freuten. Aus seinen E-mails wußten sie, daß er von seiner Australien-/Indonesienreise wieder zurückgekommen war, aber seither hatten sie nichts mehr von ihm gehört.

Per E-mail teilten sie ihm mit, daß Rayford und Amanda am nächsten Tag zum Mittagessen zum *Drake* kommen würden und daß sie dann gemeinsam nach Mount Prospect kommen würden. »Wenn Sie sich uns zum Mittagessen im Cape Cod-Restaurant anschließen möchten, würden wir uns freuen«, hatte Buck geschrieben.

Einige Stunden später, als sie weder auf das Telefongespräch noch auf die E-mail eine Antwort erhalten hatten, meinte Chloe: »Was bedeutet das wohl?«

»Vermutlich wird er uns beim Mittagessen überraschen.«

»Ich hoffe, du hast recht.«

»Darauf kannst du dich verlassen«, bekräftigte Buck.

»Dann ist es aber doch keine Überraschung mehr, oder?«

Das Telefon läutete. »Soviel zu Überraschungen«, bemerkte Buck. »Das wird er sein.«

Aber es war nicht Bruce.

Rayford hatte das Zeichen zum Anschnallen gegeben. Das Flugzeug würde in fünf Minuten in Washington landen. Einer von Carpathias Kommunikationsingenieuren meldete sich über den Kopfhörer bei ihm. »Der Potentat würde gern mit Ihnen sprechen.«

»Jetzt gleich? Wir landen in wenigen Minuten.«

»Ich werde fragen.« Kurze Zeit später war er wieder dran. »Im Cockpit allein mit Ihnen, nachdem die Motoren abgeschaltet sind.«

»Nach der Landung ist noch eine Checkliste mit dem Ersten Offizier und dem Navigator durchzugehen.«

»Eine Minute!« Der Ingenieur schien verstimmt. Als er sich wieder meldete, sagte er: »Schicken Sie nach der Landung die anderen beiden aus dem Cockpit, und überprüfen Sie Ihre Checkliste nach der Unterredung mit dem Potentaten.«

»Roger«, murmelte Rayford.

»Wenn Sie meine Stimme erkennen und mit mir sprechen möchten, rufen Sie mich unter dieser Nummer eines Münzfernsprechers an. Aber sprechen Sie bitte nur von einem Münzfernsprecher aus.«

»Verstanden«, antwortete Buck. Er legte auf und wendete sich an Chloe. »Ich muß kurz fort.«

»Warum? Wer war das?«

»Gerald Fitzhugh.«

»Vielen Dank, meine Herren, und bitte verzeihen Sie mein Eindringen«, erklärte Carpathia, als er auf seinem Weg ins Cockpit dem Ersten Offizier und dem Navigator begegnete. Rayford wußte, daß sie genau wie er verärgert waren über diese Unterbrechung des vorgeschriebenen Protokolls, aber immerhin war Carpathia der Boß. Wie immer.

Carpathia ließ sich auf den Sitz des Copiloten gleiten. Rayford stellte sich vor, daß dieser Mann mit seinen Fähigkeiten vermutlich auch in einem Tag lernen würde, ein Flugzeug zu steuern.

»Captain, ich halte es für notwendig, Sie ins Vertrauen zu ziehen. Unser Geheimdienst hat von einem Komplott Kenntnis bekommen, und wir sind gezwungen, in den Vereinigten Staaten falsche Angaben über meinen Aufenthaltsort zu verlautbaren.« Rayford nickte, und Carpathia fuhr fort: »Wir vermuten, daß das Militär sich mit verärgerten Splittergruppen zusammengetan hat und mindestens zwei andere Länder an diesem Komplott beteiligt sind. Um der Sicherheit willen geben wir verwirrende Funkmeldungen heraus und erzählen der Presse widersprüchliche Geschichten hinsichtlich meines Aufenthaltsortes.«

»Das klingt gut«, bemerkte Rayford.

»Die meisten Leute sind der Meinung, ich würde mich mindestens vier Tage lang in Washington aufhalten, wir geben jedoch bekannt, daß ich auch nach Chicago, New York, Boston und vielleicht sogar nach Los Angeles reisen werde.«

»Höre ich da heraus, daß mein kleiner Urlaub ins Wasser fällt?« fragte Rayford.

»Im Gegenteil. Aber ich möchte, daß Sie immer für mich erreichbar sind.«

»Ich werde jeweils hinterlassen, wo ich zu erreichen bin.«

»Ich möchte, daß Sie das Flugzeug nach Chicago fliegen und einen Mann Ihres Vertrauens beauftragen, es noch am selben Tag nach New York zurückzubringen.«

»Ich kenne genau den richtigen Mann.« Rayford nickte.

»Ich werde irgendwie nach New York kommen, dann können wir von dort wie geplant das Land verlassen. Wir versuchen nur, die Aufständischen ein wenig aus dem Gleichgewicht zu bringen.«

»Hallo«, sagte Buck, als Präsident Fitzhugh beim ersten Läuten den Hörer abnahm. »Ich bin es.«

»Ich bin froh, daß Sie nicht zu Hause sind«, meinte Fitzhugh.

»Können Sie mir mehr sagen?«

»Nur, daß es gut ist, daß Sie nicht zu Hause sind.«

»Verstanden. Wann kann ich nach Hause zurück?«

»Das könnte problematisch werden, doch Sie werden es erfahren, bevor Sie dorthin zurückkehren. Wie lange haben Sie vor, in Chicago zu bleiben?«

»Vier Tage.«
»Wunderbar.«
Klick.

»Hallo? Mrs. Halliday?«
»Ja. Wer –?«
»Hier spricht Rayford Steele. Ich würde gern mit Earl sprechen, aber sagen Sie ihm nicht, wer dran ist. Ich habe eine Überraschung für ihn.«

Am Morgen nahm Buck einen Anruf von einer der Frauen entgegen, die im Gemeindebüro aushalfen. »Wir machen uns Sorgen um Pastor Barnes«, sagte sie.
»Wie bitte?«
»Er wollte Sie beim Mittagessen überraschen.«
»Das haben wir uns schon gedacht.«
»Aber er hat sich irgendeine Krankheit aus Indonesien mitgebracht, und wir mußten ihn ins Krankenhaus bringen. Er wollte nicht, daß wir es jemandem erzählen, weil er sicher war, daß er schnell wieder auf den Beinen sein würde. Aber er ist ins Koma gefallen.«
»Ins Koma?«
»Wie ich schon sagte, wir machen uns Sorgen um ihn.«
»Wir machen uns auf den Weg, sobald die Steeles da sind. Wo liegt er?«
»Im Northwest Community Hospital zwischen Rolling Meadows und Arlington Heights.«
»Das werden wir schon finden«, sagte Buck.

Rayford und Amanda trafen sich um zehn Uhr morgens mit Earl Halliday am Flughafen von Chicago. »Das werde ich dir nie vergessen, Ray«, meinte Earl überschwenglich. »Ich meine, es ist natürlich nicht dasselbe, als würde man den Potentaten persönlich oder sogar den Präsidenten fliegen, aber ich kann mir vorstellen, ich würde es tun.«
»Du wirst am Kennedy-Flughafen erwartet«, erklärte Rayford. »Ich werde dich später anrufen, um zu hören, wie es war.«
Rayford mietete sich einen Wagen, und Amanda beantwortete eine Nachricht von Chloe. »Wir müssen sie abholen und dann direkt in die Vororte fahren.«
»Warum? Was ist los?«

Buck und Chloe warteten vor dem Hotel auf Rayford und Amanda. Sie umarmten sich schnell und stiegen wieder in den Wagen. »Das Krankenhaus liegt auf der Algonquin, richtig, Chlo'?« fragte Rayford.

»Ja. Wir müssen uns beeilen.«

Trotz seiner Sorge um Bruce fühlte Rayford sich jetzt wohler. Er hatte wieder eine Familie, die aus vier Personen bestand, eine neue Frau und einen neuen Sohn. Sie sprachen über Bruces Situation und erzählten, was sie erlebt hatten, und obwohl sie wußten, daß sie in einer Zeit großer Gefahren lebten, genossen sie es, einfach nur zusammenzusein.

Buck saß mit Chloe auf dem Rücksitz und hörte zu. Wie gut tat es, in Gesellschaft von Menschen zu sein, die eine Verbindung zueinander hatten und sich gegenseitig liebten und respektierten. An seine engstirnige Familie wollte er nicht einmal denken. Irgendwie, eines Tages, würde er sie davon überzeugen, daß sie nicht die Christen waren, für die sie sich hielten. Wenn sie es gewesen wären, dann wären sie nicht zurückgelassen worden.

Chloe lehnte sich an Buck und nahm seine Hand. Er war dankbar für ihre Liebe. Seit seiner Errettung war sie das größte Geschenk, das Gott ihm gemacht hatte.

»Was ist das?« hörte er Rayford sagen. »Und dabei sind wir doch so gut voran gekommen.«

Rayford versuchte, die Ausfahrt Arlington Heights zu nehmen. Chloe hatte ihm gesagt, das sei der beste Weg zum Krankenhaus. Doch nun leiteten die Polizei und die Friedenstruppe der Weltgemeinschaft den Verkehr um. Der Verkehr kam zum Erliegen.

Nach einigen Minuten konnten sie ein paar Meter weiterfahren. Rayford kurbelte die Fensterscheibe herunter und fragte einen Polizisten, was denn los sei.

»Wo sind Sie gewesen, mein Freund? Weiterfahren.«

»Was hat das zu bedeuten?« Amanda schaltete das Radio an. »Welches sind die Lokalsender, Chloe?«

Chloe rückte von Buck ab und beugte sich vor. »Versuche es auf 670, 720 oder 890«, schlug sie vor. »Da müßten eigentlich Nachrichten kommen.«

Wieder mußten sie anhalten, dieses Mal stand ein Angehöriger der Friedenstruppe unmittelbar neben Bucks Fenster. Dieser öffnete es und zeigte seinen Presseausweis. »Was ist hier los?«

»Das Militär hat eine alte Kaserne übernommen und verbotene Waffen dort gelagert. Nach dem Angriff auf Washington haben unsere Jungs sie ausgelöscht.«

»Der Angriff auf Washington?« fragte Rayford und verrenkte sich den Hals, um mit dem Offizier zu sprechen. »Washington, D. C.?«

»Fahren Sie weiter«, forderte der Offizier sie auf. »Wenn Sie auf diesem Weg zurückfahren müssen, dann können Sie den Highway an der Route 53 verlassen und es auf Nebenstraßen versuchen, aber rechnen Sie nicht damit, in die Nähe der alten Kaserne zu kommen.«

Rayford mußte weiterfahren, doch er und Buck riefen jedem Beamten, an dem sie vorbeikamen, Fragen zu, während Amanda auch weiterhin versuchte, einen Radiosender zu finden. Bei jedem, den sie einstellte, kam nur der Notstandssendeton. »Stell doch den Suchlauf ein«, schlug Chloe vor. Endlich hatten sie einen Sender gefunden.

Ein Korrespondent der *Cable News Network/Global Community Network Radio* sendete live von Washington aus. »Das Schicksal von Potentat Nicolae Carpathia ist zur Zeit noch immer ungeklärt, da Washington in Schutt und Asche liegt«, berichtete er. »Der massive Angriff wurde von dem Militär der Ostküste gestartet, mit Hilfe der Vereinigten Staaten von Großbritannien und dem ehemaligen souveränen Staat Ägypten, das nun dem Commonwealth des Mittleren Osten angehört.

Potentat Carpathia ist gestern abend hier angekommen, und man war der Meinung, er würde sich in der Präsidentensuite des Capital Noir aufhalten, doch Augenzeugen behaupten, das Luxushotel sei heute morgen dem Erdboden gleichgemacht worden.

Die Friedenstruppen der Weltgemeinschaft holten sofort zum Gegenschlag aus, indem sie die ehemalige Nike-Basis in einem Vorort von Chicago zerstörten. Berichten zufolge hat es in den umliegenden Vorstädten Tausende ziviler Opfer gegeben, und das Verkehrschaos behindert die Rettungsarbeiten.«

»Oh, lieber Gott!« betete Amanda.

»Von den anderen Angriffen ist bekannt«, fuhr der Reporter fort, »daß eine Einheit ägyptischer Fußtruppen auf den Irak marschierte. Offensichtlich war eine Belagerung Neu-Babylons beabsichtigt. Diesem Unternehmen wurde von der Air Force der Weltgemeinschaft rasch ein Ende gesetzt. Die Luftwaffe ist nun auf dem Weg nach England. Dies könnte ein Vergeltungsschlag für Großbritanniens Hilfe bei der Militäraktion gegen Washington sein. Bitte bleiben Sie an Ihren Geräten. Ah, einen Moment … wir erhalten gerade die Nachricht, daß Potentat Carpathia in Sicherheit ist! Er wird über Radio zur Nation sprechen. Wir werden hier warten und uns sofort an Sie wenden, sobald wir die Rede eingespielt bekommen.«

»Wir müssen zu Bruce durchkommen«, meinte Chloe, während Rayford weiter im Schrittempo fuhr. »Alle werden die 53 in Richtung Norden nehmen. Laß uns nach Süden fahren und dann umkehren.«

»Es wird nur noch eine kleine Weile dauern, bis Potentat Carpathia zu uns sprechen wird«, fuhr der Reporter fort. »Wie es aussieht, sorgt die GCN dafür, daß die Übertragung nicht zurückverfolgt werden kann. In der Zwischenzeit folgende Kurznachrichten aus Chicago: Der Schlag auf die ehemalige Nike-Basis schien ein vorbeugender, gleichzeitig aber auch ein Vergeltungsschlag gewesen zu sein. Der Sicherheitsdienst der Weltgemeinschaft deckte an diesem Tag ein Komplott auf, bei dem das Flugzeug des Potentaten zerstört werden sollte, doch es war nicht sicher, ob Carpathia an Bord war, als es an diesem Morgen in O'Hare landete. Dieses Flugzeug befindet sich nun mit unbekanntem Ziel in der Luft, obwohl die Truppen der Weltgemeinschaft in New York City bereitstehen.«

Amanda packte Rayford am Arm. »Wir hätten getötet werden können!«

Als Rayford das Wort ergriff, hatte Buck den Eindruck, daß er einer Ohnmacht nahe war. »Ich hoffe nur, daß ich Earl mit der Erfüllung seines Traumes nicht getötet habe«, meinte er.

»Soll ich fahren, Rayford?« fragte Buck.

»Nein, das geht schon.«

Der Radiosprecher fuhr fort: »Wir hören gleich eine Live-Ansprache vom Potentaten der Weltgemeinschaft Nicolae Carpathia. In der Zwischenzeit noch eine Nachricht aus Chicago: Die Sprecher der GC-Friedenstruppe lassen verlauten, daß die Zerstörung der alten Nike-Basis nicht durch nukleare Waffen vorgenommen worden ist, und obwohl sie die hohen Verluste unter der Zivilbevölkerung bedauern, haben sie die folgende Verlautbarung herausgegeben: ›Die Opfer sollten der militärischen Untergrundbewegung zu Füßen gelegt werden. Unerlaubte militärische Truppen sind illegal, aber es ist einfach unverantwortlich, militärische Waffen in der Nähe eines Wohngebiets zu lagern. Und nun haben diese unschuldigen Opfer dafür bezahlen müssen.‹ Wir wiederholen, es besteht keine Gefahr eines radioaktiven Niederschlags im Gebiet um Chicago. Doch die Friedenstruppen erlauben keinen Autoverkehr in der Nähe der Stätte der Zerstörung. Bitte lassen Sie Ihr Radio für die Ansprache von Potentat Nicolae Carpathia eingeschaltet.«

Rayford hatte endlich den Highway in Richtung Süden verlassen können, hatte auf einem gesperrten Weg gewendet und war nun auf dem Weg nach Rolling Meadows.

»Treue Bürger der Weltgemeinschaft«, ertönte Carpathias Stimme durch die Lautsprecher, »mit gebrochenem Herzen trete ich heute vor Sie und kann Ihnen nicht einmal sagen, von wo aus ich spreche. Seit mehr als einem Jahr haben wir zusammengearbeitet, um diese Weltgemeinschaft unter dem Banner von Frieden und Harmonie zusammenzuhalten. Heute sind wir wieder einmal daran erinnert worden, daß es immer noch Menschen unter uns gibt, die uns auseinanderreißen wollen.

Es ist kein Geheimnis, daß ich Pazifist bin, immer war und immer sein werde. Ich glaube nicht an Krieg. Ich glaube nicht an Waffengewalt. Ich glaube nicht an Blutvergießen. Auf der anderen Seite fühle ich mich verantwortlich für Sie, mein Bruder und meine Schwester in dieser Weltgemeinschaft.

Die Friedenstruppen der Weltgemeinschaft haben den Widerstand bereits niedergeschlagen. Der Tod von unschuldigen Zivilisten lastet schwer auf mir, doch ich bitte Sie, Ihr Urteil über alle Feinde des Friedens zu fällen. Die wunderschöne Hauptstadt der Vereinigten Staaten von Amerika ist in Schutt und Asche gelegt worden, und Sie werden noch mehr Berichte von Zerstörung und Tod hören. Unser Ziel ist nach wie vor der Frieden und der Wiederaufbau. Zu gegebener Zeit werde ich in mein Hauptquartier in Neu-Babylon zurückkehren und häufig mit Ihnen in Verbindung treten.

Haben Sie vor allem keine Angst. Seien Sie versichert, daß wir eine Bedrohung des Weltfriedens nicht zulassen werden und daß kein Feind des Friedens überleben wird.«

Während Rayford durch Rolling Meadows fuhr und einen Weg suchte, der ihn zum *Northwest Community*-Krankenhaus bringen würde, meldete sich der *CNN/GCN*-Reporter wieder. »Die militärischen Kräfte, die sich gegen die Weltgemeinschaft stellen, bedrohen New York City, vor allem den Kennedy-Flughafen, mit Nuklearwaffen.

Zivilisten fliehen aus dem Gebiet und verursachen ein Verkehrschaos, wie es die Stadt noch nicht erlebt hat. Die Friedenstruppen versuchen, die Leute zu beruhigen, und erklären, sie hätten die Mittel und Möglichkeiten, Raketen abzufangen, seien aber besorgt über den Sachschaden, der in den Außenbezirken entstehen könnte.

Und nun noch eine Nachricht aus London: Eine Einhundert- Megatonnen-Bombe hat den Flughafen Heathrow zerstört, und der radioaktive Niederschlag bedroht die Menschen im Umkreis von vielen Kilometern. Offensichtlich wurde die Bombe von den Friedenstruppen auf London abgeworfen, nachdem eine Formation von ägyptischen und britischen Bombern auf einem abgeschiedenen Militärflughafen in der Nähe von Heathrow gesichtet worden waren. Die Kriegsschiffe, die alle aus der Luft zerstört wurden, waren, wie berichtet wird, mit Nuklearwaffen ausgestattet und auf dem Weg nach Bagdad und Neu-Babylon.«

»Das ist das Ende der Welt«, flüsterte Chloe. »Gott helfe uns.«

»Vielleicht sollten wir einfach nur versuchen, uns in die Gemeinde durchzuschlagen«, schlug Amanda vor.

»Nicht, bis wir wissen, was mit Bruce ist«, hielt Rayford dagegen. Er fragte eine erschütterte Fußgängerin, ob es möglich sei, zu Fuß zum *Northwest*-Krankenhaus zu kommen.

»Ja«, erklärte die Frau. »Das ist möglich. Es liegt gleich hinter diesem Hügel. Aber ich weiß nicht, wie nahe man Sie heranlassen wird und was noch davon übrig ist.«

»Wurde es getroffen?«

»Ob es getroffen wurde? Mister, es liegt in unmittelbarer Nähe der alten Nike-Basis. Viele sind der Meinung, daß es den ersten Treffer abbekommen hat.«

»Ich gehe«, sagte Rayford entschlossen.

»Ich auch«, schloß Buck sich an.

»Wir gehen alle«, beharrte Chloe, doch Rayford hob die Hand.

»Wir gehen nicht alle. Es wird schon schwer genug für einen von uns, durch die Sicherheitsabsperrung zu gelangen. Buck oder ich werden die besseren Chancen haben, weil wir einen Ausweis der Weltgemeinschaft haben. Ich denke, einer von uns sollte gehen, und der andere sollte mit den Frauen hierbleiben. Wir alle müssen mit jemandem zusammensein, der, wenn es nötig ist, durch die Absperrung kommt.«

»Ich möchte gehen«, erwiderte Buck, »aber du entscheidest.«

»Bleib hier und sorge dafür, daß der Wagen bereit ist, damit wir nach Mount Prospect gelangen können. Wenn ich in einer halben Stunde nicht zurück bin, kannst du kommen, um nach mir zu suchen.«

»Daddy, wenn es Bruce besser geht, versuche doch, ihn mitzubringen.«

»Keine Sorge, Chloe«, beruhigte sie Rayford. »Daran habe ich auch schon gedacht.«

Sobald Rayford außer Sichtweite war, bedauerte Buck, daß er zurückgeblieben war. Er war immer ein Mann der Tat gewesen, und während er die schockierten Leute herumlaufen und sich bedauern sah, konnte er kaum stillstehen.

Rayfords Mut sank, als er den Gipfel des Hügels erreichte und das Krankenhaus vor sich liegen sah. Ein Teil des hohen Gebäudes stand noch, aber der weitaus größte Teil lag in Schutt und Asche. Rettungsfahrzeuge standen davor, und Rettungssanitäter in weißen Anzügen liefen hektisch hin und her. Die Polizei hatte das Gebiet mit einem Band weiträumig abgesperrt. Als Rayford es hochhob und darunter hindurchschlüpfte, rannte ein Sicherheitsbeamte mit der Waffe im Anschlag auf ihn zu.

»Halt!« rief er. »Dieses Gebiet ist abgesperrt!«

»Ich habe eine Genehmigung!« erwiderte Rayford laut schreiend, um den Lärm zu übertönen, und schwenkte seinen Ausweis.

»Bleiben Sie stehen, wo Sie sind!« rief der Wachmann wieder. Als er zu Rayford kam, nahm er dessen Ausweis und sah ihn sich sorgfältig an, verglich auch das Foto mit Rayfords Gesicht. »Wow! Zweite Ebene A. Sie arbeiten für Carpathia höchstpersönlich?«

Rayford nickte.

»Was ist Ihre Aufgabe?«

»Geheim.«

»Ist er hier?«

»Nein, und wenn er es wäre, würde ich es Ihnen nicht sagen.«

»Sie können passieren«, erklärte die Wache, und Rayford ging zu dem ehemaligen Vordereingang des Gebäudes. Die Leute waren zu beschäftigt, um ihn zu beachten. Es interessierte sie nicht, ob er die Genehmigung hatte, hier zu sein. Eine Leiche nach der anderen wurde herausgebracht und mit einem Tuch abgedeckt. »Gibt es Überlebende?« fragte Rayford einen der Männer.

»Bisher drei«, antwortete der Mann. »Alles Frauen. Zwei Schwestern und eine Ärztin. Sie hielten sich draußen auf, um eine Zigarette zu rauchen.«

»Keiner aus dem Innern des Hauses?«

»Wir hören Stimmen«, sagte der Mann. »Aber wir haben noch niemanden befreien können.«

Rayford sprach ein Gebet und steckte seinen Ausweis so in die Brusttasche seiner Jacke, daß er noch zu sehen war. Er ging zu dem provisorischen Leichenschauhaus, wo mehrere Schwestern durch die Reihen gingen, Tücher hochhoben und sich Notizen machten in dem Versuch, die sterblichen Überreste zu identifizieren und mit den Patienten- und Angestelltenlisten zu vergleichen.

»Helfen Sie oder gehen Sie aus dem Weg«, murrte eine Frau, als sie an Rayford vorbeieilte.

»Ich suche nach einem Bruce Barnes«, sagte Rayford.

Die Frau, deren Namensschild sie als Patricia Devlin auswies, blieb stehen, blinzelte, legte den Kopf zur Seite und sah auf ihrer Liste nach. Sie blätterte die ersten drei Seiten durch und schüttelte den Kopf. »Angestellter oder Patient?« fragte sie.

»Patient. Wurde in die Notaufnahme gebracht. Wir hörten, er sei ins Koma gefallen.«

»Dann hat er vermutlich auf der Intensivstation gelegen«, meinte sie. »Sehen Sie dort drüben nach.« Die Schwester deutete auf sechs Leichen am Ende einer Reihe. »Einen Augenblick«, fügte sie hinzu und blätterte noch ein paar Seiten mehr durch. »Barnes, Intensiv. Ja, dort hat er gelegen. Es sind noch ein paar drin, müssen Sie wissen, aber die Intensivstation ist einfach in die Luft geflogen.«

»Dann könnte er also hier sein, er könnte aber auch immer noch drin sein?«

»Wenn er hier draußen ist, mein Lieber, dann ist er ganz bestimmt tot. Sollte er noch drin sein, dann wird er vielleicht nie gefunden.«

»Keine Überlebenschance für die Patienten auf der Intensivstation?«

»Bisher nicht. Sind Sie ein Verwandter?«

»Er stand mir näher als ein Bruder.«

»Möchten Sie, daß ich nachsehe?«

Rayfords Gesicht verzerrte sich, und er brachte nur mit Mühe einen Satz heraus. »Das wäre sehr nett.«

Patricia Devlin war für ihr Alter erstaunlich flink. Ihre dicken, weißbesohlten Schuhe waren schlammverschmiert. Sie kniete neben den Leichen, sah nach, während Rayford einige Meter entfernt stand, die Hand auf den Mund gelegt und mühsam ein Schluchzen unterdrückte.

Bei der vierten Leiche hielt Miss Devlin inne, überprüfte das Armband und sah Rayford an. Er wußte sofort Bescheid. Die Tränen begannen zu fließen. Sie erhob sich und kam näher. »Ihr Freund ist präsentabel«, erklärte sie. »Einige von den Opfern würde ich Ihnen keinesfalls zeigen, aber ihn können Sie sich ansehen.«

Rayford zwang sich, einen Fuß vor den anderen zu setzen. Die Frau zog das Tuch langsam fort. Da lag Bruce, mit geöffneten Augen, leblos und still. Rayford rang um Fassung. Seine Brust hob und senkte sich schwer. Er streckte die Hand aus, um Bruces Augen zu schließen, doch die Schwester hinderte ihn daran. »Das kann ich nicht zulassen. Ich mache das selbst.« Mit ihrer behandschuhten Hand drückte sie ihm die Augen zu.

»Könnten Sie nachsehen, ob noch ein Pulsschlag zu fühlen ist?« brachte Rayford mühsam hervor.

»Oh Sir«, sagte sie mitfühlend. »Sie werden nicht hier herausgebracht, wenn sie nicht auch wirklich tot sind.«

»Bitte«, flüsterte er weinend. »Für mich.«

Und während Rayford im hellen Nachmittagssonnenschein in einem Vorort von Chicago stand und mit seinen Händen sein Gesicht bedeckte, legte eine Frau, die er noch nie gesehen hatte und die er auch nie wiedersehen würde, Zeigefinger und Daumen an den Hals des Pastors.

Ohne Rayford anzusehen, nahm sie die Hand fort, legte das Tuch wieder über Bruce Barnes Kopf und ging ihrer Arbeit nach. Rayfords Knie gaben nach, und er kniete sich auf das schlammige Pflaster. Sirenen schrillten in der Ferne, Blaulicht blitzte überall um ihn herum, und seine Familie wartete kaum einen halben Kilometer von hier entfernt. Nun gab es nur noch ihn und sie. Keinen Lehrer. Keinen Mentor. Nur noch sie vier.

Als er sich erhob und langsam den Rückweg antrat, hörte er aus jedem Wagen, an dem er vorbeiging, den Notstandssender. Washington war dem Erdboden gleichgemacht worden. *Heathrow* gab es nicht mehr. Viele Tote in der ägyptischen Wüste und am Himmel über London. Und nun war New York in Alarmbereitschaft versetzt worden.

Buck wollte sich schon auf die Suche nach Rayford begeben, als sie diesen auf dem Hügel auftauchen sahen. An seinen hängenden Schultern erkannte Buck, daß er eine schreckliche Nachricht mitbrachte.

»Oh nein«, flüsterte er, und Chloe und Amanda begannen zu weinen. Sie eilten Rayford entgegen und begleiteten ihn zum Wagen zurück.

Der rote Reiter der Apokalypse war auf dem Vormarsch.